관 속에 누워 미국 가기

관 속에 누워 미국 가기

수잔 타우브스

이화영 옮김

티타임

수잔 타우브스 Susan Taubes. 1928~1969

본명은 유디트 주잔나 펠드만Judit Zsuzsanna Feldmann, 그레타 가르보와 닮았다는 소리
를 들을만큼의 미모와 지성을 갖춘 학자이며 작가였다. 세계적 문화평론가이며 작가
인 수잔 손택과 절친이었고, 그녀가 자살했을 때 시체를 수습한 것도 수잔 손택이었
다. 60년대 중반에 수잔 손택과 함께 실험적인 연극 운동을 하기도 했다. 2021년에
이 책을 재발간하는데 기여한 것도 수잔 손택의 아들인 문학평론가 데이빗 리프였다.
데이빗 리프는 이 소설의 해제도 썼다.

헝가리 부다페스트에서 정신분석학자의 딸이자 랍비의 손녀로 태어났고, 부모가 이
혼 한 후 1939년 아버지를 따라 미국으로 이민, 뉴욕 로체스터에 정착했다. 예루살렘
과 소르본, 래드클리프 대학에서 철학과 종교를 전공하고, 래드클리프에서 시몬 베
유 연구로 박사 학위를 받았다. 제목은 '신의 부재'.

철학자이며 유대교 학자인 제이콥 타우브스와 결혼하여 1953년생 아들, 1957년생
딸을 두었다. 부부는 1960~1969년 사이에 콜럼비아 대학에서 종교학을 강의했다.

아메리카 원주민 및 아프리카 민담집 몇 권을 편집 출간했고, 수십 편의 단편과, 『이
혼Divorcing』(한국판 제목 『관 속에 누워 미국 가기』), 『줄리아를 위한 애가Lament for Julia』(미출
간) 등 두 권의 장편소설을 썼다. 남편 제이콥과 1950년대 초반에 별거하며 주고받은
방대한 서신은 2014년 독일에서 2권으로 출간됐다. 『이혼』 출간 직후인 1969년 11월
에 롱 아일런드 바닷가에서 물에 빠져 자살했다.

남편과의 이혼을 판타지 기법으로 다룬 이 소설은 당대 최고 지성들의 섬세한 심리
적 갈등을 의식의 흐름 기법으로 풀어낸 흥미진진한 이야기다. 나치를 피해 미국으로
이민 간 동구권 출신 유대인들의 의식과 정착 과정도 자세히 묘사되어 현대사의 일
부를 읽는 듯한 즐거움도 준다.

-데이비드 리프, 〈뉴욕 리뷰 북스〉(클래식)

차 례

하나
9

둘
127

셋
245

넷
311

해제
332

책이 세상에 나오기 전부터 이 책을 알았던

엘사 퍼스트에게

하나

하나

힘겹게 눈을 뜬다. 낯선 방이다. 서둘러 번잡한 길거리로 내려가 방돔 광장의 멋진 상점들을 지나친다. 눈길을 끄는 쇼윈도들이 동전처럼 납작해 보인다. 뭔가 잘못된 거야, 나는 방 침대에 누워 있었어, 어서 눈을 떠야지. 눈을 감았다 떴다를 반복하면서 그녀는 자신을 감싸고 있는 것은 침대시트고, 여긴 방이며, 창문에서 들어오는 빛은 허드슨강변 고층빌딩들의 불빛임을 서서히 알아차렸다.

눈을 한 번 깜빡일 때마다 방이 바뀌고, 창문이 다른 쪽으로 나 있고, 어두운 형체가 시야를 가린다. 이제야 남자의 형체가 눈에 들어온다. 준비되지 않은 몸에 닥쳤던 통증이 생각난다. 침대 옆에 코트 차림으로 서 있는 남자는 애인인가? 문득 그녀는 궁금해진다. 내가 미개인처럼 소리를 질렀을까? 솟구치는 피와 함께 짐승같이 몸부림치고 욕설을 퍼붓는 걸 남자는 들었을까? 들었어도 못 들은 척할 거야, 친절에서든 무관심에서든. 그는 듣거나 본 걸 믿으려 하지 않으니까. 나를 아름답고 기품 있는 모습으로만 기억하고 싶어 하니까.

말을 해 본다. 자신은 저기 먼 데 있고, 목소리는 저 먼 데서도 놀랍도록 빠르고 또렷하게 들린다. 그녀가 웃고 있다. 이렇게 웃어 본 적이 없다. 꿈쩍 않던 시커먼 남자 형체가 흐릿해지면서 살짝 흔들린다. 남자의 하얀 맨발바닥이 그녀의 눈에 들어온다. 그는 목을 맸다!

소피 블라인드는 물론 이 상황을 믿지 않는다. 깜짝 놀라게 한다고 해서 반드시 믿어야 하는 것은 아니니까. 철학과 인식론을 공부하고 검증 문제에 대해 논문까지 발표한 그녀다. 게다가 이젠 다시 아무것도 보이지 않는다. 비행기가 휘청여서 옷걸이에 걸어 놓은 코트가 흔들린 걸 거야. 아니면 스트로보스코프 현상같은 착시이거나.

통증은 사라지고 없다. 말 그대로 하늘로 올라갔다. 그 하얀 어루만짐은 뭐였을까? 신이 보드라운 붓으로 그녀의 망막에 세상을 그려 주었다. 별과 내리는 눈과 꽃봉오리들과 이파리마다 초록으로 꼬물거리는, 줄지은 꽃 핀 밤나무들. 그렇게 웃어 본 적이 없다. 하지만 이것도 믿을 수 없다. 황홀하게 하는 것들이라고 해서 모두 믿어야 하는 것은 아니니까.

소피 블라인드는 방 안 침대에 누워 있다. 더없이 격렬한 꿈을 꾸면서도 이 익숙한 생각은 머리에서 떠난 적이 없다.

아직도 꿈을 꾸고 있는 걸까?

그녀는 방 안에서 글을 쓰고 있다. 작은 노트의 모든 페이지가 이미 외국어 단어로 뒤덮여 있다는 것이 아쉬울 뿐이다. 침대에서 일어나 앉는다. 물주전자와 장식장과 프랑스 시골풍의 대리석 세면대가 있고 천장이 높은, 노르망디 해변 리조트에 위치한 고풍스런 특급 호텔 객실이다. 꿈이라고 확신하게 된 것은, 밀라노에서 온 사업가를 만나 그의 알파 로메오를 타고 아말피 해안을 따라 전속력으로 달리던 모습, 그 시간과 장소까지 기억하기 때문이다. 그 남자에게 무슨 일이 일어난 걸까? 그가 오기 전에 아침 식사 쟁반에 놓인 레이스 무늬의 종이받침에 이 모든 것을 기록해야만 한다. 방이 다시 바뀐다. 이제는 익숙한 방이다. 소피 블라인드는 낯선 방에 익숙하다. 그녀는 평생 여행을 해 왔다.

창틀에 달린 무늬가 프린트 된 모슬린 커튼, 이해하기 힘든 색상의 휘장과 높이 쌓인 침구가 보이는 이 방은 부다페스트에 있는 할머니의 아파트일지도 모른다. 수염 난 남자들의 사진을 넣은 은빛 액자들이 벽을 채웠다. 안쪽 방은 드나드는 물건과 사람들로 부산하고 시끄럽다. 창틀에 턱 하고 놓이는 러그, 돌바닥을 삭삭 닦는 브러시, 오고 가는 손님을 안내하고 배웅하고, 새로운 와인 잔을 내올 때마다 삐걱거리는 부엌 문.

소피는 귀스타브 도레의 그림 성경 삽화를 보고 있다. 아래쪽엔 대홍수에 휩쓸려 가는 알몸의 인파와 관능적으로 바위를 덮은 사체들이 있고 그 위로 거대한 흰색 방주가 다가온다. 잠시 뒤 누군가 양치는 목동의 장면으로 페이지를 넘겨준다. 사촌형제인지 삼촌인지 어둑한 형체가 방 안을 어슬렁거리며 가슴 쪽에서 뭔가를 꺼낸다. 1890년대와 1920년대 부츠, 페티코트, 부채 등 이상한 물건들이다. 재빠르고 품위 있게 물건을 다루는 모양새로 짐작하건대 애인이 증조할아버지의 모피 카프탄을 입고 고모의 은빛 여우 모피 숄 옆에서 그녀를 놀리는 듯한데 성대모사가 좀 도를 넘었다. 그만하라고 부탁하지만 이미 그는 금속편 장식이 있는 어머니의 드레스를 머리 위까지 끌어올려 입고 있다. 어머니와 완벽하게 닮은 금발 곱슬머리, 입술 왼쪽 끝바로 아래 검은 뷰티 패치를 붙인 여자의 공허한 얼굴이 나타난다. 마를렌 디트리히처럼 가슴이 깊이 파이고 꽉 조이는 원피스를 입고 다리를 꼬고 앉아 있다. 방이 잘게 흔들리자 마치 만화경인 듯 샹들리에가 켜지더니 거울이 줄지어 놓인 무도회장으로 떨어지면서 온 사방이 눈부시게 반사된다. 소피 블라인드는 이것이 꿈인지 생시인지 확실치 않다. 또 다른 물음이 머릿속을 맴돈다. 악마 같은 약물에 취하면 약물을 복용했다는 걸 기억할 수 있을까? 못된 놈들이 내가 마시는 차에 약을 타지 않았고, 그래서 반칙은 없었다고 치고, 내가 바보같이 자발적으로 약물을 먹었다는 걸 약에 취한 상태에서 기억할 수 있을까? 소피 블라인드는 기억이 나지 않는다.

"… 그 행복, 있을 것 같지 않은 그걸 우리는 사랑이라 부르지…." 말소리에 깜짝 놀라 애인을 올려다본다. 그는 근엄하게 담배를 피며 침대 가장자리에 앉는다. 그는 왜 고개를 뒤로 젖히고 먼 곳을 바라보고 있는 걸까? 그의 눈을 보고 싶다. "… 왜냐면 소피, 당신은 죽었기 때문이야." 마치 그녀가 읽고 있는 편지에서 흘러나오는 목소리처럼 들린다. "죽었다고."

"이미 얘기했잖아요"라고 말하고 싶지만, 그 대신에 애정 어린 그의 얼굴을 마지막으로 힐끗 쳐다본다. 없어졌다. 어디로 갔을까? 사라졌다. 벽에 걸린 장식품으로? 초록색 화초 배경의 중세 사냥 장면 그림 말이다. 왼쪽 위엔 성이 어렴풋이 떠 있고, 전면에는 뒷발로 선 달마시안 사냥개가 밖으로 뛰어나가는 모습을 정면으로 포착했다. 눈으로 보면서도 믿을 수 없는 중세 단축법의 기교라니! 모더니티, 종교 개혁, 르네상스는 결국 그녀의 예상대로 교실에서 나눈 실없는 농담에 불과하고, 세상은 1274년에 예상대로 끝이 났다. 그들이 이 사실을 믿었더라면. "… 왜 20세기가 있어야 했냐고?" 귀에 익은 목소리가 묵직한 독일어 억양으로 학생의 질문을 되풀이하는 게 들린다. 이번에도 꿈이다. 이제 아무것도 보이지 않는다. 사실 그녀는 너무나 빨리, 너무나 많은 것을 보고 있다. 눈을 뜨든 감든 마찬가지다. 애인이 방 안에서 그녀를 진정시키려 한다. 내 머릿속에서 사냥을 하는 것은 누구인가? 날개에 총을 맞은 새들이 사방에서 음울하게 바닥으로 곤두박질

치고, 또 다른 새들이 귀청을 찢을 듯 날카롭게 울부짖으며 날아온다.

그래, 끝났어. 이제 어쩔 수 없어. 새로 얻은 목소리에 익숙해지는 수밖에.

그래, 나는 죽었어. 오자마자 죽은 걸 알고 있었지만 굳이 내가 그 말을 하고 싶진 않았어. 적어도 도착하자마자 말하고 싶지는 않았어. 사실 나도 확실치는 않아. 지붕 위 물탱크, 넓은 도로, 무거운 유리문, 인도에서 터치 풋볼[태클이 허용되지 않는 미국식 간이 축구]을 하며 노는 남자아이들, 모든 것이 새로워 보였다. 마치 뉴욕 땅을 처음 밟았을 때처럼. 모든 감각이 시도 때도 없이 왜곡된다. 하지만 지금처럼 강렬하게 살아 있음을 느낀 적은 없는걸? 그래서 혼란스럽다. 당신은 여기 있고. 나는 듣고 있고. 그리고 당신은 늘상 말했듯 평온하게 잠든 내 얼굴을 들여다보고 있고. 당신이 멀리 있다는 걸 알면… 어쩌면 당신은 모든 것을 확실히 하려고 나에게 말을 걸고 있는 건지도 몰라. 말이 필요 없는 것인지도. 여자들은 본질적으로 권력이나 진실보다 행복만을 원한다고 당신은 말했지. 하지만 나는 진실을 원해. 지금 죽어버린 이 마당에, 나는 오로지 진실만 원해.

나는 화요일 오후 조지5세가(街)를 건너다가 차에 치여 죽었다. 비가 억수같이 내리는 날이었다. 미용실에서 막 나오던 참이었다. 붐비기 시작했지만 아직 혼잡하지 않은 교통 상황에 비추어 보건대 얼추 6시가 되기 직전이었던 것 같다. 빈 택시를 발견하곤 손을 흔들었다. 길을 건너려고 보도에서 발을 내디뎠다. 그러자 길 건너편, 큰 우산을 쓴 호텔 도어맨이 귀가 따가울 정도로 호루라기를 불어 대며 택시를 향해 걸어왔다. 나도 택시를 향해 돌진했다. 한 승용차가 나를 치었고 나는 도로 한복판으로 내동댕이쳐졌다. 나머지는 흐릿하다. 비가 내

렸기 때문에 모여든 행인은 몇 안 되었다. 몇 분 만에 경찰과 구급차가 도착했다. 30분이 지나기도 전에 교통은 정리되었다.

너무나 갑작스레 벌어진 일이고, 당시 나는 다른 데에 정신이 팔려 있었다. 그렇지만 내가 죽은 것은 확실하다. 뉴스에 나왔으니 말이다. 공식 사망 진단서는 내일 아침이 되어야 나오겠지만, 의사의 진술서가 경찰 책상에 놓여 있고, 〈프랑스 수아르〉 조간에 "모 여성이 18구역에서 머리가 잘리다"라고 박혔고, 뒤부터 잘려 나간 머리의 감각이 여전히 생생하다. 내 몸에서 자라던 수천조 개의 세포들이 해방되어 의기양양하게 퍼져 나가 파리의 일곱 개 관문에 도달하고 포르트 드 클리시, 포르트 드 라 샤펠, 포르트 도를레앙, 포르트 드 베르사유 바깥까지 흘렀다. 쭉 뻗은 팔에 달렸던 손가락들은 볼로뉴와 뱅센의 나무 사이로 떨어졌다.

＊ ＊ ＊

사랑하는 당신,

이제 돌아가요. 크리용 호텔 편지지 때문에 오해하진 말아줘. 출발했
고, 오늘밤 파리에 도착해. (학회가 있다고 편지에 썼을 텐데) 암스테르담
에서 5일, 어쩌면 3일쯤 묵고 일요일 아침엔 뉴욕, 11일 아침이면 아이
슬란드에 도착할 거야. 정확히 알게 되면 연락할게. 혹시 모르니 헐거
워진 타일 밑에 키를 넣어 줘요. 이 편지가 제시간에 도착하길. 지난
몇 주간은 편지를 쓸 수가 없었어. 마감도 있는 데다가, 시누이랑 여름
내내 아이들을 챙기고, 마지막 청소까지, 우울할 정도로 일이 많았어.
그래도 이제 끝났네요. 마침내 자유야. 키는 새로운 세입자에게 넘어
갔고, 여행 가방 하나는 터미널에서 확인 중이야. 서류와 지갑 속 당
신 사진만 갖고 하루 종일 홀가분하게 걸어 다녔어.
　갖가지 치즈, 아름답게 쌓아 놓은 과일, 완벽하게 줄지워 놓은 초록
색 강낭콩까지 구경하면서 이 시장 저 시장 돌아다니다가, 꽃시장에서
길을 잃었어. 당신에게 편지를 쓰려고 크리용 문구사 로비에 앉았어. 창
문 진열장을 바라보며 방돔 광장 주변을 거닐었어. 모든 매장이 정오가
돼야 연다는 걸 알고 오후엔 쇼핑을 하거나 그레뱅 박물관이나 새로
시작한 고대 중국 서예전이나, 아니면 루브르에서 마지막으로 키클라
데스 시대 두상들이나 구경해야겠다고 계획을 세웠지. 하지만 혼란스

러운 상태로 부두를 따라 스포츠 매장과 화려한 열대 조류, 좌판의 생선, 부두 반대편에 즐비한 잡동사니 상점들을 바라보며 샤틀레를 지나가는데 놀이터에서 어린 아이들과 귀가하는 여자들, 정육점과 빵집 앞에 붐비는 여자들을 보고는 이 모든 기쁨과 파란 하늘, 그리고 갑작스럽게 찾아온 초조함과 분노가 얼마나 무의미한지 깨달았어. "분더포겔 Wundervogel(경이로운 새)"이라는 독일 청소년 단체에 소속된 남자아이들로 가득한 페리선을 타고 센강을 따라 여느 여행객들처럼 일몰을 구경하려고. 이제 갈 시간이네.

평소보다 편지가 늦은 것, 그리고 급하게 마무리하게 돼서 미안. 오늘 부칠 수 있으면 좋으련만… 공항에서 보내도록 할게. 스피노자에 관한 논문은 아직 써 볼 엄두도 못 냈어. 장소에 깃든 정신을 믿어야지. 암스테르담은 이번이 처음이야.

당신의 소피

❅ ❅ ❅

소피 블라인드는 여행할 때면 35년 동안 모은 것들을 상자, 여행 가방, 트렁크 같은 것에 넣어서 옮겨 다녔다. 직접, 또는 일행이 들고 다니는 것은 아니었다. 손수 지니는 것은 배, 비행기, 열차, 버스, 도보 등 상관없이 여행의 특성, 이동 거리와 목적지, 동행하는 인원수에 따라 필요한 것만 챙겼다.

짐을 꾸리고 풀고 다시 꾸리고 푸는 일이 반복되는 것은 여행 중에는 당연한 일이다. 게다가 소피는 평생 여행을 다녔다. 결혼하고 나서는 남편과 여행을 계속했다. 에즈라 블라인드는 일생이 걸릴, 그게 아니라도 족히 20년은 걸릴 만한 책을 쓰고 있었기에 도서관을 다니면서 다양한 나라 출신의 학자들을 만났다. 운 좋게 에즈라는 심지어 예루살렘까지, 대서양 양편에 있는 훌륭한 대학들에 강사로 초청을 받았다. 둘은 수많은 도시에 때로 수개월간, 어떨 땐 수년간 머물렀고, 도시 간을 이동하는 동안에도 여행을 계속했다. 소피는 여행을 좋아했다. 소중한 것들, 익숙한 것들에 둘러싸여 있는 것 또한 좋아했다. 아끼는 물건 몇 가지는 어디를 가든지 갖고 다녔다. 어디를 가든 떠 있는 태양과 같고 달과 같았다. 어떤 것은 그녀가 발견한 것이고 더러는 훔친 것, 나머지는 산 것이다. 소피는 여행을 좋아했다. 시아버지에게 결혼 선물로 모피 코트 대신 신혼여행을 연장해 달라고 부탁할 정도였다. 모피 코트가 필요 없다고? 그 집 며느리라면 모피를 입어야 했다. 아들이 태어나자 모피 코트를 샀고, 양가 가족사진을 찍을 때도 코트를 입었다. 그녀는 그들을 위해 코트를 입었다. 그 집 며느리였으니까. 그럼 남편과 여행하는 동안에도 내내 코트를 갖고 다녔다고? 그렇다. 에즈라가 돈을 보냈기 때문이다. 에즈라의 아버지는 "소피에게 500달러짜리 모피 코트를 사 주고 싶구나"라고 말했다. 에즈라는 "700달러짜리로 사 주세요. 900달러짜리 코트를 700달러에 팔 사람을 알고 있어요. 200달러를 제가 보태면 아버지는 400달러를 아끼는 셈이고 소피는 최고의 코트를 받는 셈이죠." 소피는 에즈라와 있을 때면 그가 사 준 모피 코트를 입고 보석 장신구를 걸쳤다. 에즈라는 둘의 장래에 절망감을 느낄 때마다 소피에게 은으로 된 장신구를 사 주었다.

에즈라는 소피가 검은 원피스를 입은 모습을 좋아했다. 그가 청혼할 때도 그녀는 검은색 옷을 입고 있었는데, 그 옷이 그녀에게 가장 잘 어울렸고 그가 사 준 보석과도 가장 잘 어울렸다. 그는 언제든 그녀에게 멋진 검은 원피스를 사 줄 준비가 되어 있었다. 괜찮은 검은 드레스는 평생 입을 수 있다. 소피가 항상 꿈꾸던 옷은 최고급 면직이나 플란넬로 된 길고 부드러운 흰색 나이트 가운이었는데 말이다. 하지만 에즈라는 그녀가 그런 옷을 갖고 싶어 하는 이유를 당최 이해하지 못했다. 그녀는 아무것도 걸치지 않았을 때 더 아름다웠다. 그는 가끔씩 모피 코트를 입고 침대로 와 달라고 부탁했다. 나이트 가운? 그건 사치였다.

소피는 그간 모은 것들을 모두 박스에 넣어 갖고 다니거나 상자나 트렁크로 화물편에 보내지는 않았다. 번거롭기도 하거니와 비용도 비싸고 복잡했기 때문이다. 남쪽 지역으로 이사할 때는 코트나 모직이 필요 없겠지만, 다음에 어디로 이동할지 전혀 몰랐기 때문에 내년이든 언제든 필요할지도 모르는 노릇이었다. 마찬가지로 아이가 크면서 작아진 아동복은 다음 태어날 아이가 입도록 보관하곤 했다. 여러 곳을 전전하면서 수집한 물건 대부분은 물론 갖고 다니지 못하고, 어디를 가든 그곳에 사는 친구나 친척들에게 맡겼다. 언젠가 여러 개의 방과 지하 창고와 아이들에게 약속한 애완동물을 키울 수 있는 커다란 다층집에 정착해 살 때를 대비해 모든 것을 보관했다. 그녀는 언제나 그 모든 것을 한곳에 모아 놓은 집을 상상 속으로 그리며 여행을 떠났고, 언제나 한두 개는 골라서 갖고 다녔다. 하지만 집은 상상의 집일 뿐, 그녀가 정말로 원한 건 수집을 하면서 이리저리 옮겨 다니며 사는 것이었는지도 모른다. 그사이에 그녀는 이곳저곳에 정착한 친구나 친인척들 집에 상자나 여행 가방을 잘 보관시켜 왔다. 그리고 한곳에 1년 이상 머물게 될 때는 향후 계획이 확실하지 않더라도 원하는 물건을 보내 달라고 부탁할 수 있었다. 미래의 상황을 미리 알고 감안해 짐을 포장하려고 했다.

소피는 물건을 모으면서 어디에 보관했는지 기억하는 데 젬병임을 스스로 알고 있었다. 그래서 물건을 잃어버리기도 했지만, 여행이란 원래 그런 것이었다. 낱개 물건들뿐만이 아니라 꾸러미를, 또 여행 가방을 통째로 잃어버리기도 했다. 최선을 다해 물건을 관리했는데도 잃어버렸다면 그 사실을 일단 받아들이는 소피와 달리, 에즈라는 잃어버린 물건 생각을 계속해서 안고 다녔다. 소중한 물건이든 딱 그 순간에 필요한 물건이든, 잃어버리는 일이 생기면 배에 오른 순간부터 슬픔에 가득 차 물건 목록을 하나하나 읊곤 했다. 소피는 그렇지 않았다. 오히려 혼자 삭혔다. 무언가 잃어버렸다는 사실을 알고는 괴로워지는 순간이 있다. 그러나 괴로움은 한 번으로 충분하다는 것이 소피의 생각이었다. 잃어버린 물건은 애석해 해 마땅하다. 아차, 제노바 뒷골목에서 산 귀고리는 그래도 너무 아쉽다. 하지만 사라진 것에 대해 아쉬워하고 되뇌이는 것은 소피의 원칙을 거스르는 것이다. 에즈라는 어떻게 자신의 심기보다 '물건'이 더 중요할 수 있을까? 물론 소피의 원칙도 확고한 것은 아니었다. 사실은 그녀도 원칙에 거스르며 잃어버린 물건을 뇌리에서 지우지 못할 때가 있었다. 맙소사, 잃어버린 귀고리를 오늘 했더라면 귀신처럼 보이지 않을 텐데! 그렇게 말해 봤자 도움이 되는 것도 아니었다. 그들은 호텔 옷장에 유령같은 우상을 넣어 놓고 작별을 고했다. 물건이란 게 그렇지 뭐―, 애써 본성적으로 남아있는 미련에 저항하며 원칙을 지키고자 했다. 그럼에도 괴로운 생각이 계속 따라다닌다면 그것은 상실감으로 인해 진정으로 충분히 고통받지 않았기 때문이라고 생각했다. 그렇다고 그런 때 할 수 있는 일이 있는 것도 아니었다. 내 팔자가 아니거나, 그 물건이 운수가 안 맞거나, 그래서 이런 일이 자꾸 생기려니 했다. 잃어버린 물건으로 인한 극도의 상실감이 이렇게 뼛속까지 박혀, 지니고 다니면서 다져진다. 그동안 잃어버린 물건의 총목록은, 가장 최근 것 하나만 대면 나머지는 에즈라가 오늘은 이거, 어제는 그거, 하면서 끝없이 읊어 줄 것이었다. 하지만 소피는 관심이 없었다. 수를 세는 것은 남자의 일이었다. 아버지도 그랬고, 양가 할아버지들도 그랬다.

소피가 좋아하는 것은 여행이었다. 여행이야말로 인생을 살고 시간을 살아가는 유일한 방법이며 올바른 처신이라고 생각했다. 한곳에 너무 오래 머물면 소피는 불안했다.

소피는 다툼을 피하려고 부단히 노력했지만 언제나 마음처럼 되지만은 않았다. 에즈라는 단순히 걱정하고 불평하는 것으로 그치지 않고 싸움을 걸어 왔다. 소피 역시 스스로에 대한 불만이 있었지만, 그렇다고 항상 침묵으로 억누르지는 못했다. 그래서 그들은 다퉜다.

다투면 언제나 에즈라가 이겼다. 다툰 이유가 무엇이건, 누가 싸움을 걸었건, 에즈라는 언제나 소피가 잘못했다고 몰아갔다. 어떻게 그럴 수 있는지 소피는 도통 이해할 수 없었다. 아마 에즈라의 특별한 능력일 것이다. 그리고 에즈라는 언제나 싸움을, 당신이 세상에서 제일 멋진 여자라는 말로 마무리했다.

에즈라가 싸움을 걸어 오는 문제는 엄청나게 작은 것들이었다. 그가 시비를 걸었는지 눈치조차 채지 못할 만큼 사소한 문제. 소피의 생각엔 1분이면 해결할 수 있는, 단숨에 떨쳐 버릴 만큼 작은 것부터. 그러고 나서 터무니없이 긴 시간 동안 자신의 주장을 펼쳤다. 찾고 있는 넥타이가 보이지 않으면 당신이 짐을 꾸릴 때 잊고 안 넣었지, 이번 여행에 맞춰 짐을 꾸리지 않았지, 당신은 나에 대해서든 당신 자신에 대해서든, 외모에 너무 관심이 없어—이런 건 사실 문제가 아니었다. 문제는, 이런 일들이 반복되며 둘의 삶에 끼치는 모든 결과, 계속해서 축적된 그 결과가 문제였다. 그것도 엄청나게 큰 문제였다.

조목조목 따지며 점점 분통을 키우던 에즈라가 말이 느려지고 무거워지더니, 극적인 침묵의 효과라도 노리는 듯 가만히 서 있다. 말 따위에 신경 쓰지 않겠다는 뜻이다. 검지손가락으로 동그라미를 그리는가 하더니 무슨 신비한 액체를 휘젓는 동작을 하고, 수직으로 방향을 바꿔 바닥까지 내리고, 사슬 모양으로 수평으로 움직이다가 소피를 가리키며 딱 멎었다. 위협적으로 그녀를 가리키는 검지손가락이 더는 주체할 수 없다는 듯 흔들흔들거리기 시작했다. 소피는 깊은 숨을 들이쉬었다. 대들 것인지 방을 뛰쳐나갈 것인지 결단을 내려야 했다.

소피는 싸움을 싫어했다. 대부분은 혼자 삭혔다. 아니면 갑자기 폭발했다. 문제를 말로 꺼내야 할지, 어떻게 말할지 결정을 내리지 못했고, 말할지 말지 결정하기도 전에 혼자 생각하다가 갑자기 버럭 소리를 질러 자신과 에즈라 다 놀라기도 했는데, 가족들의 고함 소리에 익숙한 에즈라보다 자신의 고함 소리에 익숙하지 않은 소피가 더 놀랐을 것이다.

에즈라는 몸을 기울이고 아주 침착하게 귀를 기울였다. 소피가 생각하거나 소파에 주저앉거나 침대로 들어가려는 마음으로 가득한 순간을 이용한 걸까? 그게 싸움의 원인일까? 에즈라는 침대에 누워 있고 소피는 간신히 몸을 일으켜 혼자 살 때보다 더 많은 일을 해야 할 때면 그녀는 희망 없이 늘 무슨 일인가를 하는 상태로 인생이 전락하는 것을 느꼈다. 눕고 제멋대로 뻗고 하품하는 에즈라의 모습이 어쩌면 그녀의 분노의 시작인지도 모른다.

소피는 자신의 입에서 흘러나오는 말, 자신이 그런 말을 했다는 사실을 믿을 수가 없었다. 게다가 에즈라는 실망이나 불신이나 충격을 전혀 표현하지 않는 사람이었다. 꼿꼿하게 앉아 눈이 휘둥그레져, 여자가 화나면 그렇지 뭐, 하듯이 고개를 끄덕이고, 삐져나오는 웃음을 간신히 참으면서 근엄함인지 단순히 두려움의 가면인지 확연히 부드러워진 얼굴로, 할퀴기라도 할 듯이 위협하며 다가오는 소피의 손톱과 팔뚝을 피해 이불 속에 숨어서 한바탕 광풍이 지나가기를 기다렸다. 이불 밑에선 두려울 것이 없었다. 소피가 체중을 실어 주먹으로 벽과 허공과 매트리스를 쳐 봤자 한낱 여자일 뿐이고, 기껏해야 그의 몸을 가린 팔과 무릎을 헤집고 갈비에 가벼운 잽이나 날리는 게 고작이었다. 여잔데 뭐—그러는 사이 한결 누그러지고 고분고분해진 사랑스러운 아내에게 이제 뭘 해 줘야 하는지 그는 알고 있었고, 9개월 후 아이가 태어났다.

그녀가 달려들지 않으면 자연스럽게 그는 태풍이 지나갈 때까지 기다리곤 했다. 맹렬하게 몰아치는 비가 보슬비가 될 때까지 기다렸다가 "… 항상 내가 모든 걸 다 처리해야 되지…"라고 가만히 되뇌며, 소피 블라인드의 부드러운 마지막 침방울까지 받아들이곤 했다. 그리고는 비난의 기미를 보였다는 사실만으로 영혼에 상처를 입고, 자신이 여태껏 그녀에게 도움이 돼 준 일, 그녀 대신 해 준 일, 그녀의 어깨에서 짐을 덜어 준 일, 선물을 사 준 일들 등 그녀에게 해 준 좋은 일들을 마치 물건이 떨어질 날이 없는 상점처럼, 그녀가 고개를 들 힘이 남아 있는 한, 그녀가 그의 그 모든 선행에 질려 버릴 때까지 하나씩 하나씩 들먹이곤 했다. 수년 동안 그가 행한 수많은 배려와 헌신과 봉사는 소피를 실신시키고 망연자실하게 만들었다. 자신이 서 있는지 앉아 있는지 누워 있는지조차 확신하지 못할 정도였다. 그녀는 숨이 막혀 죽어 가다가, 그가 온 체중으로 그녀를 굴복시키고 깔아 뭉갠다는 느낌이 들자 마침내 안도했다. 그리고 9개월 후 아이가 태어났다.

아이를 뱃속에 키우며 소피는 행복했고, 그때만큼은 그 무엇도 그녀를 괴롭히지 않았다. 자고 싶을 때 자고, 다니고 싶을 때 다니고, 먹고 싶을 때 먹었다. 에즈라가 뭔가를 부탁해도 거의 듣지 않았다. 임신부니까. 파티에 참석한 사람들이 소피가 왜 없냐고 물으면 에즈라는 "치가 임신을 해서요"라고 말했다. 소피는 어릴 때도 사교 모임의 뒷담화에 신경 쓰지 않았는데, 아이를 임신하면서 더 무뎌졌다. 신발이 꼭 끼니 어쩌니, 이 일은 옳으니 그르니 하는 논쟁에 신경 쓸 겨를이 없었다. 그저 집에서 남산만 한 배에, 어쩌면 아기에게, 어쩌면 둘 다에 오일이나 발랐다.

소피가 임신을 하고 행복해 한다는 걸 안 에즈라는 다시 소피를 임신시켰다. 소피는 욕조에 몸을 푹 담그고 목욕을 했다. 아기가 생기자 소피는 아기들을 모두 욕조에 데려가서 수도꼭지와 샤워기를 가지고 놀거나 서로 물을 튀기며 놀았다. 아이들이 조금 크자 물감과 찰흙과 구슬과 낡은 옷감을 쥐여 주었다.

에즈라는 구슬이나 찰흙이나 천과 물감, 특히 아이들이 벽에 그림을 그리는 행동을 끔찍하게 생각하고 불평했다. 소피는 어차피 물에 씻겨 나갈 거라고 큰소리 치면서 스펀지로 손수 닦아 보여 주기까지 했다. 하지만 에즈라에게는 아이들이 벽에 낙서를 한다는 자체가 충격이었다. 그건 끝이었다. 죄가 되는 행동이었다. 에즈라는 집안에 질서를 원한다고 선언했다. 소피는 위협적으로 흔드는 그의 검지와 얇게 다물어 팽팽해진 입 모양을 보았다. 오랫동안 그녀는 에즈라가 변했다는 걸 믿으려 하지 않았다. 에즈라가 원래 시아버지처럼 저렇게 말이 많았던가? 어느샌가 그는 배가 불룩 나왔고, 이상한 병이 생겼고, 벽에 금이 가거나 뭔가 엎지르거나 단추가 빠진 것을 보면 소리를 질렀고, 곧장 바로잡아야 직성이 풀렸다.

어느 날 에즈라는 소피에게 바닥에 왁스 칠을 하라고 했다. 소피는 아이들이 미끄러질 거라며 반대했다. 그러자 에즈라는 아이들은 각자 자기 방에 조용히 있어야 하고, 왁스 칠을 한 바닥은 조심히 걸어다니면 된다고 고함을 질렀다. 하지만 몇 달 뒤에 이사를 가는 것으로 결정된 마당에 의미가 없는 데다가 값이 비쌌기에 소피는 그를 설득하려 했다. 외상 식료품 값과 진료비를 들며 형편이 어렵다고 했다. 에즈라는 외국어 저널 한 무더기를 갖고 쿵쿵 화장실로 들어가면서, 아이들 장난감을 줄이면 된다고 말했다.

소피는 아이들과 함께 있으며 행복했고, 집이 어질러지건 말건 아이들과 계속해서 무언가를 만들었다. 에즈라는 거의 언제나 집을 떠나 있었는데, 언제나처럼 예고도 없이 불쑥 집에 오는 날이면 똑같은 티격태격이 반복되었고, 그것이 가족의 일상이었다. 그럭저럭 세월이 흐르고 아이들이 커 가면서 싸움은 더 심해졌고, 번번이 일방적으로 소피가 지고 에즈라가 이겼고, 더 참을 수 없는 것은 에즈라가 소피는 물론 아이들까지 점수를 매기며 너는 벌점이고 너는 무엇을 잘못했다는 둥, 너는 늘 그 모양이고 이번에도 그랬고 앞으로도 그럴 거라는 둥 하나하나 따지고 드는 것이었다. 과거의 잘못을 들춰내는 데 그치지 않고 앞으로 저지를 모든 잘못까지 예언하다니! 에즈라는 아들딸이 성인이 될 때까지 교수대에 올리고 시궁창에 빠뜨렸다.

자신을 변호할 줄 모르던 소피 블라인드는 에즈라의 말과 가끔씩 휘두르는 폭력에 맞서 두어 번 스스로 변호하기 시작했다. 그중에서도 말에 대해 더 그랬는데, 그렇지 않으면 그의 말이 쉴새 없이 지속되었기 때문이다. 자녀가 늘면서, 아이들이 태어난 순간부터 에즈라가 베푼 모든 호의와 친절과 수고의 목록은 더 길어졌고, 그래서 어떤 아이는 얼굴이 하얗게 질리고 또 어떤 아이는 소리를 지르고 발을 동동 굴렀다. 소피는 자신이 무엇을 해야 하는지는 고사하고 무엇을 하고 있는지도 전혀 알 수 없을 정도였지만, 이것은 해결될 수도 없고 그렇다고 계속 이렇게 지낼 수도 없다는 것만은 분명했다. 아무리 엄청나고 참을 수 없는 것이 속에서 인다 해도, 그녀만은 다른 것은 몰라도 비명을 지르거나 실신해서는 안 된다는 것은 분명히 알았다. 해야 할 일이 너무나 많았다. 스스로를 보호하고, 싸우고, 때로는 동상처럼 꼼짝 않고 서 있고, 아이들을 방 밖으로 데리고 나와 아빠가 시키는 대로 하라고 알려 주기도 하고, 또 어떤 때는 에즈라를 데리고 나와 안정시키고 기분을 풀어 주기도 했다.

그렇게 몇 년을 보내고 나니, 그녀가 실제로 한 행동, 할 수 있었던 행동, 했어야 하는 행동을 떠올리려 하면 마치 그때와 똑같이 혼란스러워졌다. 나는 누구이고 무엇을 어떻게 해야 하는지 알지 못하는 채로 하루하루 살아왔다. 이 나라 저 나라를 다니며 짐을 싸고 풀고, 저 먼 외딴 곳, 일주일에 겨우 한 차례 배가 드나드는 섬, 길이 없어서 걷거나 노새를 타고 가야 하는 산골까지, 신물이 나도록 여행을 다녔다. 여행이 지겨웠을까, 아니면 그저 고단해서 도회 생활이 조금은 아쉬웠을까? 소피도 아이들도 책, 장난감, 옷 등등 이곳저곳에서 사서 쓰고 나서 상자와 여행 가방에 처박아 둔 뒤 사방에 흩어지고 (이탈리아에서 소피가 쓴 모든 글과 베네치아에서 산 멋진 안경이 들어 있던, 에즈라 누이 편으로 보낸 여행 가방처럼) 어쩌면 분실되었을지도 모를 물건들을 그리워하고 갈망하기 시작했다. 추레해지는 것, 타인의 안줏감이 되는 것에 신물이 났고, 옮겨 다니고 물건을 싸고 노심초사할 필요 없이 내 집에서 아이들을 키울 수 있는 곳에 정착하고 싶어졌고, 언젠가 쓰겠다고 별러 온 책 한 권쯤 써 낼 수 있는 평화와 고요를 원했다.

그녀에게 필요한 것은 돈, 그리고 스페인 이비사에서 만난 은퇴한 영국인의 말에 따르면 행복한 연애였다.

소피는 결혼할 때 아버지가 넣어 준 돈을 아직 은행에 보관 중이었다. 당시는 "혹시 모르니까…"라고 운을 떼는 아버지의 말을 가로막았다. 결혼 전날 밤, 아버지 입에서 나오는 이야기가 모든 것을 망쳐 버릴까 두려워 이야기를 듣지 않았다. 그녀의 인생에 '혹시 모르는' 경우는 없을 것이고, 모두 괜찮을 것이고, 결혼식 전날만큼은 아버지의 비꼬는 말이나 의심이 들어설 자리는 없었다.

소피는 파리에 정착할 계획을 세웠다. 에즈라는 처음엔 한사코 반대했지만 결국 찬성했다. 그녀가 파리를 선택한 데 대해 에즈라가 느끼는 기쁨과 비꼬는 말들은 이미 예상한 바였다. 에즈라는 친구들에게, 모든 여자들이 꿈꾸는 파리의 삶을 아내에게 선사할 것이라고 자랑했다. 장인에게는 당신 딸이 아이들을 데리고 남편을 떠나는 데에 일조했다며 신랄하게 비난하는 편지를 썼다. 에즈라는 소피를 조롱했지만, 자기가 가장 좋아하는 파리에 소피가 정착하면 자기도 매년 몇 주나 몇 달씩 머무르며 시간을 보낼 생각에 기뻐했다. 마침내 그녀가 합리적인 결정을 내린 것이다.

에즈라는 소피가 편안히 자리를 잡을 수 있도록 베른에 사는 자기 누이 레나타에게 아이들을 맡기자고 우겼다.

"하지만 에즈라, 난 지금 당신을 떠나는 거라니까."

"당신이 좀 수월하라고 그러는 거야." 에즈라가 맞받고는, 감정을 실어 "당신은 여전히 내가 결혼한 여자고, 내 아이들의 엄마야"라고 덧붙인다. "사실은 변하지 않아. 아이들은 베른에서 잘 보살필 테고, 당신도 편하잖아. 당신이 자리를 잡을 때까지만 레나타가 돌봐 주려는 거야."

그해 봄 소피는 뉴욕에 둔 물건들도 싸서 부칠 겸 재정도 해결할 겸 뉴욕으로 갔다. 마침 행복한 사랑을 하기에 알맞은 때였을까?

다 해결되었다.

소피는 파리에 아파트가 마련될 때까지 아이들과 해변에서 몇 주간 시간을 보낼 요량으로 유럽으로 돌아왔다. 아이들을 다시 만나러 뉴욕에서 타고 오는 비행기에선 생각이 달콤한 혼란 속을 맴돌았다. 행복한 연애를 더 많이 해야지. 아니면 남은 인생에 단 한 번만이라도 더. 하지만 일생에 할당된 연애는 이제껏 해 온 그 한 번으로 끝난 건지도 몰라. 짐을 다 꾸리지 못했지만 그런 건 상관없었다.

✵ ✵ ✵

여느 때와 다름없이 우중충한 부슬비가 내리는 가운데 오를리 공항에 도착했다. 여행 망토를 걸친 소피 블라인드는 칼, 고둥 껍데기, 캠핑 장비, 타자기, 축축한 비치 타월로 감싼 다리미를 넣은 무거운 바구니를 메고, 첫째 아이를 앞장세우고 춤을 추는 아이들을 양쪽에 끼고 이동했다. 아이들이 다음엔 어떤 비행기를 타는지 물었다. 스위스 에어? 팬암? 에어 프랑스? 루프트한자? 인도 항공은 왜 한 번도 안 타? 이제 비행기는 다 탔어. 여기 머무는 거야. 아주 정착하는 거야. 파리의 건물들 사이로 부두를 따라 달리는 택시에서 피곤해 멀어지는 엄마의 목소리가 이어진다.

일행은 공사 중인 건물 앞에 선다. 소피가 창문이 끼워진 꼭대기 층을 가리킨다. 5층까지 걸어 올라가야 돼. 그럴 줄 알았어. 왠지 그럴 것 같았어! 조슈아가 짚바구니를 들어 올리며 말한다. 걷는 게 심장에 좋아. 토비가 말한다. 왜 맨 위층부터 공사를 해? 조너선이 묻는다.

집은 아직 준비가 덜 돼 있다. 일꾼들이 이제야 카펫 깔 재료들을 들인다. 저녁에 일꾼들이 작업을 마칠 때까진 들어갈 수 없지만, 문 옆 벽 쪽으로 박스와 여행 가방들이 이미 도착해 쌓여 있고 몇 가지는 위에 글자가 적혀 있다. 아빠 편지야? 왜 안 뜯어 봐? 계단에서 읽으면 안 돼.

도로로 걸어 나왔다. 담배 가게, 빵집, 지난달 콘서트 포스터가 붙은 가판대, 리옹 은행, 간이 화장실, 좁은 골목길을 한 줄로 지나가는 사람들, 구멍 난 벽에 붙은 벽보 금지, 그래, 다 그대로야, 도랑을 따라 흐르는 개울물, 빗자루로 하수구에 쓰레기를 밀어 넣는 파란 앞치마를 한 키 작은 남자까지 모든 게 그대로고, 모퉁이를 돌자 노트르담이 보인다. 이제 우리 뭐 해요? 비 그쳤구나. 영화 보러 갈까?

길모퉁이 커피숍에 앉아 인부들이 일을 마치길 기다리는 동안 그녀는 애인에게 편지를 쓴다. 그의 편지를 다시 읽으면서 눈물을 흘린다. 오늘 아침 여느 때처럼 우중충한 이슬비 속에 도착해서 당신 편지를 봤어…. 종이를 새로 꺼낸다. 엄마, 이제 가야 되는 거 아니에요? … 파리는 예전 같지 않아. 죽죽 그어 지우고 종이를 구긴다.

맞아, 갈색 포장지로 싼 카펫이 있다. 아이들이 찢어서 굴리고 놀면 재미있겠군. 조너선이 금색이라고 우긴다. 셰이드가 작년에 이걸 골라주며 겨자색이라고 했는데. 가구는 없어요? 가구가 누가 필요하겠니. 아이들은 어차피 금색 카펫 위에서 먹고 놀고 잘 텐데. 가스 배관은 끝났고, 검사원이 올 때까지는 캠핑용 버너를 써야겠군….

아이들은 궁금해 한다. 스파게티가 끓는 동안 엄마가 읽고 있는 저 두툼한 뉴욕발 편지는 대체 누가 보낸 걸까? 아이들이 아이반이 누구냐고 묻는다. 부자예요? 잘생겼어요? 결혼할 거예요? 토비는 부자와 결혼하고 싶다고 말한다. 엄마 부자 맞죠? 조너선이 묻는다. 조슈아는 절대 결혼하지 않을 거란다. 일본식 마룻바닥에 앉아 밥을 먹으면서도 이 키 작은 사람들은 누구냐고 묻는다. 토비가 가구는 꼭 있어야 한다고 말한다. 손님을 위해서. 언제요? 여기서 파티를 여는 거예요. 의자 없이 사람들을 초대할 수 없는 건 맞다.

어찌 됐든 사람들은 올 것이다. 더 이상 에즈라와 살지 않는다는 소식을 들은 X. 소피가 지금 파리에서 산다는 소식을 에즈라에게서 전해 들은 Y. X에게서 소식을 들은 Z. 오래들 기다렸다. 미안해, 아직 자리를 잡지 못했어, 라고 사과해 봤자 의미가 없다. 카펫은 딱 편안하다. 이건 문제가 아니고, 아이들이 깰지 모르니 뭘 할 수가 없네. 몸이 피곤해서도 못 하겠다. 짐을 풀어야 하는데, 못 하겠다. 편지를 쉰 통이나 써야 하는데, 할 수가 없다. 책을 써야 하는데, 할 수가 없다. 어떤 책인지 아이들에겐 말해 줄 수 없다. 잠을 자야 해. 편지를 꼭 써야 해. 에즈라에게. 할 수가 없다. 업무 편지도. 할 수가 없다. 뉴욕에 사는 애인에게도. 할 수가 없다. 짐을 풀어야 해. 할 수가 없다. 잠을 자야 해. 할 수가 없다. 일해야 해. 할 수가 없다. —딸이나 며느리에게 물려주지 못할 웨딩드레스는 어떻게 버리는 게 딱일까? 딱 맞는 방법이 없네.

벽의 회칠이 아직 마르지 않았다. 이렇게 눅눅한 데서 마를 수가 없지…. 〈기드 블뢰Guide Bleu〉 여행 안내서에 쓰인 그대로 "정취있지만 비위생적인 동네"다. 자정이 훨씬 지났는데도 그녀는 모피 코트 바람으로 서성거린다.

엄마, 어디 가요? 화장실에서 나오던 조슈아가 복도에서 눈을 깜빡이며 서 있다. 나이트 가운 바람으로 무도회 말고 어딜 가겠니? 조슈아가 종종걸음으로 옆방 이불 속으로 들어갈 때까지 기다렸다가 그녀는 불을 모두 끈다.

방 안은 파티 드레스를 입은 사람들로 붐빈다. 사람들이 드나든다. 테라스에서 술을 마시는 사람들도 있다. 문은 전부 열려 있고 햇빛이 들어온다.

일어나, 일요일, 결혼식 날이야! 금발의 여자가 상기된 볼을 하고 소리를 지른다. 맨팔에 핏줄이 도드라진 여자가 마치 군대를 통솔하는 장군처럼 시폰 스카프를 높이 올려 흔들며 미친 듯 실내를 휩쓸고 다니면서 더러운 유럽 지성인 일행을 몰고 다닌다. 그들은 가니시 햄을 얹은 은쟁반이 바깥 테라스로 나가는 모습을 탐욕스럽게 쳐다보면서, 정리되지 않은 침대, 오래된 잡지, 버려진 옷가지, 더러운 컵, 바닥과 가구 위에 널브러진 재떨이로 어질러진 객실은 보는 둥 마는 둥 한다. 여기는 예술가의 방이네, 누군가가 설명한다. 꼬마 여자아이들이 책상을 에워싸고 쌓여 있는 종이와 공책을 샅샅이 뒤지고 있다. 볼에는 연지를, 눈에는 파란 아이섀도를 칠했다. 어린애들이 벌써 화장이라니! 손님 하나가 못마땅한 듯 웃는다. 테라스에서 피아노 곡의 첫 마디가 희미하게 흘러들어 오는 동안 여자아이들은 종잇조각을 내던지기 시작한다.

곧이어 검은 옷을 입은 신랑이 입장하고, 그 뒤로 수염 난 남자를 앞세워 총 일곱 세대의 족속이 시끌벅적하게 들어온다. 으스대고 휘청거리며 부츠를 질질 끌면서, 볼이 상기된 채로 치렁치렁한 카프탄 속으로 땀을 뻘뻘 흘리며 방 안으로 들어선다. 방 안 공기는 숨 막힐 지경인인데도 여자들은 향이 진한 왁스로 만든 거대한 꽃을 꽂은 크리스털 꽃병을 계속해서 들여온다.

베일을 쓴 신부가 이끌려 들어온다. 은팔찌가 쩔그럭거리며 손목과 팔을 짓누른다. 에테르 냄새를 풍기며 노예처럼 맨발로 입장한다. 신랑 측 족속은 제일 앞에 가장 어린아이가 쪼그리고 앉고, 그 뒤로 꼬마 족장들이 학급 사진을 찍는 포즈로 장의자에 앉았다. 신부가 무릎을 꿇고 두 손을 등 뒤로 포개 잡고 마치 목이 베이기라도 기다리는 듯한 포즈를 취하고, 신랑은 높은 가성으로 "당신은 내 신부이자 영광이오! 당신이 없다면 나는 거지나 다름없소"라고 외치고, 친척들은 결혼에 찬성한다고 웅얼대며 줄지어 그 옆을 지나간다. 모든 사람이 신부의 목이 꺾이도록 목에다 쇠 목걸이를 채운다. 친척들이 노래를 부르고, 신랑이 합세한다.

신부는 분홍 새틴으로 안감을 댄 관짝 안에 있다. 신랑이 남자들에게 차례로 그녀랑 재미 보라고 초대한다. 아이들은 모두 그 광경을 보려고 관짝에 기댄다. 족장부터 시작해 아직 소녀 같은 얼굴에 부드러운 광대 미소를 한 가장 어린 조카까지, 남자들이 부츠를 신고 차례로 신부를 올라타고, 그러는 동안 신부는 천장을 향해 담배 연기 도너츠를 연신 뿜어 댄다. 실크처럼 부드러워, 어린 조카가 말하자 다른 사람들이 끌어낸다. 분개한 여자들이 관 뚜껑을 바꾼다. 결혼식이 끝났다. 하객들은 유명한 여배우를 위한 연회가 열리는 테라스로 자리를 옮긴다.

아이들이 갈퀴 손잡이로 관 뚜껑을 벗긴다. 이번엔 여자아이들이 기어 들어왔다가 나간다. 관에서 갑자기 머리가 쑥 나오더니 "여자는 얼만큼은 인간 이하이고, 얼만큼은 인간 이상이고, 얼만큼은 인간이다"라고 외친다.

신랑 신부는 정원에서 '그"' 놀이를 한다. 신부는 눈을 동여매고 팔을 앞으로 뻗어 조심조심 뒤뚱뒤뚱 돌아다니다 나무몸통을 열정적으로 껴안는다.

거의 뒤쪽이나 다름없는 왼편 벽에 꽤 높은 위치에 걸린 패널 속에선 필경사인지 천사인지가 글을 쓰고 있다. 책을 베껴 쓰는 모양이지. 큼직하고 우악스런 손이 움직이는 모양새가 시선을 사로잡는 것이⋯

복음사가 중 하나일까? 책을 전혀 좋아하지 않는 듯 찡그린 얼굴에 그녀의 주의를 끌기라도 하려는 듯한 손짓 몸짓으로 보아, 나에게 전할 말을 가져온 천사이려니 하고 그녀는 믿기로 고집한다. 우스꽝스러운 유대인을 닮은 수염 난 얼굴에 성경을 손에 든 천사는 르네상스 풍 분수대의 아기 천사로 변하고는 다시 목신(牧神)으로….

에즈라가 어떻게 들어왔지?

에즈라가 대체 어떻게 들어온 거지? 반쯤 덜 깬 채로 주방으로 가면서 그녀는 은근히 궁금해 한다. 4시가 막 지났다. 차를 한 잔 마셔야겠네.

그저 솜씨가 좋은 건지 교활한 건지 마법을 썼는지, 문을 잠갔는데 에즈라가 어떻게 들어온 거지? 그녀는 모든 남자에게, 에즈라에게도, 안 돼, 라고 말했다. 그녀의 외모, 걸음걸이, 옷 입고 말하고 침묵하는 행동거지가 다 안 돼, 라고 말하고 있었다. 그녀는 다른 누군가를 기다리고 있었다. 기다리는 상대는 어쩌면 남자가 아닐지도 모른다. 해야 할 일이 있어 결혼해 주지 못하겠다고 에즈라에게 말할 때 그녀는 진심이었고, 그 일은 아직도 미해결이다. 에즈라는 상황을 이해했지만, 결혼하자고 그녀를 설득하고, 이 길이, 어디로 인도할지 그녀도 모르는 이 길이 어디로 인도하든 그녀 혼자 걷지 않도록 설득하는 것이 자기의 권리라고 말했다. 에즈라는 확고했다. 그녀의 말과 침묵을 에즈라는 언제나 현기증 나는 다양한 언어, 가령 그리스어, 독일어, 라틴어, 히브리어, 프랑스어 따위 외국어 관용구와 구약성서의 구절로 해석했다는 사실만 그녀는 또렷이 기억한다. 어둠 속에서 그녀는 상대의 특징을 알아보려 했다. 물에 비친 상처럼 변하는 얼굴, 그녀의 머리 위에 얹은 손, 블라우스와 치마 사이를 더듬는 손가락, 치마를 벗기고 가볍게 그녀의 허벅지를 더듬는 손가락, 숨소리, 뺨과 귀와 목을 스치는 손길, 고양이처럼 가만히 그녀의 털을 쓰다듬는 손가락까지, 마침내 그녀는 자신도 모르게 그 손 위에 손바닥을 포개고는 해 줘, 라고 말한다.

그는 이미 하고 난 것처럼 기분이 좋아져 웃으면서 눕고는 "정말? 아기 생기면 어쩌려고? 처음엔 다 아픈 거야"라고 걱정스럽게 말하면서도 어느 새 그녀의 몸에 들어가, 쓰러지지 않으려고 몸을 지탱하며 그의 머리카락을 움켜쥐는 그녀의 귓가에 속삭인다. 처녀를 차지하기란 쉬운 일이 아니지. 머리카락을 놓은 그녀의 손이 떨어지고, 머리가 옆으로 돌아가며 눈을 뜬 채로 방을 휘 둘러보니 고개가 향한 왼쪽 바닥에 그의 신발, 그 위에 지갑이 놓여 있고, 오른쪽 끝 창문으로는 동틀녘의 빛이 들어오고, 가운데선 에즈라가 무릎을 벌리고 꼿꼿이 서 있고 그의 남성도 크고 빳빳하게 섰고, 그녀의 갈비뼈를 껴안고 시선은 수마일 밖 초원이라도 바라보듯 저 멀리를 향하고, 한참 하자니 이러단 두개골까지 뚫어 버리겠다는 생각에 한 번 숨을 쉬고, 한껏 고조되어 또 한 번 숨을 들이쉬는 순간 그의 음경에서 나온 따뜻한 액체가 그녀의 허벅지를 흐르다 멈추고, 함께 넘어진 기수와 말은 그렇게 잠에 빠져들었다.

그녀가 원한 것과는 다른 것이었다. 두 사람은 추구하는 꿈과 성향이 정반대였다. 에즈라는 다르길 원했고, 아마도 그녀는 그저 꿈만 꾸며 기다리는 순진한 처녀로 남기를 그만두길 원했으리라. 그는 그녀를 원한다고 거짓말을 하면서도 아직 끊을 수 없었던 것을 여전히 원했고, 아직도 스스로 그렇게 믿었고, 그녀를 원한다는 것을 그녀가 믿어주기를 원했고, 자기가 그렇게 믿는다고 스스로를 속였다. 그녀는 손에 쥐고있는 마지막 동전처럼 아무 말없이 진실을 쥐고 있었다. 아마도 아무 가치없는 동전을 눈 깜짝할 사이에 그녀는 던져버렸고, 그렇게 에즈라는 그녀를 빈털터리로 만들었다.

그녀는 차를 마시면서, 이제는 아무 의미 없는 또 다른 인생의 장면들이 계속 재생된다고 생각한다. 침대에 누운 채 조용히 창문을 바라본다. 두 시간 뒤면 알람 시계가 울리겠지.

기만은 끝이 없다. 웃는 것. 우는 것. 욕하는 것. 숨 쉬는 것이 그녀가 할 수 있는 최선이다. 밤이 옅어지네. 곧 동이 트겠지. 하루가 시작되겠지. 처음에는 둔탁하던 희미한 빛이 완전한 무중력 상태로 사라지면 순수한 낮의 얼굴, 도로와 건물이 있는 도시, 내부와 외부의 벽만이 존재할 것이고, 모든 것은 껍데기가 되고 그 위로 다른 껍데기들이 자로 잰 듯한 그림자를 드리우겠지.

파리에 있자니 소피의 눈에 보이는 어떤 것도 그렇게 기괴하고 시시하고 무의미할 수 없었다. 그녀가 하는 어떤 일도 진지하지 않았다. 마침내 짐을 풀고, 딸을 위해 커튼이 달린 방 하나를 마련해 주고, 비싼 소파를 샀는데도 진지하지 않았다. 보이는 남자들과의 어떤 관계도 그랬다.

세상일이 원래 그렇지 뭐, 유부남의 일주일에 하루짜리 내연녀가 된다는 게 진지할 리가. 로널드가 입버릇처럼 말하듯이, 그와 사랑에 빠진다면 비극이 될 터였다. 소피에게 극락조꽃, 한정판 예술 서적들(출판사 최고위직이어서 정보를 귀띔해 줄 수 있었다)을 가져다주었고, 나중에는 늘 엄선한 화이트와인과 굴을 곁들여 저녁을 했고, 덩치가 컸고, 아들 이야기를 할 때의 표정을 그녀는 좋아했지만, 화요일에 만나고 나서 그다음 주 화요일까지 남는 시간엔 무엇을 한단 말인가? 진지하지 않은 게 낫다. 결혼 때 진지하게 고려하지 않은 것이야말로 실수 아니었던가. 하지만 그녀에게 정부¹ᵃ ᵖᵉᵗⁱᵗᵉ ᵐᵃîᵗʳᵉˢˢᵉ의 자질이 없는 건 분명했다. '한 명의 여자'는 커녕 '또 다른 여자'가 되는 데도, 뭐 동전의 양면일 뿐이긴 하지만, 젬병이었다. 남자들은 대부분 속여 주길 원한다. 하지만 가스통과 같은 노골적인 변태새끼는 나름 신선하다. 여자가 창녀가 되길 원하는 그는 서랍에서 성인용품을 꺼내 굴욕감이나 주기 일쑤이고, 어느 쪽도 사랑한다느니 기쁘게 해 주겠다느니 말하는 일 없이 일단 붙고 보고, 희한하게도 반항은 쾌락으로 이어진다. 변태 아니냐고? 가스통을 상대하는 것만도 커다란 성취인데 뭐. 역시 진지한 사이는 아니지만.

알랭은 따분하지만, 이 남자 저 남자 돌아다니다 보면 그가 요긴하다.

또 이전에 그녀를 사모하던 이들 중에 니콜라스가 있었는데, 지금은 임신한 아내와 쌍둥이를 데리고 로마에서 살고 있으면서 아직도 소피를 사랑한다고 착각한다. 소피를 파리의 정부 두길 원하는 그와 달리 소피는 역겨운 생각이라고 했지만, 둘 사이엔 오래된 유대 관계가 있다. 사실 소피가 파리에 아주 눌러앉는다면 장기적으로 볼 때 그의 파리의 정부가 되는 것은 일 년에 한 번 오는 부다페스트 사중주단이나 러시아 발레단처럼… 그녀의 삶을 충만하게 해 주는 훌륭한, 꾸준한 일이 될지도 모른다. 역겨운 생각이다.

뉴욕의 젊은 남자도 있는데, 운명에 사로잡히거나 제대로 미쳐 버리지 않고서야 이런 이상한 연락을 계속하는 게 이해가 가지 않는다. 파리의 새로운 삶에 정착해야 할 때 왜 계속해서 그가 떠오르는지, 미

칠 노릇이다. 그저 살아남기 위해서지, 편지라는 형태로 자신의 무언
가를 되찾기 위해서지, 라고 되뇌어 본다. 그와의 관계에선 얻을 게 하
나도 없기 때문이다. 너무 젊고 미쳤으니까. 아이들을 생각해야 했다.
그와 미래를 이야기한다는 건 말도 안 되는 일이었다. 그 점을 양해하
고 둘은 헤어졌다. 그런데 이 편지들은 그와 그녀의 슬픔 또는 체념과,
그들이 편지를 주고받았다는 사실을 증언한다…. 진짜 마법같이 환장
할 노릇은, 그와는 완전히 끝났고 다시 연락할 일은 없을 것이라고 믿
는데도, 그의 환상으로부터 헤어났다고 느낀 다음날이면 어김없이 아
이반의 편지가 온다는 것이다. 물론 그녀는 답장을 한다. 그의 일정에
맞추어, 그가 이전에 보낸 편지와 기억을 더듬어 짜맞추고 모아서 밀
봉하고 우표를 붙이고 봉투를 파리 중앙우체국 우편함에 넣으면 일
주일이 다 간다. 이 일이 끝나고 나면 고통과 무력감과 회복의 시간들
이다. 그의 다음 편지가 도착할 때까지 편지 봉투에 글자들을 끄적이
며 이 난해하고 복잡한 것들을 머릿속에서 날려 보내고 나면, 뭐든 대
상을 하나 찾아 편지처럼 보이게 만들고서 숭배하며 다시금 행복과
고통의 눈물을 흘리면서 그를 저주한다. 그런데도 아이반에게 보내는
편지 역시 진지하지 않다. 아이반에게 달려가는 것과 잊어버리는 것,
둘 다 불가능한 양극단이고 중간은 없다.

　실용적이고 합리적이 돼야 해. 여자에겐 돈과 남자가 필요해. 돈벌
이를 시작하기 위해서는 남자가 필요해. 내 돈을 관리해 줄 남자. 남자
다루는 법을 알아야만 해.

　이건 꽤 잘 하고 있다. 파리에 온 지 겨우 석 달인데.

　사실 화가 좀 난다.

　적어도 자신의 책에 대해서는 진지하게 생각하는 걸까?

조슈아가 생각 없이 무식하게 힘만 세다거나, 딸이 너무 쌀쌀맞다는 애들 아빠의 말은 물론이거니와, 여동생은 사람 구실을 못 한다는 조슈아의 말은 사실이 아니다. 우리 가족은 왜 이리 사랑이 부족한 걸까?

　조슈아는 조너선을 바보라고 하거나 소리를 지르기도 하고, 저녁에 엄마와 단둘이 있을 때는 제 아비를 빼닮은 슬픔 어리고 친밀한 말투로 "이런 말 하긴 싫지만, 요요는 멍청해"라고 말하기도 하지만, 그것은 사실이 아니다. 조너선을 요요라고 부르는 건 나빠. 그저 자기한테 맞는 속도로 뭐든 하는 것뿐이고, 학교에서도 잘하고 있잖니… 굳이 말하자면 너 학교 다닐 때보다 낫다. 조너선은 제 아비 특유의 몸짓으로 거만하게 어깨를 으쓱하고는, 엄마가 억지로 보내서 진보적 학교를 가지 않았더라면 어쩌고저쩌고…. 됐어, 지금은 다들 같은 학교 다니잖아, 이제 그만 동생 목욕할 시간이야. 조슈아는 온수기를 만져보고는, 가스 압력만 일정하면 자정쯤 씻을 수 있겠다고 말한다. 그랬다. 온수는 5센티밖에 안 남았고 물탱크에 남은 물은 얼음장이다. 그녀는 다림질을 계속한다. 조슈아는 남동생 얘기를 계속한다(여동생 얘기는 안 한다. 저녁거리니까). 이건 우리끼리만 얘긴데(흉내로 뜻을 얘기한다), 내가 무슨 말을 하는지 알지? 통통하지, 그녀가 말한다. 그건 일부일 뿐이고, 질척함, 웃는 것, 모든 것이 사람들로 하여금 조너선을 난폭하게 다루도록 만든다. 나는 정말 개가 바보라고 생각해. 소피는 조너선이 바보나 멍청이가 아니라는 걸 알고 있다. 그저 조용히 마음을 정하거나 노력하는 중인 거다. 콤비네이션 폭탄과 이아고[셰익스피어 『오셀로』에 나오는, 사악하고 이간질 잘하는 인물]에 해당하는 제 형에 대해 조너선은 결정을 내릴 수 있을까? 왜 그렇게 화났어요? 조슈아가 천진스레 묻는다. 다른 사람들 신경 쓰는 것 반만큼만 네 자신을 걱정하면 얼마나 좋을까…. 이제 잘 시간이야, 그녀가 조슈아의 다음 말을 끊는다. 아침에 샤워해. 외출하기 전에 따뜻한 샤워를요? 스웨덴에선 항상 그래. 하지만 우린 스웨덴 사람이 아니잖아요. 조슈아가 이불 밑에서 살금살금 더러운 발을 내보인다. 엉덩이에 난 발진을 보여 주려 하지만 그녀가 얼른 꼭 껴안고는 굿나잇 키스로 저지한다. 잘 자거라. 안녕히 주무세요, 엄마, 하고는 장난기 가득하게 한쪽 눈을 뜨고 엄마가 멀어지는 모습을 보고 화난 걸 알아챈다.

다시 주방으로 돌아온 소피는 집안일을 마저 하기 전에 혼자 중얼거린다. 저주. 처벌. 그녀에겐 에즈라 블라인드의 어머니와 달리 감사할 수 없는 과업이 주어졌다. 소피의 자궁에서 에즈라가 한 명 더 나온 것이다. 하지만 자신의 분노가 순진한 이 아이에게 전가되지 않게 해 달라며 하느님께 기도와 저주를 마치고 나면, 필요하다면 또 다른 에즈라 블라인드가 침대에 오도록 해 목졸라 죽일 수도 있다는 저주와 기도를 마치고 나면, 조슈아가 에즈라의 사악한 환생이 아님을 알아차린다. 조녀선이 물론 날라리 같은 요스케 삼촌을 약간 닮긴 했지만 말이다…. 소피는 딸 토비를 버릇없는 응석받이로 키웠다는 걸 알고 있다. 토비가 끔찍한 스웨덴 영화처럼 선데이 베스트를 입고 흰 말을 타는 걸 보면 강간을 당하진 않을까 걱정했다. 하지만 이 모든 것은 터무니없는 일임을 알고 있다. 토비는 괜찮다는 걸 안다. 알고 있다.

공책의 첫 페이지가 하얗게 펼쳐져 있다. 비어 있지만, 가을 코앞에서 살아남은 모기 같은 곤충 자국이 있다. 종이 위에 떨어져, 제 그림자보다 연해서 거의 투명하다시피 한 구부러진 다리로 덜덜 떨며 서 있다. 공책에 그런 곤충을 두고 글을 쓸 수 있을 리가 없다. 그놈을 불어

내고 공책을 털고 손가락으로 튕기려 하는데, 죽기 직전의 이 작은 괴물은 떨어지지 않고 꼭 붙어서 눈에 보이지 않는 작은 발톱을 다공성 종이에 재빨리 뿌리박고 꼭 움켜쥔다. 해결책은 한 가지, 손을 딱딱한 겉장 밑으로 밀어 넣고 책장을 확 닫아 버리는 방법밖에 없다. 꼭 누른다. 다시 열을 센다. 순식간이라 아무 느낌도 없지만, 알 만하지 않은가. 말라서 종이에 적당히 눌러붙으면 글쓰기를 시작할 수 있다. 잘했다. 압사한 이 곤충은 마치 나는 것처럼 다리 하나를 나머지 다리들보다 길게 쭉 뻗은 채 날개는 천사처럼 접혀 매우 우아한 모양으로 고정되었다. 오래된 책처럼 금빛이 도는 갈색이다.

… 의식이 돌아오는 것은 일생의 싸움이다. 출발은 셀 수 없이 많지만 도착은 거의 없고, 그마저도 가짜가 대부분이다. 시작은 기록되지 않은 중대 사건으로 거슬러 올라간다. 아이의 손이 수업 공책 겉장에 소피아 알렉산드라 란츠만(사실은 란츠만 소피아 알렉산드라)이라고 처음 썼던 때, 아니면 아이의 손이 처음으로 이름을 쓰던 때로. 시간이 없이는 기억이 존재할 수 없기 때문이다. 수업 공책에 이름을 쓰는 아이는 돌아오는 의식의 시작이 아니라 투쟁의 시작을 표시한다. 표시되지 않은 도착과 출발. 처음도 없고, 도착과 출발의 차이도 없다. 폐가의 새는 수도꼭지의 물방울처럼 셀 수 없다. 투쟁은 시간에 있고 시간에 반한다. 그것만은 확실하다. 목적은 분명하지 않다. 시작선과 결승선을 정하는 것. 과정을 기록하는 것. 기억의 늪과 현재의 확산으로부터 구하는 것. 무엇을?

뉴욕에서 한 행복한 연애를 기억한다.

쏟아지는 그의 혀가 소피의 눈꺼풀 아래 매머드, 들소, 날뛰는 순록, 엄니멧돼지 떼를 핥는다. 그녀는 머리가 절로 굴러갈 정도로 무거워질 때까지 채워진다.

우리 관계를 뭐라고 정의하지, 그가 묻는다. 엄밀히 말하면 애인이지, 뜸들이고서 그녀가 답한다.

엄밀히 말하지 않으면? (그녀는 모든 것을 포괄할 만한 단어를 생각해 내지 못한다.)

그녀는 그가 뛰어다니고 가구 위를 걷는 모습에 꽤 익숙해졌다. 평소엔 그렇게 맨발로 공중에 이불을 던지는 행동은 하지 않는다고 그가 말한다. 하지 마, 잠결에 그녀가 말한다. 물이 전부 빠져나가잖아. 그리고 항의하면서 둥글게 몸을 웅크린다. 덮을 만한 거 더 없어? 그가 옷장에 있는 것을 모두 꺼내 그녀를 덮어 준다. 그가 머리빗을 갖고 그녀에게 장난을 친다. 하지만 그녀는 그의 손이 아닌 걸 알아채고 그의 진짜 손목을 낚아챈다. 두 사람 모두 이 모든 것이 매우 유치하다는 것을 깨닫는다. 둘은 일어나서 신문을 읽을 것이다.

하루가 공중에 매달려 있다. 인상주의 대가의 붓이 스케치한 칙칙한 금색 무늬를 배경으로 익숙한 뉴욕식 아파트 가구가 아무렇게나 배치돼 있고, 선반 위엔 위스키 병, 인스턴트 커피 통, 수프 캔, 향신료가 올려져 있고, 바닥에는 뜯어진 설탕 봉지, 재떨이, 과일 그릇이 있다.

대기중에 그려진 열대 정원. 이 순간 뱃속의 콩닥거리는 판막을 통과해 창자를 향해 움직이는, 몸통 깊이 자리 잡은 기관인 마음, 유난히 의식이 또렷한 마음은 간단한 설명으로 풀리는 오래된 수수께끼를 재미있게 관찰한다. 의지의 유무와 상관없이 팔이 허공으로 떨어지고, 손을 뻗어 배를 움켜쥐며, 증거 없이 체포된 사람처럼 과일 위에 가만히 눕는다. 의지의 유무와 상관없는 움직임과 쉼. 간(肝) 속에 포근히 들어앉은 마음은 거기서 멋진 의미를 발견한다. 기록하고 싶지만, 그러지 않는다. 뜨거운 욕조에 들어간 뚱뚱한 남자가 문득 계시를 받고 그걸 기록한다면 모를까. 기록할 수 없다. 종이가 젖을 테니까. 물 밖으로 팔을 꺼내면 계시가 꺼질 테니, 생각할 수조차 없다.

무슨 생각 해? 너무 조용하네. 그의 말에 그녀는 미소 짓는다. 머리에서 모든 생각이 사라졌다. 얼굴은 껍데기만 남았다. 겉으로만 봐선 그녀는 조그만, 여자의 얼굴을 한 새가 서가에 걸터앉아 있거나 천장에 매달려 있는 것 같다. 걱정으로 자기 손을 비틀고 있는.

그녀가 웃는다. 물속에 푹 잠긴 애인의 어깨 위에 얹힌 머리가 마치 희미한 찰나의 도깨비불 같은 빛 속에서 기분을 망쳐 버린 여신의 화려하게 장식된 머리 같아진 걸 보고 웃음으로 답한다. 이런 환상은 주의나 분산시킬 뿐이다.

그는 오늘 상자를 포장하는 그녀를 돕겠다고 약속했다. 하지만 샤워 후에 예상대로 그들은 짐을 싸는 대신 사랑을 나눈다. 그녀는 짐 꾸리기를 끝내야 한다. 사랑에 빠지는 것은 끔찍하다. 그가 다시 일어나서 한 차례 더 샤워를 한다. 울어? 그가 묻는다. 면도를 끝낸 그가 그녀 옆에 눕는다. 옷 안 입어? 길어지지도 않고 무게가 늘지도 않는 침묵 속에 누워 서로를 응시한다. 그가 그녀의 얼굴에 반달을 그린다.

그는 관심이 없다. 분명하다. 의자는 모두 부서졌다. 깨끗한 접시와 빨랫감을 놓을 장소가 마땅치 않다. 그녀 혼자서 선반을 설치할 것이다. 그러면 적어도…, 말을 잇지 못한다. 모든 것이 그것에 의존하지만 그녀는 설명할 수 없다. 그는 은색 줄자를 갖고 논다. 스틸 밴드를 꺼냈다가 손을 놓자 다시 작은 금속 케이스로 말려 들어간다. 그녀의 어깨 좌우로 스틸 밴드를 늘여 재니 18인치가 나온다. 그녀는 이제 그의 등 길이를 재고 싶어 하는데, 그는 두 사람의 허리를, 목을 잰다. 너무 빠르게 치수를 읽어서 기록할 수가 없다. 왜 이래야 하는 걸까?

그가 공간, 거리를 재고 있다. 그의 오른쪽 팔꿈치에서 그녀의 코까지 거리를. 그녀의 배꼽에서 자기 골반까지, 그녀의 오른쪽 젖꼭지에서 자기 왼눈까지. 나머지는 추정치야, 그가 말한다. 셋, 둘, 하나. 제로. 빼기 4, 빼기 6, 빼기 10.

상관없어, 그녀가 말한다. 나도 그래, 라고 답한다.

아이들 데리러 갈 시간이 다 되어 가는데 그녀는 침대 정리도 하지 않았다. 저녁은 뭘 해야 할지 생각할 겨를도 없다. 신발을 신기조차 힘들다. 해가 뜰 때 바구니 한쪽 손잡이에는 빨랫감을, 반대쪽 손잡이에는 장바구니를 걸고 균형을 잡으면서, 아기를 앞에 태우고 등에 또 하나를 띠로 둘러 업고 자전거를 타던 시절과 지금이 얼마나 다른지 생각한다. 금욕적이고 순진한 어린 아내. 항상 바쁘고 어찌할 바 모르는 모습이 아름다웠지. 그렇게 진을 다 빼고 보니 사실 인생이란 그런 거였고, 그러면서 그녀는 거의 투명인간이 되어 가고 있었다. 하지만 이제 그녀는 자신에게 절절매는 신세가 되어 버렸다. 생일날이면 배 터지게 먹고 살찌는 추잡한 유령 같은.

결혼하지 않은 소녀처럼 머리는 온통 엉켜 있고 덩치는 집채만 한 지금, 형체 없는 오래된 고뇌가 그녀에게 쓸모 있을 남자를 갈망한다. 그녀는 어딘가에서 최고의 학생이었는데. 어딘가에서 살로메를 연기했는데 에즈라만 아니었다면 그녀는…. 다 부질없는 소리다.

"그래서 저녁은 뭐 먹어?" 번들번들한 분비샘, 염통, 골, 간이 쌓인 진열판들이 늘어선 모베르 광장의 고기 시장에 줄을 서 있다. 털 뽑힌 닭들이 똑같이 엉덩이가 위를 향하고 목은 비틀린 채 가슴을 아래로, 머리는 한쪽 날개 밑에 살짝 보이도록 수줍은 자세로 줄지어 있다. 털 뽑힌 토끼들은 털 부츠를 신은 채 등을 아래로 하고 앞발은 머리 위로 묶고 옆구리를 넓게 벌려 눕혀 놓았다. "엄마, 뭐 살 거예요?" 이렇게 세상이 끝난다.

"오늘은 토비가 결정하게 하자…. 한 번씩 돌아가면서 결정할 거야." 겨우 말을 하지만 아이들은 놀이에 참여하려 하지 않는다.

"싫어요, 엄마가 정해요. 엄마가 정했으면 좋겠어요."

또 스파게티를 해 줄 수는 없다. "셀프 서비스는 어떨까?"

"좋아요! 슬롯머신 저기 있어요."

"그럼 스파게티 먹겠네!"

"아싸! 나도 슬롯머신 할래."

"안 돼. 고기 구울 거야." 그녀는 선언하지만 아이들은 줄에 선 엄마를 빼내고는 흥분해서 춤추며 앞서 걸어가고, 조슈아는 엄마의 팔을 끌면서 신이 나서 친절하고 의젓하게 "힘내요, 엄마. 제 성격에 슬롯머신이 안 좋다고 생각하는 거 알아요. 하지만 슬롯머신에도 기술이 필요하다는 걸 모르시죠…. 그러니까 교육적으로 좋아요"라고 말하고는 한마디 덧붙인다. "어서요, 엄마, 그렇게 보지 마세요. 인생 한 번쯤은 즐기자구요."

"그런데 왜?" 에즈라는 숨이 턱 막힌다.

오버슈즈를 신고 코트는 절반쯤 풀어헤친 채 야간 열차를 타고 온 그가 놀라서는 복도에 선 채로 묻는다.

"당신하고 결혼 생활 하기 싫어." 그녀가 되풀이한다.

"근데 왜, 소피?"

그의 어리둥절한 모습은 둘 사이에 균열이 있다는 최소한의 의심도 착각하게 만든다. 경직된 얼굴로 파이프를 물고는 겨우 진정한다. 큰 충격을 받았지만 자존심을 모두 잃은 것은 아니다. 감동받지 않기가 힘들다. 에즈라도 아름답던 순간이 있었는데, 갑작스러운 충격으로 멍해진 동물처럼 표정 없이 응시하는 지금 그의 모습은 외롭고 허탈해 보이고, 이미 그녀가 길바닥으로 내던지고 인생에서 쫓아낸 버림받은 이방인처럼 보인다. 그가 말없이 나갔다면 그녀는 참지 못했을 것이다.

"그러니까," 그는 한 번 더 깊이 숨을 들이마신다. "내가 이 소리를 들으려고 여기까지 왔구나. 열두 시간이나 걸려서."

그가 탁자에 작은 길쭉한 보석 상자를 내려놓는다.

"선물이야. 고마워할 필요 없으니까 가져. 글쎄… 내가 바보네."

냉담하게 말하고는 파이프대를 물어뜯는다.

"전에 이 문제에 대해 얘기한 적 있잖아. 편지에도 썼는데…." 그녀가 말한다.

"그 문제는 이미 해결됐다고 생각했어. 당신, 대체 뭐에 씌인 거야?" 절망에 빠져 눈물을 머금은 채로, 그럼에도 평정을 지키면서 그는 지난 봄 소피가 파리에 있을 때 방문해 사흘 동안 그 문제를 어떻게 해결하고 의논했는지 말한다. 당시엔 파리가 해결책이었다.

"나는 여태껏 당신에게 관용 그 이상을 베풀었다고 생각하는데 말야. 아내 혼자 파리에 사는 걸 허락하는 남편이 몇이나 된다고 생각해?"

그는 당연히 파경을 진지하게 받아들이지 않았고, 이전에도 진지하게 고려한 적이 단 한 번도 없었으며, 이제는 준엄하고 비통하고 거만하게 코트와 오버슈즈를 벗고 말을 이어 나간다. 압박을 받으면서도 책임감 있는 남자, 이성적인 남자, 참을성 있는 남자가, 현실감이 부족해 이룰 수 없는 꿈에 이끌려 앙심과 보복심이 끓어올라 그의 인내를 누릴 자격이 없는 무책임하고 철부지 같은 여자, 한때 그가 사랑했던 여자에게 말을 하며, 이제 이 여자의 어리석은 행동 때문에 그녀로부터 그의 가정과 가족을 보호해야만 한다. 암울한 의무를 수행하도록 저주받은 남자.

"씁쓸하네."

그가 말한다. 그녀는 아무 말도 하지 않는다. 실제로 기묘하고 끔찍하게 일어나는 이런 일에 준비가 돼 있는 사람은 아무도 없다. 참을 수 없는 일이니까.

"차 한잔 할까?"

그가 묻는다. 그녀는 주방에 있다. 그녀는 그를 위해 차를 준비하는 것을 즐긴다. 마음을 평안하게 한다. 터무니없지만 사실이다. 그 향이 삶을 버티게 해 주는 것이다. 어쩌면 에즈라가 옳고 그녀가 미친 것인지도 모른다. 어쩌면 에즈라가 틀리고 그녀도 미친 것인지도 모른다. 그냥 없던 이야기로 할까. 둘 사이에 화가 섞인 이야기가 오간다. 따뜻한 목욕, 아침 식사, 깨끗한 이부자리로 그를 대접하는 것은 그녀가 원하기 때문이며, 설사 그녀가 원하는 게 비난과 싸움일지라도, 설사 그를 경멸할지라도, 단지 자신의 온전한 정신을 유지하는 데 필요하기 때문에 하는 것이다. 그가 주방으로 들어온다.

"뭐 먹을 거 있어?"

그가 냉장고를 열며 묻는다.

"애들 먹을 것들뿐이지."

항상 그랬다. 그녀의 금욕주의. 언제나 속을 채운 거위를 요리할 준비가 되어 있어야 하는 생활에 신물이 난 지 오래다. 그가 나가 줘야겠다. 정말로 나가 줬으면 좋겠다.

그의 찻잔으로 눈물이 떨어진다. "우린 이걸 넘기지 못할 거야. 내가 못 견딜 거야."

그가 받아들인 걸까? 지쳐서 할 말은 잃은 그녀는 그가 울음을 그치길 기다린다. 한 시간 후면 아이들이 학교에서 돌아올 시간이다. 지금 이 순간은 모든 것이 의미가 없어 보이지만, 그가 서명할 서류를 가져와야만 한다. 너무 늦었다. 결혼 생활을 끝내기엔 너무 늦었다. 그럼에도 불구하고 끝내야 한다.

"그래서," 그가 말하며 그녀의 손을 잡는다. "결정된 거군. 손 잡아도 돼? 반지 뺐구나? 아직 우린 결혼한 상태잖아. 둘 다 노력해야지. 소피, 도대체! 이유가 뭐야, 소피!"

"왜냐고?"

그녀가 일어나 의자 등받이를 움켜쥔다.

"뉴욕에서도 말했고, 이비사에서도 말했고, 제노바에서도, 파리에서도, 작년에도, 올해 여름에도 말했잖아. 말하고, 말하고, 말하고, 이번에 마지막으로 말하는 거야. 우리 결혼은 끝났어. 끝. 우리 결혼은 끝났다고." 그녀가 소리친다.

"제발 그만해." 그가 귀를 막으며 반대한다.

"당신 들으라고 소리치는 거야. 맞아. 나 소리칠 거야. 우리 결혼은 끝났어."

그가 혼잣말을 하며 문으로 다가가고 그녀가 따라간다.

"이대로 나가지 마."

"안 갈 거야. 그저 애들이….."

"애들은 학교에 있고, 온 집에서 내 고함 소리를 들어도 상관없어. 우리 결혼은 끝이야."

"제발 진정 좀 하고, 앉아서 교양 있게 조용히 얘기해 보자고." 이성적인 남자가 미쳐 버린 부인에게 말한다. "세 아이의 인생이 달린 중대한 결정이야."

"에즈라, 난 문제를 칠 년간 얘기해 왔어. 얘기하고, 얘기하고, 또 얘기했잖아. 이제 더 이상 할 말이 없어."

"미안해. 당신이 날 좀 용서해 줘. 상황에 대한 감각이 달라서 그래. 친구들이랑 지난번에 쿠폴에서 멋진 저녁 식사도 했잖아." 그가 당혹스러운 태도로 말한다. 설득은 실패다. "내가 정말 이해를 못 해서 그럴지도 몰라. 미안하지만 술 한잔만 할게. 너무 충격 받았어."

그녀가 건넨 스카치를 한 모금 들이마신다.

"이해 좀 시켜 줘. 당신을 방해하거나 당신 뜻에 반대하지 않을 테니까. 헤어지면 난 뭘 얻는 거지?" 이번엔 애인이나 친구의 목소리다.

"당신은 공정하고 고결한 사람이야. 내가 결혼한 여자. 내가 당신을 실망시킨 건 알아. 나도 말 좀 할게. 날 용서해 달라고 애원하는 건 아냐. 나도 체념했어. 당신은 자유야. 당신을 막지 않겠어. 하지만 이유는 알아야겠다. 그 오랜 세월 다 지나고 왜 지금이야?"

"에즈라, 벌써 칠 년이야." 소피가 창밖을 응시하며 말한다. "칠 년을 말했어."

"나랑 사는 게 그렇게 끔찍했어?" 그가 미소를 지으면서 술을 다시 한 잔 채우며 그녀에게 묻는다. "말해 봐, 소피. 내가 결혼한 여자, 나랑 이혼하려는 여자를 좀 이해해 보자. 이제 말해 봐. 우린 친구잖아."

그녀는 냉정하게 딱 잘라말한다. "싫어."

"이유가 뭐야, 소피?" 그는 기분이 상한다. "다른 남자가 있다면… 이봐, 당신이 누구를 만나든 상관없어. 결혼은 신성한 거야. 둘이서 약속했잖아. 니콜라스 일은 나도 알고 있어. 하지만 그건 중요하지 않아. 내 코가 갑자기 싫어질 수도 있는 거고. 당신은 가끔 경솔하니까 말이야. 당신과 결혼해 줄 사람이 따로 있지 않은 한 이혼해 줄 수 없어. 난 당신을 책임져야 해. 이혼을 원할 이유가 없어. 단지 결혼 생활을 파토내고 싶은 것뿐이지. 왜? 그렇게 못된 사람이었나? 날 파멸시키려고?"

"당신이랑 결혼 생활을 하고 싶지가 않아."

"하지만 우리는 만나지도 않는데? 우린 다른 도시에 살고 있어. 완전한 자유를 주잖아. 일 년에 애들 때문에 가끔 만나서 겨우 몇 주 같이 지내잖아. 이봐 소피, 나도 당신과 함께하는 게 쉽진 않지만, 결혼은 결혼이야. 마음 내키는 대로 마음 내키는 사람이랑 사는 건 이해해. 그 이상 뭘 원해? 이혼한다고 해서 당신이 얻는 게 뭔데?"

"당신과 결혼했다는 생각이 날 미치게 해."

"그럼 정신과 의사를 만나 봐. 이런 이야기에 낭비할 시간 없어. 더 중요한 이야기도 많잖아. 애들은 언제 집에 와?"

그가 손목시계를 본다. 그는 오후 시간은 아이들과 보내고 싶어 한다. 이 모든 것에 지쳐정신과 낮잠이라도 자고 싶지만, 되마고에서 만날 사람이 있다. 저녁에 아이들을 데리고 외식을 하려면 그 전에 돌아와야 한다. 중요한 대화를 해야 한다….

곧 크리스마스다. 소피는 여전히 미래를 갖고 타협하려고 노력 중이다. 정말로? 아니면 느낌으로만? 미래가 어떤지 그녀는 모른다. 루브르의 마당을 거닐면서 그녀는 가짜 문제를 해결하고, 진지하게 생각하지 않으려 한다. 어쨌든 시간은 휘발유 없이도 잘만 흐르고 중간에 멈추는 법이 없다.

튈르리 정원의 모래 길을 따라 걸으면서, 루브르를 포함한 이 모든 무리와 경관이 다음 순간을 향해 질주하게 하는 시간의 흐름과 중력의 관계가 그녀의 마음을 조바심 나게 했고, 정원의 카루젤 광장 쪽 입구로 들어올 때 하얀 알파 로메오 앞에 서 있던 남자가 이제 그녀가 나가는 리볼리가(街) 방향 대문에 서서 그녀를 쳐다보고 있음을 눈치챈다. 아까랑 똑같은 고가의 캐시미어 낙타색 코트, 타탄 스카프, 베레모에 돼지가죽 장갑을 꼈고, 하얀 알파 로메오는 대문 가까이 주차되어 있다. 교양 있는 남자가 먹잇감을 노리는 눈빛으로, 그녀가 다가오는 모습을 바라본다. 이런 상황(아직 실제로 다가와 말을 걸지는 않았지만 그럴 가능성이 크다는 사실을 의식한)에서 여자는 시선을 달리하거나 유심히 보지 않는 척하며 보조를 차분하게 유지하는, 설명하기 힘든 내숭을 발휘한다.

… 부유하고 건장해 보이는 한창 때 남자의 눈길을 끌게 되어 기쁘고, 어쩌면 유행에 민감한(그가 얼굴 마사지를 받은 건 아닐까 생각한다. 아무렴 어때), 영혼 있는 사람이 저 앞에 있다(영혼이 있는 여자를 찾는 술 취한 사람에 더 가깝지만). 물론 이번에도 눈 나쁜 속물한테 걸려든 거다.

나는 어디를 가고 싶은 거지? 남자 자체가 미끼가 아닌 한, 이 단계에서 도시라는 배경이 언제나 문제가 되지만, 불로뉴 숲에 아이들과 일요일에 가려고 눈여겨 본 곳이 하나 있다. 다만, 자기기만의 능력이 너무 뛰어나서, 가죽 쿠션에 등을 기대고 떠나는 즐거운 여정의 파트너로가 아니라면 이 남자에게 관심이 없을 것이라고 확신하는데, 해변을 따라 산책하는 것도 괜찮은 것이, 도시에서는 두둑한 지갑이 필요하기 때문이다. 그는 그렇게 유쾌한 장소로 가는 것을 좋아했고, 그녀는 매끈한 나뭇가지와 흰색 식탁보와 은으로 된 부이용[고기, 생선, 야채 등에 향신료를 넣어 우린 맑은 국] 그릇 너머를 본다. 옅은 안개로 뻗어 가는 가녀린 나뭇가지가 그녀의 웃음을 자아내고, 파리지엔 아닌 노르딕이라는 사실을 비롯해 그녀의 비밀 이야기를 끌어낸다. 프랑스어를 말하는 데 한계가 있는 그녀와 프랑스어를 알아듣는 데 한계가 있는 그 남자 사이의 언어 장벽 덕분에 무의미한 대화는 어느 정도 방지된다. 언제나처럼 농담으로 시작하는(모델이세요? 자동차와 옷은 빌린 건가요?) 뻔한 이야기를 변형한 것들. 남자는 밀라노 근처에 살고, 공장을 몇 개 갖고 있다. 부인과 자녀도. 멋진 가족이 있지만 가정적인 남자가 아닐 뿐이다. 정체가 무엇인지는 모르겠다. 한때 등산과 인도 철학에 관심이 있었다.

… 커피랑 디저트 하러 갈래요? 아뇨. 그녀는 훌륭한 와인을 마저 마셔야 한다. 거짓말로 둘러댄 이름을 기억해야지 생각하지만, 기억하

지 않는 편이 나을 것이다. 아무튼 당장은 소피 블라인드가 아닌 게 좋다. 차 안에서 이렇게 다른 사람이 되는 것만으로 훌륭하지 않은가. 왜 웃어요? 그녀는 다시 미소를 머금으며 키스로 대답한다. 열두 살 즈음, 언제든 자동차에 치이면 사람들이 네 속옷을 볼 수 있으니까 집 앞에 나갈 때도 항상 깨끗한 속옷을 입으라던 고모의 말이 생각났다. 교차로에서 신호를 기다리는 동안 그가 차고 이야기를 해 준다. 호텔에서 세 블록 거리인데, 걸어갈 수 있겠어요? 도어맨한테 시킬 수도 있지만, 아무나 차를 몰게 할 순 없으니까. 걷는 것쯤이야 그녀도 개의치 않고, 예민하고 민감하고 강력한 야수 같은 차에 그가 민감한 걸 이해할뿐더러 그녀 역시 그 차와 사랑에 빠졌다. 둘은 차 이야기를 한다. 그는 그녀가 기계에 열정을 보이는 게 별나다고 생각한다. 보통 여자들은 그렇지 않은데—소피는 그럴 기회가 없었을 뿐이다. 그녀는 타자기, 사진, 한때 소유한 모터스쿠터에 대해 푼수같이 수다를 떤다. 이런 행복감이 얼마나 지속될까? 이번엔 또 얼마나 오래갈 수 있을까? 엘리베이터(그녀에게 아무런 의미도 없는 분리된 개체인 그와 위로 올라가는 관 속에 밀폐되는 바보 같은 상황에 불과할지 모르는)에서 나는 나쁜 년이라는 생각이 행복감을 더럽히는데, 안락함에는 변함이 없고 색깔만 달라진 것이니 어쩌면 이것이 최선인지도 몰라. 그녀는 망설이지 않고 편안하게 걷고, 행복감은 그대로 유지된다. 문득 자신을 되찾으면, 쾌락의 행위 중에 달콤한 와인은 모두 빠져나가 버리고 신기하게 사라졌던 의식만이 또렷이 남아도 후회는 없으며, 한참 지나면 모든 것이 텅텅 비어 제대로 잠들지 못한다. 다른 장소, 다른 방들을 떠올린다… 다른 남자들도…. 여기 조지5세 호텔 스위트룸은 정말 좋군. 도자기 홀더가 벽에 높게 달려 샤워를 할 때 몸을 숙이지 않아도 된다. 얇고 흰 이불도 좋다. 꼭 30분 후에 떠나야만 하나? 이른 저녁에 같이 룸서비스를 시킬 수도 있는데. 그는 런던에 출장 간다고 한다. 처남이 공항에서 기다리기로 하지만 않았다면 그녀를 데리고 가고 싶다고 한다. 아니면 하루나 이틀 뒤에 그녀가 합류해서 스코틀랜드까지 차를 몰아 가거나 어디론가 훌쩍 비행기를 타고 떠나거나.

그녀는 옷을 다 입었다. 다음에 어떻게 하면 볼 수 있어요? 그의 물음에 그녀는 미소 지으며 구부러진 황동 손잡이에 손을 얹는다. 어쩌면 어느 날 오후 튈르리 궁전에서 만날지도 모르죠….

카펫이 깔린 로비를 지나(신문 헤드라인을 힐끗 보고, 좋든 싫든 아무것도 변하지 않았음을 확신한다) 기분 좋게 걸어가다가, 뜨거운 목욕이 특히 좋았다고 생각하다가, 지하철 입구에 와서야 그의 차인지 호텔인지에 장갑을 두고 왔다는 걸 알아차린다(이런 만약의 사태에 대비해, 아니면 그것과 아무 상관없는 이유로 소피는 호텔 편지지와 비누, 비데에 달린 도자기 손잡이를 가방에 챙겼고, 완전한 현실로 생각하지 않았던 그 밀라노 신사의 물건은 아무것도 가져오지 않았다).

오후 한때를 보내기에 좋았지만, 얼빠진 백만장자를 위해 길잡이별이나 진기한 물고기 노릇을 하기란 너무 힘들다. 굴러들어 온 기회를 놓친 건 아닐까? 2년 전 니스의 요트와 별장, 파리의 아파트에서 받은 매력적인 제안을 거절한 일이 기억난다. 그는 그녀가 샌프란시스코까지 동행하길 원했다. 그것이 어리석은 생각이었음을 깨닫는 데 사흘이 걸렸다. 이제 와서 후회하는 건가? 하지만 그랬더라면 다른 일들도 일어나지 않았을 것이다. 오십대 후반에 접어든 폭군 같은 부호와의 관계는 장기적으로 지속하기가 전혀 불가능했고, 하루 이상 지속하는 것은 모두 장기전이 되거나 낭비에 해당했다. 아니야. 확신에 찬 허영심 많은 남자의 변덕에 따르거나 반항하거나 설득시키기란 너무 힘들었고, 소피는 자신에게 그 정도 인내심이 없다는 것을 알고 있었다. 소피는 버둥거리는 부호를 자신의 목적에 맞게 이용해야겠다는 생각이 자연스레 들었고, 사실 그 생각으로 머리가 가득했다. 재력의 문제는 아니었고 도덕적 문제는 더더욱 아니었는데, 간단히 말하면 로마에 가기로 마음먹었다고 해서 상하이 익스프레스가 거길 데려다 주지는 않는다는 것이다. 그러느니 차라리 걷지. 상하이 익스프레스도 충분히 재미있고, 역장과 사랑에 빠질 수도 있고, 로마에 가려던 사실조차 잊게 만들어 당신의 인생을 송두리째 바꿔 놓을 수도 있고, 아니면 그저 하나의 모험에 그칠 수도 있다. 이 모든 것이 가능하지만, 로마에 데려다 주진 않을 것이다.

그녀의 코트 주머니에는 어젯밤 뉴욕으로 보내려 썼다가 부치지 않기로 마음먹은 편지가 있다.

밤늦게 집에 돌아오니 에즈라가 그녀의 침대에 누워 있다.

"그렇게 충격 받은 얼굴 하지 마. 난 아직 당신 남편이라고." 그가 웃으며 말한다.

"베이비시터는?" 그녀가 묻는다.

"돈 주고 보냈어. 당신 외출하는 모습 보니 좋은데. 그런데 날 별로 반가워하지 않는 모양이네. 좀 상냥한 얼굴을 해 주면 좋겠어." 애정 어린 너그러운 미소를 지으며 그가 일어난다. "당신이 올 때까지 밖에서 기다릴 걸 그랬나? 애들 보고 싶어서 들렀어."

"온다고 말이라도 하지 그랬어."

"소피, 당신 얼굴 보려고 강연 일정에서 일부러 시간을 낸 거야. 내일 정오까지 런던에 도착하고 그다음 날은 뉴욕으로 가야 해. 어렵게 시간 낸 건데, 정말 야속하네."

"알았어. 그럼 정리 좀 해 보자. 한 달 전쯤인가 내가 편지 보냈지?"

"응, 편지는 받았어." 그가 슬프다는 듯한 몸짓을 하며 일어난다. "뭐라고 답장해야 할지 몰랐어. 소피, 당신을 억지로 묶어 둘 생각은 없어. 그런데 이혼이라니! 소피, 앞으로 직업적으로나 의학적으로 닥쳐올 곤경과 문제를 알고도 이러는 거야? 이혼이라니. 금전적으로도 불가능한걸. 난 돈도 없어. 이혼은 부자들이나 누리는 사치야. 가난한 사람은 그냥 같이 살아야 하는 거야. 난 여태껏 당신한테 관대했고 너 그러웠어. 대부분 내가 져 줬는데, 이건 도가 지나치잖아. 시작부터 충동적으로 결혼을 파토 내기로 작정한 게 명백하잖아. 안 돼, 그렇게 둘 수는 없어. 둘 중 하나라도 책임감이 있어야지."

"에즈라, 약속했잖아."

"서명한다고? 말도 안 돼. 어느 서류에? 변호사를 찾아갔나? 믿을 수 없어. 믿고 아이들까지 맡겼건만. 변호사를 찾아갔다니. 아내가 적이 되다니." 그는 눈물을 흘리지만 곧바로 마음을 가라앉힌다. 몸서리치듯 말한다. "당신답지 않아."

"합의서에 서명 안 하면 법정으로 끌고 갈 거야."

"이게 당신 본모습이군. 나쁜 년. 그래, 그래^Na ja. 내가 처음은 아니겠지…." 화가 나서 서성이며 중얼거린다. 서류를 보자고 한다. "한번만." 그가 요구하지만, 그가 서류를 찢을지도 모른다는 그녀답지 않은 생각을 한다. 그는 불쾌함에 몸서리친다. 그녀는 그를 전혀 이해하지 못하고, 현실과 얼마나 동떨어졌는지 보여 주는 미개한 짐승으로 생각할 뿐인데, 그런 그가 서류를 보고 싶다고, 게다가 소리를 질러? 그가 서류를 받아 들고 첫 페이지를 읽는다. "법적인 것 좋아하시네, 이게 무슨 말이야? 종이 쪼가리가. 재수 없게."

"가끔은 종이 쪼가리에 사람의 인생이 좌우되기도 해."

그는 서류를 쳐다보기조차 힘들어 한다. 말도 안 돼. 문제가 있으면 변호사가 아니라 정신과 의사를 만났어야지. 당신한테 필요한 사람은 정신과 의사야. 아니면 애인, 그것도 아니면 매질이 필요해. 온몸이 시퍼레지도록 맞아야 돼. "때리진 않을 거야. 안 때리고말고." 그는 신발을 걷어차듯이 벗고, 재킷을 던지고, 침대보를 당기고 침대에 올라가서는 독일어와 히브리어로 중얼거린다.

말문이 막힌 그녀는 서서 노려본다.

"내 속바지가 마음에 안 들어? 내가 우스운 건 나도 알아. 당신이 날 우습게 만들었으니까." 그는 웃으면서 눈을 가리고 침대에 눕는다. "내가 품위 없는 천박한 인간이라고 생각하는 거 알아." 표정 없이 품위라는 마스크에 숨은 그녀의 혐오감을 그가 흉내 낸다. "나도 알아. 나도 알아. 당신이 어떤 느낌인지, 무슨 생각하는지 다 알아. 소피, 당신은 어린애야. 순진무구한 아이야. 당신을 이해해." 그가 팔을 뻗어 그녀에게 침대로 오라고 부르며 지극히 행복한 미소를 짓는다. "앉아. 나 내일 떠나야 돼. 이게 마지막일지도 모르잖아…."

그녀는 방에서 나가고 싶다. 의자 뒤에 코트가 놓여 있다. 밖으로 나가 걸으면서 움직이고 숨 쉬고 싶다. 하지만 아이들도 있고, 서류에 그의 서명을 받아 놔야 하기 때문에 나갈 수가 없다. 온화한 말투로 비꼬며 그가 말한다. "그냥 사업 제안이라고 생각해. 구걸하진 않겠어. 억지로 하지 않을게. 지금은 20세기고, 당신은 자유로운 여자고, 나도 당신이 이성적인 선택을 내리면 좋겠어. 언젠가 나에게 애정을 느낄 날이 오기만 바라. 나도 희망을 품을 권리는 있잖아? 지금 당신한텐 적대감뿐이란 건 인정하겠어. 당신의 관심사, 직업적 야망, 취향에 대한 제안으로 봐 줘. 제대로 된 환경에서 산다는 게 당신에게 어떤 의미인지 잘 알아. 둘이 힘든 시간을 잘 헤쳐 왔잖아. 당신이 그토록 원하던 걸 처음으로 제안하는 거야." 문화의 도시를 추구하는 그는 그녀가 늘 유럽에서 살고 싶어 했음을, 그리고 이제는 매년 여름 그리스에 갈 수도 있음을 상기시킨다. 그는 파리의 아파트와 관련해 몇 가지든 묘안을 생각해 낼 수 있다. "합리적이지 않아? 합리적으로 생각해." 그가 말한다.

누군가에겐 그의 제안이 합리적인 동시에 매력적으로 보이겠지만, 그녀는 합리적으로 생각할 수 없다. 그럴 수는 없다. 그녀의 주장에 근거가 없다 할지라도, 분명한 것은 그녀에겐 어떠한 주장도 계획도 없고, 그녀는 어디에도 없다는 사실이다. 그저 자신이 의지하는 느낌만이 존재할 뿐. 안 된다고 말해야 해. 15년 전 다른 방에서 에즈라 블라인드의 청혼을 받던 그 젊은 여자로 되돌아간 건지도 모른다. 이번에는 반드시 노, 해야 해.

그가 말한다. "우리 모두 실수하면서 살았지. 하지만 우린 더 이상 어린아이가 아냐. 난 변했어, 소피. 약속할게."

그의 말이 설사 진심이라 해도, 그녀가 처음에 했던 실수를 다시 저지르는 위험을 부담하는 것은 그녀 스스로 용납할 수 없다. 이번 선택이 설사 합리적이지 않더라도 마찬가지다. 사람은 때로 비합리적일 필요도 있는 것이다.

"부담을 주고 싶진 않아. 지금 결정하지 않아도 돼. 생각이나 한번 해 봐. 난 파리에 이 주간 있을 거야. 생각해 봐, 소피." 그가 마무리 짓는다. "그리고 이제 친구로서 얘기가 끝났으니 말인데…" 침대로 그녀를 부른다. 새벽 세 시야. 말인즉슨 맞는 말이다. "소피, 안 될 건 뭐야?" 그가 웃는다. "이리 와. 사랑해 줄게. 소피, 내가 아무리 다른 여자들이랑 노닥거리며 다닌다고 해도 내가 사랑한 사람은 당신뿐이야. 날 흥분시키는 사람은 당신뿐이야." 당장이라도 자기가 한 말을 증명할 테세다. 그녀는 눕지 않는다. 침대에서 나가 줘. 그가 웃으며 일어나 그녀에게 팔을 두르고 침대로 이끈다.

"싫어, 에즈라. 하지 마. 애들 깨."

"도대체 왜? 이상하네? 당신 정말 이상해." 그가 당황스러운 미소를 짓는다. 남편하고는 안 자도 다른 남자들하곤 잔다? 그는 롤랑과 소피의 관계, 그리고 자기 여자친구를 통해 알게 된 젊고 부유한 미술품 수집가와 소피의 관계에 대해서도 다 알고 있다. 모든 것을 알고 있고, 그녀가 좋은 시간을 보내고 있다면 상관없다. 에즈라만큼 너그러운 남편은 없다는 데 반대할 사람은 없을 것이다. "그러지 말고 이리 와…. 팔베개 해 줄게, 누워." 그가 웃는다. "알았어. 그럼 베개 베고 눕든지."

"못 해." 그녀가 속삭인다.

아직도 웃고 있는 그가 손으로 그녀의 가슴을 어루만진다. "하지만 소피, 내 사랑…. 우는 거야? 당신 기분 알아. 그렇게 나쁘진 않을 거야. 날 생판 모르는 남이라고 생각해 봐. 울지 마, 뚝…."

그녀는 침대에서 나간다.

"도대체 뭐가 문제야? 이리 와, 소피."

"못 해." 소피는 코트를 입는다.

"왜?"

"당신을 한때 사랑했다는 사실을 잊을 수 없어."

"어디 가?"

좀 걸어야겠어. 조용히 말한다. 아니, 혼자. 혼자만의 시간이 필요해. 괜찮아. 그를 달랜다. 일곱 시에 아이들 깰 시간에 맞춰 들어올 거야.

"어서 가서 자. 내가 나갈게. 코트 벗어."

당신 나갈 때까진 안 벗을 거야. 당신 나가는 걸 봐야겠어. "그럼 지금 나가. 당장."

"옷이나 입고. 내가 정말로 꺼져 버렸으면 하는구나." 그는 화가 나서 셔츠를 똑바로 집어넣지도 못한다. 창피한 줄 모르고 어린애처럼 흑흑거리느라 신발 위로 눈물이 떨어진다. 서로 귀를 잡아당기든 무얼 하든 같이 침대에 눕는 편이 나았을까…. "갈게, 내가 갈게." 분노에 치를 떠는 그녀에게 그가 흐느끼며 말한다. 주섬주섬, 느릿느릿. 드디어 나갔다. 그녀는 문을 걸어 잠근다. 하지만 그는 아직 떠나지 않았다. 문 앞 계단에서 흐느끼는 소리가 들린다. "나한텐 당신뿐인데… 알아… 나도 알아… 어떤 여자도 이제…" 계단에서 울부짖는 목소리가 들린다. 에즈라는 늘 그런 식이다. 그렇게 언제나 이긴다. 잠시 후 그가 떠난다. 그래야지. 지금은 단단히 화가 나 있지만 2주 후에 다시 돌아올 거고, 또 우습게 쫓겨날 것이다.

선택의 여지가 없다. 뉴욕에서 온 긴 편지를 다시 읽으며 연애편지는 아니라고 판단하지만, 관계를 끊기란 그 역시 그녀만큼 역부족임에 틀림없다. 그는 그녀의 침묵이 이별의 방식이라고 받아들이지 않는다. 이런 상황에서 제대로 된 이별은 불가능하지만, 견딜 수 없는 이별이란 없다. 마치 마지막 책장을 누군가 찢어 가 버려서 끝까지 읽지 못한 책처럼 화가 난다. 앞에 놓인 편지 봉투에 적힌 주소로, 아니면 운명의 손에 맡기고 아무데로라도 여행을 떠나야 할 이유가 늘어난 셈이다. 어리석은 짓… 불가피한 행동… 편지를 쓸수록, 단순히 거리에 불과한 바다라는 장벽에 의해 생성되는 인간의 시간을 먹고살고, 비행 시간으로 환산되고 프랑스 프랑으로 환산되는 신화적 인물을 파괴할 수만 있다면, 여행을 해야만 한다….

어쩌면 그는 그저 계속 편지를 쓸 뿐이고, 답장을 해 주길 계속해서 원하는 건지도 몰라….

소피는 결국 우표를 붙이지만, 파란 CTP 우편함 구멍에 넣은 편지에 정확히 무엇이 들어 있는지는 이해하지 못한다. 일주일 후 아이반의 답장이 도착하자 그녀는 어서 짐을 내려놓고 읽고 싶은 유혹을 뿌리치고 레모네이드, 비시, 평범한 와인, 바게트, 턱으로 고정시킨 툭 튀어나온 장바구니 위에 놓인 봉투를 들고 우중충한 계단을 4층까지 올라간다. "내가 미쳐서 쓴 첫 번째 편지는 무시해 줘…"라고 쓰였지만 내용은 사실상 지난번과 같은 편지를 뜯고는 길가로 나가서 읽는다. 첫 번째 편지를 읽고 그녀는 울었다. 두 번째 편지를 읽고 그녀는 웃었다.

파리에 잘 정착할 수 있도록 일을 정리하기 위해 뉴욕행 비행기를 탄 소피는 자신의 인생에서 어떤 점을 이해했을까? 아무것도.

행복한 연애를 하고 뉴욕발 비행기를 탄 그녀는 자신의 인생에서 어떤 점을 이해했을까? 아무것도.

다시 애인을 보기 위해 오를리 공항에서 비행기에 탑승하는 동안 그녀는 자신의 인생에서 어떤 점을 이해했을까? 도착했을 때, 일주일, 1년, 10년이 지나 그녀는 자신의 인생에서 어떤 점을 이해했을까?

소피는 언제나 누군가의 인생을 이해하려는 시도나 노력을 게으르고 쓸모없는 집착이라고 생각했다. 쓸모없는 것보다 더한, 완전히 해로운 것이라고. 간단히 말해 나쁜 습관인 것이다. 여느 나쁜 습관과 마찬가지로 이 역시 다른 사람들이 당신에게 떠맡기는 것이고, 질문이든 설명이든 그들의 판단으로 조성된다. 타인의 판단에서 무분별에 직면한 소피는 자연히 자신의 무분별을 선호했다. 곧이어, 싸움을 피하려면 자신이 자신을 받아들일 수 있어야 한다는 것을 깨달았다. 평화를 유지하는 것으로는 진정이 되지 않았고, 심지어 고개를 끄덕이거나 미소를 짓는 걸로도 충분하지 않았다.

사람들은 말로 해 주길 원했다. 대부분은 에즈라가 그녀를 대신해서 말을 했다. 그가 사람들 앞에서 그녀의 의견을 대신 말해 주면 오히려 다행이라고 생각했다. 그렇게 그녀는 절대로 자신을 표현하지 않았고, 에즈라처럼 교묘하거나 설득력 있게 말하는 건 더더욱 불가능했다. 에즈라가 소피에 대해 또는 소피를 대신해 하는 말들은 대부분 소피에게 책을 읽도록 시켜서 그녀에게서 들은 서평을 짜깁기해 얻은 정보들이다. 이렇게 모은 설명은 진실도 거짓도 아니고, 아내가 침묵하면 기분이 상할지 모르는 사람들을 위한 에즈라의 창작물일 뿐이다.

그녀가 자리에 함께하고 있는데도 정신이 딴 데 팔려 있거나 합석하지 않은 것처럼 에즈라가 그녀 대신 또는 그녀에 대해 말하는 것은 이상하기도 할뿐더러 조금은 당혹스럽기도 하다. 그녀는 사실상 이야기를 듣지 않는 일이 다반사였고, 자신이 듣지 않고 있다는 사실을 인지하지도 못했다. 하지만 에즈라의 아내로 사람들 앞에 앉아 있다는 사실은 잊지 않았고, 그녀는 이를 위장해 어디든 갈 수 있고 누구든 될 수 있었다. 오히려 그녀는 이러한 상황을 지나치게 즐겼는데, 에즈라가 비난하는 것은 단 둘이 있을 때만이었기 때문이다. 에즈라는 말하는 역할은 모두 자신에게 떠맡기고 보기만 하는 소피가 자신을 바보처럼 보이게 만든다고 불평했다! 이렇게 충실한 하인 겸 통역사를 두었으니 그녀에겐 쉬운 동시에 행운이지 않은가. 통역사가 없다면 아폴론 신전의 신탁인들 무슨 의미를 가질까? 악취 나는 구멍^{ein stinkendes} ^{Loch}. 에즈라는 이 말로 자신과 그녀를 패러디했고, 소피는 자신이 어느 역할인지 궁금하기도 했다.

소피는 에즈라를 견디기 힘들 때도 결혼 생활은 흡족해 했다. 겹겹의 베일의 무게를 즐겼다. 사람들로 가득한 방에 편안하고 단순한 마음으로 들어서는 것은 방 안에서 그녀의 존재감을 정당화해 주었다.

방에는 공개 석상에서 입을 의상이 준비되어 있었다. 에즈라의 아내, 이것이 바로 그녀에 대해 알고 싶은 사람에게 주는 답이었다. 에즈라 블라인드와 결혼한 여자다. 그것은 영향력과 권력이 있고, 캐묻기 좋아하고, 말이 많으며 따지거나 취조하길 좋아하는 무리에게서 그녀를 방어해 주는 망토와도 같았다. 의무적 표시와 꼬리표를 받아들이는 역할을 하는 베일은 피할 수 없는 얼룩을 흡수했고, 그 천은 주름지고 억지로 펼쳐져 있다. 그녀의 피부를 보호해 주었다. 이렇게 유용한 옷을 어떻게 소중히 여기지 않을 수 있을까?

에즈라는 소피에 대해 농담이나 불평을 하기는 했어도, 자기가 보물을 갖고 있다는 것쯤은 알았다. 그녀는 다른 여자들과는 달랐다. 그는 침대에 누워 예전에 만났던 여자들이나 요즘 만나는 여자들에 대해 이야기했다. 도서관에 가지도 랍비 X와 산책을 가지도 않았으면서 갔다고 거짓말을 했다. 지금은 침대에 같이 있으니 사실을 말할 수 있는데, 그것은 그녀가 그가 사랑한 유일한 여자이기 때문이다. 그 역시 "이유를 모르겠어"라고 말하고는 왜 그녀를 사랑해야 하는지 이유를 둘러댔지만 어느 것도 자연스럽지 않았다. 그는 "도대체 당신을 왜 사랑하는지 모르겠어"라고 말하곤 했는데, 소피는 그가 전에 만나거나 갈망하던 여자들과 달랐기 때문이다. 그녀는 까다로웠고 구제 불능이었지만 잔소리가 많거나 매달리거나 요구가 많은 여자들과 달랐는데, 다만 그녀가 절망에 빠졌을 때는 그녀를 무시하고 때리고 관계를 갖고 기분을 풀어 주고 욕하고 위로해 주면 여느 여자들과 같아진다는 것을 알고 있었다. 그것도 충분하지 않다고 에즈라는 불만이었다. 그는 다른 여자들이 절망에 빠지면 어떻게 하는지, 어느 정도로 추락하는지, 음탕한 말, 변태 행위 같은 것들을 알려 주었고, 그러면 그녀들

은 굴욕감을 느끼고 스스로를 비하하며 짓밟아 달라고 애원할 준비
가 되더라고 그녀에게 알려 주었다. 그는 소피에겐 마조히즘적 성향
이 없다고 한숨을 내뱉었다. 소피를 때리는 것은 기능적인 것에 불과
했다. 매질해 달라고 애원하며, 그의 똥을 먹겠다고 애원하며 네 발로
기어오는 다른 여자와의 에로틱한 경험과는 달랐다. 그렇다, 다른 여
자들은 애원했다. 하지만 소피에게는 깊은 인상을 남기지 않았다. 그
녀는 적당히 질투하거나 불쾌해 하지도 않았다. 어린 시절 그녀의 아
버지는 남자들이 쾌락을 얻기 위해 음탕한 짓이 필요한 이유, 그것이
간단하지 않은 이유를 설명한 적이 있다. 그렇게 지금까지 왔다. 에즈
라는 간단하기를 바라는 것은 철부지 어린아이인 데다가 가망 없이
낭만적이기 때문이라고 지적했다. 에즈라의 취향이 그녀에게 전혀 어
필하지 못한다면 그것은 개인 취향의 문제였다. 사회의 규칙에 따라
에즈라를 판단하기는 원칙적으로 그녀가 거부했다. 그녀는 소시민적
결혼을 원하지 않았다. 설사 자신이 소시민적 결혼에 갇혀 있다는 우
울한 생각이 들었더라도, 그렇지 않다고 에즈라의 행동이 확신시켜 주
었을 것이다. 소피가 원한 결혼 생활은 어떤 것이었나? 애초에 결혼을
하고 싶지 않았다. 결혼은 에즈라가 원한 것이다. 에즈라의 첫 번째 청
혼에 소피가 "같이 살되, 자유롭게 사랑하며 살자"고 답하자 그는 큰
충격을 받았고, 소피는 남에게 그녀를 범세계주의적이고 자유로운 영
혼이라고 소개하는 에즈라에게 놀라고 즐거워하며 감동을 받기도 했
는데, 사실 그때 둘은 같이 침대에 누워 있었다. 에즈라는 그녀의 경
박함에 지금도 상처받고 있다며, 당시는 어떻게든 결혼하려는 생각에
그녀의 처녀성을 뺏은 것이라고 주장했다. 그녀 스스로 제대로 설명
하지 못한 이 문제를 그가 그렇게 주장하는 데 그녀는 강한 흥미를 느

껐다. 에즈라 역시 소시민적 결혼도 정통파 유대식 결혼도 믿지 않는 줄 알았는데. 그녀가 여자로서 이해하지 못한 것은 그의 내면에 있는 유대인의 정신일까, 아니면 그의 내면에 있는 남자일까? 에즈라를 좋아하는 건지 좋아하지 않는 건지 마음을 정하려고 그녀가 애쓰고 있을 때 그녀가 가장 신경 쓴 것은 결혼하자는 그의 단호한 주장이었고, 마침내 그녀가 청혼을 받아들인 것은 에즈라에게 마음을 정했다기보다는 결혼 생활을 하는 것에 동의한 것이었다. 막상 결혼을 하고서는 결혼이라는 사건이 일어났다는 데 감사했다. 에즈라를 좋아하는지 아닌지 마음을 정했다면 어떻게 됐을지 아무도 모른다. 그리고 그것이 얼마나 안 중요한 일인지! 그녀는 결혼을 하고 나서도 결혼 자체가 존중할 만하고 자연스러운 것이라는 것을 완전히 깨닫지 못했다. 남자와 여자, 두 사람이 함께 사는 것은 원래부터 옳고, 더 이상 이것저것 재거나 자신의 감정을 끊임없이 분석하느라 시간을 낭비하지 않고 일들을 최종 확정하는 것이 결혼의 미학이었다. 그래서 소피는 원론적으로는 결혼이라는 것에 눈살을 찌푸리면서도 실제로는 그것을 즐기고, 기분이나 기호와 상관없이 감내하며, 이유가 필요 없고 이성으로 파괴되지 않는 순수한 이중성을 즐기고 있는 자신을 발견했다. 그리고 에즈라가 바깥으로 나돌아다니면서 자기는 머리를 식힐 필요가 있다고 했을 때, 그녀는 상처받기보다는 황당했다. 그녀가 이해하기로 그것은 그에게 그녀가 성에 차지 않아서가 아니었다. 그녀가 에즈라에게만 충실한 것도 그에게 어떤 감정이 있어서 그런 것은 아니지 않은가. 그렇게 둘은 다른 방식으로 존재했다.

당신은 천진무구하기만 해서 환장하겠어, 에즈라가 열변을 토한다. 그는 그녀에게 음탕한 체위를 취해 보라고 했지만, 그녀는 뭘 해도 대책 없이 정숙했다. 그런 그녀를 그는 "쿠로스[고대 그리스의 청년상], 숙맥 같은 소년"이라고 불렀다. 그것이 그를 미치게 만들었지만 그러면서 그는 그것을 좋아했다. "네로가 당신을 봤다면 환장했을 거야." 좋아해야 할지 모를 칭찬인 것이, 이런 기괴한 상황에서 남편에 대해 아내로서 의무를 이행한다는 게 무척이나 역설적으로 느껴졌기 때문이다.

"나가서 직접 남자를 찾아보지그래?" 마침내 그녀가 물었다. "아무튼 뒤로 하는 건 남자들끼리 하는 거잖아."

"나도 생각해 봤지." 에즈라가 인정했다.

"그런데?"

"내가 여자일지도 몰라서 걱정 돼." 에즈라가 고백했다.

여자가 되고 싶진 않단다. 그의 속에 들어앉은 유대인이.

"난 왜 당신을 사랑하는 거지?" 밤에 에즈라가 열변을 토했다. "왜 항상 당신에게 돌아오는 거지?"

질문 속에 답이 있었다. 그는 마침표보다는 물음표로 말하는 편을 선호했다.

에즈라는 엉뚱했다. 에즈라는 언제나 무대에 있는 것 같았는데, 어떤 때는 소피가 무대에 올라간 동안 그가 대사를 읽고, 어떤 때는 소피가 거리의 부랑아가 되어 멋진 코미디언의 무대를 훔쳐보는 것 같았다. 그렇게 필름이 형편없이 편집된 릴테이프마냥 왔다갔다 하는 가운데, 언제나 거기에는 불 꺼진 침대에 여자가 있었다. 어둠 속에서 말 없이 그가 돌아오길 기다리는 여자, 다른 남자들이 절대 주지 못하는 것을 주는 그에게 뭔가를 원하는 여자가 기다리고 있었다. 여자는 남편을 기다렸다. 그녀도 연극을 즐겼는데, 특히 에즈라가 너무나 좋아했기 때문이다. 어쩌면 에즈라가 연극에 부여하는 의미를 그녀 역시 믿기 시작했기 때문에, 어쩌면 그가 비난하듯 그녀가 연극 속을 살고 즐겼기 때문인지 모른다.

또 다른 여자는 기다렸고, 현실을 원했다. 소피는 이 모든 광대짓은 그녀와 에즈라 사이의 끔찍한 현실일 뿐 그 밖에 아무것도 될 수 없다는 사실을 시간이 흐르면서 더 명확하고 절망적으로 이해했다. 어쩌면 에즈라와 결혼한 순간부터 지금까지 에즈라와는 아무것도 될 수 없다는 사실을 알았고, 바르고 품위 있는 인생을 원했기 때문에 스스로 부인했을 뿐, 얼마나 부인하든 결혼 생활 내내 소피는 그저 다른 남자를 기다리는 다른 여자였다. 에즈라도 그것을 알았고, 처음부터 자신과 같은 남자는 소피를 행복하게 만들지 못할 것을 알았으며, 항상 이 일로 그녀를 놀렸다. "당신을 행복하게 만들어 줄 사람을 알고 있어." 에즈라는 어떨 땐 희롱하듯, 어떨 땐 진지하게 소피가 좋아할 만한 남자들을 설명했는데, 어떤 남자는 생각나는 대로 읊은 것이고 나머지는 전에 집에 초대한 적 있는 남자들 중에서 골랐다. 그의 말에 조금도 관심을 보이지 않은 것은 소피가 올바르고 품위 있는 인생을 원했기 때문이고, 특히 에즈라가 올바름과 품위를 비웃었기 때문에 그녀는 그것을 더욱 원했다.

그녀는 두 사람이 함께 나란히 또 반대로 걷는 것을 결혼 생활의 일부로 받아들여 왔다. 하지만 자신의 신념과 의지와 자존심을 소진시켜야 한다는 건 받아들일 수 없었다. 또 그것이 소진되었을 때는 그녀 자신도 에즈라도 용서할 수 없었다. 에즈라의 어리석음을 그토록 비난했건만, 그녀가 더 강하게 끊임없이 비난한 것은 에즈라의 어리석음 앞에 패배한 자신이었다. 패배했기 때문에 에즈라를 떠나는 게 아니라, 이 결혼에서 나와 에즈라의 패배 둘 다를 거부하는 거야, 거절할 힘밖엔 아무것도 나에겐 남아 있지 않아, 그렇게 믿으려 애썼다. 하지만 진짜로는 이것도 말이 안 되었다. 결정적으로, 왜 2년 전이나 3년 전이 아니라 지금 와서 에즈라를 떠나려 하는지 스스로에게 설명할 수 없었다. 그런데 이젠 이걸 다른 사람들에게 설명해야 하다니. 에즈라, 변호사, 가족, 아이들, 파리와 뉴욕의 친구들까지. 그녀 자신에게마저 할 말이 없었다.

이제 막 만난 아이반에게 결혼 생활을 상담하고 싶진 않았다. "운이 나빴어." 아이반이 그녀가 빠져나가지 못하도록 심문하듯 질문하는 것보다는 자기가 정해 놓은 결론을 그녀의 입에서 나오도록 유도하는 데 짜증이 나서, 그녀는 상황을 한마디로 정리했다. 처음에는 아이반이 만든 언더그라운드 영화나 그녀의 책에 대해 이야기하려고 만나면서 그의 에두른 탐색과 싸워야 한다는 것이 짜증났지만, 몇 주 동안 이야기를 나누면서 아이반이 빠져나갈 길을 꾸며 내고 이론을 세우는 게임에 능숙해지는 것을 깨닫고는, 왜 그녀와 에즈라의 관계를 이해하는 데 아이반이 그토록 관심을 보이는지 궁금해지기 시작했다. 나를 이해하고 싶어서? 하지만 나는 더 이상 예전의 내가 아니고, 아이반에게 알려 주고 싶은 그 모습도 아닌걸. 파탄의 이유, 특히 여자가 남자에게 용서할 수 없는 것이 뭔지 궁금한 걸까? 아니면 그의 앞에 펼쳐진 미래나 그가 제작하려는 영화 때문일까? 어느 쪽도 답이 되지 못했다.

아이반이 밝혀내려는 것이 무엇이든, 그는 진정으로 그녀가 자신의 삶을 다르게 바라보도록 돕고자 했고, 소피는 처음부터 그것을 느꼈고, 아이반이 에즈라를 질투하거나 에즈라에 대해 불손한 농담을 할 때마다 감동을 받았다. 그녀가 처한 상황은 아이반의 분노를 일으켰다. 에즈라 같은 남자가 이기는 모습을 보는 것, 아이반은 그 꼴을 보기 힘들어 했다(그리고 그녀 뒤에 도사린 회피성 우유부단을 감지하고는 그녀가 결국 에즈라에게 돌아갈까 두려워했다). 하지만 왜 이게 당신한테 고통이야?

그리고 왜 나는 당신을 계속 만나지? 그와 둘이서나 그의 일행과 이런 대화들은 나누는 것은 그녀를 불안하게 만들어서, 자리는 자주 가라앉고 침울하고 말이 없어지거나, 그게 이 세상 아닌 어떤 다른 공간을 차지한 것마냥 보이게 했다. 서로 안아 보고 나서야 그녀는 비로소 이것이야말로 지난 몇 주간 그녀가 그토록 원하던 것임을 알았다.

이제는 아이반에게 솔직히 털어놓고 싶을 만도 하건만 그 방법을 알지 못했다. 이런 사랑을 하고 나니 불현듯 자신이 에즈라를 사랑하긴 했는지조차 의문이 들었다. 에즈라를 사랑하려는 의지 뒤에는, 될 대로 되라는 마음도 어느 정도 숨어 있었다. 에즈라와 결혼하고도 바뀌지 않은 무언가가 그녀에게는 있었고 당시에는 그 편이 좋다고 생각했는데, 누군가를 사랑하면 모든 것이 바뀌어야 한다는 것을 이제야 알게 된 것이었다.

평생대여로 에즈라에게 자신을 빌려주면서도 그녀의 일부는 숨겨놓았다는 사실을 깨닫고 나니, 끽해야 3주 정도 즐거운 연애나 즐길 목적으로 만난 아이반에게 생각지도 않게 우연히 굴복하게 된 것을 어떻게 이해해야 할지 몰랐다. 어쩌면 상황의 특수성 때문일지도 몰라. 결혼이란 빚일 수밖에 없고, 진정하고 온전하게 내주는 건 지속할 생각이 전연 없을 때라야만 가능해. 하지만 그렇게 곧이곧대로 믿을 수만도 없었다. 지금 아이반과 누리는 고요한 행복조차, 두 사람다 잘못이라고 느끼고 시인하는 정직하지 못함이 어느 정도 혼재되어 있기 때문이었다. 연인 이상이 되고 싶다는 단순한 사실을 숨겨야 했고, 그는 애정 어린 연극조를 약간 가미하여 그녀의 연인이 되는 연기를 했다. 애정은 진짜여서, 그녀는 파리행 비행기에 올라타기도 전부터 그 사실로부터 스스로를 보호하고, 위악적인 이기심으로 도피해, 실제 모습을 두고 왔음을 자신과 아이반 모두 믿게 만들어야만 했다. 우리는 가짜인척 연기하고 있는 것뿐이야—두 사람의 눈은 함께 있는 내내 그렇게 말하고 있었다. 두 사람이 어떤 상황인지 알기 전에는 진실과 거짓이 뒤섞여 있는 거야, 우리가 어디 서 있는지 알지 못해도 그것 말고 다른 건 없다는 걸 우리 둘 다 알아. 아이반은 여전이 둘이 처한 상황을 정의하려고 애썼으나, 이제는 가망이 없으며 그들이 나눈 모든 말들은 그들이 즐기기에 이른 침묵을 보호하기 위한 것이었음을 아이반도 알았다.

"파리에서 뭘 하려고? 왜 파리야?" 아이반이 물었다. "그리고 여기서는 나랑 뭘 하고 있는 거지?"

오를리는 파리에서도 뉴욕에서도 멀다. 차임벨 소리가 에스컬레이터를 타고 따라오고, 매장과 향수 코너가 있는 유리 홀을 지나 어딜 가든 두 개의 차임벨 소리가 한결같이 나른한 목소리를 예고한다. ○○에서 오신 승객들께서는—. ○○로 가실 승객들께서는—. 시네마 오를리에서는 〈부드러운 살결La Peau douce〉이 상영 중이다. 지금은 당신한테 편지를 쓰면 안 되는데. 우리가 서로 다른 시간을 살고 있다고 생각하면 두려워져. 당신 방은 이제 빛이 바뀌고 있겠지. 여기선 시간표의 분(分) 숫자가 하나씩 넘어가며서 1분씩 올라갈 때마다 그림이 바뀌네. 시계보다 빠른 것 같아… 그만 써야겠어. 게이트 안내 방송이 나와.

… 이제 끝났어. 드디어 탔다. 남은 80상팀은 여자 화장실 접시 위에 뒀다. '안전벨트 착용'과 '금연' 불이 들어와 있다. 비행기가 유도등이 안내하는 경로를 따라 천천히 움직인다. 멈추고는, 이륙하려고 엔진이 으르렁거린다. 이번 여행엔 늘상 챙기는 걸 아무것도 준비하지 않았다. 옷, 생각, 읽을거리, 비행에 필요한 아무것도. 도착지에서 입으려고 2주 전에 특별히 주문한 리넨 원피스만 싸 왔다. 헤라클레이토스 책은 두고 왔다. 그 편이 나을 거야. 부적 없이 혼자서. 괜찮아. 신

과 격식을 차리는 것도 신물이 난다. 모든 걸 두고 간다. 나의 기억조차 꺼내서 상자에 담았다. 지금쯤은 파리의 소각로에서 불타고 있겠지. 이륙했다. 도시 상공을 선회하는 동안, 파리의 기념물들을 안내하는 기장의 목소리가 흘러나온다. 비행기는 가파르게 상승해 짙은 뭉게구름 속으로 들어간다. 고도, 풍속, ○○까지의 비행시간이 흘러나온다. 어디라고? 비행기가 텅텅 비어서 놀랐다. 불가리아 사람인지 터키 사람인지 비즈니스맨 몇 명만 앞쪽에 앉아 카드놀이를 하고 있다. 통로 건너편 자리에선 젊은 부부가 세 아이를 조용히 시키려고 쩔쩔매고 있다. 미국인들이다.

쓰러지듯 잠든다. 다른 대륙으로 넘어가는 가위눌리는 꿈을 꾼다. 핑크빛 호수가 하늘에 떠 있고, 레이캬비크 부근에 새로 생긴 화산 위를 난다. 혼미한 정신으로 깬다. 엔진은 모두 켜져 있다. 여전히 짙은 뭉게구름 속을 헤어나려고 날아오른다. 검은 유리창에 물이 젖어 흘러내린다. 고도, 속도, 풍속을 4개 언어로 안내하는 방송 소리가 으르렁대는 엔진 소리에 묻힌다.

창밖은 어둡다. 내다봐야 무의미하다. 잠이나 자야지. 엔진 소리에 귀가 먹먹하다. 앞쪽에 앉은 남자들은 여전히 카드 게임을 하고 있고, 한 무리가 합류한다. 비행기가 갑자기 흔들린다. 안내등이 전부 들어온다. 저쪽 가족은 구토를 한다. 카드놀이 하는 사람들이 술을 더 달라고 하는 소리, 베팅하는 고함 소리. 창밖은 어둡다. 잠이 안 와. 엔진이 멈춘 듯 고요해진다. 내 귀가 잘못된 건가…. 저 앞의 무리는 여전히 마시는 중이다. 비행기가 가지 않는다. 엔진이 섰다. 이토록 고요할 수가….

그의 아파트 앞길에서 랍스터 같은 얼굴을 한 도어맨이 흩날리는 눈을 삽으로 퍼내고 있다. 그의 집 문 아래로 편지를 넣어 주는 사람이다. 지난봄 그녀가 건물로 들어갈 때 웃어 주던 사람, 새봄이 오면 또다시 그녀를 반가이 맞아 줄 노인이다. 반가움과 고마움의 미소를 띠고, 하얀 눈보라를 뒤집어쓰고, 눈 때문에 붙어 버린 눈꺼풀을 하고 그의 옆을 빠르게 지나친다. 엘리베이터에는 호리호리한 푸에르토리코인이 스툴에 기대 졸고 있다. 옥탑층이요. 옥탑층 눌러 주시겠어요? 그가 하품을 하며 레버를 반 바퀴 돌린다.

"어서, 뽀뽀…." 하지만 그는 그녀의 얼굴을 움켜쥔다. "당신이 여기 와서 정말 좋아."

"일하던 거 마저 해. 그냥 조용히 같이 있기만 해도 나는 좋아."

그녀가 말하지만 그는 일하지 않는다. 그녀를 번쩍 들고 방 주변을 뛰어다닌다. "어디 가는 거야?" 옥상. 책상 위, 욕조 안, 카펫 위, 그리고 침대로. 실오라기도 안 걸친 남자가 그녀 위로 몸을 구부리고, 양무릎으로 그녀의 허리를 꼭 조이고, 몸을 굽혀 바닥에 떨어진 성냥을 줍는다. 담배 두 개비에 불을 붙여 하나를 그녀 입에 넣어 주고, 그녀의 뺨을 깨문다. 놔주지 않을 기세다. 하지만 나는 이제 됐는걸.

"그만…." 얼마나 계속 이러고 있을 수 있을지 궁금해진다. 물론 그가 팔로 그녀를 가두듯이 감싸 주면 좋기는 하다. 그저 그의 일이 걱정될 뿐이다.

"일은 더러운 단어야. 내가 하는 건 모두 일이 아니라는 걸 몰라?"

"그래도, 이제 우리…." 그다음 말이 떠오르지 않는다.

"그만하자고?"

"아니. 해 줘."

이런 순간에 어떻게 평정심을 되찾을 걱정을 할 수 있을까. "하지만 영원히 이러고만 있을 순 없잖아." 물론 마음에 없는 말이다.

"가만 있어. 당신 이제 막 왔잖아. 어차피 순식간이야. 나 원래 이런 식인 거 몰랐어? 게으르고. 육감적이고. 멍청하고." 그가 부드럽게 말하고는 웃는다. "놀랐나 봐."

"아직도 모든 게 새로워서."

"괜히 온 것 같아? 목소리가 슬퍼."

"졸려." 그녀가 웅얼거린다. "파리는 여기보다 다섯 시간 빨라."

그가 불을 끈다. 하지만 잠이 오지 않는다.

"왜 그래?" 그가 묻는다.

"당신 느낌이 어떤지 확실하지 않아서 안 올 뻔했어. 이렇게 될 거라곤 생각도 못 했어."

"내가 당신 사랑한다는 거 안 믿었어? 어떻게 안 믿어?"

"그럼 왜 당신이 파리로 오지 않았어?"

"3년 전에 사랑하는 사람을 만나러 파리에 간 적이 있어. 또다시 그럴 순 없었어. 몰라? 전에 말한 것 같은데. 그냥 말도 안되는 얘기야."

그가 3년 전 겨울에 파리에 온 이야기를 해 주는 걸 듣는다….

둘이 지붕에 앉아 있으려니 공기가 포근하다. 봄이 문턱에 왔음이 틀림없다. 그에게 덮을 만한 것과 스카치 한 병이 있다.

"모든 게 완벽해." 그녀가 말한다.

"나도 같은 생각 하고 있었어." 그가 말한다. "나만 빼고 모든 게 완벽하지. 내가 당신한테 어울리는지는 모르겠어. 당신은 걱정 안 돼?"

그녀가 소리 없이 웃는다. 파리에 사는 여자가 걱정을 한다. 두 사람의 혀는 사랑의 보증, 놀이, 느긋함이 되어 버렸다. 그녀의 머리는 견고한 구슬이다.

"사실 당신은 날 떠날 거야." 그가 말을 이어 간다. "이유야 뭐가 됐든. 이유란 항상 있지."

"당신의 이유겠지."

"법 말이야." 그가 말한다. 사실과 운명과 법에 대해 이야기한다. 하지만 그녀는 듣고 있지 않다. 사랑은 그토록 광대한 감각을 주고, 밤은 허드슨강을 따라 올라간다. 포옹한 채 만을 더듬고 호수를 더듬고—알래스카는 그녀의 손바닥쯤 된다.

"십 년 후에 내가 보여?" 그가 묻는다.

눈을 감아도 그의 얼굴보다 멀리는 내다볼 수 없다. 그의 등 뒤 공간은 과거와 미래에 똑같이 이국적 장소와 날짜가 점점이 찍힌 밤이다.

"나 졸려." 그녀가 중얼거린다.

"거짓말. 왜 눈을 못 보게 하는 거야? 깨어 있는 거 알아. 눈 떠 봐. 그 미친 눈을 보고 싶어."

소피 블라인드가 불룩한 이동 층계를 타고 프로펠러 겸용 제트기의 뱃속으로 걸어 들어가기 몇 주 전, 비행기표 예약을 하기 몇 주 전, 원하는 것을 연인에게 편지로 쓰기 몇 주 전, 파리에 잎이 떨어지고 음산하고 눅눅하던 1월 즈음, 뉴욕은 음침한 바람이 강하게 불던 때, 기록되지 않은 1월이 탄생하던 시간에, 그녀의 적나라한 욕망은 그를 향해 걷기 시작했다.

그녀는 그의 창문 밖 테라스에 서 있다. 눈이 그쳤다. 밝은 방 책상에 앉은 그를 쳐다본다. 그럴 순 없어, 그녀는 깨닫는다. 완벽한 사랑이 지시하는 대로 그녀는 노크조차 하지 않고 떠날 것이다. 하지만 창문에서 움직일 수가 없다. 그의 하얀 셔츠가 그녀의 마음을 사로잡는데, 그의 피부에 닿은 천, 깨끗한 칼라 가장자리, 양배추 속고갱이의 부드러운 맛을 그녀는 갈망한다. 떠날 것이다. 야생의 초록빛을 띤 그의 홍채를 언뜻 보고 그녀는 떠날 것이다.

그가 갑자기 위를 쳐다보고서 눈이 창유리에 머무른다. 끝없는 밤으로 달려든 두 입술 사이의 공간과 외부의 어둠을 뚫는 눈동자를 한 희미한 얼굴을 그가 보았던가? 상관없어, 그녀는 이제 안에 들어와 있다. 서리가 희끗희끗한 창유리에서 분리된 형체처럼, 대담하게 방으로 미끄러지듯 들어간다.

"오지 말았어야 했어." 그녀의 목소리가 방 안을 채운다. 머리카락은 사방으로 곤두서고, 마치 신부님처럼 백설의 광채가 후광으로 어른거린다. 그렇지만 너무 빠르게 녹는다. 그녀가 그를 다급하게 껴안으며 몸에 덮을 것을 찾는다.

"보기 좋네." 그가 말한다. "당연히 훌륭하고. 신들은 항상 나체로 다녔으니까." 그에게 뭔가 말하려고 왔지만 무슨 말을 하려 했는지 잊어버렸다. 함께 있는데 아무려면 어때. 그녀가 올 것을 예상하지 못해 식어 빠진 칠면조밖에 대접하지 못한다고 그가 미안해 한다. 그녀는 게걸스럽게 먹는다.

"토끼고기 맛이 나." 뼈를 바르며 그녀가 말한다. 사냥감 냄새가 난다고 말한다.

"이렇게 올 생각을 하다니 제정신이 아닌 것 같아." 그가 불쑥 말한다. "좀 무모해…." 그녀는 와인을 홀짝거리며 그가 화내며 내뱉는 말을 듣는다. "당신이 스무 살이었다면 나를 안 좋아했을 거야. 당신 같은 사람은 스무 살 때 에즈라 블라인드 같은 남자를 원하지. 다 그래." 그가 마지막 말을 내뱉으며 갑자기 격정적으로 품안으로 그녀를 잡아당긴다. 격렬한 키스. 짐승 같은. 고전적 무성영화의 러브신에나 나올 법한 자세로 뒤로 비틀거린다.

"뭘 기대하는 거지?" 그가 웃으며 말하고, 두 사람은 꿈을 꾸고 있음을 깨닫는다. 그녀에게 주어진 유일한 기회이기 때문에 신경 쓰지 않는다. 둘은 도시 위로 높이 날고 있다.

한낮에 공기 중에 나는 눈 냄새, 오래전 겨울 하늘이다. 아이들이 얼어붙은 강에서 스케이트를 타고 있다. 밝은 색 목도리에 털실 모자를 쓰고 있다. 구름 한 점 없는 새파란 하늘이 높다. 그는 태양으로 곧바로 날아오른다. 눈을 감은 채 그녀가 그의 입을 찾는다. 한 번만 더. 하지만 그녀 역시 모든 것이 의미가 없어졌음을 깨닫는다.

"… 꿈이 끝나기 전에 얼른 말할게. 나, 갈 거야. 지금. 루프트한자, 에어 프랑스, 아이슬랜딕…."

그녀는 아침에 아이들와일드 공항에 도착했다. 비행기는 예정대로 도착했다. 여행 가방 하나만 달랑 가지고 세관을 빠르게 통과했다. 다행이야, 여전히 비몽사몽이라. 출구를 향하던 그녀는 흰 바지를 입고 넓은 어깨에 익숙한 줄무늬 폴로 셔츠를 걸치고 문 앞에 서 있는 그를 발견하고, 긴 몸통과 뚱한 입과 다부진 턱을 본 듯도 하다고 생각했다. 양손에 서류 가방과 면세점 위스키 6병을 들고도 평화로운 얼굴을 유지하고, 점점 커져 가는 흥분감으로 여전히 정면을 보며 전진했다. 문을 통과하고 나서야 고개를 천천히 그가 서 있는 쪽으로 돌렸다. 아이반이 아니었다. 잔인할 정도로 닮았다. 주변을 둘러보았지만 로비에 그의 모습은 보이지 않았다. 마지막 승객들의 몇 안 되는 무리를 바라보았다. 그는 오지 않았고, 1초씩 흐를 때마다 감각을 마비시키는 생각은 또렷해진다. 그녀는 유리문을 통과하지도, 맨해튼에 가지도 않을 것이다. 그녀는 도착하지 않은 것이다. 또 다른 여자가 여권과 세관 신고서를 움켜쥐고 로비에 있는데, 그들이 서로 못 알아봤을 가능성도 있을까? 그녀가 다시 둘러본다. 폴로 셔츠를 입은 젊은 남자는 여전히 문 앞에서 벽에 몸을 기대고 서 있다. 아이반이 아니다. 그녀의 기억이 그렇게 잘못되었을 리는 없다. 그의 자세나 표정에서 기대라고는 찾아볼 수 없었다. 그는 넓은 어깨를 하고 무표정으로 허공을 응시하고 있었는데, 그녀가 그를 향해 걸어가려는 찰나 뒤에서 누군가 껴안는다. 아이반이 그녀의 이름을 불렀다. 그녀가 돌아서 그의 팔 안으로 쏙 들어가 그의 얼굴을 바라보았다.

"왔구나. 정말 왔어." 그가 그녀를 안으며 말했다. "기분이 어때?"

"아직 실감이 잘 안 나." 희미하게 웃으며 놀라서 그를 쳐다본다. "정말 당신이네." 그녀가 말없이 반복한다.

"당신이 탄 비행기가 들어오는 걸 봤어." 그가 말한다. "새벽 세 시부터 전망대에 와 있었어. 잠이 오질 않아서. 새벽에 첫 제트기들이 쏜살같이 날아가는 모습이 너무 아름답더라. 더 이른 비행기 타고 올지도 모른다고 생각했어. 너무 조급해서. 당신이 진짜 올 줄 몰랐어."

구불구불한 고속도로 위, 대형 검은색 승용차에 그의 옆에 앉아 슈퍼마켓과 벽돌 탑을 지나가는 것이 참으로 희한했다. 그가 짙은 슈트를 입은 모습은 처음 본다. 할머니 차를 빌려서 프로비던스에서 여기까지 몰고 온 이야기를 들려준다. 이따금 서로를 쳐다보고 웃었다. 그의 모습은 부드러워졌고, 입꼬리는 살짝 올라갔다. 그녀의 얼굴은 잘 찢어지는 종이 마스크 같은 느낌이고, 스카이라인을 보던 시선은 핸들에 놓인 그의 손까지 미끄러졌다. 모든 것이 신기했다. 상자에 담겨 배달됐더라면 더 수월했을 텐데. 물론 그녀는 믿지 않았다. 그에게 할 말이 있었다. 하지만 차에서는, 특히나 그가 "당신을 납치하고 있어"라고 말한 후에는 할 수가 없었다. 차에서 내려 옆으로 안개 낀 저지 쇼어가 보이는 맨해튼 도로에 잠깐 서 있을 때도 말하지 못했다. 엘리베이터에서 그의 팔짱을 끼고 있을 때도 아무 말도 하지 못했다.

그의 방의 익숙한 물건들을 보자, 반가움으로 가득 차면서 불현듯 완전히 내 집에 온 것처럼 살아 있고 깨어 있는 느낌을 받았다. 실수로 왔다 하더라도. 실수로 왔다면 더더욱.

벌거벗고 다가오는 그가 보인다.

"편지를 쓰려고 했어."

"알고 있어." 그녀의 블라우스 단추를 풀며 그가 말한다. "알아."

신기한 듯 서로 보고 웃으며 눕는다.

한밤중에 그녀가 농담을 했다. "당신이 나를 발명했어."

"아니, 당신이 날 발명했지." 그의 목소리에 깃든 슬픔의 흔적에 그녀는 침묵했다.

"도착은 언제나 비현실적이야." 그가 그녀를 안심시킨 다음 불을 켰다. 그녀의 표정을 살핀 그가 "불안Angst"이라고 독일어로 말한다. 그의 입에서 독일어가 흘러나오니 웃겼다. "말해 봐. 우리가 항상 행복하다면 자연스럽지 못할 거야. 여기 와서 슬픈 거야? 에즈라 때문에?"

그녀가 고개를 흔들며 미소 지어 보려 한다. "독일어 해 봐."

"정신Geist. 전격전Blitzkrieg. 헬덴테너Heldentenor. 사랑의 죽음Liebestod. 생활권Lebensraum. 소금에 절인 양배추Sauerkraut. 피와 흙Blut und Boden. 영원히 여성적인 것Ewig Weibliches. 세계의 고통Weltschmerz. 고장난Kaputt. 불안Angst. 커피 타고 책 읽자. 그래서, 말 안 해 줄 거야?"

"나갈래." 그녀가 몸을 일으키며 말한다. "샤워 좀 할게."

"여기." 그가 커다란 수건으로 감싸 안는다. "놔줘도 되는 거야? 홀쩍 사라지지 않겠다고 약속해."

울면서 샤워하는 그녀는 이렇게 벌거벗고 있어 본 적이 없다. 공항에서 그에게 정말로 그 말을 할 의도가 있었던가? 무슨 말을 해야 하지? 나는 파리에서 편지를 쓰던 그 여자가 아니라고? 그 여자는 이제 죽었다고? 미쳤다고? 조금 더 나아진 상태로 도착했으면 하는 마음뿐이다. 하지만 에즈라를 만나기 전, 에즈라와 함께할 때, 최근 파리에서의 자신의 모습까지 과거를 되새겨 보니 자신이 얼마나 잘못되고 공허했는지, 억지로 짜맞춘 것이 얼마나 많았는지, 아이반의 수건에 몸을 감싼 지금처럼 온전히 그녀 자신인 적이 없었다는 것이 사실이다. 하지만 이렇게 벌거벗는 것, 한 번도 입어 본 적 없는 것들을 포함해 오래된 랩과 망토와 모든 개성을 태워 없애 버리는 건 끔찍한 일이다. 이렇게 벌거벗게 되면 다시는 옷을 입을 수 없다는 걸 그녀는 알고 있다.

"당신이랑 처음 하는 꿈을 꿨어." 그녀가 잠결에 웃으며 말했다.

"이제 어떻게 할 거야?" 그가 묻는다. "에즈라와 아이들은 어떻게 할지 생각해 봤어? 나랑 이런 얘기 하고 싶진 않겠지만…." 어둠 속에서 그의 목소리가 계속된다.

밖은 비가 내리는 한밤중에 벌거벗고 이불 속에 누워 있는 어느

1월….

꼼짝도 않고 누워 그녀는 사실, 그녀의 밖에서 방을 돌아다니는 연인, 자신이 꿈꾸던 이방인을 바라보고 있는 상황이 얼마나 낯선가 생각 중이었다. 어느 날 아침 도로의 웅웅거리는 소음에 깨어 일어나고, 베개를 베고 누워 있는 그의 옆에서 물탱크와 창틀의 그을음을 마주하는 것이 얼마나 이상하고 기쁘고 웃기고 사랑스럽고 사회 통념에 어긋나는 일인지를.

하지만 둘이 함께하는 마지막 시간은 뭐라 형언할 수 없다. 그의 체중이 줄어드는 것 같은 느낌, 바로 아까 그가 그녀 옆에 앉았을 때 매트리스가 기우뚱하던 느낌. 그의 코트 소매에 맺힌 겨울의 싱싱함, 눈, 껍질을 막 벗긴 오렌지, 마지막일지 모를 감각. 그의 소매, 그녀의 목에 얹은 그의 차가운 손에서 나는 다른 세계의 향기.

그가 으쓱하고는 담배를 물고 일어난다.

"뭐지?" 어두운 창문 앞에 서서 그가 묻는다. "뭐였더라?"

"뭐가?" 묻고 싶지만 입안에서 맴돌 뿐이다.

그는 창턱에 앉아 담배를 피면서 동이 트는 것을 바라본다.

"계속 해 봐." 희미한 조명 아래 어두운 얼굴을 한 그가 말한다. "꿈 얘기 하려고 했잖아."

"말했잖아. 비행기에서 벨트를 하고 자리에 앉아 있었어. 엔진이 고장 났나 생각이 들었지. 그러다 갑자기 떨어지는 것 같은 느낌이 들었는데, 영화 스틸처럼 끝없이, 마치 수면제 먹은 것처럼 모든 것이 멈추고 불은 켜져 있었어."

"멋지네. 죽음이란…." 그의 목소리가 옅어진다.

"뭐라고? 죽음이란 데드 하이dead high[죽는 순간의 황홀경]라고? 정말 그렇게 생각해? 꿈속에서 마지막이 정말 웃겼어. 장면이 바뀌면서 깨끗하게 싸그리 사라졌어. 프라하의 어떤 광장이었는데, 여자들은 철책 위에서 카펫을 털고, 황제는 유대인들에게 이름을 붙이라고 사람을 보냈고, 모든 사람이 코믹 오페라처럼 노래를 부르고 있었는데, 난 그게 진짜로 무대라는 걸 안 거야. 광장은 카펫 먼지로 가득 찼는데 여자들은 계속해서 열정적으로 소프라노를 부르는 거야. 황제가 보낸 사람이 슈타우브만Staubman이라는 이름을 불렀는데 그게 내 이름이라고 확신했어."

"자?" 그가 묻는다.

그녀조차 자신이 말소리를 내고 있는지 확신하지 못한다. 그는 침대 가장자리에 앉아 있다. 방금 들어와서 그녀의 어깨를 잡은 그의 손은 차갑고 소매에는 겨울의 싱싱함이 묻어 있다.

"왜 모든 게 이상하기만 하지?" 그녀가 묻는다. "도대체 왜?"

"당신은 죽었으니까." 그가 조용하고 편안한 목소리로 말한다. "죽었어, 자기." 갑자기 그가 일어나 책상을 향해 성큼성큼 걷는다. "좀 자, 소피." 목소리가 멀어지더니 글씨를 쓴다. "동이 트고 있다."

❋ ❋ ❋

여기는 시체보관소가 틀림없어. 그래, 그래서 에즈라는 겨울 코트 위에 경찰이 준 담요를 덮고 앉아 있는 거야. 에즈라가 코를 훌쩍이며 풀어 대는 모양새로 보건대 울고 있음에 틀림없다. "그래 그래Na ja, 그렇고말고So ist es"라고 혼잣말을 하면서. 유산한 날 병원에서 에어컨이 꺼지지 않아 내 옆에 앉아 떨던 밤처럼 춥다. 결혼한 지 얼마 되지 않았을 때, 병원에 하나 남은 최고로 비싼 1인실이었지. 그는 아버님에게서 받은 수건만 한 손수건에 코를 연신 풀어 댔고, 그의 발옆에는 오래된 낡은 서류 가방이 있었다. 어떤 것은 절대 분실되지 않는 법이다. —그래 그래Na ja, 그가 반복해 말한다. 그리고 마침내 "에케 호모(이 남자를 보라)"라고 말한다.

—이 여자mulier야, 정정해 주고 싶지만 그는 진지하다.

—그래 그래Na ja, 그가 다시 울기 시작하고 콧물이 그득해진다. 이제 그녀는 피안jenseits에 있다. 우리 두 사람보다 그녀가 먼저 그곳에 가다니.

담요 아래에 두 명이 옹송그리고 있다. 스승과 제자. 당연히 그는 다른 사람을 대동하고 와야 했다. 에즈라는 언제나 세 명은 있어야 했다. 죽어서든 살아서든 나와 단 둘이 있는 것을 끔찍이 싫어한다. 니콜라스가 그와 동행했는데, 수염이 길어 있다. 성냥에 불을 붙이자 염소 얼굴을 한, 십자가에서 내려진 예수 얼굴이 빛난다. 그가 싱긋 웃더니 기침을 한다. 에즈라가 결혼 15주년 기념으로 산 선물을 그에게 보여 주고 있다. 오토매틱 손목시계다. 알아서 감아지는 시계. 날짜도 표시 된다. ─오백 마르크나 줬어, 그가 말한다.

이제 필요 없어. 저승에서는[jenseits].

꽉 차서 배가 불룩 나온 서류 가방을 연다. 오래된 저널들 제목이 보인다. 〈아케팔로스[Acephalos]〉, 〈엠페도클레스[Empedocles]〉, 〈키메라[Chimera]〉, 〈출애굽[Exodus]〉, 〈재림[Second Coming]〉. 오귀스트 콩트에 나오는 여자 메시아 에 관한 논문에 필요한 자료를 가져온 것이다. 모레 암스테르담에서 있을 학회 때문이다. 그는 오늘 밤에 논문을 쓸 것이다. 하지만 어두운 걸. 둘은 성냥에 불을 붙였다. ─추운 건 이해하겠는데, 왜 이렇게 어 두운 거야? 에즈라가 불평한다. 성냥에 불 붙이길 포기한다.

니콜라스가 고대 그리스어로 암송을 시작한다. 생각 나? 그가 생 각에 잠겨 묻는다. 내가 죽을 시간인지 궁금해 한다. 에우리피데스의 『페드라』에 나오는 히폴리토스의 대사를 계속 낭송한다. 날 위해서일 까? 그는 에즈라가 이해하지 못한다는 걸 안다. 우리가 처음 둘만 있 게 됐을 때 나에게 읽어 주던 구절이다. ─그녀의 진실의 순간을 놓쳤 어. 그녀의 카이로스[kairos]를. 그가 경건하게 마무리한다.

에즈라가 리드미컬하게 파이프를 내뿜으면서 소리 내어 생각한다. ─그녀를 정말 떼어 내고 싶었다면 내 길을 막게 하지 않았을 텐데… 그걸 생각했더라면….

그는 이혼 서류에 서명하기 위해 일주일 뒤에 파리로 와야 했다. 그 로선 얼마나 편리하게 됐는가.

─하느님의 역사지, 에즈라가 말한다. 하느님 앞에서 영원히 결혼했

으니까. 나한테 딴 여자는 없을 거야.

　―소피는 선생님을 사랑했어요. 니콜라스가 혼잣말을 한다.

　―소피는 날 사랑했어. 에즈라가 의미심장하게 따라 한다.

　5년 전 겨울 나는 뉴욕에 있고 팔레르모에 있던 그가 편지를 썼을 때, 나는 그와 사랑에 빠진 줄로만 알았다.

　―죽었으니 이제 사실을 말해도 되겠군. 에즈라가 열정적으로 말한다. 니콜라스 자네도 소피를 잘 알았지. 나랑 결혼한 여자를 어떻게 생각해? 자넨 그녀를 말 그대로 잘 알았잖아. 다 알고 있어.

　―소피가 말하던가요?

　―델피에서 소피가 보낸 엽서에 "델피에서 니콜라스와 일요일을 보냈어. 신들이 내려왔지"라고 쓰여 있더군. 소피가 "신들이 내려왔다"고 할 때 무슨 뜻인지 난 알아.

　말 그대로 신들인데. 구제 불능으로 밝히는 이스라엘 족속이라니. 놈들은 절대 이해하지 못할 것이다.

　―그래서 어떻게 했어요? 니콜라스가 입술을 꽉 다문 채 진지하게 묻는다. 어떻게 했어요?

　에즈라가 날 때렸을까 봐? 내가 조슈아의 볼기를 때릴 때 그는 크게 화를 냈지. 남자아이들이 얼마나 섬세한데, 불쌍한 카프카를 기억하라고, 그가 말했지.

　―샤르트르 대성당에서 〈간음한 여인〉 엽서를 소피에게 보냈어.

　하이델베르크였다. 신혼여행 중에 그 그림이 담긴 엽서를 샀거든.

　―자네를 용서하지. 그가 니콜라스에게 고상하게 말한다.

　니콜라스는 얼굴을 찌푸리고 화를 누르며 담배를 밟아 끈다.

　나를 때리고도 남았겠지만, 그러진 않았다. 그는 니콜라스를 사랑했다. 스승과 제자 간 로맨스에서 잠깐 지나가는 일일 뿐이었다. 그들의 목적에 도취됐을 뿐이었다. 그들의 상징적인 대상이 되기 위한 아름다운 감정. 나쁜 놈들. 이 덧없는 육신들 모두 썩어 버리라지. 나의 애무로 놈들을 질식시키겠어.

—하이델베르크에서 살아 보니까 어때요? 니콜라스가 묻는다. 리마에 비교신비주의자들을 위한 새 아파트를 지었더라고. 올드 벨제붑은 도쿄로 가 버렸는데, 그가 이 소식을 들었을까? 도쿄일 거야. 딱 2년. 그리고 예루살렘으로 돌아왔지. 둘은 밤새 이야기를 했다. 언젠가 이 이야기를 들은 적이 있다. 어떤 주제를 다룬 Z의 책에 대한 Y의 비평을 X가 검토한 자료. 그리고 끝없는 유월절 예식으로 화제가 바뀐다.

혼자 남은 개 같은 생활이었지. 에즈라가 불평한다. 하이델베르크에는 이르멜레가 있고, 파리엔 베티나라는 아름다운 여성이 있는데 나이가 많고 천식도 있다. 프랑크푸르트의 프라우 X는 그의 빨래를 도맡아 하는, 로마사로 박사 학위를 딴 멋진 여자다. 런던의 그의 마음에 쏙 드는 겨우 18살의 르누아르 그림 속에 나올 것 같은 여자는 라틴어를 유창하게 구사한다. 하지만 결국 모든 사람은 혼자다.

그가 니콜라스의 어깨에 기대어 존다. 설사 기미가 있어 깬다. 니콜라스가 변기를 잡아 준다. 그녀가 죽었어, 라며 울부짖는다. 이제 누가 날 보살펴 주지?

—밤부터 새벽까지 들어온 시체 수를 세 봤어요? 니콜라스가 묻는다.

한 구가 더 들어온다. 니콜라스는 이게 평일 수준인지 궁금하다. —아, 그렇습니다, 선생님^Ah oui, Monsieur. 야간 경비원은 상기되어 속삭인다. 아주 잔치네요^C'est la fête.

검시관은 정오가 다 되어서야 도착한다. 에즈라는 제정신이 아니다. 유대법에 따라 목요일까지는 장례 절차를 마쳐야 한다. 연장해야할 상황이라 해도 그렇다. 보충 규정이 있다. 시 조례에 따르면 8구역에 매장해야 한다. 지도에서 묘지를 가리킨다. 아니면 에즈라가 8시부터 오후 6시까지 여는 구청에 가서 시신 인도 허가를 신청할 수 있다. 세관을 통과하는 데 또 하루가 소요된다. 비행기로 운반하기엔 비용이 만만찮다. 직원에게 사망증명서 날짜를 늦춰 달라고 설득하려 한다. 프랑스의 관료 체제와 중세 법에 분노가 치민다. 유대법에 따르면 아내를 48시간 이내에 매장해야 한다. 왜 이런 희극이? 그의 아내, 아이들의 엄마의 시신을 데려다가, 7대까지 족보를 읊고, 부활과 심판에 대해 열변을 토하고 싶을 뿐인데 말이다.

나 역시 이러한 희극이 왜 일어났는지 궁금해진다. 언제나 이렇게 시신을 당혹스럽게 처리하는 일이. 깨끗하고 간단하게 사라질 수 있어야 하는데 말이다. 세상에서 한 사람의 존재, 옷, 신발, 장갑, 지갑 등 모든 것을 휘젓는다는 것이. 너무 가혹하다, 신이 하는 방식이.

관 짜는 사람에게 갔던 니콜라스가 돌아온다. 6시까지 배달해 주기로 약속했다. 두려운 여정을 앞에 두고 있다. 프랑스 철도는 태업 중이다. 니콜라스는 화장하기를 권한다. 불이야말로 나에게 맞는 원소라고 에즈라를 설득하려 한다. ─신들은 그녀가 흙으로 돌아가는 걸 반대한다는 모든 신호를 보내고 있어요, 미소를 머금고 광대처럼 으스대며 설득한다. 흙은 그녀에게 맞는 원소가 아니다. 항공편으로 관을 옮기려면 2천 프랑은 들 것이다. 구(舊)프랑? 신프랑? 에즈라는 고민한다. 니콜라스의 친구가 내일 나폴리까지 운전해 줄 것이다. 비용을 나눠 내면⋯ 관을 이탈리아 국경 밖으로 이동시키기는 쉽다. 에게해에 그녀의 재를 뿌리는 거다. 에즈라는 우체국 문이 닫기 전에 서둘러 장거리 전화를 건다. 니콜라스는 나폴리에서 출항하는 배편 시간표를 알아보고 있다. 팔레르모, 피레우스, 키프로스를 경유하는 그리마니 호가 토요일에 출항하는데, 그러면 너무 늦다. 나폴리에서 주 3회 카프리, 스트롬볼리섬으로 가는 페리가 목요일 아침에 있다.

그래, 언젠가는 화산을 보고 싶었지.

랍비가 동의했다. 결국 내 장례식을 유대교식으로 치르려나 보다. 에즈라의 가족은 빈에 있는 그의 누이 집에서 손님을 맞고 있다.

레나타의 아파트에서 유월절을 쇨 때는 은으로 된 쟁반, 그릇, 고블릿, 접시, 촛대까지 모두 축제처럼 빛이 났는데, 오늘은 관이 들어갈 공간을 마련하기 위해 큰 탁자를 벽 쪽으로 밀어 놓고, 의자는 모두 꺼내 놓고, 거울은 모두 가렸다. 놀이방으로 이어지는 거실 주변에는 행복한 부산함이 있다. —키 작고 통통한, 긴 빨강 머리 여자가 아이들에게 둘러싸여 있다. 에즈라의 어머니가 아이들에게 초콜릿을 나눠 주고 있음이 틀림없어. —하지만 그 불쌍한 노파는 죽었다고 생각했는데. 어느 아름다운 여름 날, 파리로 가던 길에 묘비 제막식에 갔던 일, 기억 안 나? 믿을 수 없어. 의기양양하게 쭉 째진 눈에서 빛줄기가 나오는데, 그녀의 손바닥에는 당연히 초콜릿이 있고, 마치 병아리 모이를 주듯 혀를 찬다. 아, 소지 시어머니. 한 손으로는 간식을 나눠 주고 다른 손으론 등 뒤로 고정되지 않는 머리에 핀을 다시 꽂고 있거나, 단추 구멍을 문지르면서 지나가는 사람에게 칭찬을 하기 위해 팔을 잡아채고 있다.

깔끔한 랍비 수염과 배를 자랑스럽게 내보이는 에즈라의 아버지는 소지의 안식일 원피스에서 밀가루인지 파우더인지, 보푸라기와 침대에서 붙은 털과 알갱이를 털어내려고 애쓰고 있다. 평소와 같이 그녀는 등에 지퍼 잠그는 걸 잊어버렸는데, 아마도 가장 큰 일화는 유월절에 급하게(언제나처럼 늦었고, 손님들은 이미 도착하기 시작할 때) 다이아몬드 귀고리와 빨간 드레스를 걸치고는 축제처럼 등장했는데 그만 나이트 가운을 그대로 걸치고 나온 것이었다. 이런 일은 즐겁다. 나는 사실 에즈라를 떠날 수 없었다. 그의 어머니를 위해서라도 그와 함께 있어야 했다. 나에게 그녀의 아들을 맡겼으니까. 분만실에서 의사가 "조금만 힘 주세요, 소피, 건강한 아들이 나오려 해요. 엉덩이가 먼저 나오니까 세 시간 정도 걸릴지 모르지만 어쨌든 남자아이네요"라고 말하던 게 기억난다. 그 소리를 듣고 나는 계속 소리 지르고 있고, 의사는 계속 아들이라고 말했는데, 처음 그 말을 들었을 땐 에즈라 어머니가 기뻐하시겠단 생각부터 들었다. 사실이라면 말이지. 믿을 수 없었으니까. 그리고 정신을 차렸을 때 에즈라는 격식을 갖추고, 감동하고, 놀라고, 자기 자신과 싸우고, 외경심이 마침내 냉소를 이겼다고 했다. 그때 나도 비로소 아들이라는 걸 믿었지…. 처음 든 생각은, 에즈라 어머니가 기뻐하지 않을까였다. 에즈라와 나 자신은 중요하지 않았다. 아버지는 "남자애면 골치야"라고 했다. 뭐든지 다 아는 프로이트처럼 한쪽 눈썹은 늘어지고 반대편 눈썹은 올라간 채 모호하게 웃었는데. 에즈라, 아버지, 나, 에스키모 얼굴을 한 갓난아기를 보여 주는 간호사는 중요하지 않았다. 키를 재려고 아기 다리를 쭉 펴려 하자 아기가 자지러지며 울었다. 나는 시어머니 소지가 전보를 받았을 때 느낄 행복감만 생각하고 있었다. 어쩌면 내 인생에서 유일하게 진정한 이타적인 마음이었을지도 모른다. 나는 천국으로 갈까? 언어를 풍부하게 만든다는 것 말고는 천국 대 지옥이라는 구도를 이해할 수 없었다. 소지가 거대한 찜 접시를 갖고 들어오는데, 해파리는 아니겠지. 내가 죽은 걸 알까? 관을 눈치채지 못하는 것이, 어쩌면 잘못 들었을지도 모르는데, 약혼 전에 에즈라가 말했듯이 진정으로 선한 영혼은 좋은 말만 들으니까. 파티에 참석한 여자들이 드레스가 끔찍하다고 하면 그녀는 웃으면서 "여자들이 내 모자가 예쁘다고 하니 기분이 좋네"라고 말할 거고, 남편이 고기가 가죽처럼 질기다고 불평하면 "내가 한 시금치가 맛있나 봐요"라고 말할 거다.

소지가 사진에 축복하고 있다. 약혼할 때 에즈라가 보내 준 내 사진들이 은색 액자에 끼워져 있다. 결혼식은 뉴욕에서 하는데, 시차 때문에 지금 막 해요, 그녀가 모두에게 설명한다. 유난히 작은 폴란드 여자. 에즈라의 좋은 면은 모두 어머니에게서 받은 것이다. 사진을 돌려 보여 주며 무식쟁이처럼 자랑하는데, 며느리가 영화배우처럼 예쁘고 사돈양반은 교수라고 알려 준다. 그녀가 생각 없이 말할까 봐 걱정돼 화가 나 오므라진 입으로 고개를 돌리는 남편을 힐끗 보고는 "사돈은 정신과 의사"라고 덧붙인다. 가엾은 소지는 그 수준 이상 올라간 적이 없다. 단어를 잘못 써서 랍비님을 당혹스럽게 하거나, 드레스에 보풀이 있거나, 우유가 남은 접시에 무심코 고기를 담아 대접한다든가… 신부 아버지는 아무데의 추앙받는 랍비장의 아들이라오… 소지가 옷소매로 사진 액자 유리에 윤을 내는 동안 시아버지가 못마땅하다는 듯 부연한다.

니콜라스가 가슴에 깁스를 한 채 들어와, 생모리츠에서 스키를 타다가 갈비뼈가 부러졌다며 늦은 걸 사과한다.

그가 웃는다. "고임 나체스^{Goyim naches}."

매일 더 유대인이 돼 간다. 신입생 때 헤겔 세미나에서 에즈라를 속이기도 했다. 부유한 세파르디 가정 출신의 아가씨와 즉흥으로 결혼식을 올렸는데, 그 잘나가는 제자가 순수 폴란드 가톨릭이었음을 알아내고 놀랐다고(자기는 뉴잉글랜드 작은 마을 출신 약사의 아들인데 마르크스주의자 피아노 선생 때문에 타락했다고, 냉소적인 셈족처럼 으쓱대며 니콜라스가 설명했다). 에즈라는 그의 실수는 사실 실수가 아니라고 판단했다. 그는 유대인은 냄새로 알 수 있다고 주장하면서 인종 이론을 발전시켰다. 그럼에도 결혼은 성사되지 않았다.

"드디어!" 에즈라가 그를 껴안는다. "기다리고 있었어."

"논문 걱정하고 있었어요?"

"다 해결됐어." 에즈라가 안심시킨다. "그래, 담배 펴도 돼."

니콜라스가 관에 몸을 기대어, 우물에 뭔가를 빠뜨린 사람마냥 뚫어져라 들여다본다. 뭐지? 눈알이 빠져나와라 본다. 그의 입이 움직이며 말을 하는 듯하다. 키스해 달라고? 한번 해 봐. 거실 소파에서 잤을 때처럼, 자매님, 하면서 이마에 키스해 줘 봐. 털이 복슬한 허벅지까지 길게 셔츠 자락을 늘어뜨리고 다니던 모습이 기억 나. 내 축복에 포함돼 있는 형제. 세 번째로 날 찾던 밤, 에즈라는 집을 비웠다. "선생님 보러 온 거예요, 사모님 보러 온 거예요?" 내가 묻고는 나에게 다가오는 당신의 손을 잡았지. 1954년 뉴헤이븐이었지만 17세기 폴란드 빈민가에서도 일어날 법한 일처럼, 손가락만 움켜쥐고 추는 이상한 슬로 모션 댄스였는데, 책에서 일어난 거야. 당신이 미뉴에트처럼 내 손을 높이 쥐고는, 내 이마에 입을 맞추고 미소를 지었어. "굿나잇, 자매님." 그리곤 손을 놔 줬지. 나는 내 방으로 갔어.

당신은 친절했어. 횔덜린과 그리스어 책을 크게 읽어 주었지. 몇 년 후에 잔디 위에서 내게 다시 키스를 했을 땐 또 다른 책이었어. 나는 눈을 감고 있었지. 당신 손이 내 코트 밑 맨살을 타고 올라와 젖가슴을 움켜쥐었고, "부름Wurm[벌레, 고뇌]"이라고 말했어. 왜 그랬을까? 너무 놀랐지. 죄의 삯을 구하려고 가져온 여자의 살? 아니면 좋은 뜻이었나? 4월에 축축하고 헐거워진 땅에 누워 있었기 때문에 땅은 축축하고 차가웠고, 전해에 죽은 풀과 함께 새로운 풀이 막 나기 시작했어. 강둑으로 이어지는 길에는 회색과 검은색 석탄이 흩뿌려져 있었고, 우리는 슬로 모션으로 지상에 떨어지던 모습을 기억해. 누워 있던 나를 (지금처럼) 응시하던 당신, 내 얼굴은 덧칠된 것처럼 느껴지고, 땅부터 내 등까지 축축해져 갔어. 캠퍼스에 흰 구름과 옅은 코발트색의 하늘, 버드나무 가지 사이로 위를 쳐다보는데, 모든 것이 베데킨트의 『눈 뜨는 봄』에서 떨어진 듯했지. "부름"이라고 말했잖아. "왜?" 내가 물었지만 당신은 "부름"이라고만 반복했어. 좋아해야 할지, 기분 나빠야 할지 몰랐어. 죽음을 뜻했던 거야? 그래서 지금 그렇게 뚫어져라 쳐다보는 거야? 말을 좀 해 줬으면 좋겠어. 내 이름. 뭐든 좋으니 말이야. 인용구든 뭐든. 또 언젠가 풀 위에 앉아 내가 무슨 생각을 하냐고 묻자 당신은 말했어. "하나의 세계에 완전히 만족하고 있다면 두 개의 세계를 가질 행운은 필요 없다고 생각해요." 그때처럼 멋진 말은 생전에 다시 못 했을 거야.

"바보 같으니." 관에서 등을 돌리며 그가 화가 나서 말한다.

손님들이 벽을 따라 줄지어 천천히 원을 그리며 관을 향해 온다. 잠시 멈춰 서서 값비싼 액자에 넣은 결혼 사진을 감상한다. 탁자에 다시 조의품을 올려놓는다. 은제 소금 그릇, 설탕 그릇, 재떨이 등. 크기별로 분류된 촛대 세트. 크리스털 꽃병과 디저트 접시. 아직 새것 같은 식탁보, 새틴, 다마스크 옷감. 테이블 아랜 포장지와 리본으로 감싼 상자들이 쌓여 있다.

조녀선이 출입구에 서 있다. 아이들에게는 놀이방에 있으라고 해 뒀는데, 토비와 조슈아가 어른들의 다리 숲 사이에서 숨바꼭질하는 걸 조녀선이 봤다. 조녀선은 방을 돌아다니며 "관을 열었어요?" 하고 묻는다. 외할머니가 손주의 팔을 잡고, 튀어나온 배로 누른다.

사람들이 하나씩 관을 향해 온다. "… 유명한 전문가가 했어요. 최신 미국 기술이래요." 레나타가 자랑하자 손님들이 감탄하며 웅얼거린다. "선글라스가 고급지네요."

외할머니가 아이의 이마에 손바닥을 꽉 댄 채 약간 앞으로 민다. 조녀선이 한 걸음 나가자 그녀가 다시 잡아당긴다. "엄마가 아니야. 엄마 얼굴이 아니야." 조녀선이 말한다.

누군가 아이의 입을 막는다. 동네에서 가장 잘하는 장의사에게 얼굴 복원을 맡겼다. 60개의 손가락이 아침 내내 얼굴을 만지작거려 얼굴을 대여섯 개는 만들었는데 모든 가족을 만족시키기란 불가능했다. 결국은 에즈라의 선택이었다. 손님들은 결혼 사진과 똑같은 모습이라고 말한다.

아내를 잃은 남편이 긍정적으로 빛나는 축제와 같은 분위기에서 위로의 말을 받고, 연민의 파도를 헤치고 사람들을 지나 당당하게 걸어 나간다. 음흉한 미소를 가리기 위해 입에 커다란 손수건을 대고 있다. 실내 어느 위치에서든 그는 의기양양하게, 탐하듯 관을 힐끗 쳐다보고는 코를 세차게 푼다. 상(喪)과 감기라니! 애도하는 사람의 털을 가리기 위해 두껍게 바른 하얀 활석으로 그의 입술이 희한하게 두껍고 붉어 보인다. 그는 공식 석상을 좋아했지. 결혼식, 장례식, 할례,

정치 집회, 뭐든지 특별한 행사라면. 불쌍한 에즈라에게 행사는 언제나 부족했다. 유대인으로 태어나지만 않았더라면 교황이 됐을 텐데, 하고 통탄하며 고백한 적이 있다. 운명이 이혼남이라는 이상한 지위를 모면하게 해 주었다며 안도한다. 홀아비가 되는 것이 이렇게 좋을줄이야. 그는 나를 용서하고 자신을 용서했다. 하느님은 우리 모두를 용서했다. 다시금 나는 그가 꿈에 그리던 여자, 그의 젊은 시절 신부가 된다.

"대단한 여자였지요." 그가 진지하게 말한다.

나는 죽었다. 이제 저들도 긴장을 풀고 즐기면 좋겠다.

레나타 역시 안도한다. 그녀는 나를 좋아하기 힘들어 했다. 나를 사랑해야 한다는 부담감에 이 불쌍한 여자는 머리가 아팠다. 그녀는 아이들이 있는 나를 부러워했지. 이제 아이들은 그녀 차지다.

더 많은 손님들이 도착하고 있다. 문에서는 분위기가 신나 있다. 왁자지껄한 사람들 소리를 뚫고 높게 거칠어진 목소리로 보통보다 더 크고 무거운 헝가리 악센트로 말하는 목소리는 아버지 같다. 운구, 랍비, 장의사, 총액이 얼마인지 계속해서 묻고 수표를 끊으려 하는데 너무 시끄러워 당혹스러워 한다. 에즈라가 장인을 달래면서, 원시 부족의 종교적 격세유전에 대해 중얼거린다. 요스케 삼촌이 왔구나. 삼촌은 부다페스트에서 축구 선수를 했지. 모두들 온 걸까? 호주, 캐나다, 파라과이에 사는 고모들과 사촌들은? 엄마가 크리스털 보호막에 싸인 채로 들어오는 모습이 보인다. 아니구나, 빛이 반사된 거구나. 약한 외풍으로 거울 위 휘장 가장자리가 들린 것이다. 레나타가 이미 고쳐 놨다.

"난 봤어." 아이가 말한다. "나도 죽어요?"

넌 아무것도 못 봤어, 할머니가 말해 준다.

비가 온다. 조문객들은 점점 더 지루해 한다. 뭘 기다리고 있는 거야, 지금? 누군가 묻는다.

아버지가 히브리어로 내는 신음 소리가 들린다.

장인의 기분을 풀어 주려고 에즈라가 농담을 던진다.

"자기 장례식이라고 그나마 품위를 지키는군요. 아주 파티를 하네 Bekovet." 둘은 관에서 물러난다. 아버지 어깨에 팔을 두른 에즈라가 혼란에 빠져 콧소리로 열띠게 이야기를 계속한다. 죽음, 최후의 심판. "… 마침내 그녀의 아버지들 곁으로 다들 모였네요. 니트라의 렙 스무엘의 외증손녀, 아무튼…. 살아온 모습을 부끄러워 하라. 부모님, 그녀. 프로이트. 호메로스. 조이스. 쿨투어 Kultur(문화). 치클론 베 Cyclon B. 아우슈비츠. 성지." 그가 손을 올려 손가락을 위협적으로 흔든다. "하느님이 우리를 심판할 겁니다!" 손가락이 커진다. 방 전체가 괴저병에 걸린 것마냥 까매진다.

심판이라고? 아직이다.

아니구나, 그냥 경고였군. 창문이 열렸다. 모든 것이 괜찮다. 정통파 랍비회의가 나를 마녀로 재판하려 했다는 소문을 에즈라가 단호히 부인한다. 할머니가 소리를 질렀지만 레나타가 조용히 시키려 한다. 갑작스러운 돌풍이 거울의 휘장을 들추고, 할머니는 딸과 손녀들이 불 속으로 던져지는 모습을 보고선 통곡한다. 이런 흥분되는 일들은 언제나 일어난다. 레나타가 창문을 단단히 잠근다. 꽃병만 뒤집혔다. 상여꾼들이 도착했다. 레나타가 깨진 조각을 주우려 한다. 조문객들이 떠나면서 발을 질질 끌어 주울 수가 없다. 아이들에게 옆방에서 기다리라고 말한다.

익숙한 얼굴의 남자가 관 위로 기댄다. 상여꾼들 중 한 명일까? 머리를 들 때 그의 마지막 모습이 기억이 나질 않는다. 관 뚜껑이 닫힌다.

상여꾼들이 도로로 나오는 동안, 그들을 보려고 안간힘을 쓰면서 줄지은 창문 유리에 얼굴을 갖다 붙인 아이는 말이 끄는 깃털 장식 운구차가 아니라서 실망한다. 시체를 담은 관을 남자들이 커다란 검은색 리무진으로 옮기는 모습을 바라본다. 차가 시야에서 벗어난다.

마침내 바깥이다. 작은 무리가 우산을 쓰고 모여 있고, 랍비의 목소리가 웅얼웅얼 들리고, 비가 내려 방금 파인 무덤 주변의 흙이 노란 거품을 내며 안으로 쓸려 내린다.

하관하기 직전 어느 때쯤, 랍비는 뒤돌아 회중을 둘러보며, 망자에게 마지막으로 하고 싶은 말이 있는지 물을 것이다.

관이 허공에 매달려 있다.

***

티끌 하나 없이 강렬한 푸른색 하늘이야. 데릭붐[화물 선적용 크레인의 가로대]에 팽팽하게 늘어난 케이블이 하늘을 둘로 나누고, 저 멀리 선박이 이상하리만치 작아진 실루엣으로 보여. 나폴레옹의 삼각모자 같네. 소 한 마리가 공중에 걸려 있어. 신혼여행 때 그리스 배에 타려고 기다릴 때였지. 에즈라가 엽서를 쓰는 동안 배에 짐을 싣는 모습을 오후 내내 바라봤어. 화물선에 소떼를 끌어올리고 있었어. 소 한 마리가 끈으로 꽁꽁 묶인 채 발이 땅에서 떨어져 올라가는 걸 봤어. 크레인은 물 위로 흔들리고, 소는 미동도 없이 공중에 매달린 채, 마치 영혼이 떠난 것처럼 기력이 없어 보였어.

내 사랑, 이제는 내가 공중에 매달려 있어. 세상이 끝없이 끝났네. 내 머리는 가랑이에서 몇 마일이나 떨어져 있어—여기가 암스테르담일 리는 없어. 어떻게 하면 당신을 찾을 수 있을까? 학회는 내가 예상한 그 학회가 전혀 아니야—'약물과 초감각적 지각에 관한 학술회의'라는 현수막이 걸려 있네. 광고인가?

홀은 사람을 기죽게 할 정도야. 무엇을 모방한 걸까? 어떤 사람이 모방한 거라고 하던데. 이집트? 로마는 그 자체가 모방이고. 이번 역의 이름은 죽음이야. 당신이 아무데도 가지 않는대도 마찬가지야. 출발도 도착도 없어. 소란. 저기가 매표구일까? 스피노자의 말이 들려. 물론 라틴어로, 나를 위해 미국 영어로 통역돼서. 20세기의 서비스란 가히 놀라울 정도야. 579개 언어로 동시통역되다니. 그저 경외심이 들어.

경찰청에 온 것처럼 붐벼. 머리가 많기도 하군—그중 하나는 내 걸까? 이게 정말로 최후의 심판—최근에 프랑스, 이탈리아 합작으로 만든 영화 말고—이라면, 진짜 최후의 심판은 리허설이 없으니 난장판이 될 수밖에 없을 거야. 수염 난 남자와 이집트 풍 장식을 좋아하지만, 들어오라면 싫다고 할 거야. 설령 진짜 최후의 심판이라고 증명이 돼도 안 들어갈 거야. 절대로, 믿기를 거부할 거야. 만약 신이 등장하면 나는 배우 행세를 할 거야. 사람들이 더 많이 들어오고 있어. 우리 차례는 아직 더 기다려야 해. 더 많은 사람들이 올 때까지? 이 정도는 아직 붐비는 것도 아니라서?

우리 차례다. 말씀을 전파하는 사람들이 있네. 흰 옷을 입고 조용히 기도하는 수도승들도 있어. 공지를 듣지 못했어. 여기다. 미국이군. 사후 세계. 정말로 도착했다는 게 믿기지 않아. 자유의 여신상은 보이지 않아. 엠파이어스테이트 빌딩도. 미국 맞아? 대기실 아닐까.

집시들이 바닥에 앉아 카드놀이를 하고 있어. 사람들이 이름순이 아니고 국적별로 모여 있어. 나에겐 어린아이처럼 하이 레이스 신발이랑 티롤 망토를 입혀 놨어. 모두들 서류를 작성하고 있어. 아무것도 기억나지 않아. 엄마의 처녀 때 이름도. 아빠의 생년월일과 출생지도. 이전에 어디서 살았는지도. 배 이름도. 읽을 만한 책을 가져오길 잘했네. 출입국 담당자는 여전히 내 서류를 검토 중이야.

"… 왜 아우슈비츠에 없었죠?" 이해하기 힘든지 그가 반복해 물어. 쥐들이 그의 얼굴 절반 정도와 성대도 갉아먹었어. 그래, 가렵겠지. 이제 보니 팔에 노란 별이 박힌 완장을 둘렀군. 민감한 상황이야. 내가 가져온 책을 조사하진 말았으면 좋겠어. 내가 속한 무리의 사람들이 나를 돕고자 내 귀에 여러 개의 답안을 속삭여. 여자 목소리가 "그의 발에 입을 맞춰"라고 재촉하네. 세관원이 구부러진 파샤 슬리퍼를 신은 발을 조심스레 뻗는 모습이 보여. 슬리퍼가 벗겨질까 봐. 그의 발에 입을 맞춰, 여자가 내 귀에 대고 쉰목소리로 말하는데, 꿈이야. 코로 숨을 쉬지 않으려 애쓰고 있어. 자, 준비가 다 됐군. 벌레들.

식사는 맛초matzo[유대인이 유월절에 먹는 누룩 없는 빵]를 줄 거래. 해파리도. 어디서? 여전히 준비 중이야. 다들 최후의 만찬 이야기들을 많이 해. 리바이어던 구이. 어딜 가나 말이 많아. 부끄럽지도 않을까? 주변에 도미니크회 수녀 몇 명과 아일랜드 이민자 무리가 있어. 그리고 조그만 노인이 보여—예루살렘에서 본, 나귀를 타고 등유를 파는 사람들처럼 생긴. 종이 접시에 담은 가벼운 음식을 권하고 있어. 나귀는 어디 있지? 음식은 남은 음식인가 봐. 아니면 전채인가? 한껏 격식을 차려 권하니 거절할 수도 없네. 무슨 맛이냐면….

약 맛. 그럴 줄 알았어. 이렇게 들뜬 느낌은 정말 싫어. 미친 롤러코스터를 타고 스피노자의 목소리를 들으려고 노력 중이야. 가이드 투어야. 가이드들이 갖가지 언어로 소리쳐. "… 세상에서 가장 먼 곳까지 오신 여러분, 환영합니다. … 많은 작가들이 언급한 그곳이죠. … 나락으로 빠지는 과거…." 고전적인 참고문헌을 빼먹었어. 솔직히 말하면 무슨 느낌이냐면—어릴 때 재래식 변소의 동그란 구멍 위에 앉아서—빠져 버릴 것 같던 그 느낌….

과학 기술의 기적에 힘입어, 어떻게든 이 편지가 당신에게 도달하겠지…. 덫, 예상한 그대로야. 내 머리가 탁자 위에 놓여 있어(산부인과 침상 같은데 내 다리를 끈으로 묶어 놨어). 나를 갖고 실험을 할 건가 봐—사실 심각한 건 아니고, 그 어리석음과 그보다 더한 지연이 역겨울 뿐이야. 더 견디지 못할 것 같은 두려움으로 점점 인내심을 잃어 가(침착함을 잃어선 안 되는데). 당신이 곁에 있어서 조언해 주면 좋았을걸—혼란과 음모, 언제나처럼. 얼마나 많은 사람이 저마다 다른 죄로 나를 기소했는지는 잊었어. 정신이상을 핑계로 내 변론을 어떻게 날조했을지도 걱정이야(에즈라의 짓이야. 미친 건지 어리석은 건지 악한 건지). 내 사건은 표준 양식이 있으니 걱정하지 말래. 치외법권인가 하는 걸 말하길래 모르겠는데요, 했더니 그럼 잘됐다, 치외법권을 격렬하게 거부할수록 더 호소력 있다나. 법적으로 책임이 없다는 게 요점인데, 난 목이 잘렸고 그 머리가 탁자 위에 놓인 게 그 증거래. 내 머리가, 물론 몇 마일 떨어지긴 했지만 아직 내 가랑이에 연결돼 있다고 설득하려 해도 소용이 없네…. 무죄 선고를 받으려면 진실을 자백해야 하는지 소설을 지어내야 하는지 하는 물음이 머릿속에 남아 있어서야. 둘 다 어려워. 내가 말하는 모든 것, 침묵까지도 그 모든 것이 나에게서 등을 돌리는 것은 끔찍한 느낌이고, 말을 하려 하면 말이 조심스럽게 만들어져서 (명제와 공리로 가득한 스피노자의 한 문단 전체처럼) 끙 앓는 소리와 꽥 하는 소리가 나와. 나는 조종당하고 있다는 궁극적인 두려움, 환각성 약물, 이보다 서서히 퍼지는 것은 없어(에테르, 최면 등등 다 거부했는데). 고함 소리, 신음 소리, 당신에게 편지를 쓸 땐 또렷해지는 정신은 내 질과 항문에 고무장갑과 기구를 쑤셔 대는 의사가 아마 설명해 줄 거야. 조종당하는 두려움에 저항해야 하고, 파스칼의 도박[신이 존재하지 않는다고 믿었는데 사실은 존재하는 경우보다, 신이 존재한다고 믿었는데 사실은 존재하지 않는 경우가 더 유리하다는 사고실험] 같은 합법적인 유일한 기회, 유일한 희망을 전적으로 불신해야 해. 얼마나 더 오래 준비해야 할지 모르겠는데 재판은 아직 준비 단계라네. 증인을 선별하고, 배심원을 면접하고—늙은 동유럽 타입 같은 사람들은 재미있게 생기기도 했어. 이 모든 것이 절차에 전혀 얽매이지 않고 진행됐고, 판사로 아버지가 불려왔어. 몇 시간 전부터 와 있었나 봐. 아버지가 모자도 채 벗기 전에 의례적인 연설부터 하고, 딸이 있는 앞에서 법정에 있는 모든 사람이 듣도록 편파적으로 하지 않겠다는 선서를 하고, 솔로몬이 사적인 토론에서 어떻게 빠져나갔는지에 대한 일화를 들려주고, "내 이럴 줄 알았지"라는 표정을 짓고는 숙소며 호텔 식사 얘기 따위를 하고, 내가 트렁크와 모피 코트를 어떻게 했는지, 내가 어디 묵었으며 방에 전화와 TV는 있었는지 등등을 신문해. 나는 짐짓 허세를 부리지만 실은 두려워. 멋진 새 정신병원을 짓고 있으며 거기는 개인 화장실과 바닥을 완전히 덮는 카펫(일부는 가족용 스위트, 주변 실험학교), 심지어 스케이트 링크로 변신할 수 있는 콘서트홀(부다페스트 현악사중주단과 록 그룹이 예약된), 아버지 전용 빅 센터가 있다는 둥(도대체 이런 얘기들을 나한테 왜 하지?)의 이야기를 계속 하는 걸 보니, 아버지는 나를 뉴욕의, 우리가 '도깨비집'이라 부르는 곳에다 나를 치워 놓고 싶어 하나 봐. 진심으로 상식을 믿습니다—무엇보다 혼란스러운 게 그거야. 모두들 미쳤는데 자신들은 올바르게 한다는 믿음. 에즈라는 그들이 내 공책, 일기장, 편지들을 압수했다며, 계략일지 모른대. 하지만 이 모든 재판이 나를 지배하려고 그가 꾸민 거고 심지어 우리 아버지까지 협조하도록 설득했다는 의심이 드네. 한 가지 희망이라면, 검사가 제정신인 사람이었으면.

이 모든 것이 끝나고 당신에게 갈 수 있길. 당신의 편지가 그리워. 당신에게 적어도 주소를 보낼 수 있길(보비요가[주]의 시체안치소나 암스테르담에서 미발송 우편을 살펴보거나, 어쩌면 베른에서 받아 전달해 줄지도… 아냐). 미안, 나의 광분을 용서하길. 별로 중요하지 않아. 당신은 뉴욕에서 해야 할 일도 많을 텐데. 이 편지도 써선 안 되는데. 이 편지는 보내지 않을 거야. 어떻게 해볼게. 당신은 영화에나 집중해. 기분이 한결 나아졌어. 안정도 됐고. 벨이 울리고 있어.

나더러 증언을 하래. 여기선 모든 게 효율적으로 정리돼 있어. 내 머리는 재판장의 탁자에서 멀리 떨어져 있어. 재판장이 서류를 읽어. 신은 구닥다리라고 생각한 건 오산이었어. 사람은 안이나 밖이나 다를 게 없어. 물질에 기반한 마음에도 구별이 있어. 나의 세계는 지금 너무나 단순해.

이름은?

헷갈리게 하지 마세요.

내 입에서 돌돌 말린 종이 테이프가 끝도 없이 나와. 바닥은 흐트러져 있고… 신문사 사무실인가? 아, 내 신경줄 끄트머리를 어디다 끼워 놨네. 인터컨티넨틀—라벨을 읽을 수는 없지만… 아주 이쁘네, 이뻐. 바다 밑바닥의 유충들, 땅속 깊은 곳의 구더기, 날아가는 씨앗까지, 세상 저 위와 저 아래에서 온 모든 메시지들이라니. 신이시여.

그거, 중요하지 않아요.

그래도 친절하게 해석해 줄 순 있잖아요. 일관된 대화요? 나한테 뭘 기대해요? 부패한 내 지금 상태로 설명을 시작해 봐요? 여러 관점에서 시작하는 것도 말은 될까요? 아니, 어떻게 해도 말이 안 돼요. 완전히 불공평해요. 이상해요. 얼마나 끔찍한지—아니, 고통 말고요.

얼음물?

됐어요, 고마워요. 전엔 이렇지 않았어요. 내가 완벽했다고 말할 순 없고, 완벽하지 않을 수 있지만, 아무리 깎아서 말해도 적어도 나는 깔끔했고, 아시다시피 아무튼 평행 실존의 복수성을 밝혀냈어요… 내가 한 말이 아니고… 여러 책에 쓴 것 같은데—지금 경우는 아니에요. 이 행성의 진흙에서 뭘 기대해요? 갈팡질팡하는 모든 인간은, 『믿음의 지혜Pistis Sophia』[3세기 이집트 그노시스파의 책]에 예언했지만, 사이비 실체에서 10억 광년 전에 프로그래밍됐어요… 내 의견이 아니고. 나는 의견이 없거든요. 개인적인… 뭐요? 무슨 개인적인 거요? 법인을 말하는 게 아니라면 질문을 이해하지 못하겠는데, 내 서류, 여권, 체류증, 보험증서, 귀화 서약, 출생증명서, 중학교부터 성적표랑 의료 기록, 흉부 X레이, 나를 잡아 놨으니 잘 아실 텐데요? 저술들? 당연히 거의 다 잊어버렸죠, 대학 리포트부터 학위논문까지, 거기 서류철에. 온갖 메모 가득한 서류 가방도 사무원 시켜서 뒤져 봤겠고. 내가 모든 걸 기억할 거라고 기대하지 마세요. 다시 말하지만 개인적으로 신고할 사항은 없고, 나에 대한 모든 것은 공개됐고 당신이 갖고 있잖아요. 내 짐 말이에요, 당신이 몽땅. 이 기구, 자아인지 뇌인지 뭔지 최신 용어로 뭐라 부르는지는 몰라도, 이걸로 나한테 무슨 짓을 하든, 사소한 데 신경 쓸 순간은 아닌 것 같고, 조각난 정보밖에 떠오르지 않아요, 그나마 이미 당신이 갖고 있는. 내가 아는 거라곤 그것들이 제대로 된 곳에서 해부 테이블 위에 놓여 있다는 거예요, 자동차 부품들처럼 나란히. 사지는 모아 놓고, 피부는 조심스럽게 접어 놓고, 내장들은 따로따로 그릇에 담고—밥 먹으면서 할 대화는 아니죠? 미안해요, 쟁반에 담아 오는 건 못 봤어요…. 당신이 나한테 요구하는 실제 기억으로 말하자면, 원래 각인됐던 건 제거할 수 없지요. 내가 말하는 모든 것, 용어, 여러분, 언어란 타고나는 것이고, 고마운 일이죠. 주님의 미천한 딸이 은혜를 입었네요, 기타 등등. 문제는, 내 해면체가 뭘 빨아들인 거냐고요? 세포막들은? 문제는… 내 목소리가 어디서 나는 거냐고요? 몸의 감각이라곤 희한하게도 성기뿐, 구멍, 아무것도 없는, 네거티브. 방금 말한 건 당신이고, 계시를 보는 약물을 여자한테 주는 건 낭비죠, 기껏해야 성기만 느끼니까… 아, 아까 한 말 다시 하는 거예요. 그런데 내가 지금 누구랑 이야기하는 거죠? 이어폰이 있네. 학회구나, 물론이죠. 무슨 말인지 알죠? 그리스 파트가 잘돼 있는 아무 박물관에나 꽃병에 보면 날개 달린 남자아이나 새나 곤충 모양, 그러니까 프시케[영혼]가 죽은 사람의 입이나 귀에서 날아오르는 그림 있잖아요. 어쩌면 나는 그만도 못한….

그런데 여러분들은 왜 이렇게 늙고 못생겼어요? 맙소사, 이 모든 것이 사기라는 증거를 더 제시해야 한다면, 여러분이 여기 있다는 게 그 증거겠네요. 우리가 저승에서 만날 거라고 말한 게 당신이던가요? 사후, 영혼, 최후의 심판, 하느님, 족속도 하나, 율법도 하나—그런 건 하나도 믿지 않았어요. 그래서 지금 이 꼴이 됐죠. 크게 후회하고, 한없이 유감이고, 말할 수 없이 부끄럽네요, 당신의 거짓말을 요만큼 믿어서 덫에 걸린 내 우둔함이요. 됐어요… 당신은 내 사생활을 침해하고 있고, 내가 불쾌하건 쇠약해지건 말건 꿈에 스멀스멀 나타나고, 지금 당신이랑 있는 건 진짜 죽음이 아니라는 증거는 얼마든지 더 있어요. 내가 진짜로 죽는다면, 여러분, 나를 둘러싸고 서 있는 여러분을 볼 수 없을 거잖아요. 방도를 찾아야겠어요. 내 팔과 다리, 머리, 심장까지 돌려받겠어요. 당신이 그것들에 무슨 짓을 해 놨든, 찾아내고 말 거야.

※ ※ ※

"**이**해해요. 힘드실 거예요." 늘어진 팔자수염의 남자가 공감한다는 듯 속삭인다.

"무슨 말이지요?"

그녀가 의심을 품고 묻는다. 유쾌한 분위기의 수염과 갈라진 가죽 재킷의 냄새는 긍정적으로 안심시킨다. 하지만 어떤 남자가 그녀의 인생이 얼마나 힘든지 가늠이나 할 수 있을까? 남자가 어떻게 아는가? 그가 알아주기를 그녀가 원하기나 하는가?

"당신같이 잠재력을 가진 여자는요," 그는 눈을 크게 뜨고 팔을 펼쳐 멀리 떨어진 그녀의 위치를 설명하려 한다. "당신 안에는 한 명이 아니라 여러 명의 여자가 들어 있죠. 스피노자와, 아카풀코[멕시코의 태평양 연안 항구도시] 출신의 노는 여자 사이에서 환상적인 문제를 갖고 있죠." 그가 단언한다. "이 문제를 어떻게 해결할래요?"

그녀는 위험을 느낀다. 머지않아 그녀는 물론이고 어떤 여자도 혼자 해결할 수 없는 이 갈등을 해결하고자 그가 주도적으로 움직일 낌새다.

"전혀 문제없어요. 말했다시피 저는 소설을 쓰고 있어요. 문제는, 제가 스피노자를 읽어 본 적이 없다는 거죠."

"이봐요, 로비에 전시된 당신의 출판물을 봤는데, 부인하고 싶어 하는 이유를 이해할 수 없네요. 아까 말했듯이 당신의 지적 열정과 여성성의 충돌을요. 스피노자를 읽었다고 하면 내가 당신한테 매력을 덜 느낄까 봐 걱정하는 게 틀림없어요."

"맹세컨대 스피노자를 읽어 본 적이 없어요. 학위랑 출판물들은 옛날옛적 얘기고요. 솔직히 말하면 남편이 시킨 거였어요."

"어떻게요?"

"신체적으로 속박된 상태였어요."

"그가 당신을 바보로 만들어 놔서 학위논문을 썼단 말인가요?"

"맞아요, 난 아무 신경도 쓰지 않았어요. 키부츠에 살면서 오렌지나 따고 싶었어요. 남편이 마르크스를 읽으라고 했어요. 마르크스에 동의하지 않았더니, 키르케고르를 읽고 독일 낭만주의와 신비주의를 죄다 읽으라고 하더군요. 그래서 철학에 입문하게 됐어요. 어리석었죠. 에크하르트는 '트'만 내 체질에 맞다고 했더라면 평화로웠을 텐데. 아, 칸트가 대학 신입생 때 내 두뇌를 3학년으로 바꿔 놨다는 건 인정해요."

"이봐요, 그만합시다. 이 모든 이야기가 섹시하다는 거, 알죠?"

"내 말은, 스물다섯이 넘어서도 철학을 진지하게 받아들일 수 있는 여자는 딱하다고요."

"여자가 내재적으로 남자보다 우월하다는 말이군요."

"전혀요. 철학이든 군사학이든 음악이든, 모든 분야에서 실질적으로 여자보다 남자가 우월해요. 하지만 분별 있는 여자라면 실제로는 남자들이 하는 일이 바보 같다는 건 알고, 그것을 여자들은 진지하게 받아들이지 못하며, 그들이 이런 것들을 진지하게 추구한다는 것도 남자들의 매력에 속해서 우리는 그걸 장려하는데, 남자들은 우리를 문화력이라고 부르죠.”

“이봐요, 문화는 고약해요. 섹스나 합시다.”

“싫어요, 당신은 너무 냉소적이에요.”

“당신도 미쳤다는 걸 알아 줬으면 해요.” 그가 친절하게 말한다. “열 시간째 당신이 하는 말을 들어 봤는데, 당신이 하는 모든 말에서 분명해지는군요. 불쌍한 표정 짓지 마요, 당신 잘못이 아니에요.” 그는 담배를 굴리며 유쾌하게 말을 이어 간다. “우리 집사람도 미쳤어요. 내가 말했나요?”

“우리 아버지나 남편이랑 똑같은 소릴 하는군요. 나는 이런 거 못 참아요.”

“물론, 아버지가 프로이트 학자라곤 말해 줬죠. 미안해요, 힘들겠네요. 빠져나갈 길이 없다는 건 알죠?”

“농담 그만하고, 여기는 어딘가요?”

“이봐요, 당신은 어떤 ‘상태’에 있어요. 열 시간이나 섹스를 안 했잖아요. 그럼 ‘상태’에 있는 거예요. 이봐요, 하시시 때문인가 본데. 갑자기 당신 이름이 생각 안 나네요. 말하지 말아요. 알아요. 조금 있으면 기억날 거야. 사라!”

“재미있네요. 죽기 며칠 전에 어떤 사람도 내 이름은 사라임에 틀림없다고 하던데.”

“이 하시시 끝내준댔잖아요. 다시 맞춰 볼게요. 웃기네. 남편 성이 블라인드죠. 계속 쓸 건가요?”

“기념품이라고 치죠.” 그녀는 웃으면서 어깨를 으쓱한다. “전쟁에서 돌아온 기념품이라고나 할까. 뭐, 불운이라고 합시다. 아직도 내 인생의 십 년 연장이니까요.”

"블라인드라. 블라인드. 미리엄. 기억났다! 미리엄 아녜요?"

"아니에요. 그건 내 첫 번째 소설 여주인공 이름이고."

"하나 더 생각났어요. 맞다. 소피. 소피 블라인드."

"이상하네요."

"맞나요?"

"아뇨, 하지만 새로 쓰는 소설 주인공한테 붙여 주면 딱 좋을 것 같아요."

"이 하시시만 한 건 없댔잖아요. 이봐요, 당신 방으로 갑시다. 내가 뚫어 줄게요."

"싫어요. 사랑하는 사이도 아닌데. 하지만 뚫리고 싶어 하는 예쁜 여자라면 장담컨대 얼마든지 있잖아요. 무도회장에 가 보지 그래요?"

"이봐요, 그건 너무 피곤하고. 여자 때문에 골치 썩이긴 싫어요. 그건 작전 같은 거거든요. 여자들은 춤추고 싶어 하고, 큰 물건을 원하죠. 그런 소린 하지도 마요. 그냥 당신하고 하고 나서 잠들고 싶을 뿐이에요. 봐요, 여기서 나가야겠어요. 청소부들이 오고 있어요."

"사랑 같은 사랑을 나누는 건 상상도 못 하겠어요."

"당신이 엉망이란 건 알아요. 우리 모두 엉망이지." 그는 한숨을 쉬면서 팔을 그녀의 어깨에 두르고, 두꺼운 카펫이 깔린 복도를 같이 걸어가면서 비틀거리며 그녀에게 기댄다. 그녀는 주간 일정이 적힌 게시판을 확인하려고 멈춰 선다.

"중요한 걸 놓칠까 봐 걱정하는 거예요?" 그가 물으며 그녀를 떼어 놓는다. "중요한 사람은 다 파티에 참석할 거예요. 우리는 이제 한 시간 정도 할 수 있어요. 난 세 시간은 자야 하고, 다섯 시간 후에는 일어나야 하니까 가는 길에 연설을 준비할 수 있겠군. 오천 명의 관중 앞에서 연설을 해야 하거든요. 텔레비전 방송으로. 아직 무슨 말을 해야 할지 생각도 못했는데. 우선 걱정은 말고, 내가 말하는 대로 따라 해요. 침대로 갔다가 파티를 하자고요, 오케이? 설마 피곤한 건 아니죠? 난 삼 일 밤을 새웠는데."

"소송 중이라 배심원단을 만나야 해요." 그녀가 항변한다.

"침대에서 자세히 들려줘요."

"당신이 배심원단 중 한 명이거나 검사 측 증인이 아니라는 걸 어떻게 알죠?"

"당신 방으로 날 데려가야 할 이유가 늘었네요. 당신 매우 이기적인 거 알죠? 내가 감수하는 위험 따위는 생각도 안 하죠. 여자는 모든 게 용서된단 걸 몰라요?"

"이 방이군요." 그녀가 불을 켜며 말한다.

"머리 좀 기댈게요. 좀 자야겠어요."

"요한, 내 말 좀 들어 봐요."

"이봐요, 열한 시간째 듣고 있잖아요."

"당신이 무슨 생각을 하든 상관없어요. 무슨 일이 일어나고 있는지 알고 싶을 뿐이에요."

"침대에 가지 않으면 아무 일도 안 일어날 거예요. 이봐요, 농담인 줄 알겠지만, 심각한 문제예요." 그가 말하며 그녀의 침대에 주저앉는다. "오페라 오 분 전에 섹스하지 않으면 하이 씨 음을 내지 못하는 비엔나 오페라 가수 이야기 들어 봤을 거예요. 그녀를 위해 최소 세 명의 종마 같은 남자들이 상시 대기하고 있죠. 공공연한 비밀이죠. 이봐요, 난 그저 당신을 돕고 싶을 뿐이에요."

"진지하게 물어보는 건데, 나한테 무슨 문제가 있는 거죠?"

"한 가지." 그가 니체 수염 아래에서 까르륵 웃으며 그녀를 침대로 잡아당긴다. "1890년대에 태어나지 않았다는 단순한 사실."

"그것 말고는요?"

"이봐요, 이 시궁창 같은 데서 벗어나려면 돈이 많이 들어요. 책을 쓰면 오만 달러를 선금으로 받게 되니 간단하죠. 새처럼 자유로워지는 거예요. 도쿄, 리마, 이스탄불, 어디든 갈 수 있어요. 비행기나 크루즈에서 인생을 보낼 수도 있고요. 당신은 여행을 해야만 하는 사람인 건 분명하군요."

"정말 그렇게 생각해요? 알았어요. 그렇게 해 보죠."

그가 머리를 흔들고 있다. "내 말을 안 믿는군요. 믿으려고 노력해 봐요. 오만 달러, 생각이나 할 수 있겠어요?"

5만 달러를 생각할 때마다 그녀는 애인이 생각난다. "아뇨, 못 하겠어요. 우선 신경 써야 할 것들이 있어서요. 게다가, 내가 지금 있을 곳은 여기가 아니고 딴 데잖아요."

"이봐요, 지금 딴 데 와 있잖아요."

"말도 안 돼."

"이봐요, 나 당신한테 집어넣었어."

"거기가 아닌데요."

"체위를 바꿔 볼까요?"

"사랑스러운 와이프랑 아이들은요?"

"삼천 마일이나 떨어져 있는데요 뭐." 그가 하품을 한다. "하지만 당신은 지금 여기 있고. 별로라고만 하지 말고. 웃어도 돼요, 난 괜찮아요. 어서, 마녀처럼 웃어 봐요. 그럼 나 흥분되거든요. 당신 속에 집어넣고 휘젓는 게 마음에 들지 않는다고 말할 수 있겠어요?"

"괜찮아요. 그런데 왜 배불뚝이처럼 행동하죠? 뱃속에 뭐 있어요? 다섯쌍둥이?"

"이유를 말해 주죠. 하느님이 나를 천재로 만들 때, '요한 토블러, 너를 천재로 만들고 너에게 커다란 올챙이배를 줄 테니, 허영심이 많아선 안 된다'라고 말했어요. 그게 답이에요."

"끝내주네. 사방 여자들한테 다 그렇게 말하고 다니나요?"

"어떻게 생각해요? 당신만을 위한 특별한 걸 개발하면 좋겠어요?"

"자기, 나만 놔두고 가려고?"

"전화 한 통 하러."

"미안, 나 못 일어나… 피곤해. 파티에 어떻게 가는지는 알지?"

✿ ✿ ✿

이곳에 천국을 HELP BUILD PARADISE.

욕실 문에 붙은 포스터를 읽는다.

"아, 몇 년 전에 시도한 프로젝트야." 케이트 댈러스가 샤워를 하며 소리친다. "환경이 되는 방—나만의 방을 꾸미세요. 끝내주는 후원을 받았고, 콜로라도에 땅도 오백 에이커 샀지. 즐겁고 신나는 아이디어 였어. 구닥다리 청교도 마조히즘 같은 건 때려치우고. 그런데 인간이란 나약한 거여서, 채찍이니 부츠니 홀딱 벗은 여자 사진 같은 오래된 역겨운 것들이 있는 '이드 해방구Id-Lib chamber'라는 것도 있었어. 알다시피 다들 거기서 시간들을 때우길래 문을 닫아 버렸다. 딱 때맞춰 닫기도 했지. 이제부턴 사람들을 변화시키는 작업을 하려고." 그녀가 기다란 그리스 로브를 입고 웃으며 조각상처럼 나타나자 소피는 〈트로이 여인들〉을 함께 공연하던 시절에 입었던 로브가 떠오른다.

"엘세스디 연구한다며."

"맞아. 여행이나 갈래?"

"노. 죽은 듯이 자려고."

케이트가 거울 앞에서 긴 머리카락을 빗질한다. 한숨을 쉬면서,

"키가 백오십만 아니었더라면 그레타 가르보가 될 수도 있었을

텐데."

"지금도 가능하지 않아?"

"사실 오늘 아침에 전화 한 통을 받았어… 그런데 안 돼요, 의식을 혁명적으로 바꾸는 새 프로젝트에 참여 중이라서요, 했지. 너, 내 강의 못 들어 봤지? 십 년 더 지나면 정신과는 싸그리 없어질 거란 걸 알고는 있어? 프로이트 정신분석은 이상한 요술 같은 걸로 볼 거야. 바빌론 점성술 따위 그런. 그건 그렇고, 어떻게 된 거야? 여행 다닌다니?"

"아, 이 세계에서 벗어나는 중이야. 그렇게 됐어. 바로 이거다, 할 만큼 끝내줬어. 그런데 일이 우습게 된 게, 행선지를 옮기면 꼭 회전목마 마냥 옛날에 에즈라랑 결혼한 때로 자꾸 되돌아가지 뭐야. 내일 재판에 출석해야 되는데. 돌아가신 할머니도 계실 거고, 니트라의 렙 스무엘이랑 아우슈비츠에서 죽은 사촌들도 나온대."

"아메바 같은 유대인들로 가득하겠군! 또 다른 소식은 없어?"

"케이트, 나 더 이상은 못 참겠어. 저항하지 못할까 봐 겁나. 하느님이 나타나면 소리를 지를 것 같아."

"안 나타날 거야."

"어떻게 알아?"

"하느님이 나타날 수 없다는 건 알아. 하느님이란 여전히 생기고 있는 중이야. 어떻게 하다 보니 내가 하느님이 생기는 데 개인적으로 관여하게 됐거든… 자, 그건 딴 얘기고. 시간 얼마나 있어?"

"모르겠어. 이미 돌아갔어야 하는데."

"왜 더 일찍 연락 안 했어?"

"관 속에 있었어."

"맙소사! 십 년 전에 너 장례식 전날 밤에 갔는데, 맞아, 그다음 날

블루베리 팬케이크를 먹었지. 넌 약간 긴장할 때마다 오시리스^{Osiris}[이집트신화에서 죽은 자들의 신으로 숭배된 남신]를 약간 잡아당겼어. 격세유전, 순수 격세유전. 영원 회귀. 헛소리지. 엔텔레키^{entelechy}, 내 사랑….그게 티켓이야. 목적론적 우주. 급진적이고 진보적이고 역동적인 연속체. 알프레드 노스 화이트헤드, 테야르 드 샤르댕적 시각….”

“에즈라.”

“신성한 마음에 에즈라는 나쁜 생각이야.”

“그런데 나는 왜 아직 에즈라를 짊어지고 있는 거지?”

“내 등에선 던져 버렸어. 아 맞다, 한번은 그자가 나를 꼬시려고 하더라. 그래서 데려다가 풍차돌리기 한 번 해 주고 방에 던져 버렸지. 바닥에서 머리를 들더니, ‘자기야, 당신에게 줄 건 지적인 오랑우탄밖에 없군’ 하더라.”

“나랑 있을 땐 그렇게 웃기지 않아.”

“있잖아, ‘쌍태 낳은 털 깎인 암양’ 어쩌고 재잘대는 이빨의 술람미 여인아[「아가」 4장 2절], 에즈라는 끝났어…. 유대인들은 끝났어. 너와 함께 과거로부터 나와서 통곡의 벽으로 들어갈지어다. 맞아, 그거야. 통곡의 벽의 벽돌을 하나씩 하나씩 무너뜨릴 거야. 묘기지! 아무한테도 말하면 안 돼. 우리가 특별한 신물질 작업을 막 시작했어. 사실은 바이러스인데, 아칸소쥐며느리의 십이지장을 공격하는. 하지만 놀랍게도 인간 몸에 들어가면 망각의 약물이 돼. 기억은 글루텐 함유 단백질 물질—일종의 뮤코다당류인데—인 세포 접착제에 보관된다는 걸 발견했어. 뉴런 주위에 솜털이 모이는 거지. 그리고 뇌파를 연구했더니, 원래 정보가 저장되는 곳의 뇌파와 매우 흡사하게 뇌파가 닮아지는 최적 패턴이 존재한다는 게 밝혀졌어. 뇌파들이 다 같이 속삭이는 거야."

"바로 그거야. 속삭임의 코러스! 내 세포 안의 오래된 이스라엘 민족."

"맞아. 이제 그들이 입을 닥칠 시간이야. 그 오래된 접착제를 녹일 거야. 한번 냄새를 맡으면 백지가 되는 거야."

"그러면 십 년 전 아름다운 순간이 사라지고, 죽여주는 키스의 맛도 사라지겠네? 그렇지, 싸그리 지운다며?"

"그게 핵심이야. 처음부터 다시 시작하는 거야. 쫄지 마, 우리가 보살펴 줄게. 끝내주는 실험 설비랑 숙련된 스태프가 있어. 여섯 주면 다시 길거리로 걸어 나갈 수 있어."

"섹스는?"

"우리 프로그램에서는 우리가 알고 있던 병적인 형태의 성욕은 없어져. 사랑과 육체적 쾌락만 있을 뿐 집착은 사라지고, 분별 있고 행복한 세계만 남지. 겁나?"

"비전이 완전히 오리지널한 건 아니네."

"당연하지. 죄만큼이나 오래된 거야. 마침내 길을 찾았어. 하지만 넌 영적으로 준비가 돼 있어야 해. 확신 있는 회원만 선발할 거거든. 새로운 교회를 창립하고 있다는 말 했던가? 이 나라에서 뭔가를 할 수 있는 유일한 방법이지…."

"하느님 맙소사."

"속삭이는 저 이스라엘 민족 없이는 너도 살 수 없다는 걸 인정해. '내가 예루살렘을 기억하지 아니할진대 내 혀가 내 입천장에 붙을지로다!'[「시편」 137편 6절]"

"하지만 헤어지는 건 아파. 오래된 발걸레, 심지어 종양이라도 헤어지는 건 아파. 자신의 종양을 사랑하는 건 인간의 본성이야. 하지만 진지하게 하는 말인데, 케이트, 낡은 심리학, 자아 장애, 연속성 같은 것, 사람을 사람이게 하는 이 모든 것들은 이상한 거야. 물론 난 과학을 믿어. 뉴런을 둘러싼 접착제. 맞아. 하지만 화학적 해법엔 난 관심 없어. 존경할 만하지 않아. 내가 대책 없이 감상적인 건가?

"소피, 너 미쳤구나? 재판에 가봐야 하지 않아? 필요한 거 있으면 잊지 말고 언제든 말하고."

✳ ✳ ✳

2시 15분. 통상 하는 정신 감정 예정. 바보 같은 형식적 절차들이라니. 아버지 사무실보다 멋진 사무실. 추상화, 바닥을 다 덮은 카펫, 스칸디나비아 양식의 유리가 여러 가지 자유 연상을 자아냄에 틀림없다. 그녀는 소파 위에 눕는다. 할 수 있는 한 모두 보여 주려고 한다. 금지된 게 아니니까.

"내가 무슨 이야기를 하길 바라나요? 섹스? 아버지? 어머니? 야뇨증? 엘렉트라 콤플렉스? 남근 선망? 티켓 예약해 놨으니 후딱후딱 해치우자고요."

"소피 내 사랑, 가엾은 아이, 마이 달링, 자기, 자기, 자기야!"

아버지의 헝가리인 동료. 최근에 부인이 죽었다. 자살일 확률이 높다. 아버지는 그가 재취 자리 제안해 온 걸 생각해 보자고 했다. 멋진 남자고, 유머 감각 있고, 아버지의 가장 친한 친구에다 소피가 태어날 때부터 그녀를 예뻐했고, 사회생활에선 잘나갔고, 최고의 마음 씀씀이를 가졌으면서 편집증은 거의 없었다. 생각해 볼 만하다. 나이 차이는 긍정적인 요인일 때도 많다. 열여섯에 결혼이란 엄청난 유혹이다. 열여섯은 어두운 남자를 꿈꾸지 못할 나이니까.

그는 방 한가운데 서서, 통통한 손을 겹쳐 잡고 신부처럼 우울하게 고개를 숙이고 반복해 말한다. "뭔가 하려면 적어도 칠 년은 분석해야 해. 최소 오 년, 최소한이야." 그의 고개가 다른 쪽을 향하더니 기다린다. 의자를 가까이 끌어당긴다. 아버지와는 많이 다르다. 밝은 파란색에 핏발 선 눈은 튀어나왔고, 살결은 연약하고 촉촉하고 붉고, 음성은 고조돼 있다. 웃음 반, 공포 반이 깔린 쉰 목소리로, 그녀 일생에 중대한 결정을 내리기 전에 재고해 달라고 애원한다.

뚱뚱한 남자, 하지만 육중하게 축 처진 타입은 아니다. 지방에 푹 파묻혀 인사불성으로 꼼짝도 않거나 몸을 비틀 때마다 지방이 출렁일 정도는 아니다. 아니고말고, 오히려 정반대다. 오버하는 성격에 변덕이 있고, 흥분하면 얼굴이 부풀어 오르고 손가락 살이 부어오를 것 같다. 금세라도 터져 버릴 것 같은 살결, 연속 폭발 상태의 핑크색.

그는 헝가리어로 말하고 그녀는 영어로 답한다. 1인칭 소유격을 축소형[이를테면 '마담' 대신 '마드무아젤'에 대응하는 대명사]으로 사용하는 게 먹혀든다. 이쁜 우리^{my} 소피 공주님―공주 앞에 "우리"라고 한 게 그녀의 귀에 들어온다.

이 사람을 사랑할 수 있을까? 그녀의 목숨을 내치지 않으려고 그는 온몸으로 애원하고 있다. 7년간 치료를 받기 전에는 어떤 결정도 섣불리 내리지 않을 것이다. 그녀는 초조해진다. 어떤 것도 나의 목적으로 가는 길목에서 나를 흔들지 못해. 그가 이해해야 해. 우선 정리를 해야 하니까. 이혼을 하고, 아이들이 다닐 학교를 찾고, 파리에서 온 짐을 확인해야 하고, 마감 논문이 다섯 개 있고, 새 책 계약도 해야 되고.

"하지만 너의 삶은? 너의 삶!" 그가 노래를 부른다. 그녀는 결정을 내렸다. 그를 사랑할 수 있음에 틀림없다. 그에게서 연인다운 모습이 어느 정도 보인다.

"엄마의 삶을 되풀이하겠죠." 단호하게 말해 준다.

"분석이 끝나면 마음대로 해도 된단다, 내 사랑. 배우가 되든 형이 상학을 공부하든, 기병 장교든 올림픽 스키 선수든 예술가든, 하고 싶은 건 다 할 수 있어. 조종사, 팜 파탈, 아니면 아이를 열쯤 낳든, 네가 행복하다면 뭐든 할 수 있지만, 우선은 말이야—" 그는 무릎 위에 두 손을 포갠 채 애원하고, 축소형 소유격 사용이 늘어나면서 그녀를 껴안고, 최종 결정을 내리는 게 아니라 기다리려 한다. 서두르지 않고.

"전 해야 돼요. 해야 돼요."

"뭘, 내 사랑, 뭘 하고 싶은지 말해 봐. 난 너의 행복밖에 바라는 게 없단다."

"첫 비행기를 타고 대서양을 건너야 돼요. 화산을 봐야 돼요. 도나우강에서 배를 타고 베오그라드에서 실리스트라까지, 볼가강으로 건너가서 아스트라칸부터 쿠이비셰프까지 가야 돼요. 갈라파고스 제도랑 아마존요. 헬리콥터로요. 온 세계를 다녀야 돼요. 내 앞에 펼쳐진 여정에서 뭘 먼저 말해야 할지 모르겠어요. 로마, 아테네, 예루살렘, 프라하, 리마, 도쿄, 모스크바. 도시마다, 지도에도 없는 장소마다 내가 사랑하는 사람이 기다리고 있어요. 시베리아 횡단철도를 따라서요. 신탁을 해몽하기 위해 델피로 가는 길로요. 아고라부터 피레아스까지. 크노소스까지는 긴 항해가 될 거고, [크레타섬의] 미궁에서 미노타우로스를 추적해야 하고요."

그는 귀 기울여 듣는다. 눈은 휘둥그레지고, 얘기에 푹 빠져서 입을 떡 벌린 채, 바보가 된 것마냥.

"여행 수당을 받거든요." 그가 모든 것을 알고 있을까 봐 갑자기 두려워진 그녀가 말을 이어 나간다. 그의 책상 위에 아버지 필적으로 쓰인 종이가 보인다. 미친 뚱뚱이. 방음벽. 빠져나가야 한다. "비용은 다

거기서 내 줘요. 이 주짜리 지중해 크루즈, 쟁쟁한 프랑스랑 이탈리아 합작사가 낙소스섬에서 찍는 영화에 배역을 하나 얻을지도 모르고요. 제 배역이랑 관련된 정신분석학 문헌은 다 읽어 볼 거예요. 프로이트는 미노타우로스 신화에 대해 뭐라고 말하나요?"

그는 눈물을 흘리며 야생의 몸짓으로 부다페스트에 있는 그녀 집에서 그녀의 아버지와 어머니 사이에 일어난 끔찍하고 소름 끼치는 충격적인 일들을 들려준다. 그녀는 퀼트 누비로 감싼 벽을 따라 문 방향을 느낀다. 다 알고 있어. 어린아이가 아닌걸. 지금 내가 뭘 하고 있는지 알아.

"엄마의 삶을 되풀이해야죠." 엄숙하게 단언한다. "다른 선택은 없는걸요. 유일한 진짜 속죄예요. 어디로 향하든 엄마의 발자취를 따라야 해요. 아무것도 날 막을 수 없어요."

"하지만 몽땅 똑같아야 되는 건 아냐, 네가 지금 하는 말은 오해야, 끔찍한 오해." 그는 흐느낀다. 애교 있게 감정적이다. 심지어 에즈라의 분위기까지. 그녀는 얼굴을 붉히며 갑자기 부끄러워진다. 이 모든 것이 텔레비전으로 방송될지도 몰라.

"몽땅 똑같은 상황은 아냐, 네 엄마랑은 완전히 달라. 하나도 닮지 않았어, 가엾은 우리 소피가 지독히 잘못 알고 있구나."

그녀는 이야기하기를 거부한다. 그와는 상관없는 그녀의 인생이다. 가족을 배려하느라 단념하지 않을 것이고, 그들에게 어떤 결과가 일어나든 신경 쓰지 않을 것이며, 한번쯤 그녀 인생에서 마음이 시키는 대로 진정한 나 자신이 될 거야. 그녀는 출입구에서 당당하게 웃는다. 꽃병에서 공작 깃털을 한 움큼 뽑아서, 하나를 자비롭게 그에게 던진다….

수요일 오전, 정오가 다 되어 침대에서 일어난 소피 블라인드는 눈에 익은 자신의 방을 말없이 응시한다. 아이반의 오랜 비옷은 아직 창틀에 걸려 있고, 부활절 달걀처럼 사방에 놓아둔, 잃어버린 기쁨을 상기시키는 것들이 주변에서 부질없이 깨어난다. 깨어날 때의 고통이란 어김이 없다. 꿈에서는 말 없는 물건들로 둘러싸인 손을 들여다봐도 이러한 나태감이 없다. 꿈에선 항상 뭔가가 일어나야 한다. 새 한 마리가 창턱에 나타난다든가….

더 재미있고 중요한 일들을 제쳐놓고 이 방에 그저 누워 있게 한 원인을 좀 더 오래 생각해 보니, 생각하고 내린 선택이 아님을 깨닫는다. 깨어난 건 실수였다. 계속 영문을 모르는 채로 있는다면, 또는 비교적 쉽게 현실로 돌아오더라도 잠에 빠지거나 깨어나는 데 얼마나 엄청난 노력이 들었는지 기억해 내려 한다면, 또는 이 수요일 아침이 너무나 따분하고 이상해 보여서 마음 한구석에서 다소 깊은 이성적 사유를 하려 한다면, 그것은 바로 공상가의 세계에서나 그 일이 말이 되기 때문이다. 꿈에는 저마다의 시간이 있다. 꿈을 꿀 때는 물론 알지 못한다. 꿈은 결국 끝나리라는 것을. 꿈에서 사람은 생시와 마찬가지로 꿈도 무한정 지속될 것이라고 가정한다. 삶이란 죽을 때까지 무한정 지속되지 않는가. 오직 꿈만이 끝이 있다. 이런 점에서 사랑과 놀이와 소설은 꿈과 같다. 언젠가 끝나는 것이다.

　책이 꿈이나 삶보다 나았다. 삶과 달리 책은 뚝 끝난다. 꿈과 달리 책에는 어설픈 투쟁과 속는다는 느낌이 없고, 우아하게 자각하는 가운데 최후의 순간을 준비하게 한다. 아무리 서로 뒤엉켜 있고 서로 싸우고 꼼수를 부려도, 삶과 꿈 사이에는 많은 차이가 있다. 책은 정말로 달랐다. 무엇보다, 책을 볼 때는 내가 있는 곳이 어딘지 안다. 책의 배경이 파리든 뉴욕이든, 달이든 아니면 전혀 명시되지 않은 곳이든, 이것은 책 속 이야기라는 사실을 안다. 실제의 나는 비행기를 타고 있거나, 발칸반도의 어떤 마을에 있는 호텔 객실에 앉아 책을 읽고 있거나, 남의 방에서 책을 읽거나 글을 쓰거나, 아이들이 잠든 사이 부엌에 있기도 한다. 그러나 꿈은 꾸면서도 꿈인 줄 모를 수 있다. 깨어나서도 그게 꿈인지 아리송하고 믿지 못할 수도 있다. 하지만 책은 책일 뿐이라고 확실히 말할 수 있다. 책을 읽든 책을 쓰든, 깨어 있는 것이다. 문제 자체가 일어나지 않는다. 이런 모든 이유로 소피는 책을 쓰는 데 흥미가 일었다. 책에서는 내가 있는 곳이 어딘지 안다. 아무리 황당하고 서투르고 모호해도 책은 책일 뿐이었다.

둘

둘

몇년이 흘렀다. 제1차 세계대전이 발발하기 전이었다. 부다페스(스무엘)트의 랍비장 아들이자 니트라의 유명한 랍비 시몬의 손자는 의심스러운 배경과 재주를 가진 여자를 신부로 선택했다. 술도가집 딸 로사 리퍼(학생 모임에서는 '부다페스트의 로자 룩셈부르크'로 불림)는 공산주의 선동가였고, 수학과 의학 학위를 가졌고, 프로이트의 제자였으며, 아름다웠다. 루돌프 란츠만은 대학생, 사회주의자, 아방가르드 예술가와 지식인들의 모임인 갈릴레이 클럽에서 로사를 만났다. 클럽은 두 사람 다 자주 다니던 곳이었다. 로사의 부모인 양조업자와 그 부인의 배경에 대해서는 알려진 바가 거의 없다. 유대인 공동체에서 이탈한 지 여러 세대 된 이 나이롱 유대인은 오데사와 콘스탄티노플에 있는 친척들과 동화되어 근친혼을 했다. 어쩌면 캅카스 지역의 하자르족과 뿌리가 닿을지도 몰랐다. 란츠만 일가가 보기엔 그들은 천민이었다. 1912년에 루돌프는 정신분석학 운동에 합류했다. 그는 의대에서 뇌조직학을 연구했는데, 거기서는 농담처럼 프로이트 이론이란 "남자 어른들이 어린 계집아이들에게 더러운 얘기를 하는 기술"이라고들 했다.

이즈음, 정복자의 후예임을 주장하는 트란실바니아의 백작 한 명이 이 유대인 술도가의 어린 딸 카밀라의 환심을 사려고 애쓰지만 성과

가 없다. 일가는 폐족했거나 파산했거나 대부분 술고래인 이 셔버셔
버 백작은 일족을 가난으로부터 구제하기 위해 법학을 공부하러 부다
페스트로 갔다. 더 이상 청춘이 아닌 그는 시류를 따라잡는 노력의 일
환으로 갈릴레이 모임에 참석하곤 했다. 그는 미래주의, 상징주의, 마
르크시즘, 프로이트, 에스페란토 같은 것들에는 열정이 없었다. 하지
만 금발에 반달 같은 눈을 한 루돌프 란츠만의 약혼녀의 여동생이 갈
릴레이 모임에 오고부터 백작은 꼬박꼬박 참석하게 된다. 오로지 집에
서 벗어나고자 언니를 따라 모임에 참석하기 시작한 카밀라 역시 이런
문제들엔 관심이 없었다. 백작은 말없이 카밀라를 흠모했고, 2년이 지
나니 모임 자리에서 벗어나 달빛 아래 산책로를 걷는 사이가 되었다.

셔버셔버 백작은 이런 여자들이 아직도 있다는 걸 몰랐다. 몸을
허락하지 않으면서 몸이 달게 만드는 진정한 여신 말이다. 백작은 경
이, 열병, 느낌, 이상을 표현하는 어구들을 시적으로 능숙하게 구사
했다. 이는 그 민족의 전통이기도 하다. 그러나 유대인 술도가의 딸
에게 당신은 내 꿈의 화신이오, 하고 말하는 게 통하는 시대가 더 이
상 아니었다.

1914년에 전쟁이 발발했다. 이듬해, 황제의 군대에 군의관으로 복
무 중인 루돌프 란츠만은 세르비아의 군 병원에서 약혼녀가 보낸 하
늘이 무너지는 편지를 받는다. 약혼녀는 공산주의 지도자 중 한 명인
프란츠 게레히터와 결혼하기로 결정했으며, 혁명이 임박한 시국에서
대의가 우선이므로 약혼은 파기한다는 내용이었다. 그해 크리스마스
때 일주일간 휴가를 나온 루돌프는 여전히 상심한 상태로 리퍼의 집
을 찾았다. 로사는 이미 프란츠 게레히터와 결혼한 뒤였고, 루돌프는
순전히 감상에 빠져 그 집에 돌아갔다고 한다. "습관적으로 그만."이

라고 말했는데 사실상 지난 10년 동안 리퍼의 집은 그의 집이나 마찬가지였던 것이다. 그런데 어릴 때부터 무릎에 앉혀 데리고 놀면서 라틴어 공부를 도와주곤 했던 반달 같은 눈의 로사 동생이 열여섯 살이되어 눈앞에 서 있었고, 루돌프는 즉시 그녀와 약혼한다.

몇 개월 후 세르비아 최전방으로 돌아간 루돌프는 누이 레아로부터 여러 소문들을 알려 주는 편지를 받는다. 카밀라 리퍼가 피셔 요새에서 달빛을 받으며 셔버셔버 백작과 팔짱을 끼고 걷는 걸 봤다는 얘기도 있었다. 루돌프는 카밀라에게 약혼은 파기되었으며 다시는 편지 하지 말라는 편지를 보낸다. 그는 이제 리퍼의 딸들이라면 신물이 났다. 후에 누이로부터 카밀라가 백작과 결혼했다는 소식을 듣는다.

어쩌면 그것이 모두에게 최선이었을 것이다. 루돌프는 군의관으로 신념에 넘쳤고, 남들은 포기한 풍토병 예방 사업을 낙후된 소작농들에게 실시하는 데 성공했다. 이^{lice}를 박멸하는 데 특히 이슬람 여성들과 수녀들이 저항했지만, 젊은 의사는 개인적으로 밀어붙여 성공했다. 그는 트라피스트회 수도사들의 사랑을 독차지했고, 수도사들은 그를 부다페스트의 황립 헝가리 학술원의 정신과 자리에 추천하겠다고 열을 올렸다. 한편으론 전쟁에 이긴다는 전제로 그는 사라예보에 새로 설립된 정신의학 연구소의 소장 직을 약속받았다. 어느 자리로 가든 금욕해야 하고 가톨릭으로 개종해야 했다. 루돌프는 진지하게 고민했을까?

오스트리아·헝가리 제국은 전쟁에서 졌다. 패한 황제의 군대는 세르비아의 폭동에 휘말린다. 루돌프 란츠만은 어찌어찌 부다페스트로 돌아갔다. 거기서 그는 혼란에 빠진다. 지난 4년간 군에서 복무하며 저축해 달라고 부모에게 보낸 월급이 셔츠 한 벌 값만 남은 것이다.

몇 차례 단명한 혁명 정권이 들어서더니, 3년간 반혁명 테러리즘의 광풍이 불었다. 공산당의 벨러 쿤 정권의 지도자 중 하나였던 로사 리퍼는 맨발에 잠옷 바람으로 달리는 기차에 뛰어올라 부다페스트에서 도망친 덕에 처형을 면할 수 있었다. 백작과 유대인 아내는 로사가 빈민을 구제한다며 동생의 모든 옷과 이불감을 가져간 것 말고는 별 탈없이 공산당 체제에서 살아남았다. 반혁명 정권이 들어서고 몇 년 후, 어느 날 밤 경찰이 카밀라의 대문을 두드리고는 그녀가 갈릴레이 모임에 참석한 진짜 이유를 물었다. 카밀라는 어느 정권의 경찰이든 넘어갈 만한 혀짤배기소리로 눈을 내리깔고 "남편감을 잡으려고요"라고 말했다. "그래서 잡았소?" 경찰관이 물었다. 카밀라는 검지를 입에 물고 말없이 킥킥거리며 고개를 끄덕였다. 그런데 어느 남편인지는 카밀라는 굳이 말하지 않았다. 당시 그녀는 루돌프 란츠만과 결혼한 상태였던 것이다. 정변이 계속될 때 셔버셔버 백작부인과 루돌프 란츠만은—카밀라 말마따나 믿기 힘든 우연인데—길모퉁이 조그만 담배가게에서 마주쳤다. 카밀라는 담배를 사러 들어가고 루돌프는 담배를 사서 나오는 참이었다. 아무튼 둘은 진정한 사랑을 발견했다나. 후에 루돌프가 들려주는 바에 따르면 백작과의 결혼은 매우 간단하게 취소되었다. 백작이 끝까지 신사답게 군 데다가, 마침 변호사이기도 했으므로 카밀라의 출생증명서를 위조해 자신과의 결혼 당시 미성년자였던 것으로 만들어 준 것이다. 40년 전의 일이라 루돌프와 카밀라는 결혼한 해를 기억하지 못했다. 요양차 오스트리아로 여행하려고 루돌프 란츠만이 발급받은 여권에는 아내의 사진과 함께 1921년 3월 이전에 혼인한 것으로 되어 있다.

1920년대 초 부다페스트에서는 전후 혼란이 계속되며 트리아농

조약, 반동 국가 수립 등 일련의 사건이 일어났다. 1921년 겨울에는 집단 처형이 연달아 있었다. 공산주의자, 마르크스주의자, 사회주의자, 모든 좌파들을 포함해 수백 명의 정치적 위험인물들이 얼마 전까지 다른 유형의 정치적 위험인물들을 비슷한 방식으로 처단한 악명 높은 피의 초원의 풀과 눈 위에서 무자비하게 죽어 나갔다. 효과적으로 처단할 수 있는 수보다 더 많은 이들이 명단에 올랐다. 루돌프 란츠만도 당국에 출두하라는 명령을 받았다. 대기실에 있는 작은 무리 가운데는 익숙한 얼굴들도 몇 있었다. 관리는 루돌프가 과거에 혁명가들의 소굴인 갈릴레이 모임 회원이었다는 기록을 입수했다고 고지한다. 루돌프 란츠만은 이를 인정하면서도, 자신은 공산당이 아니고 마르크시스트는 더더욱 아니라며, 제국 군대의 장교로서 조국을 위해 전쟁에서 충실히 복무했다고 답했다. 직업, 혼인 여부, 현재 고용 상태를 간략하게 조사한 후에 그는 별말 없이 풀려났다. 그날 아침 출두 명령을 받은 50명쯤 되는 모르는 사람들은 그날 오후에 총살됐다.

당시 루돌프 란츠만은 신정부에 의사가 필요해서 자기를 살려 둔 것이라 생각했다. 사실은 그가 공산당원이라는 블랙리스트가 있었고, 그 전해인 1920년에 총살될 예정이었다는 것을 몇 년 후에야 알았다. 블랙리스트는 진보적이긴 하지만 마르크스주의자는 아닌 갈릴레이 모임의 전 회원들로, 명령만 내리면 가장 먼저 제거해야 할 사람들이었다. 리스트는 학생 시절 갈릴레이 모임에 자주 다니던 고위 공산당원에게 제출되었고, 그의 서랍 안에서 서명을 기다리고 있었다. 나중에 밝혀진 일이지만 이 고위층은 서류에 서명할 기회가 없었다. 아무도 서명을 강요하지 않았고, 처형은 대규모로 서둘러 자행되어 시체 대여섯 구쯤 없어지는 건 문제도 아닐 정도였다. 루돌프의 이름이 적힌 리스트는 고위층의 서랍에 남아 있었는데, 그가 서명을 차일피일 미루었을 수도, 곧 해야지 하고 되뇌고만 있었을 수도 있다. 그가 갈릴레이 모임에서 루돌프 란츠만과 저녁을 했을 수도 있고, 란츠만과 축구를 하는 친구 사이였을 가능성도 있는데, 어쨌든 그는 새로운 공산당 정권의 고위층이었다. 몇 년 후 그가 빈에서 해 준 이야기에 따르면, 그는 쪽지를 받은 날 서명할 생각 없이 접어서 서랍에 넣은 채 그대로 두었다고 했다. 서류는 정권이 전복되고 그가 빈으로 달아난 후에도 서랍에 남아 있었고, 신정부 경찰이 1921년에 발견한 것이다. 루돌프 란츠만이 1920년에 공산당의 블랙리스트에 오른 것은 행운이었다. 갈릴레이 모임의 전 회원으로서 그는 정치적 위험인물이고 범죄자였지만, 공산주의자들이 그를 제거하려 했다는 사실이 당국을 재고하게 했다. 또 의사 수도 부족했다. 신문받으러 불려갈 당시 루돌프 란츠만은 낮에는 병원 두 군데에서 근무하고 매일 밤에도 여섯 시간씩 진료소에서 일하고 있었다. 그게 어떻게 가능하냐고? 선택의 여지가 없었다. 때는 대공황의 시기였다. 술도가는 파산해 조그만 아파트로 이사해 딸 카밀라와 사위와 아파트를 같이 써야 했고, 집세는 사위인 루돌프가 내야 했다. 운 좋게 루돌프는 직장이 세 군데나 되었다.

1922년 공황 당시 그는 직장 두 군데를 잃었다. 아버지는 앓아누웠고 어머니는 불평했으며, 장인은 미쳤고 사랑하는 형 헤르만은 캐나다로 이민 갔고, 결혼 생활은 순탄치 않았다. 1922년 어느 날 아침 그는 미국 영사관으로 가서 비자를 신청했다. 정오까지 할 일이 없어서 이집트, 호주, 팔레스타인, 캐나다, 아르헨티나, 온두라스, 탕가니카 영사관을 각각 찾아가 비자를 신청했다.

4주 후 미국 영사관으로부터 이민 비자가 발급되었고 유효기간은

2개월이라는 편지를 받았지만 모든 것이 미정이었다. 그에겐 대여섯 명의 개인 환자가 있었고, 시립 정신병원에서 그를 파트타임으로 채용하는 논의가 진행 중이었고, 그를 유명하게 해 주리라 믿어 의심치 않는 책을 거의 탈고하고 있었다. 아내는 한 보름 동안 언니와 지내다 와서는 합리적인 사람이 된 듯했다. 게다가 아내가 임신 소식을 알려왔다. 무작정 짐을 싸서 떠날 때가 아니었다. 모든 것이 미정인 상황에서 2개월이라는 기간은 중요한 결정을 내리기에 충분하지 않았다. 미국 비자를 신청한 날, 그는 모든 것을 뒤로하고 떠날 생각이었다. 혼자 떠날 생각이었다. 임신한 아내는커녕 홑몸의 아내와 가는 것조차 상상하지 않았다. 그는 영사관에서 받은 서신을 서랍에 처박아 놓은 채, 하루 아침에 그의 존재를 인정받게 해 줄 책을 계속 집필했다. 곧새 아파트로 이사했고, 개인 사무실을 가질 수 있었고, 2년 후에는 국회의사당에서 멀지 않은 페스트 구역의 최고 입지에 방 열 개짜리 아파트를 장만했다.

루돌프가 '리퍼의 딸들' 중에서도 동생, 당시 이혼한 전력이 있는 헌옷이라는 혐의가 있는 소녀와 결혼했다는 사실은 란츠만 일가에 커다란 실망을 안겨 주었다. 전쟁이 끝나고 몇 년 동안은 가족에게 실망스러운 사건이 많았다. 아니, 실망보다 더하게, 아들 한 명은 돈을 훔쳐 달아났고, 하나는 아무 짝에도 쓸모없는 사람(축구 선수)이 되었으며, 또 하나는 자살을 해서 수치와 슬픔을 가져왔다. 뿐만 아니라 나머지 아들과 딸들도 불행하고 쪼들리는 삶을 살고 있는 것으로 알려져, 아무도 말하지 않았지만 수치와 슬픔의 분위기가 내려앉아 있었다. 아들의 죽음이나 아이가 둘 딸린 정통파 랍비에게 시집간 딸의 불행이

다른 슬픔을 덜어 주지는 못했다. 하지만 루돌프의 결혼만은 도저히 받아들일 수 없었다. 이 불행은 전혀 불필요했다. 그는 행복하지 않았고, 그의 아내는 그를 더 힘들게 했으며, 아이를 낳아 주지도 않았다.

카밀라는 떠도는 소문들을 모두 마음에 두고, 자신의 어리석은 행동을 치유하기 위해 일류 신과학 치료사들에게 상담을 받는 데 시간을 할애하며 자신을 내맡긴 듯하다. 어리석은 행동이란, 대부분 군인들과 19세기식 연애(러시아 식으로 부패한 오스트리아에서)를 지속하고, 대낮에 가장 극단적이고 도발적으로 벌거벗은 옷차림으로 사람들 앞에 나서고, 금융과 예술의 세계에서 파멸적인 모험을 한 일이다.

란츠만 부인의 외도는 어느 모로 보나 남편과 시댁 식구들 눈에 못마땅했다. 루돌프 란츠만의 아내가 바람을 피울 수 있다는 사실 자체가 시어머니와 시누이들에게는 말할 수 없는 충격이었다. 루돌프보다 세상 경험이 많은 형수 올가 란츠만이 나중에 털어놓은 바로는, 카밀라의 무개념은 모욕적이었다고 한다. 한마디로 무식했다는 말이다. 루돌프와 언쟁을 벌이던 올가는 "카밀라가 뭘 하고 다니는지가 문제가 아니라, 왜 내 귀에 그 이야기가 들어오느냐고. 왜 불쌍한 어머님 귀에 들어가야 하냐고"라고 말했다. 그게 문제의 핵심이라는데 루돌프도 동의했다. 카밀라의 외도는 심각하지 않았다. 문제는 그걸 사람들한테 떠벌려서 입방아에 오른다는 것이었다. 프로이트를 읽은 적이 없을 올가에게, 내 아내는 사실은 바람을 피운 게 아니고(형수에게도 그건 문제가 아니었다) 신경증이라서 자기를 주체하지 못하며, 몇 년 정신분석 치료를 받으면 나아질 거라는 걸 어떻게 설명할 수 있을까. 카밀라가 바람을 피우는 스타일, 그러니까 옷차림이나 상황이나, 튀는 군인이나 유명한 사람이나 예술가 등을 선택하는 것 등은 신경증 패턴에 속했다. 자기과시를 하는 것이지 남편을 상처 주거나 망신 주려는 것이 아니라고 강변하며 올가의 격앙된 눈을 들여다보노라면, 그녀가 자기를 바보로 생각하고 있다는 게 보였다.

"그 불쌍한 여자가 겪는 고통스런 죄책감을…."

"못된 년. 그런 년들은 프로이트니 콤플렉스니 강박이니 하는 번지르르한 말이 생기기 전에도 있었어. 새로운 거 하나도 없어. 버릇없고 허영심 많고 자기만 알고, 남자를 이용하고 바보로 만드는 여자. 카밀라라고 별다른 거 없어요."

"병이라니까요. 그리고 내가 뭐 카밀라가 별다르대요? 케이스가 수천 가지나 있어요. 사람은 다 아파요. 카밀라는 전형적인 케이스예요."

"못된 년이라니까요."

"우리 정신 분석가들은 병이라고 해요."

루돌프가 존경받고 잘나갈수록, 가족은 아이가 없는 그의 결혼 생활의 안쓰러움과 수치를 더더욱 애통해했다. 이혼해라. 아이를 갖지 그러니. 아닌 게 아니라 머지않아 다 그대로 될 터였다. 아이, 그리고 이혼.

카밀라가 지난 10년 동안에 일곱 번째로 임신했다고 했을 때 가족들은 믿으려 들지 않았다. 임신 6주차인데 입덧도 없다며? 그러다 8주차에 임신 사건은 전기를 맞는다. 전쟁 이후 쇠약해지던 랍비 모세는 끝자락에 다가가고 있었다. 랍비가 몸져눕게 된 건 가벼운 기관지염 때문이었지만, 얼마 안 남았다는 신호는 명확했다. 란츠만 족속의 모든 남자들은 죽음의 천사의 부름을 받기 전에 머리가 이상해졌기 때문이다.

랍비가 어느 날 식사 중에 말했다.

"이상하네. 먹어도 먹어도 싸지를 않아." 벌써 2주째 나오지 않고 안에 있다는 것이었다.

다음 날, 의대생인 막내아들이 같이 화장실에 가 보자고 랍비를 설득했다. 안식일 오후였고 랍비의 부인은 며느리들과 앉아 있었다. 카밀라는 최신 유행의 임부복을 입고 있었는데, 란츠만 할머니가 대담하게 배를 만져 보았더니 불룩 나온 데가 거의 없었다. 그때 문이 열리고, 랍비가 "이상하네. 먹어도 먹어도 싸지를 않아" 하고 한숨을 쉬며 거실을 가로질러 서재로 걸어가고, 어린 베니가 양손에 배설물을 쥐고 "아빠, 아빠, 이거!" 하고 울부짖는 걸 여자들은 다 보았다.

그 주말에 랍비는 열이 났고, 열흘이 채 못 돼 숨을 거두었다. 란츠만 족속의 남자들은 다 그랬다.

이제 모든 관심은 랍비 모세가 가장 사랑하는 아들의 아내가 모세라는 이름을 이어받을 아들을 낳느냐에 쏠렸다.

임신 5개월째, 카밀라는 랍비의 미망인과 시누이들로부터 극진한 대우를 받는다. 아이의 성별은 이미 결정된 문제였다. "아기 모세는 어떠니?" 할머니가 평소보다 더 애정 어리게 며느리를 껴안으며 묻는다.

올가 란츠만의 회상에 따르면, 루돌프 란츠만이 "우리 아들! 우리 아들 어딨어!" 하고 소리 지르며 병원으로 뛰어들어오더라는 말을 간호사한테서 들었다고 한다. 꽁꽁 싸맨 신생아를 본 그는 전화 부스로 달려갔다.

좋아 날뛰는 전화를 받고 현장으로 호출당한 형수 올가가 밝은 눈에 발그레한 뺨을 한 아기를 찬찬히 들여다보았다. 머리를 두건으로 감싼 게 이상했지만 귀가 시리지 않도록 그랬으려니 했다. 간호사 몇, 그리고 이제는 큰엄마가 된 올가의 말에 따르면 당시 아기는 시골 처녀를 닮았다고 한다. 올가의 눈썹이 치켜올라갔다. "누가 아들이라고 했어요?"라고 물으며 갓난아기의 두건 대신 기저귀를 들췄다. 한동안 침묵이 흐른 후, 당황한 아기 아빠와 간호사들에게 다시 물었다. "누가 아들이라고 했어요?"

올가의 회상에 따르면 루돌프 란츠만의 얼굴이 하얘졌다가 다시 보라색이 되었다고 한다. 그는 "이럴 순 없어"라고 중얼거리며 병실에서 뛰쳐나간다. 하지만 30분쯤 지나 평상시의 안색으로 함께 돌아온 그는 형수든 누구든 눈길 한번 주지 않고 곧장 아기 침대로 향했다. 다들 보도록 갓난아기를 번쩍 들어올려 가슴에 안고 정답게 속삭이며 어르듯 흔들었다. 형수가 막 떠나려 할 때 그가 올려다보며 말했다. "어머니는 이미 알고 계세요."

딸을 낳은 것에 카밀라가 실망이 컸을지 안도가 컸을지는 추측만 할 수 있을 따름이다. 딸 셋을 낳지 못한 게 한이라고 30년 뒤에 그 외동딸에게 말했다지만, 그건 사실과 다르다. 엄마가 되고서도 카밀라의 성격이 나아지지 않은, 루돌프 란츠만의 용어로 신경증이 낫지 않은 데는 란츠만 가족의 탓도 어느 정도 있으니까 말이다.

"아빠랑 똑 닮았어!"

"란츠만 붕어빵이야!"

가족들은 아기 침대 주위로 모여 정답게 속삭이고는 오뚝한 코며 입 모양, 아기가 내는 모든 소리와 움직임마다 품평을 했다. 카밀라는 이제 가족극에서 자기에게 할당된 배역을 해냈다. 아기를 낳은 것이다. 이제 그녀는 더 이상 필요하지 않았다. 루디(루돌프)도 애인이 있었잖아. 나도 애인을 여럿 둬야지.

가족극은 1938년 봄에 대단원을 맞는다. 카밀라가 젊은 기자 졸탄 비테지와 결혼하겠다고 통첩했고, 루돌프는 이혼에 동의해 주었다. 3월 12일, 히틀러가 오스트리아로 진군해 들어왔다. 이시도르와 올가 란츠만은 아파트 창문으로 길 건너 오스트리아 대사관에 나치 깃발이 나부끼는 것을 보고 미국으로 이민을 가기로 하고, 루돌프에게도 열 살 난 딸을 데리고 합류하라고 설득했다.

갈란타의 정통파 시나고그에서부터 뉴욕 가필드에 있는 3층짜리 목조 주택까지는 루돌프 란츠만에게 기나긴 여정이었다. 여기서 잠깐 이야기를 그쳐야겠다. 정신병원에 신축한 병동을 아버지에게 봉헌하기로 되어 있어, 제막식과 공식 헌정 만찬에 참석하러 가필드로 날아가야 한다. 하루 전에 와서 주말을 함께 보내자고 그가 제안했다. 어떻게 거절할 수 있겠는가.

그가 도착 시간을 확인하러 불안하고 미안해 하면서 전화를 건다. "귀찮고 성가시겠지만 말이야, 공식 석상에 나가는 게 어떤 기분인지 자기도 알잖아. 때로는 남의 사정에도 맞춰 줘야지…"

걱정할 것 없다고, 딸로선 시원찮았을지 몰라도 공식 석상에서 어떻게 처신해야 하는지쯤은 알고 있다고 그를 안심시킨다. 이 행사에 참석하지 않는다는 건 생각할 수조차 없다. 그도 만족하며 "나도 그렇게 생각해"라고 말한다.

"내 편지 받았어?" 그가 다시 묻는다. "오래전에 당신이 한 질문에 답장을 썼어. 내일이면 도착할 거야. 왜 갑자기 이런 일에 관심이 생긴 거야? … 해 줄 말이 너무 많은데. 하지만 당신이 곧 여기 올 테니까."

내어머니가 갈란타에서 어떻게 살았냐고? 어머니는 아이를 열둘이나 낳으셨어. 둘은 죽었고. 평생을 아기를 가졌거나 젖을 먹였으니 생리를 거의 안 했어. 아기를 낳고 나서도 하루 이상 누워 지낸 적이 없어. 언제나 일어나서 일을 했지. 그러다 손님이 오면 축하받으려고 얼른 이불 속으로 뛰어들었어.

사과apple 장면

어머니는 우리 점심 도시락을 준비하고, 우리는 학교를 가려고 문 밖에 나와 서 있어. 내 앞에는 형 두셋이 서 있고. 어머니가 우리한테 점심 도시락을 줘. 내가 줄 끝이야. 어머니는 내 옆으로 와서 나만 사과를 하나 줘. 형들은 말고(과일이 정말 귀할 때였지). 형 누나들이 눈치채서 어머니랑 나는 머쓱해졌어. 나보다 위로 형들은 다들 나를 싫어했지만 티는 내지 않았어. 그냥 빈정거리기만 했어. 나는 형제 중 한가운데였고, 형들은 나를 뭉개고 싶어 했고 동생들은 나를 이용했어. 다들 나한테는 거추장스러웠어. 그래서 양쪽하고 다 싸워야 했지. 나는 혼자였지만, 더 강했지("강한 자는 혼자일 때 가장 강하다"—프로이트가 괴테의 말을 인용해 자신에 대해 한 말).

아기 사무엘의 죽음

내가 두 살이나 세 살 때쯤이었을 거야. 내가 세상에서 제일 예뻐하는 귀여운 남동생이 있었어. 그런데 아팠어. 그때는 디프테리아나 백일해에 쓸 혈청이나 항생제 같은 건 없었어. 동생은 죽어 가고 있었어. 나무 침대에 눕혀 방에 두었어. 사람들이 방에 모였어. 관례에 따라 모두 찬송가를 읊었어. 엄마랑 누이 둘이, 서로 꼭 붙어서 침대 맡에 서 있었어. 사무엘('하느님의 이름'이라는 뜻이지)의 생이 막 끝나려는 거야. 나이 든 유대인 할아버지가 손에 거위 털을 잡고 서 있었어. 거위 털이 흔들리지 않으면 숨이 끊어진 거야. 할아버지가 갑자기 "이스라엘아, 들으라Harken Israel" 하고 소리 질렀어. 동생이 죽었다는 뜻이야. 난 남의 눈에 안 띄게 거기 있으면서 다 봤어. 산다는 건 몹시 불가능하고, 고달프고, 엄청나게 위험하다고 생각했어. 여기 모인 어른들이 더 애써서 귀여운 동생이 죽지 않게 해 줬으면 했어.

우리 집은 회당 안이었고, 거기 마당에서 다른 아이들이랑 그 시절을 보냈어. 예배는 매일 두 번이었어. 회당에는 영원의 빛이 불타고 있었어. 빛이 깜빡거렸어. 죽은 사람들의 영혼이 거기 살고 있다가, 살아 있는 사람들이 예배 드리러 오면, 살아 있는 사람들이 예배 드리러 왔으니 죽은 사람들의 영혼은 떠나야 한다고 말해 줘야 한다고 들었어. 살아 있는 사람이 죽은 사람들의 영혼을 만나면 안 된대. 그래서 나는 회당 문 여는 일을 하는 샤메스 아저씨를 따라갔어. 두껍고 무거운 문이 있어. 아저씨한텐 커다란 열쇠가 있어. 이 묵직한 열쇠로 문을 두드리면 그게 영혼더러 떠나야 한다고 알려 주는 거야. 오랜 세월 동안 두드려서 문에는 큼직한 구멍이 파였어. 회당에는 할례 때 쓰는 기다란 의자 같은 게 있어. 의자 뒤에 상자가 하나

붙어 있고, 잘라낸 포피를 거기다 모아. 한번은 남자아이들 여럿이 한번에 의자에 올라탔다가 말라비틀어진 포피들을 쏟아 버린 적도 있어.

길에서 오줌 누는 여자들

이런 것도 봤어. 갈란타엔 집 말고는 오줌 눌 데가 없어. 여자들이 꼭 둘이서 수다를 떨고 있어. 그러고 자리를 뜨면, 여자들이 서 있던 자리에 물웅덩이가 생겨 있어. 조금 전까지는 말라 있었는데. 나중에 의대에 들어가서야 나이 든 여자들은 오줌을 많이 묻히지 않고 그렇게 눌 수 있다는 걸 알았어(여자들은 긴 원피스를 입었거든).

걸어서 회당까지

아버지는 회당에 가려고 집에서 나가는 순간부터 기도를 시작했어. 회당 안 제일 높은 자리에 도착할 때까지 계속. 아무도 방해하지 않았어. 회당을 나설 땐 몇 분 동안 멈춰 서서 신자 한 명이랑 얘기를 했어. 꼭 왕 같았어(요즘 개혁교회 랍비는 신자랑 음담패설을 할지도 모르겠네).

외할아버지, 그 유명한 니트라의 렙 시몬(스무엘)

사실 나는 외할아버지는 몰라. 내가 태어나고 얼마 되지 않아 돌아가셨거든.

외할아버지는 써 놓은 글이 없지만, 우리 집에서는 이런 교훈담을 얘기하곤 했어. 남자가 행복하려면 무엇이 필요한지 여쭤보려고 제자들이 찾아왔어. 외할아버지는 "유대인이어야 하고, 밥을 잘 먹어야지"라고 했대. 이방인은 코셰르^{kosher}[유대 율법에 따라 마련된 음식]

를 먹지 않고 테필린^{tefillin}[성서를 적은 양피지가 든 상자] 암송을 안 하
는데 어떻게 행복할 수 있겠냐고.

외할아버지는 새들을 이해하지 못했어. 서재 창밖으로 새 한 마
리가 이 가지에서 저 가지로 갔다가, 잠깐 쉬었다가 다시 다른 가지로
가는 걸 구경하곤 하면서, 왜 새는 한곳에 머무르지 못하고 이 가지
저 가지로 옮겨 다니는지 궁금해 하셨어.

다시, 애들끼리 얘기
여덟 살 때쯤이었을까. 다른 남자애들이랑 있다가 우리 부모님들도
섹스를 할까 하는 게 화제가 됐어. 우리의 결론은, 다른 집 부모들은
그랬지만 여기 있는 우리의 엄마 아빠들은 섹스를 해서 우리를 낳
지 않았다는 거였어.

첫 돈벌이
네 살 땐가 다섯 살 땐가, 친구 아버지가 목재 야적장에서 판자때기를
정리하는 일을 시켜 줬어. 3페니를 받았어. 1페니는 설탕으로 만들
어서 반지 하나랑 같이 얇은 종이로 싼 빨간 피리를 샀어. 종이는 버
리고, 반지는 손가락에 끼고, 피리는 불고 나서 먹어 버렸지. 1페니는
시장에서 주먹만 한 멜론을 사서 아무도 몰래 먹어 버렸어. 나머지
1페니는 미래를 위해 저축.

신자들이 아버지를 비난한 이유
갈란타의 신자들은 아버지가 세속 공부를 하는 걸 못 참았어. 미개
인들이지. 아버지는 신문을 읽기 때문에 진짜 랍비가 아니래. 한번은

빈에 간 길에 실러의 연극을 봤다고 아버지한테 항의했어. 한번은 내가 아버지한테 연극이 그렇게 좋아요? 하고 여쭤봤더니, 어깨를 으쓱하고 "그러게" 하시더라.

부다페스트

열 살 되고 반년쯤 지났을 거야. 아버지가 유럽에서 제일 큰 회당의 랍비로 청빙받았어. 우리는 부다페스트로 이사갔고, 나의 삶도 겉모습도 완전히 바뀌었어. 고등학교를 가고, 의대생이 됐어. 청년의 온갖 열정을 다 갖고서 화학과 물리학의 최신 발견들, 당대의 문학 천재들, 사회학 이론, 새로운 예술 트렌드를 알아가다가 마침내 지그문트 프로이트가 쓴 글들을 만났어. 프로이트의 『토템과 터부』가 출판됐을 때는 아버지께 간략하게 줄거리를 설명해 드렸어. 프로이트에 따르면 하느님이란 양심의 투사projection이고 양심은 내면화된 하느님이라고. 그런데 이건 종교에서 가르치는 거랑 다른 거야. 아버지는 아무 말씀 없으셨어. 한말씀 해 보시라고 졸랐더니, "너 미쳤구나meshuga" 하셨어. 이게 정신분석에 대해 아버지랑 나눈 처음이자 마지막 대화야.

열여덟 살에 부모님 집을 떠났어. 독립한 거지. 하지만 부모님껜 끝까지 충실한 아들이었어. 부모님 집에 사는 동안은 여러 가지 예식에 참석했어. 그런 예식들을 내가 어떻게 생각하는지 아버지는 알고 계셨어. 나중에 정신분석학자가 돼서 유대교 의식에 대한 논문을 몇 편 썼고, 모든 의식은 반사회적 충동의 제어로 나아가는 엄청나게 중요한 진보라는 걸 입증했어. 지금이야 우리가 의식의 의미를 알고 지식으로 우리 자신을 통제하지만 말이야. 나는 의식을 지키고 복종하는 사람들에 반대하지 않아.

헝가리 수도 첫인상

부다페스트 영광스러운 입성. 일등칸을 타고 가는데(일등칸은 처음이었어. 아름다운 빨간 커버가 씌워진) 끔찍한 일이 일어났어. 여동생 레아가 오줌을 싼 거야. 빨간 플러시 천에 커다란 자국이 생겼어. 얼마나 당황했는지. 영접관이 음악으로 우리를 환영해 주었어. 전세 마차(말 두 마리가 끄는)를 타고 아파트로 갔어. 벽에서 아무 때나 틀면 물이 나오는 걸 처음 봤고, 수세식 변기(갈란타에서는 변소가 바깥에 있었거든), 여러 층으로 된 건물, 전차, 다 처음 본 거야. 얼마 안 돼서 걸어서 도나우강을 갔어. 나중에는 부다까지 걸어서. 황궁을 보고 감탄했지만 안으로 들어갈 길은 없었어. 문까지만. 하지만 궁전 옆에 있는 엘리자베트 황후(무정부주의자에 의해 루체른에서 암살당한 진정한 전설의 미인)를 추모하는 유품이 있는 박물관은 들어갈 수 있었어. 프란츠 요제프 황제가 며칠이나 길게는 몇 주씩 부다 궁전에 머물려고 행차하는 날은 빠지지 않고 길가에 늘어선 줄에 끼어 구경했어. 가끔씩 왕이나 왕자가 올 때는 근위대 말이 앞발을 들어 예우를 갖출 때 그 옆에 서 있기도 해 봤어(거의 매번, 언제나 혼자서). 거기 혼자 서 있어도 아무도 뭐 하냐고 물어보지 않더라. 카프카처럼 나는 절대 들어갈 수 없다고만 생각했는데, 정말로 들어갈 날이 왔어! 합스부르크 왕가가 폐지되고 급진파(공산당 말고), 나중에는 합스부르크 공산당의 혁명 정부가 들어서면서 궁전이 집무실이 된 거야. 아름다운 복도로 들어가서 멋진 문들이며 벽지, 위대한 온갖가지 예술을 다 봤는데, 이 값진 것들을 누가 관리하게 될지는 모르겠더라. 1945년에 독일군이 부다페스트에서 철수할 때 황궁은 파괴됐어. 지금은 복구됐다는구나. 그 안에서 무슨 일이 일어나고 있는지는 모르겠어.

원초적 광경

열두 살이나 열세 살 때였을 거야. 아버지가 회당에 일찍 가셨어. 아버지가 나가시자마자 몰래(다른 사람들이 알면 안 되니까) 아버지 침대에 갔어. 아버지의 잠옷 셔츠가 있는데 냄새가 특별했어. 어머니의 잠옷 냄새는 달랐고. 두 가지 냄새가 섞였다는 걸 깨닫고 나름대로 결론을 내렸지. 뭔가 설명이 미진할 때면 "아무것에나 코를 킁킁대는('참견한다'는 뜻)" 후각 성향은 그때부터 생긴 거야. 그러면 숨어 있는 어떤 걸 발견하는 데 도움이 돼.

'정신요법'으로 첫 벌이

열다섯 살 때쯤, 부다페스트에 있을 때야.

아버지가 나랑 헤르만 형을 방으로 부르셨어. 엄청나게 고통스러워 보이는 키 작고 마른 남자가 서 있었어. 아버지는 이 남자가 지키지 못할 서원을 했다며, 서원에서 풀어 줘야 한다고 하셨어. 유대교 관습에서 열세 살 넘은 유대인 세 명이 모이면 베트 딘Beth Din이라는 법정이 구성되고, 서원 의무를 풀어 줘서 무죄로 할 수 있거든.

아버지가 돌아가시고 한 달 뒤 어머니의 꿈

꿈에서 어머니는 무도회장에 있었대. 나무 의족을 찬 어떤 남자가 춤을 권했대. 둘이 오랫동안 춤을 췄고, 기분이 좋았대.

해석. '춤'을 춘다는 건 섹스를 즐긴다는 뜻이야. 어머니는 아버지와의 섹스를 그리워하신 거야. 나무 의족은 죽은 남편을 의미해. 꿈에서 어머니는 죽은 남편이랑 춤을 춘 거야. 어머니가 정신분석적 해석을 나한테 물어보신 건 그게 처음이자 마지막이야.

아 버지 집의 현관 계단을 걸어 오른다. 대문은 열려 있고, 아버지
는 위층 사무실에 환자와 있다. 아래층에서 기다려야 한다. 대
학 입학을 위해 집을 떠났을 때와 아무것도 변하지 않았지만, 어릴 때
숙제를 하던 식당 테이블엔 이제 아버지 서류와 우편물, 의학 저널이
산더미처럼 쌓여 있다. 창문은 40년대부터 있던, 보통의 노란 블라인
드 뒤에 검은 등화관제 블라인드가 그대로 있다. 낮에는 블라인드 두
개 모두 4분의 3쯤 내리고, 밤이 되면 방마다 블라인드를 다 치고, 아
침이 되면 정확하게 4분의 1 올렸지. 낮에 집이 너무 컴컴하면 아버지
는 희미한 작은 벽등을 켜 줬다.

　아버지는 당신 편한 대로 집을 꾸며 놓았다. 거실은 전화 통화 하
는 곳, 부엌은 우편물 두는 곳인데 의자 여섯 개 딸린 식탁이랑 110달
러 주고 산 중고 뷔페 세트로 공간을 채웠다. 방 하나는 가구가 없었
다. 놀거나 편하게 앉아 쉴 공간은 두지 않은 것이다. 친구 여자분들이
나 올가 큰엄마가 집을 정리해 주겠다고 입버릇처럼 권해도 듣지 않고,
"참견쟁이들!"이라며 딸 앞에서 흉을 보곤 했지. 더 나은 자재, 주문 제
작 가구를 들일 형편이 되는데도 "굳이 뭐 하러?"냐는 거다. 8달러 주
고 산 서랍장은 완벽하게 멀쩡했고, 집을 살 때부터 창문에 걸려 있던
커튼도 성가시지 않았다. 딸이랑 같이 살 때는 그런 것들이 딸의 신경

을 거스른다는 사실만이 슬펐다. 불평이라도 하면 "어차피 몇 년 후면 너는 떠날 거잖니" 하시곤 했다.

카펫 깔린 층계로 환자가 내려오는 소리가 들리고, 현관 문이 열렸다가 닫히면 아버지의 무거운 발걸음으로 나무 바닥이 삐걱거린다. 그녀가 어렸을 때처럼 아버지는 팔을 활짝 벌리고 웃으며 서 있다. 어릴 때처럼 달려가면 아버지가 번쩍 들어올려 줄 수 있다면 얼마나 좋을까. 하지만 다리가 긴 그녀는 아버지와는 세 발짝 거리이고, 달려가기에는 공간이 좁아 두 걸음 만에 껴안고 힘차게 포옹을 한다.

"왔구나! 왔어!" 언제나처럼 딸을 반기는 포옹, 쉰 목소리. 언제나 아빠의 것인 아이에게 기쁨으로 "드디어 왔구나! 진짜로! 이리 와"라고 말하고, 그녀는 아버지를 따라 주방으로 간다. "얘기할 게 많구나. 하지만 시간은 충분하니까." 그러면서 아이스박스에 있는 칠면조구이, 빵, 버터, 케이크, 계란, 살라미, 햄을 보여 준다. "나중에 먹을 것들이야. 우선 산책부터 하자꾸나." 나가려면 블라인드를 내리고, 불을 켜고, 시계를 맞추고, 신발을 갈아 신어야 한다. 그녀가 도우려 하자 "아니야"라고 진지하게 말한다. 블라인드를 만지지 못하게 한다. 집에 있는 모든 것들이 오래되고 약해졌고, 시계 태엽은 아버지만 똑바로 감을 수 있지. 아버지를 따라 층계를 오르며 보니 방마다, 위층에도 아래층 복도에도, 층계참에도 시계가 있다. 아버지가 어릴 때 배운 방식 그대로 신발 끈 묶는 모습을 바라본다. 고리를 두 개 짓고, 끙 소리를 내며 묶는다.

"이리 와. 보여 줄 게 있어…" 뭘 보여 주고 싶은지 그녀는 알고 있다. 유언과 현금, 전화번호부, 장례 절차가 들어 있는 봉투다. 그리고 온 갖 서류가 들어 있는 서랍, 옷장들을 하나하나 거쳐 다락방으로 간다.

3층에는 당신의 논문 별쇄본이 그득한 상자들, 성상 복제본들, 그녀의 어린 시절 물건과 그림과 공책이 있다. 상자 하나에는 그녀가 결혼할 때 가필드의 아버지 친구들이 보내 준 결혼 선물들이 있다. 폴 리비어 냄비 프라이팬 세트, 의미 없는 은촛대 세트 같은.

아버지가 걱정스럽게 "내가 죽으면 이것들은 어떻게 할 거니?"라고 묻는다. "놔두고 싶니? 버릴까? 이런 자잘한 것들로 너한테 짐을 지우긴 싫다. 내가 죽으면 모든 게 깔끔하게 정리돼 있어야지."

집에 같이 살 때부터 아버지는 늘상 유언 얘기를 했고, 봉투를 어디다 보관했는지 한번씩 보여 주었다. 여름 휴양지에 놀러 갔다 오거나 대학 방학 때 집에 오거나 결혼 후에 친정에 올 때마다 가필드의 아버지 집은 그녀가 언젠가 돌아와서 봉투를 열고 변호사들과 부동산 업자들을 만나야 할 집, 아버지가 막 돌아가셨는데 한밤중에 들리는 아버지의 발자국 소리가 무서워질 집, 아버지가 신문을 읽을 때 같이 부엌에 앉아 있기가 어색한 집이었다.

허리에 앞치마를 두르고, 접시에 남은 음식을 긁어모아 쓰레기통에 비우고, 둘이 먹은 접시를 씻기 전에 클리넥스로 닦아내는 아버지를 바라본다. 이 부엌에서만큼은 계란이나 소시지 끓이는 정도 말곤 그녀에게 요리를 허락하지 않았고, 모든 것을 아버지가 손수 치웠다. 그녀가 대학에 갈 때까지는 캔 음식을 먹었다. 이후론 헝가리 음식을 배운 흑인 여자가 매일 와서 아버지가 식탁에 앉을 때까지 조용히 모든 준비를 끝마쳤고, 식사를 마치면 아버지가 설거지를 했다. 아직 커피를 다 마시지 않았는데 아버지는 이미 컵을 쥐고 "다 마셨니?" 하면서 컵을 치운다.

"네." 이제 괜찮다. 이젠 아무 상관없다.

"아이들이 크리스마스에 오면 어떻게 하지?" 하고 걱정하는데, 물론 아이들이 보고 싶겠지만 소란스러울 걸 지레 걱정해서 "음식은 네가 하지? 난 여기 못 있겠네! 너희가 여기 있는 동안 나는 호텔 방이나 하나 얻어야지…" 하며 진지해진다.

아이들은 언제? 자꾸 캐묻는다. 조슈아는 곧 열네 살이 돼요. "내가 그 나이 때는… 그래, 세상이 바뀌었지." 그리고 안절부절못하며 걱정스럽게 "조슈아는 대학에 갈 거니? 토비는 결혼하면 아이를 낳겠대? 몇 년 뒤에 전쟁이 나면 조너선은 군대 가니?"라고 묻는다. 체념하고 심드렁하게 "조슈아는 대학에 갈 거예요. 토비는 결혼할 거예요. 조너선은 전쟁 나면 군대 가야죠. 당연하죠." 하지만 아버지는 성에 안 찬다. "그래서 어떻게?" 어린애같이 묻고 또 묻는다. 모든 것을 당신이 통제해야 하고, 모든 것을 알고 정리해야 한다.

"그런 걸 왜 걱정하세요?" 그녀가 묻는다.

"걱정하는 게 아니라, 알고 싶을 뿐이지. 모든 게 제대로 자리 잡혀 있어야지."

질서에 대한 강박관념을 홀로 갖고 있다는 걸 아버지는 안다. 남자들은 비이성적이고 폭력적이라는 것도. "너도 마찬가지야"라고 슬프게 말한다. 막상 당신 딸을 망쳐 놨다는 사실에 다시금 아파 한다. "도대체 왜?"라고 묻고는, 살아 있는 세포 하나하나는 타고난 질서를 따라가도록 돼 있는데 왜 마음은 안 그럴까 하며 이야기를 이어 나간다. 인간의 마음이 무질서한 데에 아버지는 이유가 필요했다. 죽음의 본능일까? 언어의 부산물일까?

이렇게 투덜대려면 차라리 회당에 가서 테필린 앞에서 큰소리로 하시지…. 아버지가 고향 마을에 남아 있었더라면… 나는 태어나지 않았겠지. 그랬을 가능성을 생각하니 잠깐이나마 온 세상이 천국 같은 광휘로 밝아진다. 순수한 가능성, 순수한 만큼 영원히 가능성일 뿐인. 루돌프 란츠만과 카밀라 리퍼의 결혼과 그 자식들의 존재로 인해 불가능해진 세계. 세 사람이 불편하게 한 지붕 아래 사는 일도 없었을 테고, 이 식탁에서 끝나는 아버지와 딸의 여정도 없었을 텐데. "화학이 답을 줄 거야"라는 희망 어린 아버지의 목소리를 흘려들으며 그녀는 한참이나 아버지가 그냥 지방 랍비로 살고, 그래서 자기도 태어나지 않았을, 지금보다 더 행복한 세상을 탐내 본다. 이제 함께 식료품점으로 간다. 아버지는 딸의 어깨에 팔을 두르고, 어릴 때 당신이 얼마나 애지중지 돌봤는지 이야기한다. "하지만 어떨 땐 네가 태어난데 죄책감을 느끼기도 해." 이러한 고백도 처음이 아니다. "어떻게 생각하니? 내 말이 틀리니? 죄책감을 느끼지 말아야 해?" 하고 묻는다.

그녀는 말없이 미소로 답한다. 어렴풋이 즐거워하면서, 무심하게, 은밀하게. 쉴 새 없는 질문 상대였던 당신의 딸은 오래전에 당신을 위해 존재하기를 거부했지. 아니, 이렇게 거부함으로써 존재했지.

이번엔 같이 팔짱을 끼고 클린턴가를 따라 걷는다. 아버지는 말하고 딸은 말이 없다. 전쟁 중에도, 대학생일 때도, 결혼하고 나서도 마찬가지였겠지. 늘 똑같은 얘기, 딸과 당신 자신과 인생에 대한 늘 똑같은 질문. 식품점은 여전하다. 가건물 2~3층에 걸친 네온사인이 번쩍거리는 야한 광고판, 을씨년스러운 주차장, 어수선한 입구까지. "우리 어머닌 아홉 명의 자식을 위해 새벽부터 늦은 밤까지 쉴 새 없이 일을 하셨어. 왜 그랬을까? 그럴 만한 가치가 있었을까? 그렇게 살려고 태어나는 것이 가치가 있었을까? 어머니 당신을 위해서? 아니면 날 위해서? 어느 날 단둘이 있을 때 '저는 그냥 낳지 말지 그러셨어요' 하고 말한 적이 있다. 그랬으면 너도 태어나지 않았겠지. 그래서 어쩌라고?"

10년이나 15년 전이었을 것이다. 지금은 아니다. 책에나 나오는 얘기다. 아버지가 당신과 나누는 대화는 언제나 은밀한 의식 같아서, 끼어들어 봐야 이해가 안 된다.

전쟁 중 어느 날 저녁 아버지와 클린턴가를 걸어갈 때였다. "너라면 상상이 가겠니?" 아버지가 물었다. "어린 여자가 말 한 마디 나눠 보지 않은 남자랑 결혼해서 아이를 줄줄이 낳는 걸 말야. 너라면 어땠겠니?"라며 이상하게 물었다. "너라면 상상이 가겠니—" 계속해서 당신의 어머니, 소피, 소피 어머니에 대해 계속 묻는다. 오래 혼자 얘기하도록 그녀는 한 번도 방해하지 않았다. 그녀에 대해 묻는 것도 대답하지 않았다. 그냥 당신의 일에 일종의 불안한 강박관념에서 그러는 거니까. 부다페스트에 남은 가족들, 딸의 장래, 딸이 결혼하면 당신을 잊지나 않을까 하는 두려움 같은. 그리고 시작이나 끝은 으레 아우슈비츠였고.

아버지의 두서없는 장광설을 듣자니 동화 하나가 떠오른다. 아름답고 신비로운 이야기다. 아버지가 골라 준 다른 마을 출신의 낯선 총각이랑 결혼하는 처녀 얘기. 장황한 훈계 끝에 이뤄진 정혼이었지.

"그게 아버지가 생각하신 대로는 아니었단다." 할아버지가 부다페스트의 랍비장이 된 이야기를 다시 들려준다. "네 할아버지는 랍비가 될 생각이 전혀 없었어. 잘사는 집안이었고, 다른 가족들은 장사, 금융, 토지 관리 같은 일을 했어. 세속 학교를 다녔고. 하지만 정통파 유대인 집안의 젊은 남자가 탈무드 학습에서 날리다가 그게 본업처럼 되는 게 특이한 일은 아니었지."

"원하지도 않았는데 왜 랍비가 되셨어요?" 그녀가 묻는다. 아버지가 한숨을 쉬면서 힘없이 대답하는데, 할아버지도 아버지에게 그러지 않았을까.

니트라의 시몬과의 운명적인 만남, 그래서 시몬의 딸과 결혼하기 전에 할아버지가 상상했던 삶이 어떤 것인지 아버지는 말해 준 적이 없다. 갈란타로 가는 열차 안에서, 다시 부모님께 작별 인사를 하기 위해 고향 포즈디쇼브체로 가는 열차 안에서 할아버지가 상상했던 것은 누구도 알아선 안 되는, 오로지 당신의 실망일 뿐이다. 아버지도 "아버지가 상상하신 삶이 아니었어"라고만 되뇔 뿐이다.

집에 돌아와, 아버지가 다락방에서 가져온 서류더미를 살펴본다. 먼저 가계도가 나오고. 모세 란츠만의 부고 기사가 실린 빛바랜 신문 조각들. 아버지가 손가락 빨기, 유대인 의례, 불감증, 성적 능력과 관련해 부다페스트 신문에 기고한 대중적인 정신분석학 글들. 바다 건너 이곳에선 아무런 가치가 없는 자료를 여태껏 보관한 것이다. "너를 위해서? 손주들을 위해서?" 잠자리에 들기 전에 아버지가 묻는다. "또 원하는 거 있으면 잘 생각해 봐."

아버지의 상담실에 앉아 있으면서, 그건 결혼 생활에 관한 이야기 아닐까 생각한다. 진정한 결혼. 그 결혼에서 생겨난 아들이 자신의 미성년 딸에게 들려주고, 듣는 딸은 향수와 분노와 무관심 가운데 이 이야기는 나랑 아무 상관 없고 나에겐 절대 일어나지 않을 일이라 생각하면서, 그러면서도 할머니처럼 아버지가 일방적으로 딸을 시집보내는 세상에서 태어나지 않았기를 바라고, 나는 절대로 그런 여자가 될 수 없다는 걸 안다. 하지만 세상이 바뀌었는데도, 내가 태어나기 전 아버지가 어렸을 때 세상은 이미 바뀌었는데도 그것이 할머니에겐 허용되지 않았다는 데, 나는 그 변화의 결과로 태어났다는 데 분노한다. 아버지는 전통적인 부모님의 가정에서 탈출했고, 아버지에게 결혼이란 문제 아니면 장난이었지. 아버지가 나를 미국으로 데려온 바람에 나는 부다페스트의 어린 시절과 단절했고, 피나 땅의 뿌리에 얽매이지 않아도 되는 미국은 누구나 자신만의 최상의 진실을 향해 매진하면 되는 단단한 포장도로였다고 어린 소녀는 믿고 싶어 했지, 사실상 이것이 나의 운명이었으니까. 하지만 아버지의 얘기를 듣고 있으면 여전히 나 자신이 낯설기만 하고, 도대체 이 변화란 어떤 것인지 궁금했지. 할아버지 할머니, 또 그 전 모든 조상들이 젊을 적 겪었던 모든 것, 그분들의 삶에 신성과 신비와 의미를 가져다준 그 모든 것들이 진보와 이성과 계몽이라는 이름으로 돌이킬 수 없이 배제되고 다른 것으로 대체되어야 했는지, 그 끔찍한 사실을 알다가도 모를 듯했지. 하지만 그것은 정말 무엇이었을까? 현실은 언제나 가필드의 거리로 되돌아오는데. 클린턴가를 걸으며 정신분석가 아버지가 해 주는, 갈란타에서 종교적으로 보낸 어린 시절이며, 너는 아빠가 말해 주는 세계를 경험할 수도 느낄 수도 없고, 그런 어린 시절을 갖지 못한 너희하고는 무관하니 말해 줘 봤자 무의미하다는 따위 얘기로.

앞에 놓인 가계도를 들여다본다. 가계도는 1730년에 세레드 마을에서 태어난 야코프Jakob에서 시작한다. 1939년 두 형제가 미국으로 떠나기 전에 란츠만 족속의 이런저런 사람들이 그린 것을 최근에 티보르라는, 그녀 사촌인 탈출한 자유의 투사가 고쳐 복사하게 되면서 여덟 세대를 각기 다른 색상으로 그려 놓았다. 소피와 에즈라 슬하의 조슈아, 토비, 조너선의 이름을 가계도에서 보는 기분이란 어찌나 희한하던지.

그녀부터 위로만 일곱 세대 252명의 남녀의 삶을 헤아려 가다 보면, 176번의 결혼이 있고서야 소피가 존재한다. 176번 중에서 한 번만 빼곤 모두 축복받은 결혼이었다. 얽힌 사람들의 개인적인 실패, 결혼을 성사시킨 아버지들의 어리석음이나 이기심, 또 결혼 생활이 얼마나 불행했을지는 몰라도, 이 결혼들이 객관적으로 유효하다는 것에 소피는 감동했다. 자기 부모의 결혼만큼은 진정한 결혼이라고 생각할 수 없었다.

그래, 결혼 이야기지. 아버지의 상담실에 앉아 소피는 생각한다. 딸이 느끼는 루돌프 란츠만과 카밀라 리퍼의 잘못된 결혼, 하지만 2차 대전이 끝나고 몇 년 지나 뉴욕시에서 한 그녀 자신의 결혼은 진정한 결혼이었어야 하는데. 소피 란츠만과 빈 출신의 젊은 랍비이자 객원연구원 에즈라 블라인드와 그가 강의에서 선택한 나의 결혼은 할머니의 결혼만큼이나 미스터리야. 아무런 로맨스도 통상적인 교제 기간도 없이, 변변한 저녁 한 번, 영화 구경 한 번 없이, 사랑의 속삭임 한마디, 어떤 친밀한 감정도 없이 낯선 두 사람이 일생을 약속한다는 것. 이상하리만큼 인간미 없고, 형식적이고, 아무런 감정도 없으면서도 이상하게도 서로에게 자유로웠고 편안했는데. 처음 만난 저녁에 그가 설교조로 청혼을 했고, 다음 날 저녁 나는 내 처녀를 가져가 달라는 말로 답했고, 그렇게 6주 동안이나 설교 겸 청혼이 되풀이됐지. 빈에서 온 젊은 랍비는 하느님과 결혼에 반대하는 정신분석가의 딸이 더 이상 답할 수 없게 된 그 밤까지 똑같은 설교를 계속했지. 그가 그녀의 처녀를 가진 날처럼 그저 모든 것이 단순하고 편안하길 바랐는데. 남은 일생도 온통 그처럼 단순하길 바랐는데. 그렇게 우리는 약혼을 했지. 이건 내가 부다페스트의 전 랍비장의 손녀라는 게 중요했던 남자

와 나의 결혼 이야기야, 라고 생각하며 그 결혼은 도대체 무엇이었던
가 이해하려고 애쓰면서, 아버지 의자 옆에 있는 전화기를 쳐다본다.
에즈라가 부추겨 내가 전화를 했지, 새벽 3시인 줄도 모르고. 자기가
먼저 자기 부모와 통화하고 나더러도 가필드에 전화하라고 했어. 아
버지는 주무시다 힘겹게 전화를 받았을 것이고, 내가 요점을 얘기하
자마자 에즈라가 수화기를 빼앗았고, 아버지는 상심해서 헐떡거리는
목소리로 "무슨 말이야? 결혼을 해? 에즈라는 무슨 개뼈다귀야? 나
한테 이럴 수가 있니!" 그때 때맞춰 에즈라의 목소리, 한 번은 영어로,
한 번은 히브리어로 "아버님, 아버님이라고 불러도 될까요…"라며 마
치 벌써 사위가 된 것마냥 우쭐하며 즐겁게, 잔잔한 반어조를 섞어, 이
윽고 농담을 섞어 가며 장인과 통화를 이어 가는 걸 놀라서 보고 있
자니, 나한테 일어난 일에 온통 경악했던 상태에서 막 깨어나며 차츰
현실감을 되찾아 갔지.

그건 실수가 아니었어, 가계도에서 그녀와 에즈라와 아이들 이름
을 들여다보며 생각한다. 에즈라는 거기에 속해. 이 늦은 시각, 아버
지는 옆방에서 코를 골며 깊은 잠에 빠져 있고, 소피 란츠만은 에즈
라 블라인드와의 결혼을 통해 품위를 찾으려한 자신의 모습에 미소
를 지을 수 있다.

셰러턴 플라자의 리젠시 펜트하우스. 아버지를 기리는 건배사와 축사
들은 이제껏 메마르고 앞뒤가 안 맞는 연옥과도 같았던 가필드의 어
린 시절에 다시금 의미를 부여해 준다. 이러려고 그런 거였구나 하고
방향감이 생긴다. 오하이오, 코네티컷, 메릴랜드, 위스콘신, 캐나다, 호
주에서 온 사람들이 아버지가 자기네 학과나 건물을 만들었다는 회고

담을 이어 가며 분위기는 한껏 고조된다. 연설들마다 강조하듯, 뉴욕시 말고는 뉴욕주에 정신분석가가 한 명도 없던 시절에 루돌프 란츠만이 뉴욕주 가필드에 정착하기로 마음먹지 않았더라면 이 사람들은 지금 여기 없었을 테지. 루돌프 란츠만이 혈혈단신, 반대를 무릅쓰고 싸워 나가지 않았더라면. 가필드에 도착한 아침, 아버지가 "잘못 내린 것 같아"라고 농담하던 게 기억난다.

"신이 버린 땅이구나." 처음 시내 중심가를 걸으면서 아버지는 이 말만 되풀이했다. 걷다가 나치 깃발 2개 사이에 총통의 사진을 걸어 놓은 여관(미국이 독일을 상대로 선전포고를 하던 날까지 걸려 있었다) 앞에 서자, 잘못되었던 것들이 그제서야 모두 올바르게 보였으며, 어쩔 수 없는 이 클라이맥스에 맞닥뜨리곤 가장 쓴웃음을 지었다. 나중에 학교에 가는 길에 시립 정신병원의 철창 달린 건물을 지나면서 그녀가 늘 충격을 받은 것은 정신병원 현관에 앉아 있는 사람들이 가필드의 다른 모든 집 현관에 앉아 있는 사람들과 똑같이 섬뜩한 모습이라는 것이었다. 처음으로 시내를 걷던 날 둘 다 어리둥절하게 만든, 모든 얼굴에 얼어붙은 똑같은 고립된 표정. 가필드에 정착하기로 한 아버지의 결정을 그녀는 이해할 수도, 받아들일 수도 없었다.

아버지의 답사 차례. 위엄과 위트를 갖추고, 편안하게, 냉소적으로, 그러면서 위선 같은 인상 없이, 동료들에게 감사하는 말로 연설이 끝났다. 소피는 아버지가 자랑스럽고, 가필드의 선구자의 딸로서 나는 부적격이 아닐까 느낀다.

연회에 참석한 것은 며칠간의 절묘한 속임수였다. 아버지는 "여기 제 오른편에 앉은 딸과 20년 전에 처음 여기 왔을 때…"라는 말로 답사를 시작했다. 그래, 아버지를 기쁘게 해 드리려고 나타난 거야.

택시에 단둘이 있을 때 아버지가 말한다. "특별한 일이야. 너는 나를 나이 든 꼰대로 생각하고 프로이트를 형편없이 볼지 모르겠지만, 이건 특별한 일이야. 너는 아버지가 유명한 정신과 의사든 슈퍼마켓 사장이든 별 차이가 없겠지, 그렇지? 당연히 그렇겠지. 네 말이 맞아. 그래도 네가 와 줘서 참 기쁘다."

그들은 의무를 최대한으로 다했다. "사람들이 널 보고 싶어 해"라고 아버지가 사과하듯 말한다. "볼 때마다 '란츠만 박사님, 예쁜 따님은 어떻게 지내나요?'라고 묻는데, 네가 정말 예쁘니?"라고 정색하고 놀렸다.

"당연히 예쁘죠."

집에 도착하니 긴장이 풀린다. 사람들이 나를 고단하게 만드네, 아버지가 투덜거린다.

"소설 쓰고 있다며? 정말이니?" 불안한 목소리로 해묵은 물음을 다시 꺼내며 눈살을 찌푸린다.

"어떤 책을 쓰는 거니? 왜 쓰는지는 알고 있니? 우리 분석가들은…"

가필드에서 처음 같이 산책하던 때도 아버지는 꼭 "우리"라고 말을 시작하곤 했다. "우린 달라. 우린 어리석은 수다나 장식이나 화려함이나 감정 표현을 좋아하지 않아. 우린 사색가야." 아버지와 딸은 부다페스트에 사는 어머니, 아첨 좋아하고 사치스러운 옷을 입으며 언제나 감정적인 어머니와 달랐다. 아버지의 가족, 아버지가 아는 모든 이와도 달랐다. 실제로 다른 사람들은 다 허영심 많고 어리석으며 위선적이었다. "우린 달라"라고 아버지는 말했다. 거기에 조금은 서글픔과 짜증이 묻어 있는 걸 딸은 알아챘다. 마치 어쩌다 그렇게 됐는지 묻는 듯했고, 우리는 다르다는 걸 걱정하는 듯도 했다. 그 말에 딸은 자존심이 상했고, 둘 사이엔 거리감이 생겼다. 그래서 그녀는 떨어져 혼자 있기를 원했다. 아버지가 허락해서 그녀에겐 어느 정도 자유가 주어졌다. 냉담한 남자에 냉담한 딸이랄까. 하지만 아버지는 아버지였다. 딸이 외모에 신경 쓰지 않고 항상 혼자 시간을 보내며 남자친구를 사귀지 않는 이유를 걱정했다. 왜 너는 다른 여자애들하고 다르니? 가슴을 다 드러내 놓고 다니는 슈퍼마켓집 빨강머리 딸은 열일곱 살도 되기 전에 남자를 낚을 거고, 개혁파 랍비 딸은 고고하고 똑똑한 학생이지만 여성스러운 건 다 갖췄던데 말야. 그렇게 다른 여자애들 이야기를 하는 건 농담일 때도 있어서, 정말로 딸이 병원 문간에 앉아 있는 여자처럼 매니큐어에 헤어 세트와 인형 같은 미소를 갖추고 남자나 꼬시는 여자가 되는 걸 원한 건 아니었다. 간혹 얘기해 주는 환자처럼 되기를 원한 것도, 할머니나 고모들을 닮기를 원한 것도 아니었다. 세상은 바뀌었다. 아버지는 알지 못했다. 이렇게 변화하는 새로운 세상에서 여성에게 요구되는 것이 무엇인지, 여자는, 특히나 딸은 어때야 하는지. 그것은 마음속으로 당신 자신과 딸에게 묻는 질문이었다. 어쩌면 딸의 대답이 너무 늦어서 계속해서 사례들을 주워섬긴 것일지도 모르고, 어쩌면 딸을 안심시키려고, 또는 그저 딸의 침묵에 익숙해서 딸한테 물어 놓고 스스로 답하는 데 익숙해서였을 수도 있다. 가끔 그녀가 입을 열면 그 대답에 아버지가 놀라기도 했다. 이따금 그녀가 무슨 말을 하면 아버지는 깜짝 놀라기도 했다. 어쩌면 딸의 대답을 곰곰 생각할 시간을 벌려고 그랬는지, 옛날의 여자의 삶이란 어땠는지, 지금은 어때야 하는지를 생각나는 대로 계속 말하기도 했다. 사실은 당신이 이론에서도 실제에서도 해결하지 못한 질문이었다. 언제나 결론은 딸 칭찬이었다. 우리 딸은 진지하고, 값싸지도 속되지도 않은 아름다움을 지녔다는. 걷는 내내 딸의 어깨에 팔을 두르고서 파토스와 아이러니를 섞은 몸짓으로 어떨 때는 마치 연극 대사처럼, "우리는 다르지." 하고 늘 같은 결론을 내렸다.

둘은 여러 가지로 달랐다. 어린아이처럼 성질을 부리는 것 말고 아버지 의견에 대놓고 반발하는 방법을 소피는 찾지 못했다. 이건 소용이 없었다. 아버지의 세계에서 감정, 눈물, 분노란 사람을 못 미덥게 하는 것이었다. 그래서 소피는 침묵으로 도피했다. 단 한 가지 남은 길, 논쟁에 빠져들길 거부하는 것. 그의 전제는 환자들에겐 훌륭할지 몰라도 그녀는 달랐다. 정말이지 그녀는 사람들에게 동기 부여가 되는 일들에는 관심이 없었다. 프로이트를 '거부'한 게 아니었다. 그저 문학 작품만큼 흥미를 느끼지 않았을 뿐이다. 그렇다. 사람이든 뭐든 그걸 설명하는 일에는 관심이 없었다. 아버지는 딸의 관심사와 목표와 포부를 줄기차게 물어 왔다. 그녀는 얼버무리듯 답했다.

그녀가 무시당하는 것만큼이나, 무시하는 아버지도 고통스러웠다. 만회하려 했지만 아버지는 아버지임을 포기할 수 없었다.

이런 상태로 둘은 몇 년간을 살아야 했다. 저는 아버지랑 달라요.

아버지는 딸이 다를 수는 있으되, 딸이 어렸을 적 모아 놓은 자료들을 대안 삼아 내놓았다. 달라도 이렇게 이렇게 달라 보면 어떻겠니. 그렇게 당신이 수용하고 이해할 수 있는 식으로만 다르길 바랐다. 심지어 공감이 가도록 어머니를 끌어들이기까지 했다. 아버지의 눈에서 그녀는 감춰진 우월감과 거부를 읽었다. 아버지를 신뢰하지 않았다. 아버지가 이해하거나 수용할 수 없는 식으로 다르고 싶었다. "우리…" 전쟁 중 가필드에서 저녁 산책 때 루돌프 란츠만은 딸에게 이런 식으로 말을 꺼내곤 했다.

"우리 분석가들은 말야…" 조금 후에 그가 말을 시작했다. 그녀는 옆에서 함께 걸으며 이야기는 듣지 않고 자기 생각만 했다. "우리 분석가들은…" 하는 아버지의 말이 들릴 때마다 둘이 다른 세계를 살고 있음을 확인해 주었다.

이따금 아버지의 물음에 그녀는 소스라치게 놀라기도 했다. 전쟁 중 저녁 산책을 할 때였다. "가끔 엄마 생각을 하니?"

소피가 신세계로 올 때 챙긴 어머니 사진은 잃어버렸다. 아버지와 피츠버그에 도착했을 때 이미 없었다. 펜던트가 똑바로 닫히지 않았다. 어머니랑 함께 있던 마지막 날 오후, 어머니가 그걸 알고서 고치려고 함께 보석상에 들른 일이 기억난다. 어머니가 따지자 주인은 예의치레로 말로는 사과하면서도 의례적인 사과와 약속의 중간쯤으로, 펜던트가 오래돼 그렇다고, 그래서 두 짝이 잘 맞지 않는다는 말만 되풀이했다. 사진은 그때 빠졌을지도 모른다. 그래서 펜던트는 어머니를 떠올리는 데 도움이 되지 않았다. 그녀는 어머니의 얼굴을 떠올릴 수 없었다. 어쩌면 심지어 부다페스트에서도 어머니 얼굴을 정확히 알고 있지 않았을지도 모른다. 열차가 역을 빠져나가고 얼만큼 시간이 지나서야 그 사실이 사무치게 와닿았다. 앞으로 오랜 시간 지나서야 다시 볼 수 있을 거라는, 어쩌면 영영 다시 못 볼지도 모른다는 생각이 들어서였을 것이다. 그녀는 다른 대륙으로 가고 있으니, 대양이 둘을 갈라 놓을 것이다. 파리를 비롯해 여러 경유지를 지나며, 열차에서 갑자기 어머니 얼굴이 생각나지 않는다는 걸 깨닫고 사진을 보러 펜던트를 열었다가, 잡지에서 으레 보는 그런 예쁜 얼굴들 중 하나겠지 하고서 그냥 닫았다. 이런 느낌이 처음인지 원래부터 그런 느낌이었는지는 생각해 보지 않았다. 그녀는 어머니의 기억이 없다. 어머니를 사진으로만 생각했으니, 사진을 잃어버린 것은 어머니를 잃은 거나 마찬가지였다. 사진은 필요 없다. 엄숙한 포즈를 하고, 입을 크게 벌리고, 연필로 그린 흠잡을 데 없는 활 모양 눈썹이 그려진 얼굴이 떠올랐다.

아버지가 이따금 하곤 하는 "가끔 엄마 생각을 하니?"라는 물음은 그녀의 허를 찔러 당황하게 만들었다. 어머니를 기억하는 것은 불가능했다. 모든 기억을 밀쳐내고 단순화되고 이상화된 이미지가 그 자리를 차지했는데도, 어머니의 느낌이 이전보다 더 생생하게 되살아났다. 소피는 이제 갈 수 없는 부다페스트, 그 아름다운 도시에서 우아하게 옷을 입고 길을 걷던 여자. 아버지와 사뭇 다른, 키가 크고 금발에 예의 바른 남자랑 결혼한 여자. 소피가 태어나기 전에 진짜 귀족과 결혼했던 여자. 한 번도 소피의 어머니일 것 같지 않았던, 이상하고 아름답고 신비로운 여자. 아버지는 어쩌면 그녀한테 물은 게 아닐지도 모르지만, 그녀는 고통스러웠다.

집에 어머니 사진은 하나도 없었다. 이제는 다른 남자의 아내가 된 여자를 아버지가 왜 신경 쓰고, 소소한 습관이나 문제를 딸에게 상기시키고, 지금은 뭘 하고 사는지, 부족한 건 없는지 걱정하고, 다시 재능이며 실수담 따위로 돌아가는 게 소피에겐 이상하게만 보였다. 그래, 딸이 아무 말 없으니 결국은 "그래도 네 엄만데" 같은 말로 마무리 짓게 만들었을지도 몰라.

"가끔 엄마 생각을 하니?" 루돌프 란츠만은 헤어진 아내를 회상하기 시작했다. 아마 딸은 생각하지 않았을 것이다. 뭐, 생각했을지도 모르지만, 아버지는 대답할 시간을 주지 않았으니까, 그녀 스스로도 생각하지 않았을 거라고 믿게 되었다. 1941년에 미국이 전쟁에 들어가면서 연락이 끊긴 후, 그리고 지금도 딸에게 엄마 생각을 하냐고 물을 때, 아버지는 어머니가 죽었거나 수용소에 갇혔거나 숨어 있거나 굶고 있지는 않은지 알 길이 없다며 끔찍해, 끔찍해 하고 두려움을 표출하곤 했다. 그럴 때도 여전히 소피는 폭격으로 더 매력 있어진 도시, 재앙으로 더 아름다워진 도시를 걷는 아름다운 여자로만 어머니가 생각났다.

1951년에 어머니가 미국으로 아주 건너왔다. 어쩌면 전남편과 화해를 바랐을지도 모르지만, 그런 일은 일어나지 않았다. 아버지는 어머니가 잘 살길 바라면서도 어머니의 행실을 참을 수 없었고, 어머니는 만성적 짜증으로 말 꼬투리나 잡는 아버지를 받아들일 수 없었다. 어머니가 아버지를 보러 가필드로 오는 것을 아버지는 허락하지 않았다. 의례적인 만남 뒤엔 일 년에 한두 번 장거리 전화나 할 뿐이고, 그런 관계가 여태껏 이어지고 있었다. 하지만 딸이 엄마와 소원해지는 것을 아버지는 힘들어 했다. 소피가 제 엄마와 최소한의 끈만 유지하는 걸 걱정했다.

"가끔 엄마를 보니? 최소한 연락은 하고 지내니?" 걱정하며 묻는다.

"추수감사절에 아이들을 보러 오셨어요. 잘 지내세요."

아버지는 안도하고 더 이상 그 이야기는 꺼내지 않는다.

저녁 산책을 하며 아버지가 군대 시절 경험담을 들려준다. 그녀는 부러워하며 듣는다. 그때야말로 아버지가 유일하게 진짜 즐겨 얘기하는 시절이다.

"전쟁 때가 제일 끝내줬네요." 소피가 참견하자,

"맞아." 아버지도 인정하고선, "그래도 사람을 죽이진 않았어."

아버지는 폭력에 반대한다. 해묵은 물음을 다시 꺼낸다. "전쟁이 필요할까? 인간이 폭력성을 표출할 다른 방법을 찾게 될까? 그럴 리 없어." 큰소리로 혼잣말을 하고, 인류의 파멸 가능성을 상상하며 은근히 흡족해 한다. "주님이 큰 실수를 하셨어. 식물까지만 만들고서 멈추셨어야 하는데." 실험이 엉망이 된 데 대한 하느님 당신의 슬픔에 비기면 내 슬픔은 아무것도 아니라면서 복음주의적 자세로 돌아가면, 나무 예찬이 이어진다.

저녁 늦게 아버지의 상담실에 앉아, 은 상자에 보관한 낡은 사진들을 함께 본다. 100장이 넘는 사진 중엔 세르비아 국경에서 찍은 것, 부다페스트의 온천들에서 찍은 것, 부다페스트와 빈과 파리와 뉴욕의 길거리와 식당, 방과 정원들에서 찍은 것들도 있다. 가장 오래된 것은 1860년쯤에 찍은 것으로, 니트라의 시몬이 모피 카프탄 옷깃을 세우고 멋진 양갈래 수염을 하고 르네상스 시대 군주의 포즈로 앉아 무릎 위 커다란 두꺼운 책 위에 한 손을 얹고, 어두운 배경 앞으로 거만하게 기운 눈썹과 광대뼈가 돋보이는 얼굴의 사진이다. 그 50년 후에 부다페스트 아파트에서 책상 앞에 앉은 모세 란츠만의 사진은 회색 정장에 넥타이를 매고 깔끔하게 다듬은 수염에 금발과 푸른 눈동자, 담백하게 잘생긴 차림에 유순한 표정 속에 살짝 고통스러운 듯한 미소로 공적인 품위를 담았다. 이어지는 아버지의 사진들은 턱수염을 기르고 으스대며 걷는 젊은 시골 군인, 냉소적인 정신분석가, 행복한 할아버지의 모습들이다. 어머니는 갖가지 고혹적인 포즈로 찍었고, 레이스 달린 높은 깃 달린 옷으로 위풍당당하게 두 딸(아우슈비츠에서 죽었다)과 함께한 아름다운 라헬 고모, 시카고 갱스터 같은 줄무늬 정장을 하고 뻣뻣하게 선 요스케 삼촌(놈팽이), 그리고 꿈꾸는 표정의 낭만적 포즈를 한 여자아이들.

"이게 엄마예요?" 그녀가 놀라서 묻는다. 뒤에 어머니의 이름이 적힌 사진에 긴 머리를 한 수줍은 소녀가 생각에 잠긴 포즈로 앉아 있다.

"맞아, 그렇게 생겼었지." 아버지는 뜻밖에 감정을 실어 확인해 준다. "나랑 결혼할 땐 그렇게 생겼었어." 그리고 한숨을 쉬고는 황급히 사진을 상자에 넣었다. 어머니를 사랑하던 시절, 훗날 사진들처럼 팜므 파탈로 변하기 전의 시절을 떠올리기를 회피하는 모습에 그녀는 실망했다.

"그런데 어떻게 된 거예요?" 그녀가 묻는다.

"완전 다른 사람이 됐지." 아버지는 이해할 수 없다는 말투로 답한다. "변한 거야—" 그러곤 아픈 주제를 그만두기로 한다.

열 시 반이다, 나는 나이트 캡 쓸 시간이야.

소피는 아버지가 아이스박스를 확인하고 내일 슈퍼마켓에서 살 것들을 적는 모습을 바라본다.

"아래층에 계속 있겠니?" 자기 전에 불을 모두 끄려는 것이다. "뭐 할 거니? 주방을 쓰겠으면—"

"아빤 독재자예요." 그녀가 말한다. "아세요?"

"알아. 네가 이제라도 알았다니 다행이다." 아버지는 웃으며 자리를 뜬다.

아들이 있었더라면 다른 사람이 됐을 텐데. 아들 없이 딸만 둔 아버지들은 심술궂은 리어왕, 그리고 프로스페로[셰익스피어 『템페스트』의, 외딴섬의 비뚤어진 통치자]가 된다. 아들이 있었더라면… 하고 그녀는 상상한다.

집은 그녀를 억누르고, 유령들이 둘러싸서 점점 더 꼼짝 못 하게 만들고, 그녀는 녹아서 유령이 된다. 아버지랑 살 적의 어린 소녀는 어땠을까? 하지만 이젠 더 이상 어린아이가 아닌걸. 유령은 더 이상 없는 어머니고, 그 빈자리를 그녀가 채워야 한다. 그 부재가 한 번도 입에 오른 적 없는, 이제는 없는 어머니.

이 집에 출몰하는 건 어머니의 유령이다. 소피가 태어나기 전 젊은 날의 어머니, 소피가 뒤따라 살고 있는 어머니, 똑같은 상황 속의 어머니다. 여자를 위해 시간을 내지 않고, 여자를 진지하게 대하지 않고, 섹스 갖고 농담이나 하고, 안 밝힌다며 여자를 모욕하던 남자와 같이 사는 젊은 여자. 아버지가 부인한, 아내로서 실패하고 자리를 뺏긴 여자가 유령으로 집 안에 존재한다는 것은, 어린 여자아이가 어머니에 관해 기억하거나 어머니가 정말로 있다고 하고 상상할 수 있는 그 어떤 것보다 강력했다. 젊을 적의 어머니보다 유령이 더 강력했다. 가필드의 아버지 집, 젊은 여자의 가면 아래 숨겨져 억압당하고 두려워하며 사는 것은 어머니가 아니라 어머니의 유령이었다.

아버지와 클린턴가를 따라 걷는다. 그녀는 오늘 오후에 떠난다. 아버지는 침울하고, 그녀가 정신분석학에 관심이 없는 것과 자주 못 보는 걸 불평한다. "딸을 잃어버린 거야." 혼잣말을 한다.

"정신분석가께서 이해하셔야죠." 그녀가 항변하려니 아버지는 고개를 젓는다. 표정이 모든 걸 말해 준다.

"저 여기 있잖아요. 왔잖아요." 다시 말을 걸지만, 항의치곤 약해서 스스로 실망한다. 둘은 말없이 집으로 걸어간다. 그녀는 연대기를 버리기로 마음먹었다. 새들을 관찰하는 니트라의 렙 시몬, 부모님께 알리러 포즈디쇼브체로 가는 열차에 오른 모세 란츠만, 그녀가 태어나기 전 번화가를 걷는 커플, 로사와 루돌프, 카밀라와 셔버셔버 백작. 아무렇게나 몇 페이지만 남은, 잃어버린 책의 주인공들. 나란히 걷고 있지만 말도 침묵도 모두 죽은 공간에 갇혀 있는 아버지와 딸도.

"어떤 종류의 책을 쓰고 있니?" 공항에서 아버지가 묻는다. 한 시간 일찍 도착했다. 폴 리비어 냄비와 팬, 여행 중인 그녀를 대신해 아버지가 보관해 온 결혼 선물들이 대부분인 트렁크는 진작에 체크인했다. 둘은 홀에서 게이트까지, 다시 로비로 왔다갔다 한다. "소설은 아니에요. 재미있을 거예요." 그녀가 설명하려 하지만, 그걸 다 들을 참을성이 없는 아버지는 헝가리 유머 작가 카린티의 이야기로 끼어든다. 아버지는 어깨를 으쓱하고, 둘은 웃는다.

"네가 세 살 땐 아빠를 엄청나게 좋아했는데." 예상치 못한 말이다. "기억하니?"

그렇다고 말하지만, 아버지는 안심이 안 된다. 위로가 되기엔 너무 늦었다. 딸이 세 살 적 행복하던 시절을 회상하며 딸의 손을 꼭 잡는 아버지의 손이 말해 준다. "그건 순수한 섹스였어." 그리고 덧붙인다. "알아?"

"알아요." 그녀가 웃지만 아버지는 듣지 못했고, 입을 맞춰도 느끼지 못했다. 슬픈 눈으로, 해묵은 상실과 화해하지 못한 채 게이트 앞에 혼자 서 있다. 쓰디쓰게, 용감하게 입을 닫고서.

나는 아버지를 기쁘게 해 드릴 수 없어. 어쩌면 아무도, 앞으로도. 아버지는 결국 사제니까.

"어떤 종류의 책을 쓰고 있니?" 둘은 계속 걷고 있고, 아버지는 묻는다. "어떤 종류의 책인지 말해 줄래?"

* * *

(법정은 정통파 헝가리 랍비와 그 친족들로 가득하다. 헝클어진 머리에 위태롭게 스컬 캡을 얹은 에즈라가 장인 루돌프 란츠만과 함께 법대 옆에 서 있다. 란츠만은 회색 페도라를 쓰고 있다. 랍비 하나가 히브리어로 맹렬하게 욕설을 해 댄다. 군중이 함성으로 찬동한다.)

란츠만   왜 소리들을 지르지? 이상한 곳이군. 하느님! 이 결혼을 끝내 주십시오!

에즈라   이 헝가리 광신도들은 장인어른의 민족이잖아요. 폴란드에선 칼뱅파라고 부르는.

란츠만   (한숨을 쉬며) 맞아. 우리 외할아버지 니트라의 거룩한 렙 스무엘의 제자들. 우리는 저들을 두셴스키 갱이라고 불렀는데. 예쁜 누이 한 명이 그 짐승 중 하나랑 결혼했는데 아우슈비츠에서 독가스로 죽었어. 저기 있구나, 다 있네, 아버지, 어머니, 할아버지까지. 그런데 저들이 왜 내 딸을 원하는 거지?

에즈라   거룩한 렙 스무엘, 장인어른의 외할아버지님의 외증손녀니까요.

란츠만   근데 왜? 내 딸이 뭘 어쨌기에? 소리들은 왜 지르는 거지?

이해 못 하겠군. 뭐라고! 불결, 이단 교리 고수, 가증, 혐오스
럽고 가증스러운 형태의 교접… (웃는다.) 내 딸이? 에즈라,
자네 이 사실을 알고 있었나? 혹시 우리가 중세로 돌아간
건가? 내 딸이 혐오스럽고 가증스러운 형태의 교접을 한다
고? 십중팔구 자네랑이네!

에즈라　말도 안 돼요 Narrischkeit. 마누라—그러니까 제 아내요, 장인
어른의 딸—는 법적 지위가 없어요. (화를 내며) 이 사람들은
이게 일이에요, 장인어른. 제 말씀을 들으셨더라면 이런 사
단은 안 났을 텐데요.

란츠만　(기분이 상해 씁쓸하게) 자네 미쳤군. 모두들 돌았어 meshuga. 딸
을 데리고 나가겠네. 딸아이가 미쳐서 전문적인 보호가 필
요하다고 진단해 줄 두 명의 정신분석가 서명만 있으면 돼.

에즈라　장인어른, 가장 중요한 게 결혼이라는 데는 동의하시죠?

란츠만　결혼은 구원해야 돼. 그래서 딸을 내 보호 아래 두겠다고
하는 걸세. 이런 판에 이혼이라니! 끔찍하군. 부부싸움에는
끼지 않겠네. "이 사람이", "저 사람이" 하고 따지는 말은 이
제 참을 수가 없어. 내 결혼 생활과 자네 결혼 생활, 그리고
50년 동안 상담실에서 정신분석 실무를 하면서 듣는 게 다
그거였어. 서로 어울려 살고 과학을 믿을 줄들을 알아야지.

에즈라　장인어른, 따님이 아이들 데리고 떠날 때 돈이 어디서 난 거죠?

란츠만　난 그 아이가 하려는 일을 허락한 적 없네.

에즈라　다루지 못하신 거죠.

란츠만　그 아인 내 허락도 없이 자네와 결혼했네. 새벽 세 시에 장
거리 전화로 그 소식을 전했을 때를 절대 잊을 수 없네.

에즈라   바로 그겁니다. 그 주에 제가 비행기를 타고 장인어른을 뵈
         러 갔지요, 혼자. 따님은 연극을 하고 있었고요. 기억하세
         요? 제가 극장에서 따님을 빼냈잖아요.
란츠만   그랬지.
에즈라   따님이 대학 졸업하는 걸 제가 봤나요? 박사학위 따는 건
         요? 제가 세상의 절반을 따님에게 보여 줬나요? 아이들을
         제가 낳아 줬나요?
란츠만   내 돈으로 했지.
에즈라   장인어른은 딸과 돈을 어떻게 다뤄야 하는지 모르셨어요.

         (관이 들어온다.)

란츠만   하느님 맙소사….

         (관 뚜껑을 연다. 흰 가운을 입은 소피가 관 속에 서 있다.)

에즈라   상태가 좋아 보이는 건 인정하셔야 돼요. 시집온 지 십오 년
         인데 나이 든 티가 전혀 안 나잖아요. 결혼식을 올린 날처
         럼 예쁘잖아요. 아시겠지만 얼마나 많은 유부녀가….
란츠만   (흐느끼며) 예쁜 우리 딸. 이런 비극이! 우리 딸이란 말야.
랍비들   우리가 데려가야겠소.

         (모두 관으로 다가간다. 소피의 어머니 카밀라 데 비테지가 양쪽 팔
         에 모피 코트를 걸치고 관 쪽으로 들어오자 소동이 일어난다. 다들

분개한다. 랍비들과 그 부인들이 그녀의 향수 냄새, 보석, 모피 코
트가 역겹다며 야유한다.)

카밀라 딸을 집에 데려가려고 왔어요. 가여운 것! 어쩌자고 어미한
테 누더기 입은 꼴만 보이니? 소피, 엄마한테 뽀뽀 안 해 줄
거니?

에즈라 제 책임이 아닙니다. 장인어른, 뭐라고 저를 탓하시든, 장인
어른의 전처만큼은 제 책임이 아니에요.

란츠만 누구나 실수는 하는 법이지.

카밀라 어미가 반갑지 않아? 내가 제일 아끼는 모피코트 세 벌과
백조깃털 랩을 가져왔다. 너 주려고 나치 점령기와 러시아
점령기 때도 보관했지. (소피, 랩을 걸친다.) 소피, 어미를 보고
도 아무 감정이 없는 거니!

(카밀라, 눈물을 터뜨리고 소리를 지르며 밖으로 뛰쳐나간다. 소피
가 벌거벗은 뒷모습으로 음탕한 몸짓과 체위를 보이자 랍비들이 분
개한다. 랍비들, 침을 뱉고 야유한다.)

랍비들 마녀! 창녀! 이세벨[페니키아 공주로 북이스라엘 아합 왕의 왕비
가 되어 음탕한 바알 숭배를 퍼뜨렸다]! 바빌론! 애굽^{Mitzraim}!

에즈라 (한숨 쉬며) 그 여자는 아무것도 모릅니다.

란츠만 소피야 응, 네 고모부, 트란실바니아의 랍비장이잖니.

소피 독실한 척하는 악당! 신도들을 죽음의 열차와 고문과 가스
실과 티푸스로 끌어들였죠. 자기 부인과 딸들까지. 그 사람

들은 살 수 있었는데. 광신도 같은 짐승! 살인자! 화형시켜
야 돼요!

에즈라　그래^{Na ja}. 그랬지.

란츠만　이걸 좀 멈출 수는 없나? 재판장은 어디 있는 거야? 끔찍하군.

에즈라　뭐라도 좀 해 봐요!

소피　아빠, 뭐라도 좀 해 봐요! (비꼬듯 웃는다.)

란츠만　그래. 내가 널 잘못 키운 거야. (에즈라에게) 저애가 다섯 살
　　　때 부다페스트 놀이공원에서 제일 큰 곰을 쏘지 못하게 한
　　　걸 저애는 아직도 용서하지 못하고 있네. 무슨 뜻인지 다들
　　　알지. (리어왕을 인용해) "뱀의 독도 딸의 배은망덕보단 독하
　　　지 않도다."

소피　할리우드에서 성격파 배우 해 볼 생각은 없으셨어요?

주무관　(알림) 사건 블라인드 대 블라인드. 검사 측 대리인 블룸. 피
　　　고인 측 변호인 미스 에벨린 폰 쾨니히코프. 법정에서는 정
　　　숙하십시오.

(배심원단 들어와 착석한다. 변호인들 입장하고 재판장 입장한다.)

재판장　개정을 선언합니다. 미스터 블룸, 검사 측 사건 진술하세요.

랍비들　망자를 넘겨주십시오. 재판에 이의 있습니다.

에즈라　저 여자는 제 소유입니다. 법적으로 처입니다. 당신들은 당
　　　사자가 아니에요.

랍비들　저 여자는 창녀입니다. 남편의 성을 붙일 자격이 없음을 선
　　　언합니다. 당신은 당사자가 아니오.

에즈라	저 여자의 남편으로서, 제 처가 정숙하지 못하다는 혐의에 이의 있습니다. 제 처의 정숙을 증언할 오십 명의 증인을 대동했습니다. 모두 고귀한 신분의 젊은 남자들입니다. 아메리카 선주민들로 제가 가르치는 최고의 학생들입니다. 모두 한번씩 제 처를 유혹했다가 실패한 사람들입니다. (50명의 젊은 남자들, 일어난다.) 재판장님, 시간이 없으니 그중 한 명이 모두를 대표해 증언하게 해 주십시오.
랍비들	이의 있습니다. 저 사람들은 모두 그의 제자들입니다. 그를 깊이 신뢰하고 있습니다. 그들의 증언은 적법하다고 할 수 없습니다.
에즈라	이의 있습니다, 재판장님. 제자들에게 사랑이 법을 능가한다고 가르칠 수는 있습니다. 하지만 위증을 가르치진 않습니다!

(랍비들, 올라가서 관을 둘러싼다)

랍비들	이 여자를 신성모독, 참람, 불결, 동성애, 비역질 기타 혐오스럽고 부자연스러운 교접을 한 죄로 고발합니다.
소피	시인합니다.
에즈라	이의 있습니다. 제 처는 매우 순진합니다.
소피	이 무슨 난리람. 계속해 봐, 얼간이들아. 튀긴 오징어를 먹고, 성기를 빨고, 동물을 숭배했다고 고발해 봐. 생리중에 메이즈자mezuza[구약 「신명기」를 적은 양피지]를 만진 것도 적어. 여러분이 고발한 내용을 모두 자백합니다. 여기 모든 유대

인 여자분들께, 정액을 삼키거나 소 피랑 섞어 마셔 보기 권합니다. 자 이제, 당신네들 관습대로 나를 개들 먹이로나 주시지. (관 속으로 누워 심연의 신들을 들먹인다.) 고르곤, 내 자매들. 포세이돈, 어디 계세요? 호메로스, 헤라클레이토스, 니체, 조이스, 날 위로해 줘요! 아폴론, 오세요, 나 지금 불타고 있어요.

에즈라   (란츠만에게) 그래요^{Na ja}. 장인어른, 따님이 돌았다^{meshuga}고 하셨죠. 전 안 믿었어요.

랍비들   저 여자가 제 입으로 자신을 고발했습니다.

재판장   (법봉을 두드리며) 기각합니다. 피고인의 자백을 인정할 수 없습니다. 준비기일에 제출한 사망증명서는 무효로 입증되었습니다. 그 이후 본 법정은 피고인의 사망 증명이나 생존 증거를 추가로 제출받지 못했습니다.

랍비들   재판장님의 궤변은 놀랍지도 않군요. 이 결혼은 무효입니다. 저 여자는 우리가 데리고 갑니다.

에즈라   그럼 나까지 둘 다 데려가시오. (관 속으로 걸어 들어간다.)

소피   지금 당장 내 관에서 나가지 않으면 다 까발려 버릴 거야. 전부 다.

(재판장, 법봉을 두드려 정숙을 명한다.)

에즈라   아내는 제정신이 아닙니다. 랍비들께 호소합니다. 니트라의 렙 스무엘의 외증손녀는 공정한 재판을 받을 자격이 있습니다. 소피는 무신론자 아버지 밑에서 자랐습니다. 브린마 칼리지에서 문학을 전공하면서 처음으로 모세의 책들을 읽었습니다. 저와 만났을 때는 배우가 되려고 대학을 떠난 상태였습니다. 속세의 허무에 혼란스러워 하고 반항하면서 티백과 리츠 크래커를 먹으며 살았습니다. 그리고 처녀였습니다. 저는 하느님과 이스라엘 간의 거룩한 혼인의 비유를 담은 예언자 호세아의 책을 그녀에게 읽어 주고, 인생의 신성화에 대해 이야기해 주고, "말이 안 되므로 믿는다^{Cred quia} ^{absurdum}"라는 율법의 역설을 설명해 줬습니다. 소피 란츠만은 저와 약혼하면서 유대교에 귀의했습니다. 저는 바이올린 연주자와 춤이 있고 신부가 신랑 둘레를 일곱 번 도는 정통파 유대인 결혼식을 약속했지만 그녀는 온갖 고풍스러운 디테일들을 고집했습니다. 하지만 이런 모호한 시대, 하느님의 빛이 가리운 시대에 저는 그렇게 할 수 없었습니다. 결혼식과 관련해 아내를 속이기도 했습니다. 유대교 신학교에 갖가지가 뒤섞인 패키지를 마련한 것입니다. 전통적인 요소 중 신랑이 와인 잔을 밟아 깨는 것만은 제가 고수했기 때문에, 아내는 그와 관련된 인류학 강연을 들어야 했지요. 피로연은 코셰르 식당에서 만든 치즈 샌드위치로 평범한 칵테일 파티로 했습니다. (눈물을 흘리고, 진정한 뒤 계속한다.) 저는 고백하기 부끄럽지 않습니다. 저는 증인석에 서서 선서를 하고 진술할 준비가 되어 있습니다. 법정은 제 아내가 어떤 끔찍한 행동을 했는지 궁금할 것입니다. 그것은….

쾨니히호프   에즈라 블라인드의 변호사로서 이의 있습니다.

에즈라   가만 있어요, 에블린. 내가….

재판장 기각합니다.

쾨니히호프 배심원단께서는 남색과 항문성교가 버지니아주 바깥에서
는 이혼 사유를 구성하지 못함을 참작해 주시기 바랍니다.

에즈라 이 모든 것은 신성한 책(모든 음란 서적은 그 책에서 베낀 것인
데)에 기록돼 있습니다. 히에로니무스 보슈의 명작들에도
나옵니다. 제가 아내에게 음탕한 체위를 요구했습니다. 개
처럼 네 발로 기기, 개가 오줌 싸듯 다리 들기, 멍멍, 음메,
당나귀 울음, 매애, 콧방귀—그리고 마녀처럼 울부짖기. 저
는 아내가 신성한 창녀가 되길 바랐습니다. 완벽한 굴욕의
순간에 아내는 가장 아름다웠습니다. 그래도 최고의 신성
모독은 감당하지 못하겠더군요. 어느 날 밤 아내가 신성한
펠라티오 성무(聖務)를 연기할 때 제가, 제 항문에 대고 [카
톨릭의] 주기도문을 외우라고 명령했습니다. 아니면 최소한
성모송이라도요. 그런데 아내는 제 배에다 대고 "이스라엘
아 들으라"라고 고함을 치기 시작했습니다. 저는 도저히 감
당할 수 없었습니다. 아내는 "부끄러운 줄 알아"라며, "남
의 종교로 신성모독을 하다니. 당신의 종교는 충분히 신성
하지 않아서?"라고 물었습니다. 아내는 훌륭한 여성이었습
니다. 메시아가 오실 때까지는 소피 블라인드는 제 아내입
니다. 형제들, 토라의 아들들이여, 우리는 모두 심판 날을 기
다리며 한마음으로 메시아가 오시기를 소망합니다. 우리는
재앙의 자식들입니다. 이 세상에 맺어진 것은 메시아께서
오셔서 심판하시기까지는 천국에서든 지옥에서든 풀 수 없
습니다.

(랍비들, 에즈라의 말에 동의를 표한다. 남자들, 기도용 숄을 걸치고 성구함을 메고 메시아를 예언하는 시편을 부른다. 모두들 포옹한다. 랍비들과 그 가족들, 춤추고 노래하며 퇴장한다. 재판장, 잠시 휴정을 선포한다.)

소피 (에즈라 옆에 와서) 끔찍한 이데올로그! 죄를 통한 구원 나부랭이를 내가 주워섬긴 적 없다는 걸 알면서. 굳이 말하자면, 당신 온몸 중에서 항문이 제일 깨끗하긴 했지….

란츠만 담배 고파서 혼났네.

에즈라 장인어른, 제가 혹시—?

(에즈라, 란츠만 등등 퇴장. 소피의 세 자녀, 법정으로 뛰어들어 온다. 관에 기어올라 가 소피 옆에 옹기종기 앉는다. 조너선과 토비, 킥킥거린다.)

조슈아 얘들아, 가만 있어.

소피 얘들아!

조슈아 잘 있는 거죠? 괜찮아요 엄마, 나한테는 진실을 말해도 돼요. 엄마 진짜로 죽은 거 아니죠? 티브이 쇼에서 유령인 척하는 여자 있었던 거 알잖아요.

소피 움직이지 마. 숨어 있으려고 하는데.

조너선 우리 좀 숨겨 줘!

소피 무슨 일이니?

토비 레나타 고모가 으스스한 어린이 극장에 데려가려고 해. 집에 있으면서 네 시에 티브이 쇼 보고 싶은데.

조너선   엄마랑 같이 있으면 안 돼?

조슈아   우리 옛날에 다 같이 목욕도 했잖아요.

토비   베개 싸움도—

소피   여기선 말하는 거 아니야. 다 녹음하거든. 어서, 어떻게들
        지내니?

조슈아   스키 재밌어요—

토비   말하는 인형 생겼어. 시나고그만 안 가면 좋겠어.

조너선   난 시나고그Synagogue[유대교 회당] 가는 거 좋아. (수놓은 스컬
        캡을 잡아당기며) 아빠 제자가 기도하는 법 가르쳐 줘. 나는
        커서 랍비가 될 거래.

조슈아   아 정말? 히브리어 알파벳도 모르면서.

소피   애들아, 들어 보렴—

(아이들, 동시에 제각기 지껄인다.)

토비   인형 옆에 레코드를 놓으면 인형이 곱셈이랑 스펠링을 해.

조너선   사람들이 율법서를 꺼낼 때 멋있었어.

조슈아   어린이들도 알 권리가 있다고 생각해요. 불공평해요—

소피   애들아, 들어 보렴.

조슈아   지금 몇 시예요? (소피의 손목시계를 본다.) 자 토비—서둘러야 돼.

조너선   나 티브이 안 봐. 할아버지랑 기도하러 시나고그에 갈래.

(아이들, 급하게 엄마에게 뽀뽀하고 몰려 나간다.)

조너선 하지만 시나고그에서 말하는 거 다 믿진 않아. 하느님이 히
       브리어로 기도하는 사람만 사랑한다고는 생각 안 해. (소피
       귀에 속삭인다.) 나도 예수님 사랑해. 할아버지한텐 비밀이야.

(아이들 퇴장. 에즈라, 란츠만, 배심원단, 변호사들, 재판관 입장.)

재판장 평결에서 배심원 여러분이 각자 결정하실 여러 사안들이
       있다는 것을 다시 한 번 말씀드립니다. (읽는다.) 에즈라 블라
       인드가 아이들을 대신해 아이슬란드 항공을 고소한 건. 현
       재 추가 증거를 기다리고 있습니다. 에즈라 블라인드가 위
       조된 사망증명서를 발급한 보비요가(街) 시체안치소를 고
       발한 건. 루돌프 란츠만 박사가 제출한 정신이상 소견. 에즈
       라 블라인드에 대해 소피 블라인드가 제기한 이혼 소송. 첫
       번째 증인, 증언하세요.
블룸   미세스 릴리 보돌라, 증인석으로. (한때 아름다웠을 붉은색 머
       리의 창백하고 수척한 40대 여성, 밋밋한 검은 원피스와 베일이 달
       린 챙 넓은 검은색 모자를 쓰고 유니폼을 입은 간호사의 안내로 증
       인석으로 나와 선서한다.) 증인은 과부이며 현재는 요양소에
       서 요양 중인 것 맞습니까?
보돌라   그놈이 날 망쳤어요. 하지만 되갚아 줄 거예요. 제게 남은
       삼백만 달러를 다 쓰는 한이 있더라도요. 그놈은 피를 보고
       야 말 거예요. 귀에선 고름이 흘러나오고, 혀는 뽑히고. (그
       녀가 마음을 가라앉힌다.)
블룸   대단히 고통스러우셨겠군요. 이런 일을 겪게 해 드려 유감

입니다. 에즈라 블라인드와의 관계에 대해 법정에 진술하시
겠습니까?

보돌라   그자는 거짓말로 저를 속였어요. 저는 칠 년 만에 과부가 됐
지만 유부남과 관계를 가진 적은 없어요. 절대로요. 제 원칙
을 엄격히 지키니까요. 하지만 미친 마누라 얘기며, 그 마누
라가 자기 영혼을 망가뜨리고 모든 악랄한 수단을 동원해
그에게 달라붙는다는 말을 믿었어요. (일어나서 에즈라에게 소
리친다.) 나한테 거짓말을 했어! 네놈이 나한테 거짓말을!

에즈라   하지만 자기, 그렇게 하지 않으면 같이 자지 않으려고 하니까.

보돌라   멕시코에서 네놈이 이혼할 수 있게 손을 써 주면 리우에 같
이 정착하기로 했지. 같이 세계여행 가기로 했지. (법정을 향
해) 몽트뢰에서는 파리에 정착하자고 했고, 파리에서는 인도
로 도망가자고 했어요. 저는 블랙 포리스트에 집을 한 채 샀
어요. 자유로운 몸으로 결혼할 수 있도록 이 년간 저 자를
위해 일할 변호사들을 세 개 대륙에서 고용해 일을 시켰어
요. 이런 은밀한 만남은 계속할 수 없다고 저 자에게 말했어
요. 이 년 동안 저를 개미 쳇바퀴 돌 듯 시켜 놓고는 결국 마
누라를 줄곧 사랑해 왔다고 했어요. 마누라가 자기를 떠났
다며 제정신이 아니었어요. 저 자가 뭘 할 수 있겠어요? 어
떻게 자기 결혼 생활을 지킬 수 있겠어요? 저를 꼬실 때처럼
고상하게 진실한 척하겠죠. 이런 놈은 감방에 처넣어야 한
다고 생각해요.

블룸   감사합니다, 미세스 보돌라.

(간호사, 보돌라를 법정 밖으로 데리고 나간다.)

에즈라   (머리를 흔들며) 갱년기의 위기라. 괜찮은 사람인데. 안됐군요.

재판장   다음 증인.

블룸   미세스 일레인 싱어. (젊고 예쁜 임신부, 선서를 하고 증인석에 선다.) 미세스 싱어. 남편과 라치몬트에 살고, 두 살짜리 딸이 있습니까?

싱어   맞습니다.

블룸   에즈라 블라인드를 언제 만났나요?

싱어   팔 년 전이요. 열일곱 살 때요.

블룸   에즈라 블라인드와 무슨 관계였나요?

싱어   제 처녀를 뺏은 사람이에요. 제가 그 집 보모였던 적이 있어요. 제 인생에 가장 아름다운 경험 중 하나였어요. 그의 부인이 어떻게 생각할까 걱정했어요. 하지만 그는 사랑해서 한 결혼이라고 했어요.

블룸   어떻게 그렇게 됐는지 설명해 주시겠습니까?

싱어   어쩌다 그렇게 됐어요. 어느 날 제가 변기에 앉아 있는데 저 사람이 욕실로 들어왔어요—자물쇠가 덜 걸렸던 거죠. 제가 조금 당황하니까 저 사람이 미소를 지으며 들어와서, 변기에 앉은 걸 보니 깜짝 즐겁다고 했어요. 그가 청소를 부탁했고—같이 했어요. 그는 소변을 보고, 그리고는 제가 처녀이긴 하지만 여자가 될 준비가 돼 있어 보인다고 했어요. 그래서 같이 침대로 갔어요. 아주 좋았던 걸로 기억해요.

재판장   다음 증인.

(트위드 정장을 한 흰머리 여성 미스 루스 에머리, 선서하고 입장한다.)

블룸   미스 에머리, 뉴저지 밀턴의 여성범종교연합에서 일하신다
       고 들었습니다.

에머리   홍보부장입니다.

블룸   에즈라 블라인드를 언제 만났나요?

에머리   삼 년 전입니다. 범종교연합 지부에서 그가 '유대교의 아가
       페와 에로스 이론'에 대해 강연하는 걸 들으러 가서, 나중
       에 이야기를 나눴습니다.

블룸   에즈라 블라인드와 무슨 관계였나요?

에머리   단 하루 저녁시간을 함께했지만 정말로 좋았습니다. 쿠닐링
       구스 등등 유대 관습에 대해서 그전엔 몰랐습니다. 우리 미
       국인들은 세계 온갖 곳의 사람들에게서 배울 점이 많다고
       믿습니다.

블룸   감사합니다, 미스 에머리.

(파란 태피터 정장을 입고 통통한 금발에 화장을 두껍게 한 여성
베티나 허츠, 선서하고 입장.)

블룸   에즈라 블라인드를 언제 만났나요?

허츠   십 년 넘게 알고 지내고 있습니다.

블룸   에즈라 블라인드와 어떤 관계인가요?

허츠   친구이자 동료입니다. 토론하고, 책 공동작업을 하고….

블룸   그 이상은 아니고요?

허츠   제 친구 소피가 벗어나는 걸 돕고 싶습니다. 소피는 오랜
      시간 이혼을 원했던 걸로 아는데… 굉장히 악취미 같긴 하
      지만, 법정에 소환됐고 선서를 했으니까… 꼭 하라고 하시
      면―한 가지 떠오르는 게 있습니다. 해석하기 나름이지만…
      법률용어로 뭔지 몰라서요.

블룸   그냥 무슨 일이었는지 말씀하시면 됩니다.

허츠   글쎄요, 잘 모르겠네요.

에즈라 미스 허츠가 당혹스러워 하니 제가 대신 증언해도 되겠습
      니까? 이 년 전 크리스마스 때, 그녀가 친절하게도 파리에
      있는 아파트에서 저를 재워 준 적이 있습니다. 자정이 지나
      서 그녀의 침실 문을 두드렸어요. 미스 허츠의 감수성을 몹
      시 흠모해 왔거든요. 그녀를 항상 특별하고 매력적인 여성
      이라고 생각했습니다. 그녀의 감수성에 황홀해진 나머지 그
      녀를 알아가고 싶어서―물론 성서적으로요―육체적인 쾌
      감을 바라고 침실 문을 두드렸습니다. 잠옷 차림이라 더욱
      고혹적이었지만, 제 자신의 결점을 여기서 자백해야겠군요.
      제가 할 수 있는 유일한 변명은, 미스 허츠의 음모가 제 어
      머니의 머리칼과 같은 붉은 금발이어서, 근친상간의 두려움
      때문에 육체적 관계까지 가지 못했다는 것입니다. 여자를
      실망시킨 건 그때가 유일했지요.

재판장 부모님들 증언하시겠습니까?

란츠만 정신분석학자로서밖에 말할 수 없군요. 프로이트주의 관점
      에서 볼 때 이 재판 절차는 매우 고통스럽습니다. 제 딸의 유
      아기 성적 발달에서 결정적인 요인들을 언급도 안 하고서 어

떻게 배심원단이 그애의 성격을 평가할 수 있습니까? 사실
은 이렇습니다. 아내로서 여자의 성공은 전적으로 오이디푸
스적 갈등을 어떻게 해소하는지에 좌우됩니다. 이상입니다.

재판장 감사합니다, 란츠만 박사. 어머니 자리에 계신가요?

에즈라 왔다가 가셨습니다. 하지만 면담을 텔레타이프해 놨습니다.

(영상. 카밀라, 잔디밭에서 일광욕을 하고 있다.)

카밀라 제 딸이 어떻게 평범한 주부처럼 살 수 있는지 이해할 수
가 없었어요. 연극 직업도 그만두고—에즈라 블라인드 같은
놈팽이를 위해 자신을 희생하다니. 촌뜨기^{grobbianer}, 무식쟁이.
마음이 너무 아프네요. 애인이라도 있었더라면 좋았을걸. 하
지만 제 말은 듣질 않으니. 딸애는 좀 다른 인생을 살고, 유행
하는 옷을 입고, 콘서트나 무도회나 극장이나 여행을 다니면
서 살길 바랐지요. 돈 많고 자기를 떠받드는 남자들에 둘러
싸여서 멋진 연애를 하기를요. 그랬는데 부엌 냄새며, 똥기저
귀며, 소리 지르는 애들에다 깡패 같은 서방이라니, 생각만
해도…. (흐느낀다.) 집에 가 보면 집시 캠프가 따로 없었어요.
미장원 한번 가 본 적 없는 꼴에 입은 거하곤… 영화에나 나
오는 꼬락서니가 따로 없었지요. 어미로선 힘들었어요. 좋은
집안 출신인데. 나치랑 소련 점령 시절에도 그애를 위해 비싼
모피 코트를 보관해 놨는데. 그런데 딸애는 심지어….

재판장 그만! 선고합니다. 소피 블라인드가 사망했다는 것이 입증
되지 않았으므로, 남편에게 돌려보내거나 랍비들에게 인도

하는 것을 허가하지 않습니다. 생존 여부와 상관없이 이혼을 승인합니다.

(관이 똑바로 선다. 소피, 이혼증서를 받는다.)

에즈라   선고에 이의 있습니다. 아내도 반대입니다. 저희는 가톨릭 결혼식을 올렸습니다. (막 걸어 나오려는 소피에게) 소피, 어서—이의신청 해. 우리 결혼한 사이라고 말해! 봐, 나는 자백까지 하고, 당신을 구렁텅이에서 건져 주려고 내 평판까지 희생했잖아—저 랍비들한테서 구해 내려고. 파렴치하게 날 이용해 먹을 건 아니지? (에즈라, 소피에게서 이혼증서를 낚아채려 한다.) 나한테 이럴 순 없어. 난 미친년이랑 결혼한 게 아냐. (소피, 에즈라에게 공작 깃털을 던지고 걸어 나간다.) 저 여자 막아! 이의 있습니다. 제 아내는 약물에 취했어요. 평결은 위법입니다. 제가 증언하겠습니다. 저 여자 정신이상은요? 심리를 요청합니다.

재판장   법정은 여름 동안 휴정합니다. 노동절까지 추가 심리 없습니다.

에즈라   이건 전례 없는 일이야. 인정할 수 없어. 사건을….

재판장   (상냥하게) 전처와 언제든 재혼할 수 있습니다. 아무 문제가 없어요.

에즈라   (흐느끼며) 뭐라도 다 믿겠지만, 저런 년이 마누라라니.

✳ ✳ ✳

센 강 좌안^{rive gauche}의 작은 호텔 객실에서 잠이 깬다. 에즈라와 함께다. 창에는 블라인드가 쳐져 있다. 다시 파리로 돌아온 건가? 죽는 순간이 오면 살아온 인생이 주마등처럼 지나간다고들 한다. 풀지 않은 여행 가방. 침대 머리맡엔 에즈라의 물건들이 어질러져 있다. 그가 화를 내며 고함친다. "정신병원에서 당신을 구해 줬는데 고맙다는 인사가 이거야?"

에즈라는 이혼증서를 돌돌 말아 성기처럼 음란하게 흔든다. "그래서 이제 이혼이 됐지. 이제 어쩔래? 내가 말할 땐 날 봐. 개돼지 같은 년^{Schweinhund}. 더러운 년^{Drecksau}. 날 봐. 무슨 말이든 해, 바보야. 왜 아무 말도 안 하는 거야?"

그녀의 가슴과 엉덩이가 더 컸다면 더 상냥하게 대했을까? 아니다. 그렇다. 더 잘 구박할 수 있었을 것이다. 그의 방식으로.

"너는 기회를 잃었어. 남은 평생 동안…." 그녀를 협박한다. 눈물이 난다. "네 년의 감성엔 신물이 나". 그가 윽박지른다. 눈물이 흐르고, 채찍이 허공을 가르는 듯한 독일어가 들린다. 그가 이불을 잡아당겼는지는 모르겠다. 때리고 있는 건가? 나는 킥킥거리며 춤을 추고 있는 건가? 냉소적인 허무주의자. 통제할 수 없는 웃음으로 온몸이 뒤틀린다.

"소피, 날 이렇게 떠나지 마. 소피!" 그가 흐느낀다.

위로할 방법이 있을까? 알 수 없다. 턱 주위로, 목 뒤로 따뜻한 물이 차오른다. 아, 에즈라, 당신에게 설명할 수 없어. 증거가 있든 없든, 난 정말 죽었나 봐. 우리 약혼한 날 밤처럼. 그래, 당신은 기억 못 하겠지. 우린 너무 다르니까.

못 말리는 남자. 냉소적. 허무주의자다. 날더러 개년이랬지. 그래, 맞아. 어쩔 수 없어—이제 아무 상관도 없게 됐지만.

물속 아늑하게 들어간 곳에서 헤엄치니 행복하다. 인어가 되고 싶었는데. 죽고 나서야 소원이 이루어지다니. 이제 남자 인어 찾을 일만 남았네.

여행객들이 오나? 검은 신발을 신고 물장구를 치네. 에즈라인가? 엄청 놀라겠군. 지구 끝까지 찾아왔지만 바다 밑바닥일 줄은 몰랐겠지. 그도 한계가 있으니까. 검은 타이가 펄럭거리네. 대체 누굴까? 아무튼 옷 걱정은 할 필요가 없어. 바위에 꼬리를 두르고 예쁘게 앉아 있으면 되니까. 니콜라스다! 물장구를 치면서 팔을 흔들고 있어.

"여기야, 이 바위를 꼭 잡아, 미끄러지지 않게." 욕조에 들어간 것처럼 다리를 교차하고 앉아 해류에 머리가 위로 빗긴 꼴이라니, 가관이군—킥킥대진 말아야지. 그리스어로 웅얼거리기 시작한다. 심하군.

"죽은 자가 웃을 수 있는 건 몰랐어요." 그가 보며 씁쓸하게 말한다. 내 농담엔 무심하더니, 물 아래 내려올 수 있는 특별허가를 받았구나. 내 죽음이 볼품없다고 불평한다. "… 교통사고란에서 사모님 이름을 봤어요. 차라리 물에 빠져 죽지 그랬어요? 인생이 충분히 비참하지 않아서? 에즈랑 무의미한 결혼 생활을 십오 년이나 하고도 적

당한 순간을 찾지 못했어요?"

"세브르 다리 밑에 물이 충분하지 않았어."

"다른 사람들은 잘도 빠져 죽던데."

"여자의 인생에 대해 뭘 몰라서 그래."

"사모님이 소설 그 자체라는 건 받아들일 생각이 없으시구나!"

"겨우 그딴 말이나 해 주려고 왔어?"

"꼬랑지 달고 있으니까 웃겨요. 내 콘서트엔 올 줄 알았죠. 바르샤
바에서 연주 있다고 편지 썼잖아요." 그가 손목시계를 본다. "이 분 뒤
에 시작인데 괜찮아요. 기다리라지." 주체할 수 없다는 듯 웃음을 터
뜨린다. "히틀러는 언제나 군중을 적어도 사십 분씩은 기다리게 했
죠. 그래야 적당한 히스테리 상태가 되거든요. 그나저나, 에즈라가 파
리 가면 사모님한테 이걸 전해 주라던데." 편지를 한 아름 건넨다. 아
이반에게서 온 건 없다.

"실망했나 봐요?" 그가 웃는다. "중요한 편지라도 기다리시나?"

그러다 물속에서 서로 놓쳤다. 잘됐다.

우습지 뭐니. 올가 큰엄마 목소리다. 피츠버그에서 뉴욕으로 장거리
전화를 건 듯하다.

"소피, 잘 들어 봐라—헝가리어로 해도 알아듣겠지? 너는 숙녀고,
언제나 숙녀로 대접받을 거란 걸 잊지 말아라. 알려 줄 게 또 있다. 넌
천사가 아냐. 어떤 여자도 천사가 아냐. 나는 남편이나 아이들이 나
를 부끄러워 할 만한 일은 하나도 하지 않았다. 내년이면 예순이지만
당장 내일 어떤 남자한테 눈을 돌리지 않으리란 법은 없어. 내겐 그
런 일은 일어나지 않을 거라곤 말 못 해. 나도 모르니까. 너도 이런 일

이 일어나지 않을 거라고 생각하지 마. 네 엄마는 말야—아니다, 엄마는 잊어버리고. 니네 둘은 닮은 게 하나도 없어. 네 결혼식은 정말 멋졌고, 네가 결혼해서 큰엄마는 기쁘다. 한 가지 기억해야 할 게 있는데, 잘 들으면 후회하지 않을 거야. 침대에서는 하고 싶은 대로 서방이랑 즐겨도 되지만, 절대로 서방이 보는 앞에서는 옷을 벗지 말아라. 결혼 십 년차든, 아이가 여섯이 있든, 홀딱 벗은 모습을 서방한테 보여선 안 된다. 침대엔 언제나 잠옷을 입고 들어가고—양치를 할 때도 화장실 문을 잠가. 이걸 지킨다면 후회하지 않을 거야—서방이 면도하는 동안 너는 샤워를 해? 그딴 헛소리는 집어치우고. 봐라, 난 결혼한 지 거의 사십 년이 돼 가고, 내가 정숙한 여자라고 거짓말은 못 치겠다만… 고모가 필요하거나 문제가 생기면 어디서든지 전화 해라. 현금이 없으면 수신자 부담으로 해. 전화해서 '올가 큰엄마, 큰엄마가 필요해'라고 말만 하면 바로 다음 버스를 타마. 손톱 언제나 깨끗하게 유지하겠다고 약속하고."

네, 알아요, 큰엄마를 믿어요. 큰엄마는 와 줄 거고, 큰엄마 말이 다 맞다는 것 알아요. 이 모든 사단은 내가 화장실 문을 잠그지 않아서 일어난 거죠. 큰엄마가 날 사랑하는 거 알고, 큰엄마 말이 다 맞다는 걸 알아요. 하지만 손톱 다듬는 줄이 지금 나한테 무슨 쓸모람? 우편함에 뭐가 있나. 독일 우표네. 누굴까? 하인리히 디터 울. "… 파리에서 당신을 찾았는데… 소식 들어 유감이오. 만약 이 편지를 받는다면…" 십 년 전에 에즈라한테서 날 뺏어 갔어야지! 은행에서 사회보장증 번호를 알려 달라네. 벌써 다섯 번째야…. 미국의 현대 종파에 대한 책을 쓰는 데 관심이 있었더라면…. 이것들은 쓰레기고…. 레나타가 아이들 사진을 보냈네. 회당 가려고 차려입었구나. 남자애들은 흰 셔츠에 타이, 머리는 뒤로 빗어 넘기고. 토비는 비싸게 주고 산 구닥다리 울 원피스야. 애들 얼굴에 지루하다고 써 있네. 가슴 아파라. 어떡하면 아이들을 볼 수 있을까… 바위 위에 올라가서 노래라도 부를까?

다시 전화벨 소리.

"아이반— 잘 있어? 응, 일어났지…. 세 시? 알았어, 갈게."

맞았다. 얼마나 간단한지! 몇 달간 연락이 없다가 아무 일도 없었던 것처럼 전화를 한다. 불안하게 만든다. 뭘 원하는 거지? 장례식까지 했는데.

준비할 시간이 2분 남았다. 어떤 차림, 어떤 느낌으로 할까? 무슨 말을 할까?

아이반은 3시 정각에 나타난다. 언제나처럼 딱 맞춰서. 올겨울 신상 모스크바 코트를 입은 차림새가 자못 무겁다. 표정이 어딘지 이상하다. 정신이 나갔나? 죽은 건가? 흔히 묻지 않는 질문들이다. 나를 못 알아봤나 보다. 오래된 포즈. 내가 메두사임을 증명하려고 그가 돌멩이로 변하고 있다. 대화를 시도해 볼까.

"밖에 많이 추워?"

"아니." 그가 말한다. "아파. 목구멍이."

"저런. 꿀 먹어 봤어? 차 타 줄게."

"그건 중요하지 않고." 천천히 단추를 풀면서 코트가 찢어진 걸 알아챈다. "여기까지 오는데 끔찍했어. 하지만 당신은 좋아 보이네." 그의 벽장에 넣어 두었던 내 서류를 가져다준다.

"이사간다며?"

"이렇게 좋아 보인 적이 없었는데. 바다가 잘 맞나 봐?"

"좋지, 깊은 바다."

"결혼하게 됐다고 말해 주려고."

차를 따르려는 순간, 음울한 목소리로 말한다. 죽은 이에게는 특별한 장례식 말투로 말해야 한다고 생각하나 보다. 아무튼 축하는 해야겠지?

"결혼해?"

"그럴 것 같아. 아직 아무한테도 말 안 했지만, 결정됐어. 모든 상황이 그쪽으로 기우네. 그러니까, 자연스러운 수순이라고. 지금처럼 살 순 없으니까…. 다른 바보들처럼 나도 그 길을 가게 되나 봐…."

어떻게 간다는 건지. 니콜라스가 자기 결혼식 전날 나에게 쓴 편지가 생각난다. "… 모든 육신이 가는 길…", "… 피할 수 없는 운명의 그물에 갇혀."

"누구랑?"

"당신 아는 사람은 아니고."

그 가련한 여자애에 대해 진짜 좋은 말을 해 줄 수가 없구나. 내 질투로부터 보호하려는 게지, 아마도. 그런데 왜 이렇게 우울하지? 물속에서 만나는 걸 걱정하긴 했지만, 사실 지금은 바닷속 내 무릎 위. 게다가 같이 차를 마시고 있을 뿐인데.

"시간이 됐어요. 리스크를 마다할 순 없어. 충격 받았나 봐? 하지만 이해해 줘야 돼. 당신도 리스크를 감수했잖아. 이게 대답이 안 된다는 건 알아…."

그동안 당신이 진짜 원한 건 이거였구나. 결혼. 나도 여러 해 짊어지고 다니다가 방금 벗어던진 무게가 얼만지. 당신한테는 얼마나 끔찍할까.

"차 좋네. 좀 더 마실까? 시계 맞는 거야? 다섯 시까지 어딜 가야 돼요. 아무 말 안 하네? 생각하는 걸 뭐라고 할 순 없지만… 처음부터 설명하긴 너무 늦었으니까…."

"잘 살아." 갑자기 모든 것이 선명해진다. 당신이 열 명이 돼서 지금 코트를 입고 내 앞에 마분지처럼 밋밋하게, 제각기 흥미로운 표정으로 서 있는 게 보여. 내 사랑, 당신들을 다시 합쳐 줄 수 없어. 시간 할아버지의 가족 앨범 속 행복한 사람들 속으로 당신도 합류하는구나.

갈 시간이네, 물론. 느릿느릿 단추를 채우는 당신이 보여. 친절한 이방인, 내가 하는 일을 묻는구나. 이제 죽었으니까 드디어 자서전을 쓸 수 있게 됐어. 물론 진지한 건 아냐.

"그래도 써야지. 오래 있지 못해서 미안. 그리고 부탁인데…." 처음 보는 수줍은 눈빛으로 친절히도 바라보네. 내가 딴사람이 됐나? 당신, 나사가 빠진 것 같아. 괜찮으면 중간까지 같이 가 줄게. 그럼, 시간 있지, 남는 게 시간인데. 자유의 여신상도 보고 싶었고.

"가자." 말하면서 내 팔을 잡아당긴다. 괜찮아, 이제 우리 모르는 사이니까. 내 사랑은 마치 내가 아이들와일드 공항을 출발하며 다시 당신을 보지 못할 거라고 생각할 때만큼이나 은밀해. 옆모습이 마음에 든다고 해도 되지? 당신은 독재자가 돼야 해. 무솔리니를 좋아한다고 말했던가? 일 두체^{Il Duce}[지도자, 무솔리니의 칭호], 차노 백작^{Count Ciano}[잔 갈레아초 차노, 무솔리니의 사위이며 외무장관]…. 얼마나 예쁜 이름들인가. 자유의 여신상이 안 보이는데? 당신은 보여? 또 놓쳤네. 당신 걸음이 너무 빨라, 날아다니는 것 같아. 아냐, 괜찮아. 좋아. 어디로 끌고 가는 거야? 내가 어린애라는 걸 알아챈 거야? 납치— 그건 미국말이고. 당신 린드버그야? 마천루 위로 하얀 하늘이 펼쳐지네, 영화처럼. 우리 정말 날고 있는 거야?

이 꿈이 끝나는 즉시 침대에서 빠져나와 찬물로 샤워를 하고야 말 거야. 신이시여 날 도와주소서.

커피 한잔? 좋아, 왜 아니겠어. 파리로 떠나는 날 같이 아침 식사 했던 곳이네. 에즈라가 죽었어, 하면서 환희에 빠진 당신 모습을 보며 즐거운 공범처럼 미소를 짓던 기억이 나. 당신이 찔러 죽인 건 에즈라가 아니라 아버지 집의 낡은 검은색 방공 커튼 뒤에 숨겨 두었던 꿈속의 연인이라고. 당신에게 말해 줘야 할 이유가 없었지. 그래, 그 연인을 저버리고 난 에즈라랑, 그리고 당신이랑 놀아났지. 꿈은 아무도 어쩔 수 없는 거야. 그래도 당신은 그의 여러 개 머리 중 하나라도 베었지. 그 머리가 이제 당신을 깔고 앉았어? 저런! 그해 겨울 파리, 나의 현실에 대한 탐욕을 당신이 용서해 줄 수만 있다면….

"지금 작업하는 책? 응, 시작했지…" 비행기에서 사랑의 소네트를 읽는 동안 물론 당신이 그립지는 않았어. "죽은 여자 이야기야."

"기억해, 파리에서 편지로 말해 줬잖아." 그가 말한다.

"이번엔 다른 거야. 죽은 여자가 들려주는 이야기야."

"당신답네." 그가 웃는다.

"쉽지 않아. 꿈에서 깨기 전엔 꿈을 기억할 수 없는 거랑 마찬가지라고나 할까."

"어떻게 하려고?"

"깨야 할 때가 되면 깨는 거지."

"좋으실 대로."

내가 얼마나 좋아 보이는지 백 번이나 말해 주고 당신은 지하철역 앞에서 작별인사를 한다. 방금 당신이 미소를 짓는 순간 깁스 보관실이 폭발해 가루가 됐어. 천만다행히 바람이 불고 있네. 당신이 하도 급히 키스를 하는 바람에, 당신이 차선을 가로지르는 걸 볼 때에야 그런 일이 있었다는 걸 알았어. 그래, 택시 타야겠지, 시내 가려면. 대낮에 브로드웨이에 서 있는 게 신기해. 거리를 걷고, 새봄 차양 안에 전시한 마네킹을 들여다보다가, 할인점으로 들어가 어슬렁거려. 침대 시트가 세일 중이고. 뉴요커에선 뭘 상영 중인지 보자. 어떻게 왔는지, 여기서 뭘 하는지, 내가 누군지 누가 묻기라도 하면 어떡하지— 아무도 안 물어봐, 여기 미국이잖아.

꞉ ꞉ ꞉

과거가 확 눈앞에 열리는 재앙의 순간이다. 15년의 결혼 생활로
지은 고층 아파트 한 동이 폭파되어 벽 뒤에 숨어 있던 오래
잊고 있던 경관이 드러났다. 잔해를 치우는 것은 기다려야 한다. 15년
의 인생에 몸과 영혼과 마음이 치른 대가며 상처가 고스란히 드러났
다—그 이상 뭐가 더 있을까?

망각의 감각이 먼저 돌아오고, 지난 몇 년 어떻게 걸어왔는지는 망
각 속에 봉인된다. 고유의 무게와 밀도가 있고 색이나 질감이나 맛은
없는, 어떤 추상적인 뉴턴 물질, 기억나지 않는 과거라고나 할까. 배를
타고 처음으로 미국에 옴으로써 그녀와 부다페스트에서의 어린 시절,
바다 여행, 세계대전, 다른 나라, 다른 언어 사이에는 기뢰와 돌아다
니는 잠수함이 득실대는 대양이 가로놓였다—몇 마일, 몇 년으로 셀
수 없는 거리다. 이 횡단이 인생의 첫 10년을 무효화하는 데는 도움이
됐을지 모른다. 전쟁 동안 미국에서 자라면서 부다페스트에서 산 어
린 시절 10년은 분리되었다. 에즈라와 결혼하면서, 미국에서 산 1939
년부터 1947년까지의 세월과도 절연했다.

호텔에서 에즈라 블라인드와 결혼식을 올리기로 한 회당까지 택시
로 이동한 아주 짧은 거리가 두 번째 횡단이었다. 몇 층을 올라가, 이
방 저 방에서 서류에 서명하고, 옆문으로 중앙홀로 들어가 캐노피 아

래를 걸은 게 다였다—그 걸음수를 세서, 그전까지의 삶이 한 걸음당 얼마씩 말소됐는지 따지는 건 무의미하다.

말소의 과정은 에즈라 블라인드와 약혼한 밤에 시작되어 공개 결혼식으로 완성됐다. 속을 파낸 느낌이랄까—감사하게도 사람이란 빈 거푸집과 같다는 걸 알았다—천천히 굳는 묽은 균질 액체로 서서히 채워지는.

결혼식 피로연에서 행복을 빌어 주는 모든 사람들을 그녀는 엄청난 무덤덤함으로 대했다. 나이 불문하고 셀 수도 없는 남자들이 이날을 기회로 그녀에게 입맞추었고, 일부는 대담하게 입술을 탐했고, 그녀도 똑같은 당당함으로 이것들을 받아들였다. 개인적 모욕이건 행복감이건 아랑곳없이, 그날 일어나는 모든 충돌이나 짜증나는 일은 과거의 자신을 극복하기 위한 변신에 도움이 된다고 받아들였다. 승리감은 불편함과 시간이 멎은 느낌을 견디고 조급함과 어서 하루가, 이 축하가 끝나길 바라는 마음을 숨길 수 있는 힘을 주었다. 봉인하고 결박하고 새로운 인생을 시작하려면 이 모든 게 필요했으니까.

15년이 지난 지금 그날을 되돌아보니, 과거를 말소한다는 느낌은 캐노피 아래를 걸을 때 이미 효력을 발휘하고 있었던 것 같다. 그전까지 18년 인생의 모든 구멍을 통해 표백제가 스며든 것과도 같았다. 그런 느낌은 도서관인지 강의실인지, 캐노피와 장의자가 비치된 특별할 것 없던 그 방에 대한 실망감을 압도했다. 음악을 들으려고 안간힘을 썼지. 브렌스키 부인이 옆방에서 피아노를 치고 있었는데 너무 멀어서 들리지 않았으니까. "입장!" 하는 소리가 들릴 때 그녀는 입장을 망설이며 음악을 기다렸다. 결혼 행진곡을. 피아노는 다른 방에서 치고 있는 거라는 설명을 듣고서야 입장하기 시작했는데, 식장 안에도 음악은 들리지 않았다. 그 직전 몇 시간만 해도 쓸데없는 것들만 마음에 남아 있었다. 전날 밤, 공원이 바라보이는 호텔에서 올가 큰엄마의 목소리가 들렸다. "머리핀 하지 마라. 밤새 눌려서 머리가 아플 거야." 6월 어느 날 택시를 타고 센트럴 파크를 지나 교외로 갔다. 녹지를 지나며 눈을 감았다가, 봤다가, 다시 눈을 감았지. 평소 차를 타고 공원을 지날 때랑 달랐거든. 아주 떠나기 바로 지난번 시내를 지날 때랑도 달랐고. 그래, 이전에 겪어 본 어떤 것들하고도 달랐어. 하나하나 말소할 때마다 나름대로 새롭고 어색했으니까.

그녀의 모든 소유물, 그녀가 원하던 것들을 원하는 모습 그대로 결혼 생활 안으로 들여왔다고 그녀는 믿었다. 그 모든 것을 잃을 것만 같았다. 하지만 잃어버린 것은 여행 가방에 싸 두었던 것뿐이었다.

지금은 낯설기만 하다. 현재라는 느낌, 결혼 10년보다 소녀 시절에 경험한 것과 더 비슷한 뉴욕의 거리. 뼈의 중간 부분이 잘려 나가고 양끝이 붙은 것만 같다.

걱정했다가 안도했다가—언제까지 이런 상태로 있어야 할까? 이따금 고통스러운 균열을 느낀다. 우리의 작은 버팀목들이 매력을 잃는 게 어쩜 그리 순식간인지. 이 이탈리아제 선글라스도 일주일 내내 썼네. 새 걸 살 때가 됐어.

길거리 구경에 정신을 파노라면 어느덧 환상을 좇고, 쇼윈도의 신상 옷에 눈길이 가고, 발걸음도 가벼워진다. 오래 잊고 지낸 욕망과 관심이 힘을 되찾는다. 엉뚱하게도 고등학교 친구 배리가 생각난다. 배리는 뻔뻔한 호모였는데도 반 친구들은 우리 둘을 엮어 보려고 무던히도 애썼지. 학교에서 유일하게 란츠만 박사에게도 그 딸에게도 겁먹지 않고 집적거리며 환심을 사려 한 남자애. 배리가 처음 집에 놀러 왔을 때가 기억난다. 아버지가 나타나자 우스꽝스러운 호모 행세를 하고, 처음에는 악수도 마다하고 "오, 란츠만 박사님, 제 근처에 오지 마세요. 저 간지럼 많이 타요"라고 킥킥거리고 웃으며 온몸을 까딱거렸다. "맙소사, 조심하세요 란츠만 박사님, 곤충 박사님인 거 다 알아요!" 그 아이는 미쳤고, 잘생겼고 타락했다. 해군에 입대한 뒤론 다시 보지 못했다. 그런데 지금 그 배리와 커피를 마시는 느낌이라니. 15년 전으로 돌아간 걸까?

소녀 때도 그렇게 가볍게 걸은 적이 없었다. 산들바람이 그렇게 신선했던 적도 없었다. 역사적 우연에 의해 소녀인 그녀를 받아들여 주었지만, 그녀가 정말로 살아 본 적은 없는. 현재의 선물이고 이 위대한 대륙의 느낌이 주는 선물이다. 미국에서 학교를 다니고 결혼을 하고 직장을 다녔지만, 1939년에 그녀는 정말로 배에서 내린 것이 아니었다. 이제는 그때 정말로 도착이나 한 것인지조차 분명하지 않다는 생각이 문득 떠오른다. 그런데도 지금 뉴욕에 발이 묶인 꼴이라니, 희한하고 우스꽝스럽기도 하지.

자신의 삶에 속하지 않는 시간들. 1939년부터 1942년까지의 피츠버그는 또렷하게 기억나지 않는다. 어린아이가 또렷하게 느끼기란 불가능한 시기여서일 것이다. 낡아 빠진 현관과 음산하게 튀어나온 비상계단이 있는, 연기에 검게 그을린 집들이 죽 늘어선 동네. 자동차, 간판, 그을음, 악취, 쓰레기, 온통 소음에다, 영화관 말곤 갈 데도 없었지. 부다페스트에서부터 입고 온 작아진 원피스, 아니면 유대인 복지관에서 산 꼴사나운 숙녀복을 입고 길거리를 걷노라면, 이건 내가 아니야 하는 생각이 들었지. 영화를 너무 많이 보고, 5센트 하우스에서 물건을 슬쩍하고, 수업 시간에는 공상이나 하고, 만화책과 로맨스 영화와 약국 선반의 범죄 잡지를 읽고, 큰엄마 이름으로 가짜 진단서를 내고—그게 미국이었다. 악몽이었고, 쓰레기 같았고, 멍청했고, 혼미했다. 미국에 와서 피츠버그에서 가필드를 거쳐 브린마 칼리지를 다니고 결혼하기까지 8년 동안 그녀는 모든 무의미한 방들과 길모퉁이들의 의미를 파악하려 부질없이 애썼고, 그 방들과 길들을 삶의 한 순간들로 경험할 수 없었다. 미국에서 하늘은 하늘이 아니었고, 풀은 풀이 아니었고, 소피 란츠만은 소피 란츠만이 아니었다. 하지만 미국은 미국이었다.

1939년 아버지와 큰아버지 가족과 함께 배에 오른 열 살 아이는 모든 것을 남겨 두고 떠나는 슬픔과 새 나라에서 그들 앞에 펼쳐진 세월에 대한 두려움 앞에 무감각해 있었다. 어른들은 히틀러가 헝가리를 점령할 것이 두려워 인생을 바꾸는 행보를 취하기로 결정했다. 유대인들이 감내해야 하는 끔찍한 운명에서 벗어나고자 나라를 떠났고, 화제는 내내 그 일 아니면 미국에서 그들을 기다리고 있을 고난 얘기였다. 부다페스트발 열차가 오스트리아 국경을 건너기 전, 헝가리 출입국 공무원이 큰엄마에게 정겨운 사투리로 "멋지신 사모님, 이렇게 예쁜 아이들을 셋이나 데리고 왜 이 나라를 떠나시나요?"라고 물었다.

"유대인 아이들이거든요." 올가 큰엄마가 말했다. "이 나라에서 데려 나가지 않으면 나치가 죽일 거예요."

"우리 모두 헝가리 사람이잖아요." 출입국 공무원이 감정을 담아 말했다. "유대인이든 기독교인이든, 헝가리 사람이긴 마찬가지예요. 독일 사람들이 우리 땅에서 우리 아이들을 해치도록 우리 헝가리 사람들이 놔두지 않을 텐데요."

올가 큰엄마는 "유대인 아이들이라고요"라고 거듭 말했고, 출입국 공무원은 헝가리 아이들이라고 다시 반박했다.

소피는 모멸감과 분노로 시선을 바닥에 꽂은 채 앉아 있었다. 이제 다 끝났고, 새로운 인생과는 아무 상관 없을 터였다. 열차에 탄 순간 그녀는 이제 헝가리인이길 그만둔 것이었다. 아퀴타니아호에 올라탄 그날부터 그녀는 영어로만 글을 쓰기 시작했다. 거의 모든 단어를 헝가리어·영어 사전에서 찾아야 했지만.

어른들이 떠나는 이유는 그들끼리 문제였고, 그녀는 이 여정이 그녀에게 갖는 의미에 충실해야 했다. 그것은 그녀의 인생을 송두리째 바꿀, 요 몇 년 전부터 커다란 사건을 휘젓기 시작한 갈망과 예감의 실현이었다.

아퀴타니아호로 대서양을 건너는 동안 소피는 여행의 경탄과 흥분에 휩싸인 채 과거나 미래를 생각했다. 아퀴타니아호에는 없는 게 없었고—가게, 술집, 식당, 무도회장, 도서관, 게임방, 수영장, 체육관, 영화관, 산책용 갑판—그것도 뭐든 세 개씩 있었다. 마치 떠다니는 섬들을 연결해 도시로 만든 것처럼, 세 등급으로. 그녀는 옷을 잘 차려입고, 일등선실 바의 직원, 선원, 친절한 노신사 들을 상대로 영어를 연습했다. 부다페스트에서 왔다고 말하면 그들은 눈을 반짝거렸고, 그중 많은 이들이 부다페스트에 와 본 적이 있었고, 밤새 불 켜진 온천장과 번화가를 기억했다. 매일 오후에는 티타임이 있었다. 마음에 든 건 차와 쿠키가 아니라, 직원이 마치 그녀가 진짜 일등선실 손님인 것처럼, 그리고 나이든 사람을 대할 때와 마찬가지로 격식을 갖춰 차를 따라 주고, 차가 어떤지 묻는 것이었다. 멋진 나무 칸막이를 한 도서관에는 유리장 속에 가죽 장정 책들이 있고, 책상들엔 서랍과 홈마다 다양한 종류의 문구류가 들어 있었다. 남은 여생을 이 배 위에서 보낸다면 행복하게 살 수 있을 것만 같았다.

그녀는 미국을 사랑하고 싶어 했다. 20세기폭스사의 뉴스영화에는 뉴스 멘트와 요란한 음악을 배경으로 따라잡을 수 없이 빠른 속도로 바뀌는 장면들 속엔 흰 바지를 입고 테니스를 치는 여자들, 비행기, 복싱 경기, 불타는 비행선, 퍼레이드, 백다이빙 하는 사람, 폭발하는 유정(油井)들, 수영하는 미녀들, 탱크들이 있었다. 20세기는 19세기의 한갓 연속이 아니라, 어두운 영화관에서 돌려 주는 뉴스영화처럼 놀랍고 신비한, 그것도 다른 어디보다 미국에서 가장 많이 일어나는 사건들처럼 믿기 힘든 어떤 것들이리라고 그녀는 생각했다. 미국이 20세기였다.

나무 칸막이가 있는 도서관의 책상에 앉아 그녀는 새로운 언어로 글을 쓰기 시작했다. 헝가리어·영어 사전을 옆에 놓고 천천히 문장을 구성하고 있노라면, 사전에서 우연히 본 이국적인 단어들을 내 것으로 만들기 위해 의도치 않은 내용들이 문득문득 튀어나오기 일쑤였다.

뭍이 보이기 시작한 건 해가 지기 시작할 때였다. 펑퍼짐한 해안, 낮은 갈색 바위들. 어떤 사람이 해 방향을 가리키며 곧 자유의 여신상이 보일 거라며, 그건 프랑스가 보낸 선물이라고 말해 주었다. 하지만 여신상을 보기 전에 그녀는 안으로 들어가 담배 연기 자욱한 삼등선실에서 세관 공무원을 기다려야 했다. 한번씩 일어나서 둥근 선창을 내다봤지만 왔다갔다 하는 사람들과 다른 배들만 보였다. 배가 부두에 정박했을 때는 이미 날이 저물었다. 군중에 뒤섞여 램프를 내려와 좁은 통로로 들어서니 램프가 한없이 이어져 있는 것만 같았고, 조그만 문을 지나 커다란 홀에 다다르니 온갖가지 알파벳이 써 있는 구멍으로 트렁크들을 밀어넣는 게 보였다.

"우리 아직 배야?" 사촌동생이 계속 물었다.

일주일간의 배 여행의 흥분을 뒤로하고, 하루는 뉴욕의 커다란 호텔에서 아이들끼리 30층까지 계단과 엘리베이터로 경주를 했고, 어느 날은 피츠버그로 여행 가며 커다란 봉투 그득한 샌드위치, 감자칩, 미국 삼촌이 준 갖가지 캔디와 탄산음료를 다 비우기도 했다. 쓰레기 가득한 보도에서 재빨리 차에서 내렸을 때, 힐끗 눈에 보이는 건 좁은 현관부터 4층까지 층계를 가득 채우고 구부정하게 앉은 사람들뿐이었다. 데이브 삼촌이 "여기가 우리 집이야"라고 말해 줬다. 가구 딸린 원룸 아파트에 들어선 일행은 저마다 갑작스러운 상실의 충격을 애써 감춰야 했다.

그 기나긴 첫 여름 내내 그녀는 밤마다 어른들의 고뇌에 찬 낮은 목소리에 귀를 쫑긋 세우다가, 다시 돌아갈 것이라고 믿으며 잠을 청했다. 9월에 전쟁이 일어나고 나서야 모두들 미국으로의 항해가 마지막 항해였음을 온전히 깨달았다. 이제 다시는 헝가리로 돌아갈 수 없었다. 헝가리가 나치 세력에 가담한 그 순간 헝가리는 더는 그들의 조국이 아니었다. 그때부터 소피는 헝가리인으로서 과거가 대체 자기와 무슨 상관인지 확신할 수 없었다. 그녀는 부다페스트를 생각하기를 그만두었다. 부다페스트의 소피는 그곳에서 끝났다. 문득 떠오르곤 하는 특정 장소나 순간의 기억은 즉시 수치심과 혼란으로 지워졌다. 피츠버그에서 1년간 살고 난 뒤까지 소피는 미국에 있으면서 그리워한 것들을 입에 담지 못했다. 물론 뉴욕으로 떠난 아버지는 그리웠지만. 하지만 부다페스트에서 익숙했던 것들이 그립다고는 한 번도 생각하지 않았다.

소피네는 유대인 게토의, 한 줄로 길게 늘어선 똑같은 집들 중 하나에 살았다. 한 블록 더 가면 아일랜드 게토가 있었고, 다음 교차로부터는 이탈리아 게토였다. 세 구역의 게토에 사는 아이들끼리는 서로에게 야유를 퍼붓는 외에 말을 섞지 않았다. 유대인이라는 사실이 사람들 사이에서 얘깃거리가 되는 미국에서 유대인 게토에 정착한다는 것은 섬뜩했다. 부다페스트에서는 이런 대우를 받은 적이 한 번도 없었다. 그녀는 '이드^{Yid}[이디시 유대인]'였기 때문에 오자마자 게토에 들어갈 수 있었고, 사람들은 끊임없이 그녀를 쫓아다니면서 더 '이드'다워지라고 말해 주고, 누구랑 어울리고 누구랑은 어울리지 말아야 하는지 알려 주고, 이디시어를 가르쳐 주었다. 가게 주인들은 소피가 강한 이디시어 억양으로 영어를 말하길 거부한다며 놀렸다. 아일랜드인 가톨릭 소녀네 집에 놀러 갔다는 소문이 퍼지자 유대인 게토의 아이들은 그녀를 괴롭혔다.

학교 교실들은 시끄러웠고, 성난 교사들은 고함과 구타로 질서를 유지하려 했고, 쉬는 시간마다 복도에선 드잡이가 벌어졌다. 그녀에게 야유를 퍼붓거나 그녀와 어울리려 하지 않는 아이들이 유대인 게토 아이들인지 '다른 아이들'인지 그녀는 알지 못했다.

길모퉁이 약국에서는 커다란 아이들이 어울려 놀았는데, 막대사탕과 아이스크림을 핥아먹는 재미에 빠진 아이들이 어느 날은 창문에 커다랗게 그려 붙인 선데나 바나나 스플릿을 떠먹고 싶어졌다. 이스트 리버티에는 싸구려 잡화점 세 곳, 영화관 열두 개, 소다수 판매점들과 슬롯머신들이 있었고, 배기가스 악취가 팝콘과 달콤한 탄산음료 냄새와 섞인 그곳에 저녁과 주말이면 주변 슬럼가의 모든 사람들이 모여 들었다. 가게 창문과 영화관 차양은 온통 커다란 시리얼 상자,

타이어, 치약, 맥주를 마시거나 게걸스럽게 수프를 비우거나 자동차에 흡족해 하는 남녀와 아이들의 시답잖은 웃는 얼굴들 사진으로 덮여 있었다. 그것이 미국이 섬기는 하느님이었다.

피츠버그 시내에는 더 크고 덜 붐비고 어두침침한 이스트 리버티가 있었고, 거기 영화관과 백화점과 음료수 판매대는 더 비쌌다.

미국에서 가질 수 없는 것이라곤 없어, 삼촌이 말했다. 삼촌은 1차대전 전에 미국으로 건너와 사업으로 성공했고, 피츠버그의 가장 고급 주택가에 살며 뷰익 자동차와 멋진 벽돌집을 자랑스럽게 얘기했다. 삼촌이 다니는 길은 더 깨끗했고, 집은 소피네가 사는 집보다 컸고, 현관과 보도 사이에 잔디가 조금 있긴 했지만, 진짜 다르다는 생각은 안 들었다. 어떤 남자아이가 "닥쳐!" 하고 고함치는 소리를 처음 들은 건 미국에 도착한 다음 날 삼촌 집 근처에서였는데, 이후로 주변 어디서나 그런 으르렁거리는 목소리가 들렸다. 삼촌은 영업사원에서 지배인으로 출세한 얘기를 들려주었다. "이 나라에서는 준비만 돼 있다면 원하는 건 뭐든 가질 수 있어"라며, 살짝 비뚤어진 입으로 미국의 부와 기회를 이야기했다. "단, 그럴 수 있게 노력을 해야지. 지나간 삶은 잊고, 이런 카페에 앉아 있지 말고, 일을 해야 돼. 그러지 않으면 아무것도 안 되는 거야." 게토에 있는 가게 주인이랑 똑같은 말을 더 심술궂게 말했다.

미국에 살아 보니 어떻더냐고 사람들이 물을 때는, 전에 살던 나라보다 여기가 얼마나 더 나은지 듣고자 하는 것 이상이 아니었다. 같은 블록에 사는 아이든, 캐딜락을 모는 삼촌네 사장이든, 한결같이 같은 답을 원했다. '저쪽 나라'에 대해 듣고 싶은 게 아니라, 미국엔 있는데 '저쪽 나라'에는 없는 것들을 얘기했고, 행여 부다페스트의 온천 얘기나 거기서도 전화기가 있었다는 얘길 해 봤자 "그럼 다시 돌아가지그 래"라는 대답이 돌아올 뿐이었다.

"여기에 온 게 행운이야"라고 사람들은 말했다. 지금 계속 유럽에 있었다면 끔찍했을 거라고, 가족뿐 아니라 나머지 모든 사람들이 계속해서 말해 주었다. 아침 일곱 시부터 매시 정각마다 큰엄마는 네덜란드 점령, 노르웨이, 프랑스 함락, 됭케르크, 전격전으로 도배한 뉴스 방송을 들었다. 자신에게는 배제된 역사적 사건에 그녀는 무관심하려 애썼다. 피츠버그에 있으면서 이해할 수 있는 것도 아니었다. 여름에는 매일 영화를 보러 다녔고, 머릿속을 온통 영화 속 사람들로 채웠다. 탈옥, 간첩망, 해전, 역사적 로맨스, 사랑, 호러, 카우보이 같은 영화 속 세상에 살았다. 유럽의 전쟁이라는 현실은 가게 주인들이 매일같이 "지금 저쪽에 살지 않아서 얼마나 다행이야!" 하고 나누는 인사 속에나 있었다.

이 시점에 미국에 있다고 해서 유럽에서 벌어지는 끔찍한 일들이 덜 끔찍해지는 것은 아니었다. 이미 부다페스트에서 추방이 진행 중이라는 얘기가 들렸다. 죽음의 열차, 대량 학살, 수용소 현황 얘기가 피츠버그까지 쉴 새 없이 들려왔다. 저 멀리서 벌어지고 있는 일들이 피츠버그의 길거리보다 가까웠고, 죽음의 수용소는 색색의 커다란 막대사탕과 아이스크림 소다 사진으로 그녀를 약올리는, 매일 지나다니는 약국보다 더 가깝고 더 현실이었다. 어쩌면 그녀 자신이 죽음의 열차에 타고 있었고, 어쩌면 기관총탄이 방금 그녀의 목을 관통한 것만 같았다. 그녀가 사는 동네와 이스트 리버티 사이, 그녀가 다니는 길들은 지도에 없는 연옥처럼 되었고, 그녀는 그 길 건너편의, 진짜인지 환상인지 모를 자아와 다시 만나곤 했다. 이번 주도 다음 주도 이스트

리버티를 가는 길은 수용소로 가는 길이었다. 얇은 입술에 흰 가운을 입은 환상 속의 나치 의사들의 처방은 그녀에게 죽음을 선사하지 못했다. 여기 말고 다른 곳에 있는 자신의 모습을 그녀는 상상할 수 없었다. 피츠버그의 길을 걷는 그녀에게 현실이란 없었다.

그러다가 몇 시간씩 글을 쓸 때가 있었다. 식구들이 다 잠들고 나면 단어들이 살아났다. 단어들의 형체와 색깔에 흠뻑 빠져, 사람들의 입에서 나오는 거라곤 추한 소리뿐인 세계에서 멀리 떨어진 마법의 숲에서 보물을 사냥했다. 그러나 사전 속 단어들일 뿐이었다. 이 행복은 자신과 상관이 없다는 것을 그녀는 깨달았다. 오히려 그녀가 행복으로 가는 길을 막고 있었다. 소피 란츠만, 그것은 없애고 싶은 장애물이었다.

1942년 여름, 아버지가 사는 뉴욕의 호텔 파크 플라자 앞에서 차를 내리면서 악몽은 끝났다. 선선한 저녁 바람을 맞으며 아버지랑 센트럴 파크 웨스트 쪽으로 걷노라니, 피츠버그에서 3년은 그녀와 상관없는 악몽이었을 뿐이었다. 도시는 생기 넘치는 축제였다. 우아하게 차려입은 사람들이 택시를 타고 내리고, 컬럼버스가에 사는 가난한 사람들조차 그녀가 잊고 있던 활기를 띠고 있었다.

"전 과목 낙제라며? 정말이야?" 아버지가 웃으며 물었다. "올가 큰엄마 말로는 큰엄마 속 썩이려고 그랬다던데?"

조그만 헝가리 식당에서 아버지 친구들과 7품 코스 요리를 먹었는데 다 해서 75센트밖에 하지 않았다. 저녁 후에 아버지가 소피가 쓴 마지막 편지를 읽어 주었다. "빵이랑 물만 있으면 돼요, 데려가 주면 안 돼요?"

뉴욕살이는 아름다웠다. 아버지가 일하는 동안 그녀는 길 건너 자연사 박물관에 가거나 암스테르담가를 걸으며 골동품점과 설비집들을 구경하곤 했다. 밤에는 접이식 침대를 펴고 커튼을 치고 잤다. 하루 종일 자유로웠고, 내키면 언제는 호텔 라운지에 가서 글을 쓸 수 있었는데 호텔에서는 심지어 종이까지 주었다. 배에서 지낼 때만큼 좋았다. 미국에서 사니 어떠냐고 누가 물으면 그녀는 뉴욕이 마음에 든다고 말했다.

피츠버그 슬럼가에서 뉴욕으로—짧은 6주의 방학 끝에 아버지의 의사 시험 합격 소식이 왔고, 둘은 다시 기차에 올랐다. 뉴저지주 가필드에 아버지가 사무실을 내서 그녀는 거기서 고등학교를 다녔고, 뉴잉글랜드의 소도시들에서 브린마 칼리지의 여름극단 무대에 섰다. 그 음산하고 얄팍한 현실 속에서 그녀의 사적인 과거는 폐기됐고, 그녀는 과거와 상상의 세계로 여행을 시작했다. 책이나 연극 속, 꿈속이나 그저 텅 빈 미국으로부터 탈출하려 애쓰노라면 그녀는 더 이상 가필드에도, 여름 공연을 다닌 지금은 이름조차 잊었거나 안 적 없는 수많은 뉴잉글랜드의 소도시들에도 있지 않았다. 그녀는 미국에서 도망치려, 아니면 미국을 무시하려 애썼고, 미국은 그런 그녀를 바꿔 놓았다.

❋ ❋ ❋

19 47년 8월 부다페스트에 온 소피 란츠만은 도나우강에 떠다니는 시체나 자갈에 묻은 피의 흔적을 하나도 보지 못했다. 마지막 나치가 부다페스트를 떠나면서 다리를 폭파하고 약 3천 구의 시신을 도로로 흩뿌린 지 2년이 지났다. 누구도 안전하지 않았지만, 짧은 시간 동안 나치는 게토 중심 지역을 비롯해 고아원과 요양원들에 이미 집결시켜 놓은 수많은 유대인들에게 집중했다. 이러한 공포의 시대를 현실로서 살아 내고 살아남은 사람들이 차분하게 번화가를 따라 걷고 있는 모습은 이제는 미국인이 된 방문객의 경외심을 자아냈다. 주택들은 위층이 폭파되어 날아갔어도 쇼핑가는 활기가 넘쳤다. 떨어지는 돌덩이들로부터 보행자들을 보호하기 위해 건물들은 인도 쪽으로 가림막을 쳐 놓고 있었다. 그럼에도 길거리를 걷는 사람들의 머리 위로는 고운 횟가루들이 보슬보슬 내리고 있었다. 성가신 일이다.

화려한 머리에 멋진 옷을 입은 여자들이 망가진 회랑들에서 나와, 포석이 깨지고 돌무더기가 여기저기 쌓여 있는 도로를 조심조심 걷는다. 그들의 웃음소리와 향수 냄새가 밝은 여름날 강물에 어린 그림자와 어우러졌다. 너무 일찍 떠나고 너무 늦게 돌아와 재난의 현장에 동참하지 못한 사람에게 이런 부조화에는 특별한 조화로움이 있었다.

소피는 부다페스트를 찾을 계획이 없었다. 1947년 여름에 헝가리는 미국인 여행객들에게 닫혀 있었다. 1939년 아퀴타니아호의 마지막 서쪽 항행들 중 하나에 올라 떠났으니, 재개된 첫 번째 동쪽 배편들 중 하나—아직 민간용으로 개조되지 않은, 해먹이 있는 병력수송선—를 타고 뉴욕에서 리버풀로 온 것은 적절해 보이기도 했다.

하지만 소피의 유럽 여행은 목적이 명확하지 않았다. 무엇을 위해 돌아간단 말인가? 어디로? 전쟁 기간 동안 미국에서 자라면서, 때로는 애당초 유럽을 떠나지 않았더라면 하고 바라기도 했고, 마치 애당초 떠나지 않았다는 듯 유럽에 돌아가 살고 있는 꿈을 꾸기도 했다. 하지만 진심으로 믿지는 않았다. 유럽은 잃어버린 꿈에 불과했다. 아무튼 아버지에게는 이번 유럽행을 알리지 않을 참이었다. 차라리 딸이 배우가 된다느니 철학을 공부하겠다느니 하는 미친 소리나 들으시라지. 1946년에 유럽을 간다? 아우슈비츠 이후의 유럽을 간다? 유럽은 썩었다. 눈을 사로잡는 건축물들의 우아한 파사드 뒤엔 수백 년의 부패가 있다. 거짓과 부패뿐. "문화라고!" 아버지는 경멸하듯 말했다. 유럽 이야기, 더구나 딸이 유럽을 간다는 이야기를 듣고 싶어 하지 않았다. 유럽에서 겪은 고초, 미국에서 살 수밖에 없도록 등을 떠민 유럽의 쓰라림과 혐오감을 이야기하는 아버지 앞에서 히로시마 이야기니, 히틀러의 집권에는 미국도 어느 정도 책임이 있다는 주장 따위는 무의미했다. 그녀는 아무런 정치적 입장도 없었고, 아버지가 미국에서의 삶을 받아들이는 데 반대하겠다는 꿈도 꾸지 않았다. 그녀 자신 미국의 삶과 화해하지 못했다, 정확히 말하면 부적응이라는 문제만으로도 코가 석 자였으니까. 그래서 이 문제는 절대 입 밖에 내지 않았다.

그럼에도 친구들의 설득으로 유럽 여행이 현실화되었다. 대학 시절 룸메이트 제시카 립스키는 미국의 물질 만능과 영혼없음에 숨이 막힌다고 툴툴댔다. 제시카의 어머니가 소유한 맨해튼의 타운하우스에서는 소피도 여러 번 주말을 보낸 적이 있는데, 그 어머니도 비슷하게 미국의 속물 근성을 개탄했다. 립스키 부인은 두 '딸'(그 얼마 전에 소피를 영혼의 딸로 입양한 터였다)에게 예술과 문화의 근원인 유럽을 열광적으로 말했다. "미국에는 쓸만한 남자가 없어." 친구 제시카가 한탄하자 소피도 "미국은 희망이 없지"라고 맞장구쳤지만, 제시카가 유럽에 대해 품고 있는 이상에는 동의할 수 없었다. 이 문제에 관한 한 소피는 대체로 절망적이었고, 자신이 살고 싶어 했던 세상—히로시마 이전, 아우슈비츠 이전의 세계—은 끝났고, 자신을 위한 곳은 아무 데도 없다는 느낌이었다. 「계시록」에 나오는, 하늘을 가로지르는 네 명의 말 탄 자의 출현을 알리는 첫 나팔이 울렸을 때[「요한계시록」 6장의 '네 명의 말 탄 자'와 8장 이하의 '일곱 나팔'이 뒤섞인 듯], 그녀는 알지 못했다. 하지만 굳이 유럽이 아니라도 아무튼 긴 여행은 소피에게 매력적으로 보였다. 때는 억압과 과잉의 시대였고, 여행을 할 때는 시간이 더 쉽게 흐르기 마련이니까.

"미국은 제시카와 소피 같은 젊은 여자애들이 있을 데가 아니에요." 제시카 부인은 소피의 아버지에게 애원하듯 말하고, "루돌프, 목석 같으니라고. 나는 그걸 어떻게 바꿀 수 없지만, 당신은 그렇게 이기적이면 안 돼요. 심오한 영적 자양분을 얻을 기회를 애들한테 막아선…" 하고 덧붙였다.

루돌프 란츠만은 딸이 1년 동안 제네바 대학에 유학하는 비용을 대는 데 동의했다. 이때 루돌프의 전 부인 카밀라 데 비테지는 헝가리를 떠나 언니가 사는 런던으로 이민 갈 계획을 세워 놓고 있었다. 소피는 가을에 친구와 떠나는 대신, 어머니를 만나기 위해 여름에 런던으로 가기로 결정했다. 6월 말에 리버풀에 도착했을 때 소피는 부두에서 로사 이모만 만나, 어머니의 출국이 승인되지 않았다는 사실을 알았다. 카밀라는 영국 비자는 물론이고 비싼 값을 치른 출국 허가증도 소지하고 있었지만, 공항에서 억류당했다. 최근 정부의 대대적 개혁으로 인해, 퇴출된 정당에서 발급받은 출국 허가증이 무효가 된 것이었다. 새로운 규정은 아직 실시되지 않고 있었다.

이후 한 달 동안 정신없는 편지와 눈물겨운 장거리 통화가 오갔고, 결론은 체념이었다. 소피는 이모와 런던에서 여름을 보내고 가을에 예정대로 제네바로 가게 될 것이었다.

그랬는데 8월 셋째 주에 한 친구가 이모에게, 헝가리 신문에 조그맣게 실린 산업 박람회 광고를 보여 주었다. 미국 기업 대표들에게는 7일간의 헝가리 방문 비자를 발급해 준다고 했다. 48시간이 채 지나기 전에 소피는 여권에 산업 박람회를 위한 특별 비자 스탬프를 받고 프라하 경유 부다페스트행 비행기를 예약했다. 정오에 프라하 공항에 도착하니 부다페스트행 연결 비행편이 지연될 거라고 했다. 푸른 눈의 쾌활한 체코 사람 두 명이 걱정할 필요 없다며 그녀를 안심시키고, 먼지 앉은 하늘색 승용차로 프라하 시내까지 태워 주었다. 비행기는 다음 날 아침 6시에 출발할 예정이었다. 체코인들은 강을 마주한 호텔에 그녀를 내려 주었다. 그곳에서 식사를 하고, 비용은 모두 항공사가 부담할 것이며, 공항으로 데려다 주기 위해 새벽 4시에 오겠다고 약속하고 떠났다. 만약 오지 않으면 어떡하지, 하고 생각하며 소피는 프라하의 오래된 거리와 정교한 다리들을 꿈처럼 산책했다. 카프카의 도시를 떠날 생각이 없었을지도 모르겠다. 정말로 부다페스트에 가게 된다는 게 믿기지 않았다. 두 남자는 새벽 4시에 왔고, 그녀를 태워 가면서 사실은 납치하는 것이라고 말했고, 물론 농담이었지만 소피는 어제 태워 준 차와 다른 차라는 걸 알아채고는 농담이 진담이길 바랐다.

"영국 비자랑 출국 허가증이 있어도 풀어 주지 않았는데 너는 보내 주었구나. 내가 참 똑똑한 딸을 뒀지"라고 어머니가 농담 삼아 소리쳤다.

"가짜 서류라서 먹혔는지도 몰라요. 운이 좋긴 했어요." 소피가 덤덤하게 어깨를 으쓱했다.

다른 일행은 여권에 스탬프가 박힌 산업 박람회로 갔다.

1939년 4월에 떠나온 도시의 거리를 걸으면서 그녀가 가장 충격받은 것은 폐허였다. 독일군의 점령, 포위, 러시아군에 의한 해방까지 내내 부다페스트에 남아 있던 어머니에게는 그 폐허가 익숙할 터였다. 어머니는 소위 해방이라는 걸 비웃었다. "넌 상상도 못 해—아무도 상상조차 못 할 거야." 서둘러 쇼핑 구역으로 향하며 어머니가 말했다. "여기서 벌어지고 있는 일들을 우린 믿지 않았어. 길거리를 따라 포개 쌓인 벌거벗은 시체들은 악취만 빼면 감자 포대처럼 말끔했지. 겨울이면 시체들이 길바닥에 얼어 들러붙어서 우리가 떼내야 했어. 여기도 시체 저기도 시체, 출입문에도 배수로에도, 그리고 도나우 강에도 시체가 떠다녔지. 그래, 아무도 안 믿어. 그리곤 미국 비행기들이—" 어머니는 믿지 못하겠다는 듯이 고개를 흔들고 어깨를 으쓱했다. "나는 대피소에 안 갔어. 사람들은 대부분 지하실에 숨었고, 우리는 호텔을 독차지했어. 당연히 전기도 물도 안 나왔고—꼭대기 세 층이 폭격에 날아갔거든—그래도 어찌어찌 살았어. 그런데 러시아 놈들이 쳐들어오니까—" 길거리에서 할 이야기가 아니라며 나중에 자세히 이야기해 주겠다고 했다. "넌 모를 거야." 딸이 제네바로 가기 전에 예쁜 드레스를 맞출 가게로 걸어 들어갔다.

고향에 돌아왔다는 감상과 함께, 도시의 변한 모습이, 아무리 당치 않더라도, 소피에겐 울컥하며 벅차게 다가왔다. 어릴 때 매일 건너다니던 쇠사슬 다리가 잠겨 버린 걸 보고서 애잔함이 없기란 불가능했다. 점령된 도시를 정말로 걷고 있다는 사실 자체가 받아들이기 힘들었다. 길모퉁이에 러시아 군인들이 얼쩡거리며 자기네들 말로 마음대로 이야기하는 모습은 내내 생경했다. 미국에서는 으레 '철의 장막 뒤 나라Behind-the-Iron-Curtain country'니 '소련 위성국가'니로 불렸다. 하지만 소피가 역사책에서 배운 단어로는 '점령'이 딱 맞았다. 튀르크의 정복 [1684년 오스만 튀르크에 지금 부다페스트의 부다 구역이 함락된 일], 합스부르크 왕가의 탄압, 좀 더 최근에는 독일군의 점령이 있었다. 그리고 지금은 러시아가 점령한 땅을 걷고 있다—심지어 열흘 기한으로, 산업 박람회의 미국 기업 대표들을 위한 확대 비자를 거짓말로 받고 들어온 소피 란츠만에게는 이 모든 것이 비현실감을 가중시켰다. 그녀는 이 도시의 이방인이었고, 실감할 수 없었으므로.

어머니가 이렇게 젊음에 넘치고 마음에 흉터 하나 없다는 것도 놀라웠다. 세 번째 결혼은 1년 만에 파탄 났고, 화가하고의 연애는 긴 비극적인 이야기로 끝나는 등 개인적인 불운이 있었는데도 말이다. 하지만 어떻게 살아남을 수 있었냐고 물으니 안색이 검어지며 어깨를 으쓱하곤, 신이 나서 말했다. "[유대인] 등록을 하러 안 갔거든. 몰라, 안내문을 못 봤어. 친구들 대부분은 유대인이 아니어서 문제가 안 됐어. 폭격이 시작됐을 땐—워낙 노이로제 환자라서 그랬을까, 신경도 안 쓰이더라. 곰처럼 잘만 잤지."

소피가 가난한 친척 행색으로 미국에서 온 데 어머니는 놀랐다—

세련된 물건 하나 없이 면옷과 속옷, 낡은 비옷 하나 달랑 든 트렁크가 다였으니까. "열여덟 살 여자아이가!" 이해할 수 없다며 같은 말을 되뇌며, 재봉사에게는 딸이 모양새도 멋대가리도 없는 면 원피스 차림으로 왔다며 혀를 끌끌 찼다. 급히 떠나야 했으므로 미국에서 쇼핑할 겨를이 없었다. 그래, 미국에서 온 딸인데. 엄마의 예쁜 딸인데. 어머니는 최고급 실크나 시폰을 원했지만, 부다페스트에서는 암시장에서도 구할 수 없다. 하지만 이 레이온은 거의 실크랑 똑같다.

"부다페스트는 변했어." 카밀라가 한숨을 쉰다. 노동자 계급에 유리한 새로운 임금과 노동법이 있는 새로운 삶을 살아갈 참이었다. "식당엔 온통 새로 온 사람들이랑 프롤레타리아야"라고 어머니는 툴툴댔다. 카밀라가 보기엔 러시아 군인들은 씻은 지 오래돼 보이고, 대다수는 최신 수세식 화장실에 익숙지 않아서 변기 물을 마시고, 수도꼭지가 은인 줄 알고 떼 가고, 화장지 쓸 줄도 몰랐다—그중에서도 통탄할 일은, 딸 주려고 아껴 두었던 열 벌은 족히 되는 퍼 코트를 세 벌 남기고 몽땅 훔쳐간 일이었다. 20년 동안 써 온 일기장 38권도 도둑맞았다. 그게 러시아 놈들한테 무슨 소용이냐고!

"여기 겨우 열흘 있을 거지. 엄마는 너를 독차지하고 모든 얘기, 너의 인생, 너의 느낌, 너의 꿈, 네 아빠 얘기 등등등등 모두 다 듣고 싶지만, 가족들하고 약속했어. 물론 할머니하고도. 할머니한텐 네가 모레나 돼야 도착할 거라고 했어. 안 그랬으면 공항에서 서둘러 그 집부터 가야 했을걸. 할머니, 베니 삼촌이랑 레아 고모, 미치랑 개 남편—이번에 애기 낳은 거 너도 알지. 우리 가족은 문제가 아냐. 에밀 외삼촌은 잠깐 들러서 네 얼굴만 보고 간댔어. 야니랑 마르타는—불쌍한 프리츠 외삼촌 얘긴 알지? 나치한테 대들었더니 쏴 죽인 거. 그럴 필요 없었는데, 미쳤어. 아, 끝내 주는 깜짝 선물이 있다. 너 어릴 적 같이 놀던, 파사레티 광장 근처 살던 페터라는 꼬마애 기억나니?" 기억나고말고. "글쎄, 걔가 번듯한 청년이 다 됐더라고. 지난 6년 동안 두 번인가 만났는데, 너 온다는 전보를 받은 다음 날 발레 보러 갔다가 우연히 걔를 만났지 뭐니. 네가 나흘 뒤에 온다고 얘기해 주고, 걔가 집까지 걸어서 바래다 주는 길에 네 사진을 보여 줬더니 넋이 나가더라―우리 둘 다 믿을 수 없었고말고. 긴 머리에 모나리자 미소를 한 이 아가씨가 우리가 알던 그 꼬맹이 아가씨라니 말야. (애, 정말이지 몸매만 빼면 네가 미국인이라고 아무도 짐작도 못 할 거야―그렇게 마른 게 정말 유행이니? 넌 영화배우도 모델도 아니잖니―남자들이 마른 걸 좋아해?) 너랑 나가도 좋냐고 하길래, 직접 물어보라고 했다. 가족들 집부터 다녀오고, 목요일에 차 한 잔 하러 오라 했으니 그때 결정하렴."

의사인 베니 삼촌에게는 시대가 좋아졌다. 소득과 상관없이 아픈 사람들에게 의료와 약이 제공되기 때문이다. 물론 러시아에서 페니실린을 안 주면 꽝이지만…. "네가 떠날 때 부다페스트는 동유럽이었어. 이제는 서러시아야. 변한 건 하나도 없어."

삼촌은 미국에서 조카딸이 온 게 마치 꿈이라는 듯이 농담 섞어, 여러 해 전 부다페스트에서 어린 조카딸한데 하던 말투로 말했다. "미국 아가씨는 부다페스트의 베니 삼촌을 생각이나 하셨나?" 중늙은이가 다 돼 부헨발트에서 생환한 삼촌한테 무슨 말을 해야 할까? 돌아가신 가족들 얘기를 해도 되나? 아우슈비츠로 가는 길에 죽은 사람들을? 친척들은 미국에 대해, 가필드에 있는 소피 아버지 집에 대해 지칠 줄 모르고 질문을 퍼부었지만, 막상 대답을 해 주면 어쩔 줄

모르는 어린아이들 같았다. "세상에, 세상에—그럴 수가!" 이런 말만
되풀이할 뿐이었다.

"이제 언제 또 보니!" 레아 고모가 감정에 북받쳐 외친다. "널 보러
미국에 갈게. 어떨 것 같아?" 베니 삼촌은 웃으면서 상상에 빠져든다.
레아 고모는 한숨을 쉬며 "우리는 어떻게 될지 몰라" 한다.

화려한 분홍 네글리제 차림의 사촌 미치가 인사한다. 얘는 아기 때
부터 옷이 맞지 않았고, 눈에 들어오는 모든 걸 유머스럽게, 야하게
봤지. 지금 그녀는 금발이고 글래머러스하고 명랑하고, 그녀의 조그
만 아파트는 마치 비싼 안방처럼 부드럽고 연한 파스텔 색상의 카펫
과 커튼으로 장식했다. 저속하거나 커버를 안 씌운 물건은 하나도 없
었고, 아기 젖병에까지 예쁜 주름 장식을 씌워 놓았다. 남편은 공장장
이라고 했는데 죽었고, 어린 아들 이름을 제 아버지 이름으로 지어 주
었다—"그립지 뭐. 알잖아…." 남동생한테 쟁반을 들려 아래층 케이
크점으로 보내고, 소피에게는 그 집 페이스트리는 여전히 최고급이라
고 말해 준다. 미치는 몸매만큼은 하나도 변하지 않았다. 아기 때부터
뚱뚱한 게 얼마나 보기 싫었던가. 걔 어머니가 허락하지 않았던 백금
색 머리는 남편을 위한 것이었다. "미국 얘기 좀 해 봐. 니네 아빠랑."

어떻게 살아왔는지 말하자면, 시작하는 말은 언제나 똑같다. "넌
상상도 못 할 거야. 넌 운이 좋았어." 그리고 자기 어머니를 의미심장
하게 바라보며 "우리도 운이 좋았고."

"운이 좋아 살았지." 레아 고모도 무덤덤하게 맞장구친다.

얘기 좀 해 달라고 물어볼까? 그냥 기다릴까? 안 물어보는 것도 어
색하진 않을까? "계속 부다페스트에 있었어?" 미치에게 물으니 아니,
도망갔었지. 시골로. 농부들이 숨겨 줬어. 나랑 동생이랑 할머니랑 다

같이, 무릎에 눈길을 깔고 말한다—긴 이야기였다.

"잊어버리는 게 나아." 레아 고모가 재빨리 말하고, 모녀가 번갈아 가며 할머니가 얼마나 끔찍한 일을 겪었는지 이야기한다. "있잖니, 할머니가 코셰르 아닌 음식을 드셔야 했단다. 우린 여러 집에 나뉘어 숨어서 하인 행세를 하고, 가짜 이름을 부르면서 서로 모르는 척해야 했어." 레아 고모가 갑자기 북받쳐 말한다. 하루 한 번 시장통에서 몰래 만난 얘기를 해 준다. 스쳐 지나가며 고모가 "미치" 하고 속삭이면 미치가 "엄마" 하곤 끝이었다는.

화려한 분홍색 네글리제를 입은 미치가 문간으로 소피를 데려가면서 "신랑 앞에서, 특히 엄마 앞에서 말하고 싶지 않은 이야기가 있어" 하고는 복도에서 말한다. "물론 신랑도 알지만, 신랑이 나를 강간할 때 엄마도 있었어. 엄마는 그 생각만 하면 참을 수 없고, 지금도 극복 못 해. 나는 극복했는데." 그러곤 명랑하게 말한다. "난 남편이랑 아이를 사랑해. 어떻게 불행할 수 있겠어?" 그러면서 키스하고 헤어졌다.

란츠만 할머니는 여든이 넘었고 눈이 멀었다. 이제는 예배용 가발을 쓰지 않는다. 억세고 참을성 없고 화가 많은 할머니가 손을 내밀어 미국에서 온 손녀를 잡으려 한다. "루디 딸"이라며 소피의 손과 머리칼을 만진다. 미국에선 어린 애들이 화장을 한다던데 "넌 안 하는구나"라며 확인하곤 만족해 한다. "드디어 왔구나. 온다는 말은 들었다. 여기서 무슨 일이 일어났는지는 알지? 무슨 짓을 저질렀는지…." 분노에 찬 할머니가 한번 이야기를 시작하면 누구도 멈출 수 없다고 했다. 누군가 스카프를 다시 매 드리려고 하니 손을 찰싹 때린다. 할머니와, 살해된 자식들과 손자들에게 자행된 짓은 개인적으로는 쓰라리기만 한 상실이다. 나치 짐승들의 극악무도한 짓을, 수백만이 아니라 개인적인 상실로 가늠해 이야기한다. 그들이 할머니에게 한 짓만큼이나, 할머니에게 억지로 시킨 것들에 대한 한탄. 평생 경건하게 살아온 노파에게 한 짓. 예배 때 쓰는 가발을 없애게 했고, 이제 할머니는 스카프가 흘러내려도 신경 쓰지 않는다. "너희가 나한테 무슨 짓을 했는지 똑바로 봐!" 할머니의 경멸이 온 세상, 당신의 인생, 당신을 둘러싼 사람들, 나치 짐승들, 하느님을 향해 무차별적으로 날린다.

"다시 볼 날이 있을까?" 찾아뵐 때마다 근심스럽게 묻는다.

지난번 뵈러 왔을 때는 부끄러운 줄 모르고 격렬히 우셨다. "널 다시는 못 볼 거야. 난 이미 죽어 있을 거야. 애비는 왜 안 왔니? 왜 날 보러 안 온 거니? 왜 애비를 안 데려왔어?" 계속해서 통곡만 했다.

"돌아와 보니까 이상하지?" 페터가 말한다. "저 동상 기억나?" 묻는 말에 잠깐 있다가 알아맞히려고 하자 "기억난다고 하지 마"라고 선수 친다. "러시아 놈들이 만든 해방 기념비야. 천으로 몸을 두른 여자 동상인데―자유의 여신상을 염두에 뒀을 거야. 월계수관을 내밀고 있지. 평화라는 모티프를 강조한다면서, 주변을 에워싼 기관총 멘 러시아 군인들 봐."

보도 위 케이크점에서 여종업원이 경멸을 담아 거세게 웃으며 음식을 갖다준다. "전 백작부인이야." 페터가 말했다. 아주 친하거나, 허물없는 사이거나, 어쩌면 잤을지도 몰랐다. 이런 귀족 여자들이 꽁꽁 닫힌 방에서 나와 수도에서 식당 종업원이나 미용사를 하고 있다니, 재밌지, 라며 "넌 여기 살고 싶지 않았겠지"라고 말을 이어 간다. "여자애들은 다 몸을 팔았어―살아남은 애들은 착한 애들이 아니야. 그때 너 몇 살이었지? 아, 넌 기회가 없었겠다. 나는 레지스탕스랑 일했어―스파이 말야―우리 가족은 가톨릭이었거든. 무슨 일이 일어나는지 똑똑히 봤어. 네가 여기 없었어서 다행이야. 끔찍한 아이러니의 시대라고나 할까." 그가 피곤한 미소를 띠고 익살맞게 말한다. 겨우 열아홉 살이라는 게 믿기지 않는다. 페터가 들려준 몇 가지 일화. 유대인 남자아이들이 밤에 화살십자당[헝가리의 극우 정권으로, 2차대전 때 나치와 협력해 유대인을 탄압했다] 유니폼을 입고 몰려다니면서, 나치의 개로 발탁되려고 애썼다—한패가 되려고. 이놈들한테 걸리면 팔이 부러질 수도 있었다. 페터의 유대인 친구 중에 라틴어 학자가 있었는데, 가난한 노동자 계급 공동체를 위해 일하는 사제로 위장하고 숨어 지냈다. 진짜 사제는 유대인들과 함께 죽음의 행진에 끌려가고. 미사 절차를 하룻밤에 통째로 외우더라며 페터는 웃었고, 소피도 피곤한 미소를 지었다. 무슨 말을 해야 할지 몰랐다.

"넌 정말 진지하구나." 페터가 말한다. 어머니가 소피는 철학과 글쓰기와 연극을 공부한다고 귀띔해 주었다. "궁금하다, 궁금해," 페터가 말을 이어 간다. "네가 나중에 뭐가 될지—" 그리고 그녀의 팔짱을 끼고는 "뭐가 그렇게 쑥스러워?" 하고 묻는다. "너, 혹시 처녀야?" 놀랍다. 페터는 미국에 열다섯 살 넘은 처녀가 있다고 생각하지 못했다. 부다페스트에는 확실히 없겠지. "그런데 넌 무슨 일을 할 건데?"

페터는 출국 허가증을 기다리고 있었다—결국 오긴 올 터였다. 1월부터 일할 일자리를 런던에 얻어 놔서 소피랑 영어 연습을 하고 싶어 한다. "네가 여기 있는 걸 보면서도 믿기지가 않아, 소피 란츠만을 보고 있다니. 아직도 헝가리어를 할 줄 아는구나. 너는 여섯 살, 나는 다섯 살 소꿉친구였는데—기억나?" 영어로 했다가 헝가리어로 했다가 하면서, 미국 담배를 계속 권한다. "원한다면, 부다페스트에도 스카치가 있어. 최고의 암시장 스카치를 어디서 얻을 수 있는지 알고 있는데―혹시 술 안 마시니?" 보드카를 더 좋아한다고 털어놓자 웃으면서 "여긴 빨갱이 보드카밖에 없어." 농으로 받고는, 미국살이는 어떤지, 소피는 무슨 일을 하는지, 춤추기나 재즈를 좋아하는지 등등을 묻는다. 미국만큼은 아닐지 몰라도 물 좋은 나이트클럽이 두세 개 있어. 아니면 캐슬 힐 쪽에 옛날 풍경이나 온천장 가 볼까? 난 집시 음악 좋아해, 진짜 집시 음악 말야, 말하고서 소피는 부끄러워졌다. 우리가 아는 집시들은 대부분 몰살되거나 강제 불임 시술을 받았다. 우리를 즐겁게 해 줄 집시가 혹시 더러 남아 있는지 물은 게 부끄러웠다. 하지만 페터는 재미있어 했다. "집시 음악 좋아하는구나? 나도 엄청 좋아해." 새벽까지 문을 여는 곳을 한 군데 알고 있는데, 경찰관을 매수하면 돼. 아직 오후 시간이 한참 남았는데―다리 건너 부다에 옛날 살던 집 보고 싶다며?

둘은 높은 데 자물쇠가 채워진 철문 앞에 섰다. 소피는 호두나무 골목 끝 언덕에 세워진 붉은 장식흙 바른 집을 힐끗 본다. 철창살을 움켜잡은 페터의 손을 빤히 보기만 하고, 자기는 만지지 않는다. 소피네가 떠난 후 이 집을 차지한 갖가지 사람들 얘기를 해 준다. 지금은 정부 사람들이 소유한다고 했다. 들으면 실망하거나 조금은 뭉클할 것 같았는데 아무 느낌도 없다. 자세히 보니 집은 오래된 대저택 뒤에 끼어 있고, 대저택 왼편은 수풀로 둘러싸였고, 반대편은 작은 집이 곁에 붙었고 뒤쪽으로 높은 아파트 건물이 있다. 이것들이 집의 시야를 답답하게 가로막고 있는데, 이 사실을 까맣게 잊고 있었다는 것이 놀랍기만 했다.

페스트로 돌아가는 길, 피[血]의 벌판을 지나 새로운 다리 쪽으로 가면서 페터는 어릴 적 같이 놀던 게 신기하다는 얘기를 줄곧 했다. 그러고는 서로에 대해 알지 못한 채 많은 세월이 흐른 것이었다.

"아이들이란 몇 달씩 같이 놀고서도 아무 관계도 아닐 수 있으니까. 그렇지?" 그가 말한다.

페터가 무슨 뜻으로 그런 말을 하는지 분명하지 않았다. 내가 어린 계집아이였을 적 꼬마 페티는 아주 중요한 존재였는데. 얼굴은 크게 변하지 않았고, 깡말랐던 그대로 키만 아주 컸고, 그러면서도 넓어진 어깨와 커다란 발은 아직도 놀라웠다. 이제는 딴 사람이 되어 있었고, 알지 못하는, 무슨 느낌인지, 무슨 느낌이어야 하는지 모르는 여느 젊은 남자들과 다를 바 없었다. 다른 모든 남자들과 똑같이 무슨 일이 일어나길, 그녀 안에서 또 둘 사이에 무슨 변화가 일어나길 기다리는 낯섦이 있었다. 그 밖의 다른 감정은 알지 못했다. 뭔가 있을 법하지 않은 계시나 아니면 그저 남자가 자기를 붙잡고 의지가 없어지게 만들어 주길 기다리며, "이 남자를 사랑할 수 있을까?" 하고 스스로 묻는다.

여인숙이 문을 닫고 이른 새벽, 둘은 조금 취해서 폐허가 된 광장을 쏘다니며 춤을 추었다. "런던에서 만났으면 좋겠다." 페터가 말한다. 연상의 여자와의 아주 복잡한 관계를 막 정리하려는 참이었고, 소피처럼 진지하고 처녀인—그건 소피가 이해해야 한다. 이곳은 미친 곳이니까—여자에 아주 깊은 인상을 받았다. 이 미친 곳을 떠나 소피를 다시 만나기를 바랐다. "말이 안 된다는 건 알지만, 난 런던으로 갈 거야. 혹시 아니…"

열흘이 지났고, 제네바행 밤 기차에서, 부다페스트에서 익숙해졌던 무감각이 고개를 들기 시작한다. 프라하에서 비행기를 타고 온 일이 생각난다. 열흘 전, 이른 아침이었지. 비행기가 도나우강이 남쪽으로 휘어지는 카르파티아산맥 자락을 가로지를 때, 고리 모양으로 흐르는 도나우강을 내려다보자니 고향으로 돌아오는 느낌이 엄습했었지. 두꺼운 유리창을 뚫어지게 내다보며 오래전 그 여름의 감각이 엄습하는 걸 애써 막았지. 눈물을 흘릴 준비가 돼 있지 않았으니까. 인생 중 그때는 비셰그라드를 가로지르는 도나우강 냄새를 기억할 순간은 아니었다. 열흘 동안은 마치 길거리에 흩어진 동전들을 주워 봐야 쓸데없는 꿈속인 것처럼 조심조심 걸어다녔다. 다른 나라의 방에서 깨어났는데 예쁜 동전들이 없으면 끔찍하게 속아넘어갔다는 느낌이 들 것이었기에.

✹ ✹ ✹

"**내**가 왜 여기 앉아 있는지 모르겠다. 같이 할 일이 있는 것도 아니잖아." 카밀라가 말한다.

"엄마가 전화했잖아요." 소피가 차를 준비하며 경쾌하게 말한다.

"네가 어떻게 지내는지 알아보라고 아버지가 전화하셨더라. 네가 뉴욕에 돌아온 줄도 몰랐어. 편지도 안 하잖아. 몇 년 동안 얘기도 못 해 봤잖니. 없는 딸인 셈 쳤는데. 근데 네 아빠도 참 웃기지. 우리가 연락이 없는 게 걱정되나 봐. 이해 못 하겠고, 어차피 우린 아무 관계도 없잖니. 내가 왜 여기 앉아 있는지 모르겠다. 넌 나한테 낯선 사람일 뿐인데. 나도 너한테 마찬가지고."

"아버지가 원하니까요. 간단해요. 엄마도 방금 말했잖아요, 아버지 기분이 나아지라고 오셨다고. 아버진 저한테도 똑같아요. 전화할 때마다 '엄마한텐 연락했니?', '엄마 어떻게 지내는지는 아니?' 하고 물으세요. 우리가 여기 같이 앉아 있는 건 아버지를 기쁘게 해 드리기 위해서예요. 그러니까 차나 한잔 마시면서 즐거운 대화나 나누자구요."

"정말 웃기는구나, 둘 다! 너나 아버지나!" 어머니가 머리를 흔들며 웃는다. "그래, 딸이랑 차나 마셔야지." 연극조로 읊조린다. "같이 있는 걸 즐기는 척하자구." 어머니가 쉼 없이 말하는 동안 소피는 차를 따르고, 맛이 어떤지, 토스트나 쿠키를 곁들일지, 아니면 브랜디를 마실지 묻는다.

"아니, 아니." 카밀라가 거절한다. "이런 좋은 대접 받는 데 익숙하지 않아서. 지금 딱 좋아, 고마워. 그나저나 이리 좀 앉아 봐라. 이런 훌륭한 딸이 있다니 엄마는 운도 좋지. 진심이야, 내 딸. 다정하게 대해 줘 정말 고맙다. 하지만 아버지한테 더 친절하게 해 드리렴, 불쌍한 양반." 한숨을 쉬면서 보석이 박힌 골동품 담배 케이스를 꺼낸다. "뭣 때문에 네 아버지가 그렇게 변했는지 모르겠어. 부다페스트에서는 완전히 다른 사람이었는데. 이제는… 그 큰 집에 혼자 외롭게 살다니, 얼마나 슬프고 낯설까. 나는 가정에 내 설 곳이 없는 불공평한 운명을 체념했지만, 네 아버지는 진짜로 더 나은 대접을 받아야 마땅해. 네가 태어난 순간부터 그 양반은 오로지 너만 위해서 살았잖니. 유일하게 사랑한 것한테서 아무런 애정도 돌려받지 못하다니, 이런 비극이 또 어딨니. 불쌍하고 외로운 양반."

"하지만 엄마도 아버지를 떠났잖아요."

"내가 떠나?" 카밀라가 믿지 못하겠다는 듯 되묻는다. "그게 무슨 얘기니? 이혼 말이니?"

"맞아요. 아버지랑 이혼하고 졸탄 아저씨랑 결혼했잖아요."

"이혼?" 카밀라가 웃는다. "너희가 미국에 가기로 결정했을 때 아버지가 쉽게 결정하라고 그런 거야. 모두를 행복하게 하려고. 다들 이렇게 불공평할 수가! 애야, 엄마는 네 아버지한테 상처 될 일은 하나도 한 적 없다. 지난 오 년 동안 졸탄이랑 다닌 건, 네 아버지가 원했기 때문이야. 자기가 나랑 보낼 시간이 없으니까 졸탄한테 콘서트니 무도회니 휴가니 좀 데리고 다니라고 부탁한 거야. 네 아버진 그딴 덴 관심 없고 오로지 일이랑 너만 신경 썼지만, 나한테는 내 인생을 좀 즐기길 바랐어. 그래서 졸탄한테 부탁한 건데, 내가 바람을 피우다니! 네 아버지랑 졸탄은 절친이었어. 당연히 마을 전체가 다 알아. 졸탄은 그 상황이 마음에 들었어. 나랑 결혼하고 싶어 했거든. 하지만 네 아버지는 웃어넘기고, 아무 때나 나를 만나라고 했어. 너 때문에 이혼하고 싶지 않은 거야. 그러다 네 아버지가 미국으로 가기로 결정했을 때, 결정을 쉽게 하도록 내가 이혼하자 그런 거야. 네 아버지랑 너는 내가 없어야 더 행복하다는 걸 알았거든. 너랑 네 아버지가 아무런 양심의 가책 없이 미국으로 떠나라고 졸탄이랑 결혼한 거야. 진실을 말하자면," 카밀라는 눈물을 글썽이며 말을 마무리했다. "난 정말 네 아버지를 사랑해. 그 양반을 진심으로 사랑하고 이해하는 사람은 나밖에 없어."

"그러면 곁에 남았어야죠."

"아니, 그이는 내 사랑을 원하지 않아. 내 사랑은 그 양반한텐 짐일 뿐이야. 네 아버지가 원한 건 너의 사랑이야. 사람은 다 그래, 가질 수 없는 걸 원해." 철학자처럼 한숨을 쉬고, 낯설고 슬픈 눈으로 딸에게 시선을 고정시킨다. 잔인한 딸로 태어난 소피에게 연민이라도 느끼는 걸까?

"졸탄 아저씨 전에는 바람 안 폈어요? 나 태어나기 전에?"

"아이고 애야, 웃기려고 작정을 했구나!"

"내가 들은 얘기들이 다 사실이 아니라고요?"

"무슨 얘기를 들었다는 건지. 물론 바람이야 많이 피웠지. 하지만 문제 없었어. 네 아버지가 원했거든."

"이상도 하네요."

"진담이라니까. 네 아버지가 부추겼다고. 이런 말 해서 미안하다만, 네 아버지는 좀 노이로제야. 너도 알지만 1세대 프로이트 학파란 게 제대로 분석이 안 되는 사람들이잖니. 내가 바람을 피우는 걸 네 아버지는 즐겼어. 남자를 가장 많이 달고 다니는 여자의 남편이고 싶었던 거야."

"그럼 엄마는요?"

"어쩌겠니, 얘야." 슬프게 말한다. "부다페스트 최고의 정신분석가들을 찾아갔더니, 내가 모든 남자를 가질 수 있다는 걸 엄마한테 증명하려고 바람을 피운 거라고 입을 모으더구나. 어릴 때 우리 엄마는 내가 너무 못생겨서 원하는 남자가 없을 거라고 했거든. 그래서 너도 알지만, 가장 멋진 남편을 두고서도 모든 남자들이 나를 원하도록 만들어야 했어. 이건 내 인생의 비극이야. 내가 얼마나 많은 고통을 받았는지 넌 상상도 못 할 거다. 십사 년 동안이나 분석을 당했으니. 천성이란 바꿀 수 없는 거란다." 한숨을 쉰다. "사람이 원래 그래. 너도 마찬가지다, 얘야. 부모한테 살갑지 않은 거야 어쩌겠니. 천성이랑 싸워 봤자 쓸데없어. 그래서 나는 지금 뉴저지의 조그만 오막살이에서 혼자 살잖니. 아무도 만나지 않고, 아무하고도 말하지 않고, 그래서 어떤지 알아? 내 인생에서 처음으로 행복해! 그건 그렇고 이제 너 사는 얘기를 좀 해 봐라?" 아쉬움을 가득 담아 묻는다. "오 년 전에 네가 유럽에 다녀간 뒤론 뭘 하고 살았는지 모르잖니. 끔찍한 놈하고는 갈라섰다며?—네 아버지가 그러더라. 그래서 결국 이혼한 거야? 끝났다니 다행이구나. 용케도 견뎠지…. 아니다, 에즈라 얘기는 관두고, 네 얘기나 좀 해 봐라. 마지막으로 얘기해 본 게 1947년에 부다페스트 왔을 때 같은데, 너는 온통 형이상학적인 생각들에만 관심이 있었지. 나한테도 설명하려고 하는 게 기특했는데…. 내가 1952년에 미국에 와 보니까 너는 딴 사람이 돼 있었지. 에즈라랑 애들이 진을 치고 있어서 애기 한번 할 수 없었잖니. 애들이 좋은 학교 다닌다니 잘됐고. 이제 우리 애기 좀 하자. 네 애기 좀 해 보렴. 무슨 일을 하며, 무슨 생각을 하는지, 기분은 어떤지, 다 알고 싶다. 네 인생, 너의 일, 네 생각, 다."

"소설 쓰고 있어요."

"내 딸이 소설을 쓰고 있어요!" 거창하게 복창한다. "진짜 멋있구나! 근데, 주로 로맨스니, 아니면 철학이나 심리학 이딴 거니? 새 책에 쓰게 가족에 관한 자료를 아버지한테 물어봤다며? 그런 소설이야? 나도 해 줄 애기가 무진장인데… 우선 좀 듣기나 하자." 어린애처럼 안달하며 수줍게 묻는다. "누구 있니, 애인? 있구나!" 감탄한다.

"비밀인데."

"오, 멋지네. 그게 제일 중요한 거란다, 얘야. 아무한테도 말 안 할게. 한번 같이 만나도 되니? 엄마라고 안 해도 돼." 몰아붙인다. "사실은 엄마 아닌 딴 사람인 척 같이 만나는게 훨씬 더 재미있을 것 같…지 않니?" 웃는다. "아, 이해하고말고, 딸. 하지만 어디 식당에서 저녁 먹는다고 말만 해 주면 모르게 살짝 가서 보기만 할게. 너무 궁금하다 얘. 하지만 잘하는 거야, 얘야. 드디어 진짜 로맨스 관계라니 너무 기쁘구나. 결혼할 생각은 아니길 바란다. 엄마 말을 믿어라, 결혼은 모든 행복한 관계들을 다 망쳐 놓는 거야. 일상의 소소하게 거슬리는 행동—식탁에 네 빗이 올라간 걸 그가 보거나, 그가 손톱 자르는 걸 네가 보면 아름다움은 싹 가시는 거야. 사는 건 따로가 현명해. 아름다운 것만 공유하고. 내가 알아. 졸탄이랑 나는 오 년 동안 가장 행복한 애인 사이였는데, 결혼하기가 무섭게… 이 얘긴 하기도 싫다. 졸탄은 엄마를 대신할 사람으로 간호사한테 눈독을 들였어. 전형적인 노이로제 타입이지… 정말로 재미 없어. 네가 지금 그 젊은 남자랑 맺은 관계가 이상적이야. 지금 그대로 가야 돼. 그 사람이 결혼하고 싶다고 해도, 알잖니, 남자들이란 가끔… 결혼하면 안 돼. 잘됐다, 잘하면 우리도 더 자주 볼 수 있을 테니. 네가 뉴저지로 와서 나를 볼 수도 있고. 버스로 한 시간밖에 안 걸리니까. 호숫가 조그만 오두막이야. 너무 평화롭단다. 여름에 꼭 와야 돼."

메도레이크 정류장에서 그레이하운드 버스에서 내린 소피는 어머니를 한번에 알아보지 못한다. 주차된 차들 중에서 어머니를 찾는데 플랫폼 반대편 끝에 던들 스타일의 여름 원피스를 입은 히피 여자가 언뜻 보인다. 엄만가? 누군가 판때기 두 장 사이에 턱과 머리를 끼워넣고 살짝 누른 것 같은 이상한 얼굴이다. 대나무 껍질을 박아 바짝 세운 깃을 한 여자가 갑자기 활짝 웃는다. 엄마다.

"소피," 반갑게 맞으며 "우리 딸 왔구나. 사람들 내리는 거 보면서 우리 딸 어딨나, 우리 딸 어딨나 했다. 여깄었네!" 차를 가져오지 않았다. 오늘은 신경이 날카로워서 운전 못 한다며 택시를 잡는다.

조그만 집에 들어서니 마치 오래된 사진 속 같은 도금한 거울과 낡은 골동품 장의자가 정면에서 노려본다. 천장이 낮은 단층집이다. 익숙한 가구들이 제멋대로 놓였고, 멋대가리 없는 네모난 창문 밖으로 아스팔트를 깐 뉴저지 지방도로와, 어머니 집하고 거기서 거기인 단층집들과 다듬지 않은 잔디들이 내다보인다. 에어컨을 켠 주방에 자리를 잡고 보니 다른 시대의 흔적은 벽에 걸린 액자 속 헝가리어 시뿐이다. 빨강, 검정, 은색 잉크로 어린아이 손글씨로 쓰고 대문자는 그림처럼 장식했다. 들어가며 힐끗 보고 "사랑하는 엄마, 생신 축하해요"까지만 읽고 지나친다.

둘이 앉아 차를 마신다. "소피, 아가야," 카밀라가 어린아이 목소리로 시작한다. "뭐 물어봐도 돼? 화내지 마라. 알고 싶은 게 있어서 말이야—이제 우리 사이도 좀 가까워졌으니까, 어쩌면 엄마가 너에 대해 항상 궁금하던 걸 설명해 줘도 되지 않겠니? 넌 어떻게 그렇게 네 마음대로만 살 수 있니? 마음에 찔리는 게 없니?" 마르고 닳도록 듣던 말이다. 끝까지 듣고 소피가 말한다. "맞아요, 난 끔찍한 아이였고, 하지만 부모님도 장난이 아니었으니까."

"넌—" 카밀라가 숨이 턱 막혀 "넌 세상에서 제일 훌륭한 부모를 뒀어!" 그러고는 다음 말을 쉬지 않고 쏟아 내기 시작한다.

"하지만 이혼했잖—" 훌륭한 부모 어쩌고에 소피가 끼어들지만 카밀라는 속사포로 쏟아낸다. "이혼! 가장 아름다운 이혼이었지!" 깊은 페이소스를 담아 소리친다. "네 아버지랑 나처럼 서로 사랑하고 배려하는 커플은 없어—무슨 일이든 웃으면서 하느라고 접시나 가구 결정하기도 힘들었어. 네 아버진 내가 모든 걸 갖길 원했고, 나도 그이가 모든 걸 갖길 원했어. 그런데 애야, 넌 완전히 잘못 알고 있구나. 흔히 보는 이혼이 아니었어. 우린 울면서 서로 껴안고 다독거렸단다. 이보다 더 아름다운 이혼이 어딨겠니. 서로 더 이상 신경 쓰지 말자는 게 아니라, 그 반대였어. 편의상 한 이혼일 뿐이야. 모든 게 그대로 남아 있을 거였는데—네가 미국으로 가고 전쟁이 날 줄 누가 알았겠니! 그건 내 책임이 아냐! 네가 미국으로 갈 줄 알았더라면 나도 이혼에 동의하지 않았을 거야. 절대로! 이혼을 하면 긴장만 누그러지고 모든 게 그대로 유지될 줄만 알았지. 하지만 내가 사랑하는 사람들과 바다를 사이에 두고 떨어져 살다니, 나한텐 너랑 네 아버지밖에 없는데." 흐느낀다. "이 모두가 나를 못살게 굴려고 꾸민 음모라는 생각도 때론 들더라. 루디가 나를 속이려고 했다고는 생각하지 않아. 앞일은 둘 다 깜깜했으니까. 이혼하고 나서야 식구들이 네 아버지를 설득하기 시작했어. 그 양반은 언제나 이혼에 반대였고, 나도 이리 될 줄 알았더라면 절대 동의하지 않았을 거야. 이제 우리는 여기 있고, 각자 자기 문제를 갖고 혼자서 살아가고 있어. 네 아버지는 가필드에서 혼자, 너는 뉴욕에서 혼자, 나는 뉴저지에 혼자."

"거실로 가요." 잠깐의 침묵 후 소피가 제안한다. "얼어 죽겠어." 1939년 3월 어머니 생신에 쓴 시가 눈에 들어와 멈춰 선다. 사랑하는 엄마의 건강과 행복을 빌었고, 다음 생일부터는 함께하지 못할 걸 안타까워 했는데. "엄마 용서해 주세요 / 앞으로는 곁에 있을 수 없어요 / 넓은 바다 저 건너 멀고 낯선 곳을요 / 탐험하라는 거부할 수 없는 부름을 따라야 돼요." 어릴 땐데도 미숙하나마 각운을 맞춰 썼다. 손글씨는 여전히 인상적이네….

문과 창이 쓸데없이 많은 거실에 앉았다. 그것 때문인지 다른 수많은 이유 때문인지, 끈적끈적한 여름날 뉴저지의 어딘지 모를 이곳, 도금한 바로크 틀의 거울과 장의자도 눈에 들어오지 않는다.

"엄마," 명랑하게 불러 본다. "처버처버 백작이랑 처음 결혼한 얘기는 안 했잖아요."

"처버처버 백작이랑 결혼을?" 카밀라가 눈이 휘둥그레져 다시 묻는다. "아 그거, 아무것도 아니야, 애야. 트란실바니아의 아주 오래된 헝가리 귀족 집안 사람이야. 합스부르크 왕가 때 완전히 거덜났고 대부분 술주정뱅이가 됐는데, 그 사람은 법 공부한다고 부다페스트로 왔어. 하지만 다시 말하는데, 아무것도 아니야. 결혼 생활은 일 년도 안 했어. 난 겨우 열다섯 살이었고…"

다시 파탄 난 결혼 이야기다. 카밀라는 로사 이모의 어린 여동생으로 되돌아가 이야기를 들려준다. 지금은 나이든 여자가 딸을 바라보며, 처버처버와 란츠만을 사로잡은 그 영원한 소녀의 눈빛으로. 로사 이모의 결정은 지금도 그녀를 혼란스럽게 한다. "… 로사 언니가 어떻게 그럴 수 있었는지 이해할 수 없었어. 둘은 이상적인 커플이었거든. 너희 아버지나 게레히터하고는 비교도 안 됐어. 하지만 언니를 비난한 적은 없어. 언니랑 너희 아버지는 내 인생에서 가장 중요한 사람들이었지… 지금이랑 다른 시절이야… 사실 처버처버는 마지막엔 굉장히 품위 있게 굴었지. 그가 결혼을 합법적으로 물러 줘서 비용 한 푼 안 들었거든."

"그리고 나서 아버지랑 결혼한 거예요?"

"응." 천천히 말하는 카밀라의 얼굴에 어린아이 같은 당혹감이 어린다. 자기 이야기인데도 세세하게 알지 못한다. 몇 년도에 란츠만과 결혼했는지, 결혼 직후에 어떻게 살았는지, 딸이 물어도 제대로 기억하지 못하고, 발라톤 호수에서 꿈결같이 지낸 신혼의 단꿈에 빠져 있다. 기억나는 거라곤 천장뿐. "한 달 동안 방 밖을 나가지 않았어. 결혼하고 처음 몇 년은 얼마나 아름다웠는지 말도 못해. 우린 사랑에 푹 빠져서 한시도 떨어지지 않았어. 사람들이 우리를 잉꼬새라고 불렀으니까."

"그리고요?"

한숨을 쉬는 낯빛이 슬퍼진다. "그리고…" 부드럽게 머뭇머뭇한다. "네가 태어났고, 그게 끝이었어." 오랜 상처의 기억으로 눈에 눈물이 맺힌다. "그이는 너랑 사랑에 빠졌어, 너도 알잖니. 모든 사랑을 너한테 주고, 나한테 해 주던 애정을 듬뿍 담은 말은 다 네 몫이 됐지. 작은 물고기, 나의 카나리아—" 말을 잠깐 멈추는 순간 거실은 흐물흐물 녹아 상상 속의 방으로 바뀌고, 여자는 새틴 리본을 빼앗긴 채 서 있고, 분 바른 얼굴에 곱게 매만진 머리를 한 남자가 여자의 리본을 아기 침대에 걸고, 다시 장면이 바뀌어 나이 든 여자가 빼앗긴 리본을 서러워하는 작은 집. "나머지는 너도 아는 얘기야." 카밀라가 철학자 같은 몸짓으로 이야기를 이어 간다. "그리고 네가 아버질 따라 미국으로 갔지. 그 양반 천성이니 누굴 탓할 건 아냐. 널 탓하는 것도⋯. 나는 혼자 사는 법을 배웠기 때문에 행복해. 한 가지 꿈은, 나 같은 여자친구 한두 명쯤 있어서 얘기나 나눌 수 있었으면. 우리가 어떻게 생겨먹은 여자들인지 분석 좀 해 보려고. 왜 우리는 그렇게 행동하는지 이유를 좀 알려고."

"왜 뉴저지에 나와서 살아요?"

"너무 희한한 이야기라, 믿지 못할 거야. 정말 듣고 싶다면 말해 주마. 이건 진짜 이야기야. 너랑 네 아버지, 그다음에 졸탄과 전쟁, 화가랑 정분 난 것 등등 너는 모르는 많은 일들로 해서 내 인생이 얼마나 재앙으로 가득했는지 너도 알지—그러다 마침내 남자를 하나 만나서 아름답고 조화로운 관계를 가졌어. 에바 기억나니? 어느 날 에바가 전화를 했는데—그러니까 니네 에즈라가 소개해 준 말도 안 되는 회계사랑 끝난 얘기를 에바한테 해 준 지 일주일쯤 지났을 거야. 제안할게 있다는 거야. 오십대 초반에 매력 있고 돈 아주 많고 여행 자주 다니는 괜찮은 남자를 알게 됐는데, 뉴욕에 올 때 같이 있어 줄 내 나이대의 교양 있고 지적인 여자를 찾는다는 거야. 콘서트, 오페라, 멋진 식사 같이 다니면서 관심사를 공유하자고. 혹시 관심 있는지 묻길래 그러자고 했어. 걔 말을 다 믿지는 않았어. 남자가 우정만 찾는 경우는 드무니까. 그런데 한 가지 조건이 있대. '그 남자가 신신당부하기를, 가족이며 일 얘기며 어디에서 와서 어디로 가는지 등등 개인적인 질문은 절대 하지 말아 달래. 이름은 알렉스 본디로 하고—진짜 이름은 아니고, 딴 데 가선 어떻게 사는지 물어보면 안 된대. 만나기 전에 너도 동의하는지 확인하고 싶어 해.' 그래서 만나 봤더니 너무 잘 맞는 사람이더라."

"그 조건들은 신경 안 쓰였어요?"

"있잖니, 나한테 중요한 건 남자가 나랑 무슨 관계인가지, 자기 마누라나 엄마랑 어떤지가 아니야. 내가 만나 본 모든 남자들은 똑같은 말을 해. 내가 자기들이 온전한 본모습을 보여 주는 첫 번째 여자라고. 알렉스도 그랬어. 어떻게 보면 우리 관계가 더 순수했어. 그 사람은 전에 만난 여자들이랑 나하고의 관계를 비교하지 않았거든. 같이 있으면 행복했어. 그 사람 인생에서 내가 차지하는 자리가 뭔지 신경도 안 썼고, 사실은 내가 자기 인생의 중심에 들어왔다고 고백하니까 좀 놀랍고 걱정도 되더라. 결혼하자고 하면 어쩌나. 하지만 알렉스는 진짜 훌륭했어. 내가 상상하던 것보다 우린 가까웠어. 자기는 나랑 결혼할 수 없지만, 어디 멋진 곳에다 집을 하나—미에 대한 사랑이 우리를 결속시켜 줬으니까—내 취향대로 설계하고 꾸미고, 올 수 있을 때마다 '집'이려니 하자고. 돈은 신경 안 썼어—뉴욕에서 한 시간 거리야. 내가 완벽한 장소를 찾았어. 호수가 내려다보이는 완벽히 외딴 데고, 완전 꿈같았어. 알아보니 마침 매물로 나왔더라고. 알렉스가 다시 왔을 때 차 끌고 같이 가 봤어. 그이도 넋을 빼앗겼지. 딱 자기가 원하던 위치라면서, 대지 살 계약금을 내고 갔어. 몇 주 동안 나는 얼이 빠져서 구상을 하고, 건축사랑 계약을 하고, 견적을 냈어. 내가 집짓기를 감독해야 할 것 같다고 했더니 내가 일시 묵을 수 있게 호수 건너에 방 두 개짜리 단층집을 사 줬어. 그래, 이 집, 내가 지금 사는. 둘이서 청

사진을 검토하다가 내가—집까지 있으면 아무래도 책임이 크니까—좀 걱정된다고, 이번만큼은 예외로 하고 혹시 필요할 때 연락할 수 있는 주소를 가르쳐 줄 수 있냐고 물어봤어. 그러자 대답으로 그이가 서류 가방에서 돈뭉치를 쏟아내는데—땅 사는 데 필요하고도 남을 만큼을, 그러면서 내 이름으로 사래. 내가 건축사랑 계약을 하면 일주일 뒤에 만 달러 갖고 올 테니 그때 공사 시작하자고. 그리고는 나타나지 않았어. 편지도, 전화도, 아무것도. 일주일을 더 기다렸다가 에바한테 전화 해서 알렉스한테 연락 없었는지 물어봤어. '전화 안 해서 미안해'라면서 에바 말이, '그럴 경황이 없었어. 알렉스가 열흘 전에 심장마비로 죽었어. 너한테 알리라는 쪽지라도 있을 줄 알았는데. 내 맘대로 너 한테 전화 못 걸겠더라고.' 그래서 여기 이 단층집에 살게 된 거야. 딴 데로 이사 갈 힘도 없었고. 그렇게 해서 부동산 사업에 뛰어든 거야."

"알렉스가 누군지는 알아냈어요?"

"몇 가지 사소한 거, 하지만 별로 안 중요해, 말했잖아… 인생이 완 전 소설이야." 마무리하듯이 "누군가 이걸 책으로 썼으면. 네가 쓸래? 자신 있게 말하는데 돈이 될 거야. 러시아 놈들이 일기장만 훔쳐 가 지 않았어도…. 1920년부터 1945년까지 서른 권인데. 1937년에—출 판하려고 했다가, 당연히 거절해야 됐지. 그땐 너희 아버지랑 아직 결 혼한 상태여서, 밝히면 안 될 게 좀 있었어… 그 양반 명성에 누가 되 는 일은 하면 안 되니까. 처음부터 다시 시작한다? 몇 번 시도는 해 봤어, 녹음기에 헝가리어로. 하지만 번역할 사람이 있어야지. 영어로 는 안 되니까. 하지만 너라면," 수줍게 딸을 쳐다보고 웃으면서 "넌 영 어로 글 쓰잖니. 쉽잖아, 제대로 된 영어로 쓰기만 하면 돼, 얘깃거린 다 있고, 돈이나 벌렴."

※ ※ ※

어린 시절을 보낸 나라에 와 있다는 것은 꿈속에서도 이상하다. 꿈에서 이탈리아행 열차를 타고 코스타 브라바[스페인 남동부 지중해변 지역]를 지날 때였다. 물기 흥건한 목초지 한중간에서 선로가 갑자기 끊겨 있었다. 스페인 북부 일대에 홍수가 났다는 말은 바르셀로나 라디오에서 들었었는데―그것도 꿈속의 꿈이었을까? 소피를 맞은 것은 헝가리 농민들이고, 그들은 진흙투성이 늪지대를 도나우강이라고 하고 있으니 말이다. 그들이 농가 부엌에 식사를 차려 놓고 그녀를 초대했다. 부엌 지붕이 낮고 휘어 있는 게 마치 오븐 속 같다. 소피가 조심스럽게 말한다. 억양을 듣고 외국인인 줄 아셨어요? 이렇게 친절하게 대해 주시는 이유는요? 머릿수건을 쓴 여자들 중 하나는 부다페스트의 레아 고모를 닮았다. 내가 전쟁 전에 미국으로 떠났다는 걸 이 사람들은 알까? 배신자를 처단하려는 덫인가? 예정에 없던 방문이니 말이다. 애초에 스페인과 이탈리아 관광을 하러 유럽에 왔고, 피사에서 〈최후의 심판〉 프레스코화를 본 뒤 나폴리로 이동할 예정이었다. 그런데 유럽의 지리적, 정치적 경계선이 극적으로 재조정돼서 지금 헝가리 평원에 갇히기라도 했단 말인가?

꿈은 고유의 지형을 갖고, 그녀가 돌아간 곳은 어린 시절을 보낸 나라였다. 꿈에서 소피는 여행 중인 학자일 때도 있었고, 세일러 블라우스와 감청색 칼주름 치마 교복에 레이스가 높이 달린 신발을 신은 아이를 몰래 대신해 초등학생 무리에 끼어 궁륭 있는 건물의 계단을 내려가기도 했다. 대리석 기둥들 사이로 물이 졸졸 나오는 탕이 있는 성 겔레르트 온천 입구였다. 동굴 같은 온천장 벽은 산을 잘라 낸 것이다. 멀리 도나우강을 내려보는 산꼭대기엔 사도의 십자가를 치켜든 순교자 상이 있다. 온천장 입구는 오래된 바실리카의 일부이고, 벽에는 프랑스 마을 교회에서 흔히 보듯 결혼, 출산, 세례, 장례, 상영 중인 영화, 교회 당국이 허가하거나 금하는 책들 등을 알리는 안내문들이 붙어 있다. 줄이 앞으로 나아가면서 아이가 된 소피는 점점 벽으로 붙어서 게시판을 읽으려고 애를 쓰는데, 가까이 다가갈수록 글씨가 흐릿해진다. 현실에서는 3천 마일과 30년 떨어진 꿈속의 주인공은 안내문이 궁금해 더 참지 못하고 공포에 질려 속삭인다. "이건 가장 오래된 기억의 저장소야." 어두운 건 벽이고 흰 네모는 안내문이라는 것 말곤 끝내 아무것도 알아내지 못한 아이는 사라지고, 꿈은 깬다.

글자 하나 읽지 못한 좌절감은 몇 분이나 지나서야 가시고, 이른 아침 허드슨강의 빛을 받아 여러 건물들 옥상의 사다리 달린 물탱크가 창문 밖으로 보이기 시작한다. 속았구나, 또 속다니 하는 수치심을 이겨 내느라 아침을 일부러 오래 먹는다. 이윽고 침대를 정리하고, 부츠를 신고 코트 벨트를 매면서 또 하루가 시작되고, 86번가를 가로지르는 버스 요금통에 5센트 니켈 세 개를 떨어뜨리고 나서야 비로소 헝가리는 유럽 지도에 있는 진짜 나라이지 어느 꿈쟁이의 개인 소유가 아니라는 걸 받아들일 수밖에 없다며 체념한다. 2차대전 후반에 엄청난 폭격을 받았지만 수도만큼은 리디체[나치에 의해 초토화된 체코의 도시]처럼 처참하게 파괴되지 않았고, 건물들은 예전처럼 화려하게 복구되어 관광객을 끌어들이고 일상도 회복되었다. 부슬비 내리는 11월에 2번가를 따라 걷노라니 여행사들이 크리스마스 연휴 항공 여행 패키지를 광고한다. 2주에 겨우 288달러. "크리스마스는 가족과 함께"라고 헝가리어로 쓴 손글씨 포스터가 유혹한다. 자신도 모르게 숨을 들이쉰다. 부다페스트의 크리스마스 하면 과자점부터 생각난다. 맨 먼저 빨강, 초록, 은색, 금색의 반짝이 포장지가, 이어 싸구려 초콜릿 맛이 떠오른다. 나무에 걸어 놓은 조그만 동물들, 양, 나귀, 강아지, 새, 마지막엔 속이 텅 빈 커다란 산타클로스 모양의─초콜릿이래야 고급 스위스나 네덜란드 초콜릿은커녕 가장 형편없는 미국 초콜릿만도 못하지만, 그래도 아주 특별했지. 초콜릿이 아직 안 녹아 딱딱하고 말랐을 때 양의 다리, 귀, 꼬리를 차례로 혀로 핥아먹거나 산타의 텅 빈 머리를 부술 때의 그 맛이란, 퀴퀴하게 굳었어도 은근히 달콤쌉싸름한 맛은 여지없었다.

우중충하고 어두컴컴한 건물 안에서는 오늘날의 뉴요커는 상상도 못 할 다른 금융 시대가 아닌가 의심스러운 모습으로 환전, 신용, 서비스 업무가 이뤄진다. 슬프고 창백한 얼굴이 아주 정중한 헝가리어로 맞는다. 아주 상냥한 영어로 헝가리 여행 책자를 요청하니 누런 광대뼈에 핏기가 돈다. 숙녀분께서 여행을 하고 싶으시군요! "점장님 곧 돌아오실 겁니다"라며 신이 나서 말한다. "점장님이 잘…" '곧'이 언제일지도 모르거니와 눈썹을 너무 씰룩거리는 이 지저분한 직원과 같이 있으면서 기다릴 마음도 없고, 점장이라는 사람을 만나긴 더욱 두렵다. 몸무게 100킬로는 나가는 헝가리인 점장을 상상한다. 감언이설에 넘어가 진짜로 덜컥 여행을 예약하게 되면 어쩌나─괜히 왔다 싶지만 급하니 어쩔 수 없다. 팸플릿 있나요? ─점장님이 다 아세요. 금세라도 울어 버릴 것만 같은 얼굴이다. 부다페스트 지도가 있는 팸플릿만 하나 있으면 되는데요, 사정하듯 말하니 직원은 다른 사람들이 일하는 내실로 간다. 공산당일까? 아니면 아나키스트? 성 이슈트반의 왕관을 되찾아 오려는 모금원들? 직원이 여행 팸플릿 두 개를 들고 돌아온다. 하나는 분홍색, 하나는 오래된 사진 같은 초록색. 은근히 헝가리 국기색 같기도 하다. 점장님 계실 때 다시 오시라며, 풀이 죽어 사과와 애원을 섞은 말로 팸플릿을 건넨다. 네, 다시 올게요, 애매하게 약속하고, 점원이 문을 잡아 주고 여자는 2번가로 걸어 나간다.

"다뉴브강의 진주, 부다페스트를 경험하세요." 초록색 팸플릿은 미국인 여행자용이다. "2천 년의 역사가 깃든 부다페스트는 수많은 역사적 기념물과 예술 유산을 자랑합니다." 분홍색 팸플릿은 이부스어 Ibusz[라틴 제어語를 참고해 복구한 우그리아어]로 "하늘에서 만끽하는 헝가리의 아늑함"이라고 썼고 말레브 항공사의 유럽과 근동 23개 노선이 나와 있다. 문의, 발권, 예약 부다페스트 5구 바치가 3번지, 전화 134-034. 그 아래 매주 수요일 10시 45분에 출발하는 부다 성 투어 프로그램을 소개한다. "전세버스 루스벨트 광장 출발(가이드 동행)~국회의사당(특별 가이드)~머르기트 다리~순교자의 길~모스크바 광장~캐슬 힐 입구~마이크로버스 종점(마이크로버스 환승, 가이드 마이크 안내)~캐슬 힐(주요 포인트 안내, 총 45분)~세체니 다리(도나우강)~루스벨트 광장."

지도가 있을 법한 조그만 헝가리 책방이 길 건너에 보인다. 정면에 기념품, 양치기 인형, 농가 수제 레이스, 파이프, 자수, 포크송 레코드가 어지러이 놓였다. 작은 테이블에 우아한 차림으로 앉아 편지지에 글을 쓰고 있는 50대 여자가 주인인 듯하다. 주인의 친구나 이웃이나 가족일 수도 있고. 마치 다른 곳에서 온 사람마냥 무신경한 가운데 아무튼 편안하고 즐거운 분위기가 있다. 소피를 힐끗 보고 가볍게 목례를 하는 게 마치 퇴근한 동생이나 딸한테 하듯 말이 필요 없다는 투다. 부다페스트 지도요? 위층에 있을 것 같은데… 손님 바쁘지 않으시죠? 뒤쪽에 헝가리어 책들 있는데, 보고 계시면 잠깐 오븐에 음식 넣으러 올라간 길에 봐 드릴게요.

서가엔 헝가리어로 번역된 외국 소설들—미국, 독일, 프랑스—이 대부분이다. 흥미로운 것들도 몇 개 있다. 주간 화보잡지 〈빌라크(세계)〉 합본, 1921년과 22년 〈라이프〉와 〈파리 마치〉가 눈길을 끄는데—애석하게도 먼지 앉은 채 아무렇게나 쌓아 놓은 거대한 잡지, 팸플릿, 제목도 없는 두꺼운 책들 더미에 파묻혀 있다. 상관없어, 1920년대나 들춰볼 건 아니까. 어릴 적 종종 넘겨 보던 1차대전 시절의 특집들이라면 혹 모르겠다. 아버지 응접실이랑 할머니 댁에 가면 있었는데. 거의 집집마다 있었지. 빨간색 장정에 첫 페이지에는 사라예보에서 일어난 프란츠 페르디난트 대공 암살사건 사진, 넘기면 합스부르크 왕가의 잘생긴 젊은 남녀들과 슬픈 얼굴의 늙은 카이저 프란츠 요제프, 창끝 달린 투구를 쓴 카이저 빌헬름의 사진이 나오고, 다음에는 길거리에서 춤추고 모자를 하늘로 던지고 술병을 흔드는 승리감에 찬 군중 사진들. 파리, 런던, 빈, 베를린, 부다페스트에서 전쟁의 발발 소식에 기뻐하는 군중이었지. 나머지는 전쟁 사진들이다. 모든 페이지마다 비슷비슷하게 군인들이 전쟁에 나가고, 행진하고, 후퇴하는 사진들. 참호 속에서 깡통에 술을 마시는 남자들, 머리와 팔다리에 붕대를 하고 활짝 웃는 남자들, 들것에 실려 가는 사망자나 부상자, 바닥에 웅크리거나 널브러져 죽은 군인들. 죽은 남자의 얼굴 독사진의 공허한 눈빛은 어린 그녀를 속으로 말이 막히게 했다. 1차대전 특집호와 1936년부터 39년까지 합본호들이 보고 싶었다. 매호마다 당시 독일, 이탈리아, 영국, 프랑스 등 세계 도처에서 매주 일어나는 일들을 사진으로 보여 주었는데. 테이블이나 의자에 놓여 있곤 하던, 돌돌 말리는 나긋나긋한 종이로 된 얇은 주간지에서는 합본호가 주는 세계대전의 무게감이나 영속성이나 현실감이 전혀 느껴지지 않았었지. 그 주의 화제 코너에서 1930년대 후반의 스탈린, 무솔리니, 히틀러의 사진을 보았지만, 30년대의 사진들을 질리도록 본 건 2차대전이 끝나고 미국에 살면서였다.

주인이 부다페스트와 변두리를 담은 25센트짜리 대형 접이식 지도를 가져왔다. 물론 샀다. 딱 필요한 것이었으니까. 더 사고 싶은 게 있다. 커다란 어린이용 『마자르 전설』 그림책 신간이 맨 먼저 눈을 끄는데, 영문판이라 제맛을 잃었다. 또 다른 서가에서 교과서 사이즈로 아르헨티나에서 조악하게 인쇄된 책을 하나 찾았다. 제목도 적절하게 『우리의 과거』라고 쓰여있다. 표지의 백발 여인은 헝가리인들이 어디 있든 과거를 기억했으면 하는 마음이겠지. 언약의 땅으로 니므롯의 아들들을 꾀어 데려온 금색 수사슴 전설에선 새 한 마리가 이 가지 저 가지 옮겨 날 때마다 노래가 하나씩 있었다.

그래, 모든 게 있었다. 교과서에서 똑같은 사진을 본 기억이 난다. 초등학교 2학년부터 4학년까지 책이었는데, 태곳적 전설, 역사 속 전쟁과 왕들 이야기에다, 피우메를 방문한 어린 주리[지외르지의 애칭]의 현대 스케치, 은 광산 이야기, 시대와 상관없는 아름다운 야생화 노래 가사와 야릇하게 뒤섞여 있었다.

책장을 넘기며, 그 어느 것도 낯설지 않다는 데 충격을 받는다. 근 25년 전에 두고 온 언어, 두고 온 이야기들인데 마치 어제, 아니 지금 방금 읽은 것만 같다. 읽는 이도 책도 아무것도 바뀌지 않은 것만 같다. 아틸라와 헝가리 왕들과 전설 이야기를 들으며 초등학생 적 느꼈던 것들이 본래 색 그대로 생생하게 보존돼 있고, 책보다도 그녀의 안에 더 신비롭게 보관돼 있었다. 글과 펜화가 상기시키는 이미지들이 글로는 옮길 수 없는, 예기치 못한 갑작스러운 힘을 가진 소리들을 냈다. 더 높은 학년에서 역사를 배우면서 더 복잡한 관점, 판단, 또 판단의 유예를 갖게 되었을진 몰라도, 아틸라와 아르밧의 집에 있는 왕들에 대한 그녀의 느낌은 1학년 때 형성된 이래 줄곧 그녀를 사로잡은 이미지와 소리를 벗어나지 않았다.

찾고 있는 그림 하나만은 이 책에 없다. 프라하의 감옥에 갇힌 마티아스를 왕으로 선포하기 위해 얼어붙은 도나우강에 모인 군중 그림. 헝가리의 영광스러운 르네상스 시대 장을 넘겨 보고 나니 초등학교 입문서에서 생생하게 약동하는 그림을 본 기억이 나는데, 그게 없다. 마지막으로, 다른 책에서 봤거나 수업에서 배웠을지 모르는 시에 나오는 장면이 번뜩 기억난다. 방 안에 있는 여자 그림이다. 미래의 마티아스 왕의 어머니가 깃털 펜이 놓인 책상 옆에 서 있다. 창가에 서서 팔을 뻗고 있고, 고개를 들어 까마귀를 보고 있다. 프리드리히 3세에 의해 프라하에 갇혀 있는 아들에게 보내는 편지를 물고 막 떠나는 까마귀다.

초등학교 헝가리 역사 교과서는 1526년 모하치 전쟁으로 끝난다. 왜 16세기부터 20세기까지 이야기는 오늘날까지 흐릿하고 실체도 불분명하게 시간의 공백으로 남았는지, 소피는 이제 안다. 학교에서 배운 중요한 사실과 날짜들—나폴레옹, 프랑스 혁명, 크롬웰, 비스마르크, 보스턴 차 사건, 빅토리아 시대—의 이야기를 칠판에서 공책으로 의무적으로 베껴 쓰고, 공책에서 시험지로 착실하게 옮겨 썼지만, 그 300년의 역사는 늦이 되어 그녀의 마음이 뿌리박지 못한 이유를 이 제는 안다. 끝없는 학살, 진창, 튀르크의 압제와 합스부르크 왕가의 발 아래에서 겪은 고통 때문이었다. 책을 도로 서가에 꽂는다.

아무렇게나 펼쳐 본 어러니 야노시의 발라드 책에서 어릴 때 읽었던 시를 읽는다. 어린애처럼 읽자니 마치 키가 너무 커서 어린애한테 는 머리가 보이지 않는 남자가 아이와 춤추듯 시가 그녀를 데리고 함 께 걷는다. 현실이 아니라는 걸 알지만, 그녀를 감동시키는 힘, 감정이 나 의미보다 더 강한 이 감동을 이해하지 못한다. 시는 말이 없고, 숨 을 멎고, 도둑이나 도망자처럼 살금살금 걷는다. 개울에서 피 묻은 침 대보를 빠는 여자에 관한 시는 꼼짝도 하지 않는다. 마지막 연에서도 첫 연과 마찬가지로 찢어진 누더기를 빨고, 머리카락은 회색이고, 무 릎은 얼음에 박혀 얼고, 아직도 얇은 누더기를 빨고, 개울은 여전히 장난치듯 누더기를 낚아채지만 빼앗지는 못한다. 중간에 그녀가 감옥 에 갇히고 재판을 받지만 무죄로 풀려나는 이야기가 있어 하나의 이 미지는 더 크고 강해지면서, 마지막 연에서 다시금 자물쇠에 열쇠를 꽂고 돌릴 준비를 시킨다.

책에서 눈을 들자, 묵직한 롱코트를 입고 서점에서 2번가를 내다보 는 스스로의 모습에 흠칫 놀란다.

셋

아빠는 페스트의 강 건너 아파트에 살 때 소피가 한 이런저런 행동 얘기하기를 좋아했다. 하지만 소피는 그전 다섯 살 전까지 산 부다의 옛집 기억은 없다. 집을 다 지은 날의 기억과, 아주 어렴풋하게 집 짓던 초기 기억이 난다. 완공 기념으로 색색의 리본을 맨 나무 비계를 쪼개서 태웠었지. 아직 벽돌, 모래, 자갈이 산처럼 쌓여 있고 시멘트 섞는 함지박들이 널려 있고 사방이 진흙 천지여서 입주할 상태는 아직 아니었다. 하지만 어쨌건 집은 완성됐다. 하늘에서 내려오는 것마냥 내려오던 나무 비계, 커다란 모닥불, 주변에 서 있던 사람들과 인부들, 말쑥하게 차려입고 진창을 피해 테라스와 돌계단 주변에 무리 지어 있던 사람들 모습이 기억나지만, 완공식에 끼었는지, 어느 집으로 돌아갔는지, 그 집 기억도 이사 간 기억도 전혀 없다.

다뉴브강과 국회의사당, 아파트, 계단, 도로, 나무, 전차가 있었다. 방과 경관이 어렴풋이 기억나지만, 그녀는 거기 없었거나 다른 사람이었나 보다. 꿈에서처럼 그녀는 진짜로 그녀가 아니었다. 부다에 살기 전의 부모님이나 다른 사람은 하나도 기억나지 않는다. 그녀가 세 살 때 돌아가신 리퍼 외할아버지만 예외다. 얼굴은 여우 같이 뾰족했고 눈동자가 옅었다. 노란색 벽지를 바른 우중충한 방에 외할아버지가 계시던 게 기억난다. 헐렁한 흰 잠옷을 입고 집안을 뛰어 다니셨지. 개

구쟁이 아이 대하듯 가족들이 외할아버지를 구슬려 침대로 돌아가게 해도 다시 나와서 테이블로 달려가곤 했다. 종이 한가득 좁다란 네모 칸을 세로로 그리고, 기다란 종이를 아주 좁게 접은 뒤 가위로 몇 군데를 잘라서 주시면, 그걸 펴면 안짱다리 광대들이 손을 잡고 한 줄로 서 있는 모양이 나왔다. 나중에 아빠가, 외할아버지는 재산을 다 날리고 정신이 이상해졌다고 말해 줬다.

방에서 유리문을 열고 나가면 테라스가 안뜰 네 벽을 따라 이어져 있던 기억이 난다. 철제 난간이 있었고, 넘어갈까 봐 무서워하며 난간 격자를 통해 아래 깔린 자갈을 내려다보고 있으면 아찔해서 속이 울렁거리던 기억이 난다.

"기억나니?" 일요일마다 산책을 나가며 아빠는 소피가 한 말이나 한 일 얘기를 하고, 세 살 되기 전 강 건너에 살 때 소피가 한 일들도 이야기해 주었다.

"세 살 때 엄청나게 큰 테디베어 두 마리 있던 거 기억 안 나? 오십 펭고는 줬지 아마."

"걔네들은 어떻게 됐는데?"

"네가 창밖으로 던져 버렸지! 정말 기억 안 나?"

"왜?" 그녀가 묻는다.

"벌주려고 그랬다면서."

"왜 내려가서 안 가져왔어?"

"아빠는 환자랑 사무실에 있었지. 우리 집은 오 층이었고. 하녀가 내려갔는데 벌써 없어졌더라. 누가 가져가 버린 거야, 두 마리나 되는 예쁜 테디베어를!"

아빠가 말해 주는 것과 그녀가 실제로 기억하는 것은 두 개의 다른 상자에 담겨 있다. 정말 내가 그랬는지 확실하지 않을 때 빼곤 아빠, 할머니, 많은 고모와 삼촌들이 얘기해 주는 기억들과 뒤섞여 버렸다. 남의 기억들을 처박아 버릴 서랍이 정말로 아쉬웠다.

한번은 소피가 벽에다 똥칠을 했다고 아빠는 주장했다. 그 얘기 해 주는 걸 좋아했다. 아버지의 정신분석 이론을 증명하는 거였으니까. 가정교사 선생님이 왜 말리지 않았을까? 궁금했지만, 가정교사는 소피의 행동에 일체 간섭해서는 안 되며 소피한테 무슨 일이 있으면 사무실로 아빠한데 전화만 하라는 엄격한 지침을 받았다. 소피의 똥칠은 아빠의 이론을 검증해 주었다. 아빠는 당신 눈으로 보고 싶어 했다. 과학만큼 황홀한 것은 없었다. 아빠는 소피가 화가가 될 거라고 예언했다. 머릿속엔 온통 아이들에 관한 이론들이었고, 특히 아이들은 세 부류로 나뉘었다. 머리를 흔드는 아이들, 자위하는 아이들, 불안정한 아이들이었다. 소피는 그중 불안정한 유형이었다. 두 살 반 됐을 때 혼자 두꺼비집 놀이를 하다가, 구경하러 온 다른 아이의 머리를 삽으로 때린 적이 있었다. 아빠가 굿나잇 키스를 해 주러 방으로 오면 밀쳐냈다.

아빠는 소피가 똑똑한 이야기를 많이 한다고 생각했고, 책에도 썼다. 적어도 소피가 기억할 필요는 없었다.

할머니 댁에 가면 언제나 처음 보는 뚱뚱한 여자들과 웃긴 남자들이 있어서, 활짝 웃는 얼굴을 소피한테 갖다 대고는 "초콜릿 준 피리 숙모 기억나?"라거나 "네가 가장 좋아하는 삼촌이야, 기억나?"라고 묻곤 했다. 소피는 "피리 숙모야"라거나 "삼촌이 제일 좋아"라고 답하면 된다는 걸 알았다. 거짓말이었을 수도 있고 아무튼 확실하지 않다. 소피가 기억하지 못하는, 소피가 똑똑하거나 웃긴다고 자기들이 생각한 일화들을 상기시켜 주기도 했다. 레아 고모는 소피가 치킨 파프리카를 좋아하던 걸 기억한다며 치킨 파프리카를 해 주기도 했다. 막상 소피는 기억도 안 나는데도.

할머니 란츠만은 소피를 자기 배에 꼭 붙이고 이리저리 흔들면서 노래하듯 말하곤 했다. 잊지 마라, 너는 가장 멋진 남자, 아주 훌륭한 남자의 딸이야. 아빠가 당한 온갖 부당한 것들을 네가 보상하고, 엄마처럼 되지 않고, 하느님을 두려워하는 착한 유대인 딸이 돼서 히브리어를 배우고 성서를 히브리어로 읽을 거야.

할머니는 입으로 정확하게 글자 모양을 내고 눈을 커다랗게 뜨고 히브리어 단어를 또박또박 발음한 다음 허리를 숙여 소피한테 이마를 갖다 대고 말뜻을 번역해 주었다. 하느님의 벌을 받은 고혹적이고 불운을 가져온 여자들, 아름답고 사악한 여자들에 대한 이상하고 앞뒤 맥락 없는 구절들이었다. 하지만 소피는 아버지의 딸이었고 부다페스트 랍비장의 손녀였고 아주 유명한 랍비의 외증손녀였기 때문에 언제나 아버지에게 기쁨이고 영광이 될 것이었다.

엄마는 대부분의 시간 밖에 있었다. 그렇게 들었고, 그런 것 같았다. 소피는 집에 엄마가 안 계시는 데 익숙해졌다. 언제 가는지 언제 돌아오는지 말해 주는 사람이 없었기 때문에 침대나 부엌에 엄마가 계시면 오히려 놀라웠다. 희한하게도, 서로 보고 더 놀라는 쪽은 엄마였다. 엄마는 딸을 보곤 언제나 숨이 턱 막히는 듯 제대로 말을 하지 못했고, 도둑이 든 것이라도 본 것마냥 눈이 휘둥그레졌다. "넌 누구니?" 엄마가 엄한 목소리로 감탄한다. "여기서 뭐 하세요, 꼬마 아가씨? 우리 예쁜 딸 아니지—" 하며 웃었다. 농담이었을까 진담이었을까? 엄마의 웃음은 진짜가 아니었고, 금세라도 눈물을 쏟을 것 같은 이상한 표정을 짓고는 살아 있는 꼭두각시 인형처럼 고개를 양옆으로 젖혔다.

"내 딸이 뽀뽀하는 법을 잊어버렸나?"라고 부드럽게 말하며 천장을 쳐다볼 때는 소원을 비는 동화 속 주인공 같았다.

"예쁜 선물 가져왔는데? 하지만 우선 엄마 무릎에 앉아야지?"

그러면 소피는 어떤 예쁜 선물을 받을지, 어머니가 하던 스카프일지 아니면 작은 목걸이일지, 아니면 외국에서 사 온 선물일지 궁금해졌다.

하지만 소피가 무릎에 앉으면 어머니는 다시 웃기 시작했는데, 이번엔 조금 전과 달리 긴 손가락으로 딸의 머리카락을 갖고 놀고 뺨을 문지르며 "넌 정말 웃긴 아이야"라고 키득거렸다. "네가 왜 엄마를 안 좋아하는지 아니? 넌 심장이 없기 때문이야." 환희의 표정과 미소가 얼굴에 그대로 남아 있지만 목소리는 한층 부드러워졌다. "심장이 없는 사람은 매우 불행한 삶을 산단다. 타고난 천성은 자기 책임이 아니야." 그리고는 생각에 잠겨 한숨을 쉬고, 진짜일 리가 없는 심각하거나 너무나 달콤한 이야기들을 이상하게 이어 나갔는데, 어쩌면 농담 삼아 한 건지도 모르겠다. 엄마가 방에서 나가면 소피는 아무것도 확실하지 않았다. 어쩌면 엄마 말처럼 엄마는 떠난 적이 없고, 소피가 이야기를 꾸며 내고 일방적으로 피하고 무시한 건지도 모른다. 아니면 엄마를 남겨 두고 혼자 여행을 떠난 건 소피 자신인지도 모른다. 모두들 각기 자기 식으로 소피에게 일종의 마법을 걸고 있었다.

새 집으로 이사하는 게 가능하듯이, 다른 시간에 다른 부모를 갖는 게 가능한지도 몰랐다. 일요일 오후 산책을 하며 아빠는 방금 지나친 집을 몇 채 가리키며 "저런 집에 살고 싶니?" 하고 물었다. 어떤 때는 그 문제를 진지하게 이야기하기도 했는데, 소피가 어느 방을 쓸지, 아빠는 어느 방을 쓸지, 가정교사를 두면 어느 방에 재울지 같은 얘기였다. 아빠는 "정말 저 집에 살고 싶어? 살까?"라고 묻곤 했다. 작은 탑과 돌담과 철창살이 있는, 돌로 된 구식 대저택을 지금 당장 사자고 재촉이라도 할라치면 그는 사면 안 되는 사소한 이유를 대면서 "우선 들어가서 얼만지 물어보자. 너무 비싸면 돈이 부족할 거야"라는 말로 소피를 달래곤 했다. 그 표정이 너무 슬프고 속상해 보여서 소피가 미안할 지경이었다. 그래도 값을 물어보자고 조르면 "정말?" 하고 묻는다. "응" 하고 진지하게 요구하지만 아빠는 결국 값을 묻지 않는다. 인상적인 사람(양가죽 옷을 입은 소작농이나 깃털 달린 헬멧을 쓴 기병 장교, 붉은 수염이 수북이 난 키 작은 유대인)이 지나가면 "저 사람이 아빠였으면 좋겠어?" 하고 묻는다. 그 이후로 일요일마다 아버지는 집에서 소작농, 기병 장교, 수염 난 유대인이 아빠인 양 흉내를 내는 바람에 소피는 다른 아빠를 선택하거나 다른 집에서 사는 것도 가능하다고 생각하게 됐지만, 그런 일은 절대 일어나지 않을 것이다. 왜냐하면 부녀는 끝내 집값이 얼마인지 물어보지 않았고, 깃털 달린 헬멧을 쓴 기병 장교에게도 소피 아빠 하겠냐고 묻지 않았으니까. 아빠는 겁쟁이였고, 소피도 마찬가지였다. 살고 싶은 집의 초인종을 누르거나, 기병 장교에게 달려가 우리 아빠 하겠냐고 물으려 하지 않았다. 둘은 한 쌍의 겁쟁이였다.

성 겔레르트 온천에서는 물이 공중에서 떨어져 가파른 언덕을 따라 흘러내리면서 여러 줄기로 갈린다. 어떤 줄기는 이끼에 걸려 구멍으로 흘러 들어가지만 대부분의 물줄기는 가운데로 모이며 층층이 난 바위 웅덩이를 채우고 넘치고, 다시 몇 개의 수조를 거치며 모양을 바꾸고, 결국 바닥의 커다란 욕장에 다다른다. 거기가 물놀이를 하는 곳이다. 대리석으로 만든 물고기 입에서 뿜어져 나오는 물줄기를 잡기, 물이 흘러나오는 바위 아래 서면 등 위로 물줄기가 두텁게 퍼지는 느낌은 참으로 매력적이었다. 너무 물을 많이 맞아 얼얼해지면 잠깐 물줄기 안쪽으로 물러나 피할 수 있지만, 공기가 충분하지 않을지 모르기 때문에 너무 오래 있으면 안 된다. 바위들 옆으로 내려오는 물줄기는 억세거나 부드럽게 저마다 달리 흘러내리고, 차가운 물덩이가 같은 자리에 똑같이 방울져 떨어지는 곳도 있다. 손바닥을 대면 마치 물이 살아서 말을 걸듯 느닷없이, 저마다의 박자로 손을 때린다. 하나, 둘, 셋, 네 방울째 연달아 맞으면서 저 위를 보면 이끼와 바위틈에 걸려 느려지는 듯하다가도 결국은 제 시간에 우아하게, 기분 좋게 손바닥으로 떨어진다.

소피는 30분 간격으로 5분씩 인공 파도를 쏘아 주는 야외 풀에서 놀았다. 파도가 나오는 곳이 더 신기하긴 했다. 파도는 다가오며 점점 커지고, 사람들이 고함을 지르는 게 재미있었다. 심지어 어른들조차 큰 파도가 오면 소리를 질러 댔는데, 무서워서 그러는 것이 아니라 원래 재미있을 때도 소리를 지른다는 걸 알면서도 이해가 가지 않았고, 그녀는 정말로 무서웠고, 아빠가 설명해 줘도 소용없었다. 아빠는 소피가 자기 자신을, 자신이 소리 지르는 걸 두려워하는 거라고 거듭 말해 줬지만 그 말이 더 무서웠다.

물에 들어가 있으면 아빠의 피부에서는 재미있는 냄새가 났다. 물밖에 있을 때랑 냄새가 달랐다. 아빠가 온천장에 나타나면 맨 처음 놀라는 것은 언제나 그 냄새였다. 소피가 아빠를 찾아내거나 아빠가 소피를 찾아내기도 하고, 서로 잃어버리는 시간이 더 많았다. 대부분의 시간 소피는 혼자였지만, 물속에서 갑자기 아빠가 그녀를 놀래키거나, 어딘가에서 담배를 피며 신문을 읽는 아빠를 소피가 발견하기도 했다. 아빠는 돈, 성냥, 담배를 넣는 방수 주머니가 있었다.

아빠는 왕년에 얼마나 운동을 잘했는지, 젊을 적에 어떻게 다이빙을 연습했는지 등등 많은 이야기를 들려주었다. 아빠가 다이빙하는 걸 보고 싶었다. 멋진 근육이나 외모는 아무것도 아니야, 머릿속에 뭐가 들어 있는지가 중요한 거야, 라고 아빠는 말했다.

하지만 딸을 기쁘게 하기 위해 아빠는 뭔가 보여 주곤 했고, 그러면 소피는 아빠가 자랑스러웠다. 자, 니네 아빠가 어떤 사람인지 보렴. 아빠는 가짜로 진지한 체하며, 어쩌면 젊을 적 당신의 모습일지도 모르게, 다이빙대에 올라 완벽한 타이밍을 재는 젊은 남자 흉내를 내거나, 다이빙대에서 머뭇머뭇하는 자기 자신이나 다른 사람들 흉내를 내서 소피를 웃겼다—여자들한테 인기 있는 배우, 뚱뚱한 중년의 유대인 같은. 아빠는 정말로 배우의 감각이 있었다. 소피를 깔깔거리며 웃게 만들다가 시들해질 때쯤 진짜로 다이빙을 했다. 소피는 아빠가 다이빙을 하든 말든 이제 관심도 없는데, 아빠는 아주 능숙하게 다이빙을 하고 자유형으로 풀을 왕복하고 나서 물을 뚝뚝 흘리며 사다리로 올라왔다. 다시요! 이제 그만, 신문과 담배에 물이 묻지 않게 조심하며 몸을 닦으면서 아빠는 말했다. 그런 시절이 있었지…. 그리고 앉아서 담배를 피면서, 다시 과학자로 돌아가 아빠가 다이빙하는 걸 보고 왜 소피가 좋아했는지 이유를 설명했다.

뚱뚱한 아줌마들이 물속에 주저앉거나 쪼그려 앉아 수다를 떨거나 물속에 몸을 담그거나 물을 끼얹곤 하다가 일어서기라도 하면 그

놀라울 정도로 흉측한 속옷처럼 생긴 수영복을 보고 입이 쩍 벌어졌다. 추한 모습을 감추려고 물속에 있는가 보다, 생각했다. 곁눈질로 볼 줄을 알게 된 소피가 아줌마들의 모습을 입 벌리고 쳐다보면 아줌마들은 눈을 흘겼다. 물에 몸을 담그고 머리만 내놓고 있으면 사람들을 유심히 관찰할 수 있었다.

소피가 온천장에 있는 동안 엄마는 언제나 식당 근처 잔디 있는 곳에 있었다. 대부분의 시간 비치 의자에 오일을 바르고 누워 있었는데, 발받침이 분리돼 있어서 소피가 거기 앉으면 무너졌다. 엄마는 스타일에 매우 신경을 쓰며 조심스럽게 수영을 하고 나서는 언제나 남자친구에게 어땠는지 물어보았다. 엄마는 남자친구가 여럿 있었다. 모두들 피부가 까무잡잡하게 그을려 있어서 아빠가 흉내내는 미남 배우들 같았다.

소피는 대부분의 시간 물에서 놀아서, 집에 가려면 물 밖으로 억지로 끄집어내야 했다. 봐라, 다들 가잖니. 수영장 문 닫는다. 저기 안전요원 오잖아. 아빠가 거짓말로 말하면 소피는 화가 났다. 가기 싫어! 소리를 지르면 사람들이 쳐다봐서 부끄러웠다. 소리를 지를 때는 주변에 사람들이 있다는 것을 잊어버리곤 했다. 엄마나 아빠에게 소리 지르는 게 아니라, 주변에 사람들이 하나도 없는 세상에서 혼자 소리를 지르는 것이었다. 그러다 갑자기 사람들이 보이고 표정들이 보이고, 아니면 전차 정류장까지 달려가는 소피를 보고 놀라고 못마땅해하는 얼굴들이 떠올랐다. 아무도 내 얼굴을 모르면 좋겠어. 아주 빨리 달리면 잠깐이나마 세상 밖으로, 자기 자신 밖으로 빠져나오는 기분이었다. 때로는 전차 창문에 뺨을 대고 누르기만 해도 자신을 바꿀 수 있었다.

집시들에게 납치돼 갔으면. 깨어나 보니 다른 집에 와 있는데 거기 다른 부모가 사실은 진짜 부모님이고, 그래서 지금까지 꿈에서 일어난 일들을 다 잊어버릴 수 있다면. 전차를 타고 가면서는 늘상 이런 생각들을 했다. 전차에 탄 더럽고 나이든 남자가 찢어진 호주머니에서 요금을 꺼내느라 낑낑댄다. 보기만 해도 악취가 나는 것 같았고 눈은 치켜뜨고 있다. 제발 내 옆에 앉지 말게 해 주세요, 국가를 열 번 부를게요, 제발 소원을 들어주세요 하느님. 더러운 노인은 휘적거리며 통로를 지나 뒤쪽 좌석에 푹 쓰러진다. 이 불쌍하고 더러운 노인이 다른 생에서 아빠일 수도 있겠다는 생각에 소피는 갑자기 침울해진다. 그런 소원을 빈 걸 후회했지만, 약속은 약속이니까. "나 믿노라, 하느님도 하나, 조국도 하나, 정의도 하나. 나 믿노라, 헝가리여 부활하라." 국가를 웅얼거리면서, 언젠가 아빠를 잊어버리고 다른 삶을 살다가 냄새나는 불쌍한 노인이 된 아빠를 알아보지 못해서 옆에 앉기 싫어할 수 있겠다는 생각이 번쩍 들며 갑자기 슬퍼졌다. 아빠한테 더 잘해야지.

부다페스트에 지낸 시절 내내, 아침에 일어날 일과 망각만 생각했다. 이상하고 강력하고 무서운 생각이었다. 하지만 돌이켜보면 무서운 건 그때뿐이다. 다른 생에 깨어난다면 더 이상 무섭지 않을 것이었다. 전생에 다른 사람이었다는 사실 자체를 기억하지 못할 테니까.

색색깔의 연필과 많은 종이가 갖춰진 멋진 별장에 자기만의 방을 갖고 새출발하는 것은 매우 이상한 동시에 어렵고 멋진 일이었다. 그토록 많은 세계 안에 존재한다는 것을 받아들이게 마음만 정할 수 있다면 얼마나 좋을까. 하지만 그녀에겐 많은 마음이 있었다. 한 마음은 "지금 있는 곳이 좋아, 여기가 제대로 된 곳이야, 하고 말하고, 다른 마음은 여행을 하고 싶어 했다. 그 마음은 놀라길 좋아했고, 오늘은 이곳, 내일은 저곳, 다른 나라에서 다른 사람이 되어 잠을 깨고 싶어 했다. 또는 물속에서 헤엄치는 수염 난 생선이 돼 있거나, 창문을 내다보면 나무와 산 대신 온 사방에 물 천지이기를 바랐다. 또는 뜬금없이 할머니 댁 초인종을 누르고 있거나, 전차 차장에게 문을 열어 달라고 하고 있는 자신을 발견하기. 상자에 호두 한 개를 넣고 닫았다가 30분 후에 열어 보면 반쪽만 있거나, 두 개가 있거나, 호두 대신 새끼 고양이가 있다면─두 번째 마음은 이렇게 새로운 것들이 나타나고, 사라지고, 변하길 원했다. 그리고 또 하나, 세 번째 마음은 언제나 조심해야 한다고 일러 주고 있었다.

할머니 댁에서는 종이와 연필을 달라고 하면 안 될 때가 가끔 있었다. 그림 그리기가 금지되는 날이었다. 그런 날 종이와 연필을 달라고 했다가 할머니 얼굴을 보면, 뭔지 정확히 이해할 순 없어도 그런 것을 달라는 것 자체가 끔찍한 잘못인 것처럼 느껴졌다.

안식일은 일요일과 달랐다. 일요일은 아침에 일어나면 일요일이었다. 하지만 안식일은 금요일 하루 종일 기다려야 하고, 그러면서 언제부터가 안식일인지는 아무도 정확히 몰랐다. 베니 삼촌이 말 그리는 법을 가르쳐 주고 있는데, 할머니가 안식일이니 그림을 집어치우라고 하셨다. "얼마나 어두워졌나 보자." 베니 삼촌이 아직 안식일이 아니라고 말했다. 흐린 날이었다. 삼촌은 시계를 보며─네 시 반밖에 안 됐어요. 할머니는 "신문 봐 봐"라고 말했다.

"아직 한 시간도 더 남았어요." 삼촌이 말했다. 한 시간밖에 안 남았다고! 벌써 늦었네! 테이블을 정돈하고, 종이와 연필을 급히 치워야 했다.

"시간 됐니?" 할머니가 베니 삼촌에게 물었다. 아니요, 아직요. 곧 돼요.

할머니 댁에는 어둡고 윤기 있는 가구가 방을 채우고 있었다. 아침부터 늦게까지 손님들이 들락날락했다. 수염 난 남자들이었고, 얼굴은 창백하고 번질거렸고 검은 옷에 챙 넓은 모자를 썼으며, 입술은 두툼했고 높은 톤의 목소리로 갑자기 비명을 지르거나 자지러졌다. 할머니가 적포도주와 사탕을 내놓으면 그들은 언제나 사양했다. 그들은 마치 나쁜 소식이나 비밀 전언을 갖고 다른 나라에서 막 도착한 사람들처럼 들뜬 목소리로 외국어로 말했다.

안식일에는 할머니 댁에서 자기 싫었다. 집 밖은 안식일이 아니었다. 어두운 방에서 창밖으로 가로등과 불 켜진 가게들, 지나가는 차들과 돌아다니는 사람들을 구경했다. 할머니 댁에 있으면 이 도시 밖에 있는 듯한 느낌이 들었다.

전투 장면을 그리고 있을 때였다. 남자들 한 떼가 폭파되어 검은색 구름이 되고, 마지막 한 사람은 머리가 있어야 할 곳에서 피가 콸콸 솟구치는 채로 달리는 그림이다.

할머니는 안 좋은 그림이라고 하셨다. 아빠는 소피에게 몇 가지 질문을 하고는 그림을 설명해 주었다. 다른 사람들이 부끄럽다고 말할 소피의 신체 부위들을 가리킬 때는 외국어로 말했다. 하지만 소피는 프란츠 요제프 황제 시대에 다이너마이트로 열차를 폭파시킨 어린 소작농 마투슈카 이야기를 좋아했다. 마투슈카는 까만 머리카락을 어깨까지 기르고 붉은 조끼를 입은 아주 잘생긴 남자로 그렸다. 다이너마이트는 어떻게 생겼어? 막내 삼촌이라 소피에겐 오빠나 다름없는 베니 삼촌에게 물었다. 삼촌은 거대한 양초 하나를 그리고 이어서 양초 한 묶음을 그려 주었다. 소피도 똑같이 따라 그리고 심지를 조심스럽게 그려 넣었다. 열차는 벌써 폭파됐는데 그림 속 마투슈카는 왜 손에 다이너마이트 막대기를 쥐고 있지? 아빠는 소피의 대답이 아빠 이론의 요점을 증명할 거라고 확신하는 목소리로 물었다. "다음 기차를 폭파하려고." 그리고 화난 목소리로 "다이너마이트는 아직 많으니까."

소피네는 마당이 있는 빨간 토벽집에 살았다. 아빠는 일주일 내내 일했다. 일요일엔 같이 있으면서 오래 산책을 나가거나 동물원이나 어린이 극장에 갔다. 그러곤 할머니 댁에 갔다. 소피는 아빠랑 친했고, 길에서 만나는 사람들이 입을 모아 말하듯 많이 닮기도 했다. 소피는 아빠를 닮았고, 아빠를 닮아 똑똑했다. 엄마에 대해 묻는 사람도 가끔 있었다. 카밀라는 아직 이탈리아에 있니? 엄마는 오스트리아에서 돌아왔니?

소피는 집에 왔을 때 부엌에 엄마가 앉아 있는 걸 보면 놀랐다. 오후에 부엌에 아무도 없는 걸 보면 잠긴 찬장에서 쿠키를 몰래 꺼내 목초지로 갖고 나갔다. 니트 원피스를 입고 책에다 글을 끼적이는 엄마의 손은 마치 상아로 새긴 듯 아주 예뻐서 다른 사람들이랑 달랐다. 소피는 엄마 주위를 맴돌았다. 천을 씌운 의자 위로 폴짝 올라갔다가, 식탁을 맴돌고, 엄마 의자를 툭 친다. 팔꿈치를 건드릴 용기는 없었다. 누가 자기 팔을 건드려 지금 쓰는 페이지를 망칠 때처럼 화날 때가 없다는 걸 잘 알았으니까. 짜증나게 만들어서 엄마가 공책을 갖고 다른 방으로 가게 해야지. 그래서 창턱에서 쿵 뛰어내려 샹들리에가 흔들리게 했다.

"엄마 신경 거슬리게 왜 그래!" 마침내 엄마가 소리를 빽 지르고 나갔다.

집은 비었고, 이제 모두 소피 차지다. 엄마는 집에 없다. 엄마는 가끔 집에서 브리지 파티를 했다. 조용하던 방에 담배 연기 자욱하고 꽥소리 지르는 사람들 그득한 걸 보면 소피는 화가 났다. 브리지 테이블이 놓이고, 딴 방들에서 의자를 가져온다. 소피가 들어오면 귀신 같은 화장을 한 여자들이 내려보며 낄낄댔다. 하인들이 소피 손이 닿지 않을 높이로 쟁반을 들고 서둘러 물건들을 날랐다. 소피는 다시 뛰쳐나갔다. 유치원이나 밖에서 노는 동안 집은 완전히 딴 곳이 돼 있었다.

아침에 일어나면 욕실 맞은편 방을 들여다본다. 가끔 가리개를 쳐놨을 때는 커다란 방이 작고 어두운 침실처럼 보였다. 엄마는 커다란 침대에 누워 있다. 금발의 곱슬머리가 보이고, 눈은 스타킹으로 가렸다. 엄마가 코고는 소리를 들으며 문을 닫는다. 그런가 하면 어떤 날 아침에는 방 안으로 햇빛이 쏟아졌다. 마당을 내려다보러 창가로 달려가 푸른 벨벳을 씌운 장의자의 보드라운 촉감을 느낀다. 거울 틀의 도금한 이파리를 만지작거린다. 옷장으로 가며, 거울을 보고 놀라지 않도록 조심한다. 모두 똑같은 푸른색 크리스털의, 갖가지 병과 단지와 그릇들. 병들 냄새를 하나하나 맡아 보고, 엄마 빗의 세로로 홈을 새긴 은손잡이, 손거울, 빗싸개를 차례로 쓰다듬는다. 왼쪽 서랍에는 검정 뷰티 패치가 든 작은 상자가 있다. 엄마가 보석과 스카프와 실크 스타킹과 멋진 이브닝 슈즈와 고급 속옷과 모피 옷을 어디다 보관하는지 안다. 엄마의 물건 대부분이 서랍에서 사라지면 엄마는 당분간 돌아오지 않을 거라는 걸 안다. 어느 날은 아침에 엄마가 자는 걸 보고 학교에 갔는데 돌아와 보니 엄마 방이 사라지고 대신에 커다란 회전 식탁과 장의자만 남아 있었다. 또 어떤 날은 미닫이문이 닫혀 있었다. 부엌은 작았다. 귀를 쫑긋해서 사람 목소리가 들리면 밖으로 나갔다. 아무 소리도 안 나면 찬장을 열고 주머니에 쿠키를 채웠다. 찬장 유리문 안에 있는 도자기 앵무새를 쳐다본다—내가 훔치는 걸 보고 있을까? 밖으로 나간다.

아빠 사무실 문이 열려 있으면 외출하셨다는 뜻이다. 소피는 방에 들어가 아빠 의자에 앉아 보고, 지직거리는 카펫을 씌운 소파에 몸을 던졌다. 아빠 이름이 박힌 편지지들을 책상에서 꺼냈다. 루돌프 란츠만 박사, 신경과 전문의. 타자기 버튼도 하나씩 눌러 본다. 케이스에 담긴 책을 펼치고 머리가 두 개 달린 아기들의 사진을 본다. 머리가 둘이라는 건 눈이 두 개인 것과 같은 걸까, 아니면 각자의 비밀을 가질 수 있는 온전한 두 사람일까? 그러면서도 한 사람일 수 있다면 아주 재미있을 것 같았다.

어른들은 바보다. 열쇠를 숨긴다고 숨겼는데 소피도 쉽게 찾을 수 있는 저 꼭대기다.

부다에서 산 첫해, 소피는 매일 들판 건너 커다란 하얀 집에 사는 남자아이와 같이 놀았다. 페티는 4살 반이었고 빼빼 말랐고, 곱슬머리를 짧게 깎았다. 페티가 오줌 누는 건 놀랍도록 신기했다. 희한하게도 바지 앞섶에서 가느다란 살 튜브를 꺼내 정원 호스처럼 물을 뿌렸고, 호스를 위로 향하면 물이 아치를 그렸다. 둘은 아치가 사그라들어 오줌이 졸졸졸 떨어질 때까지 보다가 다시 놀이를 계속했다.

둘은 미국으로 도망가기로 했다. 페티 엄마한테는 다이아몬드가 덮인 이브닝 가운이 있었는데, 열 개나 스무 개만 뜯어도 충분한 돈이 될 것이었다. 다이아 돌은 아주 튼튼히 꿰매져 있어서, 발각될까 봐 가느다란 띠만큼만 잘라 냈다. 페티 엄마가 그걸 알아챘다. 페티 엄마는 웃으면서, 다이아몬드가 아니고 유리니까 그냥 가지라고 했고, 소피 아빠가 망가진 가운 값을 물어야 했다.

미국에 날아서 가자, 페티에게 말했다. 첫 비행 연습을 위해 아빠의 커다란 우산과 비옷을 들고 지붕으로 올라갔다. 잠시 후 페티가 비명을 지르기 시작했고 가정부가, 이어서 아버지가 달려왔다.

이제 페티랑 놀면 안 된다고 했다. 소피는 페티에게 나쁜 친구였다―걸핏하면 난관에 빠뜨리고, 벌레를 먹으라거나 지붕에서 뛰어내리라거나 부모님 물건을 훔치라고 부추기는. "어른들 말이 맞아." 아빠가 말했다. 소피는 울면서 부엌으로 가서 뚱뚱한 슬로바키아 가정부에게 하소연했다.

식모가 말했다. "네가 착한 아이라면 그런 말이 나오지 않았을 거야."

그 무렵 소피는 내내 그림을 그렸다. 그림은 언제나 불타는 비행기와 피 흘리는 머리와 팔들이 공중에 날아다니는 전투 장면이었다. 그러다 학교에 들어가서야 꽃과 눈사람과 지도를 그리기 시작했다.

***

아빠는 흔한 의사가 아니었다. 가방도 없었고 왕진을 다니지도 않았다. 말 더듬는 사촌오빠를 아빠가 고쳤다. 의대생일 때는 개구리와 닭, 때로는 사람에게도 최면을 걸었다. "어린아이에게 고맙습니다, 하고 말하는 걸 가르치는 건 잘못이야." 가족 아무나 가정부나 가게 주인이 소피에게 고맙습니다 해야지, 하면 아빠는 언제나 검지손가락을 치켜들며 말했다. 할머니도 예외는 아니었다. 아빠도 예외는 아니었다. 때때로 말을 중간에 멈추고 자신의 말을 고치는 게 다른 사람한테 하는 것과 다름 없었다. 아빠는 위선과 에둘러 말하기를 근절시키는 운동에 뛰어들었는데, 거기 지도자는 프로이트라는 남자였다. 뭔가를 부탁할 때 "~ 있나요?"라거나 "~ 좀 주시겠어요?"라거나 "~ 부탁합니다"라고 말해선 안 됐고, 그래선 아빠한테 통하지 않았다. 직설적으로 "~ 주세요"라고 말하지 않으면 초콜릿도 받을 수 없었다. 소피가 그렇게 말할 수 없어서 울면 아빠는 "뭐가 그렇게 어려워?"라며 웃었다.

"초콜릿 먹고 싶어." 시무룩해서 말하면 아빠는 "그래?" 하고는 얼굴색 하나 바뀌지 않은 채 계속 걸어갔다.

대문 문패엔 '루돌프 란츠만 박사, 신경과 전문의'라고 써 있었다. 의사이고 신경과란다, 하고 아빠는 설명해 주었지만, 사실은 정신분석가였다. 극소수의 사람만이 이해하는 새로운 과학이고 어려운 학문이어서 많은 사람들이 반대했다. 편견을 갖고 있는 사람들뿐만 아니라 환자들조차 그랬다. 흔히들 좋아하지 않는 것, 다시 말해 '저항'이었다. 아빠는 엘렉트라 콤플렉스를 설명해 주었다. 소피는 아버지를 정말로 좋아했고, 아빠랑 결혼하고 싶었다. 그건 부인할 수 없었고, 만약 부인한다면 그게 엘렉트라 콤플렉스가 되는 거였다. 아빠는 대부분의 시간 혼잣말을 했다. 소피한테 질문을 하나 던지고는 혼자 대답하는 식이었다. 어떨 땐 소피가 서너 살 때 한 말이나 행동을 말해 주면서 그게 마치 방금 물은 것에 대한 답인 양했다. 아니라고 하고 싶겠지만, 애써 그러지 않아도 돼, 하고 말했다. 아빠는 이 신과학의 발견이 인류 역사상 가장 중요한 사건이라고 믿었다. 아빠는 모든 인류를 바꾸는 일을 하고 있는 거야, 새로운 과학은 인간의 습관과 느낌이랑 부딪치는 생각을 동반하기 때문에 커다란 투쟁이야, 하지만 머잖아 사람들도 받아들일 거야. 정신분석에 대해 소피가 이해하는 거라곤, 인간의 본성에 대한 정신분석학의 관점을 거부하고 싫어하는 것도 인간의 본성의 일부라고 주장하는 교묘한 주장이라는 것이었다. 주의에 반하거나 인간 본성에 반하는 말을 하고 있다고 스스로 생각해 봤자 사실은 그조차도 다 주의가 말하고 있는 것이었다. 소피는 아빠의 환자가 되고 싶지 않았고, 실제로 환자가 아니라 아빠의 딸이었고, 만지며 놀기 좋은 수북한 까만 눈썹을 가진 영향력 있는 아빠가 있는 게 좋았다. 아빠는 어찌 보면 사람들을 놀래키는 외모여서, 하인들조차 말은 아빠가 더없이 인자하고 너그럽다고 하면서도 깜짝 놀라곤 했다. 그래서 나도 알지 못하는 걸 아빠가 안다는 느낌이 들었는데, 문제는 그게 끔찍하다는 거였다. 죽을 때까지 자기가 아는 게 뭔지도 모를 수도 있고, 죽기 전에 아무 때고 아빠한테 그걸 들을 수도 있다니! 아빠는 외모만 갖고, 완벽하게 과묵한 얼굴만 갖고 그런 일을 했다. 하지만 머리를 헝클어뜨리거나 낯빛이나 자세를 바꿔 농부, 바보, 거지, 주정뱅이 시늉을 할 때는 달랐다. 그럴 때 소피는 무서워하지 않고 킥킥거리며 아빠의 윗옷을 잡아당기고, 등에 올라타 아빠 눈을 가리기도 했다. 소피한텐 아빠일 뿐이란 걸 알고 있으니까. 아빠가 죽은 사람 얼굴을 해서 진짜로 겁을 먹게 하면 소피는 아빠를 때렸다. 바보인 척할 때는 그냥 아빠여서 무섭지 않았고, 소피는 아빠의 어린 딸이었다.

아빠는 기도에 몰두한 독실한 유대인, 갖가지 종류의 헝가리인, 스스로 중요하다고 생각하는 사람들을 흉내 내서 소피를 웃겼다—멋부리는 사람, 진짜 멋쟁이, 위선자, 정신이상 환자들.

아빠가 귀족 아빠처럼, 어떨 땐 농부 아빠처럼 하고서 그럴싸한 헝가리어 사투리로 말하면 소피는 황홀해서 정말로 그렇게 믿을 정도였다. 그러나 다시 본모습으로 돌아오면—그럴 땐 얼굴에서 긴장이 풀리며 거의 혐오에 가까운 못마땅한 표정이 되는데—고상해 보이던 것들이 우스워져서 실망스러웠다. 아빠는 성대모사가 정말로 뛰어났고 스스로도 그걸 알았다. 흉내를 그만할 때 마지막 몸짓, 얼굴을 풀며 아쉬워할 때가 그랬다. "아빠는 훌륭한 배우가 됐을 거야." 유명해질 기회를 던져 버리며 아빠는 말했다.

일요일이면 아빠는 소피를 위해 시간을 보내면서 많은 것을 같이 했다. 소피가 가장 즐기는 것은 산책이었다. 극장이나 놀이동산보다 더 좋았다. 소피는 아빠랑 같이 걷다가 아빠를 당기거나 멈추게 했다. 자신보다 훨씬 큰 사람, 돈을 벌고 집을 갖고 있는 남자에게 힘을 행사할 수 있다는 것이 경이로웠고—산책 따라온 강아지도 이런 기분일까—이리저리 뛰고 난간이 나올 때마다 올라탔다 내려오는 스릴이란! 아빠는 왜 달리지 못할까? 강아지와 소피는 아빠의 지팡이를 따라다녔다. 둘이서 언제든 아빠를 성가시게 할 수 있었고, 그래도 무섭지 않았다. 아빠는 적어도 강아지라도 버릇을 가르쳐 줄 수 있었을 텐데 말이다. 아빠는 소피가 말을 듣게 할 때는 근엄하고 위협적인 얼굴을 했다. 보여 주고 설명해 주고 싶어 했다. 소피는 놀고만 싶었고, 아빠의 설명이 무슨 소용인지 몰랐다. 아빠는 얘기를 하고 싶어 했다. 소피는 왜? 뭐가? 그래서?라고 끝없이 질문을 했다—오직 아빠에게 영향력을 행사하기 위해, 답을 짜내도록 하기 위해. 지팡이와 수북한 눈썹을 갖고 담배를 피우는 이 덩치 큰 남자를 밀고 당기고 걷게 하고 물건을 사도록 할 수 있다는 경이로움과 호기심과 영향력, 이 행복은 갑자기 그가 분위기를 깨는 말을 던지면서 사라진다. "… 일주일에 하루 오후는 너랑 시간을 보내고 네가 좋아하는 걸 사 주려는 이유가 뭐라고 생각하니? 아빠가 왜 널 사랑한다고 생각하니?" 그러면서 소피를 위해 해 준 것들을 계속해서 들먹인다. 왜일까? 왜 이 모든 걸 해주는 걸까? 아빠는 바보니까. 아빠는 소피가 할 말을 알려 준다. 아니야, 하고 생각하지만 아빠는 맞아, 한다. 괜찮아, 그러면서 아빠는 자연법칙과 어린이들의 이기심에 대해 말해 준다. 어린이들은 자연의 도구일 뿐이야, 아빠는 포기했어. 아빠는 슬픈 목소리로 말했다. 소피는 화가 사그라질 때까지 깡충깡충 뛰어다녔다.

사람들이 정말로 왜 아빠를 찾아와? 뭐가 문제야? 아빠는 그 사람들한테 뭘 해 줘? 소피는 묻고, 자기한테 이런 일이 일어나지 않도록 아주 주의 깊게 들었다. 아빠는 자신이 치료하는 아픈 사람들 얘기를 들려줬다. 뭐든 만졌을 때마다 손을 씻는 바람에 피부가 남아나지 않은 남자. 그 아저씨는 왜 그랬는데? 아빠는 설명해 주었지만 소피는 왜 그래야 하는지 이해하지 못했다. 소피는 어린 계집아이일 뿐이었고 할 수 없는 일이 많았지만, 한번 결심하면 그만두는 법이 없었다. 어떤 남자가 머리에 어마어마하게 큰 붕대를 감고 찾아왔는데, 붕대를 벗기니까 상처가 없더라. 아빠 얘기에 소피는 웃었다. 사람들은 그저 소파에 앉아 이야기를 하러 아빠한테 오는 것이었다. 그들은 다른 환자들이나 집에 있는 누구하고도 마주치고 싶어 하지 않았다—심지어 소피나 가정부하고도.

환자마다 시간이 정해져 있었다. 그들은 아빠를 찾았다는 사실을 아무한테도 알리고 싶어 하지 않았기 때문에 아빠는 절대 그들의 이름을 입에 담는 법이 없었다. 그냥 열 시 환자, 이런 식이었다. 다음 환자 차례까지는 5분이 비었고, 그사이에 소피랑 이야기를 했다.

다섯 시 여자 환자는 언제나 늦게 왔다. 이 점이 아주 중요해, 늦는 이유가 있거든. 아빠는 설명했지만 소피는 그 이유가 궁금했다—오로지 아빠를 못살게 굴기 위해서일까? 하긴 소피도 아빠가 "어허!"라고 말할 틈도 주지 않고 똑같이 행동했겠지만. 어쩌면 다섯 시 환자는 아빠가 그녀에게 불리하게 이 사실을 기록하고 점수를 매긴다는 걸 모를지도 모른다. 소피에게도 가끔 그러듯, 모르는 상태로 남겨 두고 그녀를 테스트하는지도.

여섯 시 남자 환자는 언제나 일찍 왔다—가끔은 정해진 시간보다 한 시간씩 일찍도. 아빠는 그가 다섯 시 환자와 마주치지 않도록 가끔 그를 숨기기도 하고 산책을 내보내기도 했다. 그는 정말 골칫거리였다. 환자가 이렇게 하는 이유를 이해하려면 7년은 족히 걸릴 거다, 아빠는 이유를 알지만, 아빠가 말해 줘도 환자가 받아들일 준비가 안 돼서 아직 말 못 해 주는 거란다, 말해 주면 더 골치 아파지거든.

마지막 환자는 저녁 식사 후 아홉 시에 왔는데 언제나 정확하게 제 시간에 왔다. 조금이라도 늦거나 일찍 오지 않았다. 아홉 시가 되기 직전 아빠는 금색 시계를 꺼냈고, 둘은 초침이 돌아가는 걸 구경했다. 초침이 흐르다가 중간 정도 가면 아빠는 손가락을 들었고, 4분의 3쯤 가면 둘이 숨을 깊게 들이쉬었는데, 그러면 여지없이 초인종이 울리고, 분침이 정확히 12 언저리에 가면 아빠는 손가락을 내리고 참았던 웃음을 터트렸다.

몇 년 동안 매일같이 사람들이 드나들었고, 개중에는 7년씩 다니는 사람도 있었다—얼마나 끔찍한 일인가! 아빠에게 모든 것을 털어놓는 사람들은 세상에서 가장 중요한 게 비밀이라는 걸 몰랐다. 그들은 비밀이 없었고, 그래서 불행했고, 아버지를 보러 올 수밖에 없는 것이었다. 어쩌면 그들은 아빠와 함께 비밀을 잃어버린 건지도 몰랐다. 소피는 그들이 무력해지고 의지가 없어져 자신들의 생각과 삶이 더 이상 자신들의 것이 아니게 되도록, 그래서 아빠를 찾을 수밖에 없도록 아빠가 무슨 짓을 해 놓은 건 아닐까 생각했다. 아빠의 환자가 되느니 차라리 죽거나, 벌레나 조약돌같이 오래된 것이 되는 게 낫겠다고 생각했다.

자살하려고 하는 사람도 있었어? 소피가 묻자 아빠는 길게 충분히 대답해 주었고, 소피는 질문에 숨은 자기의 의도를 아버지가 읽었는지 궁금했다. 만약 내가 아빠의 환자라면 나도 자살하려고 했을 거라고 상상했기 때문에. 아빠의 얼굴과 목소리는 소피의 의도를 전혀 알아차리지 못한 듯했지만, 어쩌면 모르는 척 숨기는지도 모른다. 환자들도 아빠랑 이런 얘기를 한단다, 아빠의 설명에 귀를 기울인다—사람들이 자기 생각이나 충동을 얘기하는 이유는, 누군가가 멈추게 해주기를 정말로 원하기 때문이야. 호로티 제독을 암살하려고 했던 환자와, 국회의사당을 날려 버리고 싶어 했던 환자 이야기를 해 준다. 실험실에서 근무하는 똑똑한 화학자였는데, 이미 폭발물까지 준비해 놨다고 했다. "하지만 아빠가 못 하게 했지." 자랑스럽게 말했다. 소피는 문제를 따져 보면서, 아빠의 힘과 승리를 어떻게 생각해야 할지 결정했다. 아빠는 계속해서, 몇 년 동안 열차를 폭파하다가 붙잡힌 마투슈카 이야기를 했다. 아빠는 그와 이야기를 나누고 싶었지만 기회가 없었다. 소피는 마투슈카에 대해 더 알고 싶었고, 어떻게 생겼는지, 열차를 몇 번이나 폭파하거나 탈선시켰는지, 어디 출신인지, 부모는 있는지, 감옥에 가서는 어떻게 행동했는지 알고 싶었다. 아빠의 답은 너무 간단해서 소피의 호기심을 충족시키지 못했다. 아빠는 그 대신, 다이너마이트나 폭파에는 다른 숨은 의미가 있어—만약 마투슈카가 아빠의 환자라면 성기랑 오르가슴에 대해 이야기를 나눴을 텐데…, 라고 설명했다. 사람들이 빼곡 들어찬 열차를 폭파하는 것이 끔찍하다는 건 소피도 알고 있었지만 그래도 마투슈카를 선망했다. 체포되었을 때 그는 웃고 있었다. 아무것도 신경 쓰지 않았다. 가까이서 구경하던 누군가가 그의 주머니에 꽂힌 다이너마이트가 튀어나와 있는 것을 보았다. 마투슈카는 자신이 끔찍한 행동을 하고 있다는 것도, 어떤 고통을 초래했는지도 몰랐고 죽는 것을 두려워하지도 않았다. 그래서 그는 신 같았다. 까마귀처럼 검은 머리카락에 악당의 얼굴, 모자를 비뚤게 쓴 젊은이의 모습을 상상하니 사랑에 빠질 수밖에 없었다.

아빠가 들려주는 환자 이야기는 별로 좋아하지 않았지만, 딱 한 번 아빠를 찾아온 여자 이야기만은 예외였다. 그녀만큼은 소피도 기억을 했고, 다시 이야기해 달라고 졸랐다.

대기실에 여자 두 명이 있었단다. 누가 환자냐고 물었더니 한 명이 다른 쪽을 가리키며 "언니는 제가 환자라고 생각해요"라고 하더라. 그러면서 아빠랑 기꺼이 이야기를 하겠다고 해서 같이 사무실로 들어갔지.

"언니는 왜 환자분이 저를 만나야 한다고 생각하나요?" 아빠가 물었다.

"당최 모르겠어요. 사람들이 왜 그런 행동을 하는지 전 모르겠어요." 그녀가 답한다.

아빠는 그녀를 괴롭게 하는 것들이 무엇인지 물었다.

"글쎄요. 만날 똑같죠. 아침에 일어나면 씻고 옷 입고, 거실에 나오면 언니가 '안녕' 하면 저도 '안녕' 하고, 오늘은 기분이 어떠냐고 물으면 좋다고 하고, 언니한테도 똑같이 물으면 똑같이 대답하고요. 만날 그런 식이죠 뭐랄까. 코트를 입고 일 나가요, 매일. '안녕' 하면 언니도 '안녕' 하고, 길에서 아는 사람이 '안녕' 하면 저도 '안녕하세요?' 하고, 만날 그런 식이죠 뭐랄까. 직장에 가서 같은 사무실에서 일하는 사람이 같은 엘리베이터 타면 그 사람들이 인사하고 제가 대답하고, 만날 그런 식이죠 뭐랄까…."

아빠는 그 여자 이야기를 계속했다. 소피는 그녀의 말이 너무나 맞다고 생각했다. 그 환자가 만날 그런 식이라고 하고 "뭐랄까"라고 한 건 무슨 뜻이야? "아!" 아빠는 감탄하며, 그게 이야기의 가장 중요한 부분이라고 말해 준다. 비밀, 아빠가 풀지 못한 것 같은 비밀이다. 너무 복잡해서 말이야, 모두 다 얘기해 줄 수는 없단다. 치료할 수 없는 상태여서 그냥 집으로 보냈지.

"만날 그런 식이죠 뭐랄까…." 아빠는 그 여자의 말을 되뇌고, 둘이 침묵 속에 산책을 좀 더 계속하는 동안 소피는 그 말을 곰곰 생각했다.

✻ ✻ ✻

엄마가 여행에서 돌아왔다. 엄마가 셔터를 올리고 창가에 서 있는 걸 봤지만 엄마는 소피를 보지 못했다. 소피는 정원에 있는 관목 뒤에서 쳐다보고 있다. 조금 있다가 외출 복장으로 엄마가 계단을 내려오는 걸 보고, 독일어 선생님이 무슨 책 사 오래, 하고 말한다. 그 말을 들으며 엄마는 눈꺼풀이 흔들리도록 웃는다. 덕지덕지 화장한 얼굴에 온통 벨벳 점이 박힌 베일을 쓰고, 모피 숄이 달린 옷을 입었다. 우습게 말했다는 건 소피도 안다.

"넌 정말 웃긴 애구나." 그러면 그렇지, 예상대로다. 엄마랑 같이 있으면서 웃기는 것 말고 뭘 할 수 있담.

소피는 엄마를 보고 있다가, 엄마가 대문을 나서는 걸 보면 노느라고 못 본 척했다. 집 앞 길을 뛰어다니고, 깡충 뛰고 신나서 고개를 까딱까딱하다 보면 엄마를 놓치거나 엄마가 부르는 소리를 듣지 못할 수도 있었다. 하지만 물론 주의 깊게 쳐다보고 계획을 세우고 있다. 엄마가 일곱 번째 아몬드 나무에 도착하면 소피는 전속력으로 길을 따라가 엄마를 놀라게 하고 길을 막아섰다. 소피는 정말로 웃긴 계집아이였다. 그게 엄마가 바라는 거라면. 소피는 엄마만 괜찮다면 신경 쓰지 않았다. 엄마가 살짝 웃고 공모의 뜻으로 눈을 찡긋해 주면 그만이었다.

독일어 수업 전날, 엄마가 집에 있는지 보러 갔다. 오후였다. 아빠는 일을 하고 있었고, 엄마 침실 문은 닫혀 있었지만 안에서 엄마가 돌아다니는 소리가 들렸다. 똑똑. "들어오세요." 엄마 목소리가 들렸다. 방으로 들어간다. 엄마는 검정 새틴 바지와 일본 기모노를 입고 파란 장의자에 누워 있다가, 읽던 책을 옆으로 제쳐 놓고 마치 눈을 의심하듯 소피를 뚫어지게 본다. 다른 사람일 줄 알았을까?

놀라움은 미소로 번지고, 말하기도 전에 웃음부터 터진다. "무슨 일이 있어서 하나뿐인 우리 따님이 황공하게도 엄마를 찾아오셨나?"

빈정대는 목소리도 아니고 얼굴 표정도 너무 낯설어, 소피는 책 얘기를 잊어버렸다. 게다가 엄마가 손가락을 흔들며 희한하게 웃느라 말할 틈을 주지도 않았다. "알겠다 알겠어! 머리를 다시 묶어 주게 해 주면 말해 주지." 고모 중 한 명이 일러 준 대로 가정부가 땋아 준 머리를 엄마가 풀어 주고 느슨하게 부풀리면서, 엄마와 딸 사이의 작은 비밀을 웅얼웅얼 말한다. 소피는 화를 내며 엄마의 손을 뿌리친다. 엄마는 다 알고 있다는 듯 웃는다. "네가 왜 엄마를 좋아하지 않는지 아니?" 속깊고 차분하면서도 재치 있어 보이려고 하는 지어 낸 목소리로, 둘 다에게 재밌고 배울 점 있고 화해시킬 만한 새로운 얘기라도 할 기세다. "말해 줄게, 아주 간단해."

엄마가 말을 계속하지 못하도록 무슨 말이라도 해야겠다 싶어서, "왜냐면 엄마는 항상 집에 없으니까"라고 소피가 말한다. 그러고 나니 자신에게 화가 났다. 이건 남에게 들은 얘기고, 소피가 엄마에게 그 말을 할 권리는 없다. 엄마가 외출하면 기뻤으니까.

"쪼끄만 게 거짓말은. 이번 주 내내 집에 있었잖니. 네가 와서 인사라도 해 봤어? 따뜻한 말 한마디라도? 뭐 필요할 때만 오면서. 표정 봐라… 그 표정을 네 눈으로 봐야 하는데…" 웃음은 조롱으로 바뀌고 점점 거세지고, 소피는 방바닥에 눈을 박고 가만히 서 있는다.

"… 태어날 때부터 유난한 애야. 아기일 때부터 엄마를 밀쳐내고. 아이들은 다 저밖에 모르지만, 어린이가 엄마를 좋아하지 않는 건 비정상이야." 엄마가 걸음을 빨리 하며 말하고 비난하고 겁 주는 모습을 빤히 바라본다. 흠잡을 데 없이 칠한 손톱, 염색한 머리카락, 상기된 얼굴, 푸석한 금발의 곱슬머리. 넓은 기모노 소매 밖으로 엄마 팔이 보이다 안 보이다 한다. 그러다 팔을 쭉 뻗어 소피를 가리면 소매에 파란 앵무새가 완전히 나타났다가 파란색, 초록색, 주황색 빛이 보이고—불현듯 주름 지며 사라졌다. 그러더니 채찍 하나로 온갖 모양을 만드는 서커스 단원처럼 팔을 돌리면서 소피를 향해 다가온다. 연극 같은 몸짓, 변화하는 입 모양, 주름이 잡히고 펴질 때마다 색깔이 달라지는 기모노 무늬, 실내화를 신고 구르는 발까지, 사람을 완전히 넋 나가게 하는 모습으로—그러다 어느 순간 이 모든 디테일이 엄마의 미와 숭고와 추를 아우르는 강렬한 감각으로 수렴하곤 했다. 어떨 땐 아름답고—엄마의 모든 것이 도자기로 빚은 듯한 손처럼 아름다웠다. 어떨 땐 상처 입은 동물처럼 거부감이 왔다. 감각의 폭력 속에 소피는 녹아 버리는 느낌이다. 대강의 윤곽, 방 안에 있는 어린이라는 고통스러운 의식만 남는다. 다른 사람, 정의되지 않은 덩어리, 텅 빈 윤곽만. 어린아이의 일부가 나타났다 사라졌다 다시 나타난다—마치 허상처럼 느닷없고, 조각나고, 혼란스러운 모습으로. 발에는 체중이 이리 실렸다 저리 실렸다 하고, 얼굴은 화끈 달아 축축해져 뼈와 뇌와 젤리 같은 눈과 어둠이 피부 뒤로 드러난다. 어깨를 으쓱해 보지만 어둠속엔 아무도 없다. 소피는 뒤로 한 발 물러나며 못생긴 갈색 레이스 신발을 내려다본다. 어린아이의 유령이 벌떡 일어나 분노에 차서 거센 비난을 퍼붓지만 그 말들은 사실이 아니다. 지고 있는 전투에 갇힌 아이, 자기방어를 해 봤자 더 끔찍한 심판을 자초할 뿐이다. 자멸이라는. 아이 앞에 선 엄마는 말이 없어서 더 끔찍하고 비정상적이고 가증스럽고, 말도 할 수 없을 정도로 화가 나 있다. "… 다른 부모 같았으면 오징어가 되도록 때렸을 거야." 엄마는 신음하듯 말을 뱉었다. "… 다 네 아빠 때문이야. 세상에서 제일 착하고 친절하고 너그러운 아빠… 너무 착한 양반이라 네가 멋대로 하도록 내버려 두지…. 네 아빠만 아니었더라면…" 엄마의 말소리는 숨 넘어가듯 조그만 신음으로 잦아들고, 소피는 얼어붙은 채 고개를 숙이고 등은 꼿꼿하게 펴고 서 있다. 마치 한 대 맞기를 기다리기라도 하듯이. 이 여자에게 한 대 맞을까 하는 공포와 욕망 사이에서 단번에 얼어붙고 갈갈이 찢겨 서 있다. 너무나 좋은 아빠 때문에 때리지 않는다는 이 여자 앞에. 몸에 아무런 해도 끼치지 않는다는 데 걱정과 동시에 안도를 느낀다. 하지만 위험이 사라지자 안도보다 걱정이 앞선다. 엄마가 참는 이유가 이해되지 않아서다. 집 안 다른 방에서 환자를 보느라 바쁜 게 정말 우리 아빠일까? 뭔가 구체적인 상상을 하고 싶다. 소피와 이 여자 사이에서 소피를 보호해 주는 보이지 않는 벽. 엄마가 여기까지만 손톱을 드러내고 날뛰고 더 이상 못 다가오게 하는 보이지 않는 쇠줄이 소피를 혼란스럽게 하고, 잘 들어맞지 않는 그림을 마음속에 그리게 한다.

엄마는 아직도 울면서 눈을 훔치며 화장대 옆에 서 있다. 소피는 엄마의 울음이 가라앉을 때까지 기다렸다. 엄마에게 짠한 마음을 갖지 않기가 힘들었다. 지금은 슬픔에 빠져 세상 혼자이고, 소피가 있다는 것도 소피를 향한 분노도 잊고 울고 있는 가련한 여자일 뿐이니까. 엄마의 황량한 모습은 미와 추를 동시에 담고 있었다. 엄마가 예쁜지 못

생겼는지는 모르겠고, 그저 측은하다는 것만 알 것 같았다…. 그냥 방을 나가 버리기는 무서워서 그렇게 서서 엄마가 진정하기를 기다리면서도 때때로는 스스로도 답하지 못할 물음들을 스스로 물을 시간이 났다. 엄마를 진정시켜야 하지 않을까? 왜 못 해? 할 수 있다면 어떻게 할 건데? 하지만 소피는 그러지 않았다. 할 수 없었고, 해서도 안 되었다. 엄마를 진정시키지 않았다. 몹시 안됐다고 생각하는 동안에도 안 돼!라는 목소리가 소피를 붙잡았다. 엄마가 살짝 고개를 돌려 둘이 눈이 마주칠 땐 안 할래, 못 해, 라는 목소리가 가로막았다. 그게 뭔지는 몰랐다. 그건 엄마가 소피에 대해 한 말이었고, 너무 무서운 말이어서 엄마도 그것을 뭐라고 불러야 할지 몰랐다. 무정하고, 비인간적이고, 비정상이다—이런 말은 사실은 자기 자식을 앞에 두고 보면서도 이해할 수 없다는 답답함의 표현이었다. 정말 그 말대로라는 것은 오직 소피만이 이해하고 느낄 수 있었다. 소피야말로 말할 수도 이해할 수도 없는 악의 표상이었으니까. 거기엔 아무런 느낌도 없었다. 수많은 뼈와 대롱과, 위와 폐와 심장과 내장이 한데 모여 있는 신체의 느낌, 그것이었다.

엄마는 화장대 앞에 앉아 있다. 어딘가 정신이 팔린 듯 부산하고 신경질적인 몸짓으로 서랍을 다 빼내 무언가 찾고 있다. 찾는 걸 찾아내지 못한다. 화가 나서 스카프를 방바닥에 내팽개친다.

"마당에 나갈래." 소피가 돌아서며 말한다.

엄마가 방금 서랍에서 꺼낸, 배배 꼬인 실크 쫄바지 무더기를 들고 공중에서 얼어붙은 채 올려다본다.

"필요한 거 있어서 온 거 아니야?" 피로에 찌든 목소리는 무관심하고, 한껏 화가 난 뒤끝인 듯 살짝 조롱이 어려 있다.

책 제목을 내뱉고 소피는 밖으로 나가 버린다.

※ ※ ※

학교는 유년에 예상치 못한 제재와 품위를 준다. 학교에 들어간다는 것은 형식, 공공, 규제에 복종하는 존재가 되는 것이다. 여기서 일 년에 한 학년씩 올라가며 인생의 12년을 보내게 된다. 같은 반 모든 여자아이들과 마찬가지로 세일러 블라우스에 주름치마 교복을 입고.

마법처럼 행복한 세계다. 커다란 둥근 시계의 감독 아래 매일이 달라지고, 종이 울리면 교시가 시작하고 끝나고, 순간순간이 색깔, 몸의 감각, 재미있거나 지루한 저마다 독특한 활동의 연속이다. 마치 계절을 축소해 놓은 것처럼, 다음 주도 월요일 오후면 어김없이 독서교실은 돌아온다.

수업에 앉아 있는 것은 노선을 알고 있는 전차를 타고 다음 정류장을 예상하는 것과 같다. 어디서 길이 꺾여 돌 때는 짜릿하고, 어떤 밋밋한 구간에서는 몽상에 빠지기 좋다. 학교가 바로 그런 곳이었다. 이걸 해라, 지금 해라, 언제 해라, 이런 지시를 받으면 처음에는 덜컥 겁이 나기도 하지만, 모든 것은 시곗바늘에 달려 있고 아무튼 시계는 간다는 걸 알고 나면 느긋하게 지붕은 무슨 색으로 그릴까 생각할 여유도 생기고, 문득 정신을 차려 보면 시간이 마치 물건 떨어지는 속도로 훌쩍 흘러 버리기도 했다.

침묵의 독서에는 언제나 극심한 통증이 따랐다. 시계만 째깍거리는 고요한 교실에 앉아 있노라면 문득 지구가 우주 가운데서 맹렬히 돌고 있고 지구 반대편엔 중국 사람들이 거꾸로 매달려 있다는 느낌이 들거나, 심장 뛰는 소리가 귀에 들리고, 몸 여기저기서 말소리가 들리곤 했다. "시간은 흘러 흘러 시간은 흘러 흘러 시간은 흘러 흘러…" 그게 거북할 때는 약이 있다. 책상 아래서 몰래 그림을 그리거나, 선생님이 보지 않을 때 책장을 넘기거나, 다른 아이들이 꼬고 푸는 다리와 양말과 신발을 꼼꼼하게 연구하기.

매일 아침 수업 시작하기 전에는 책상 옆에 차려 자세로 경건하게 서서 국가를 부른다.

나 믿노라, 하느님도 하나
조국도 하나
거룩하고 영원한 정의도 하나
나 믿노라, 헝가리여 부활하라.

국가를 부르는 동안에는 교실 모퉁이에 말아 세워 놓은 커다란 국기를 풀고, 한 학생이 깃대를 잡으면 한 학생이 깃발을 똑바로 펼쳤다. 하얀 바탕에 굵은 실로 왕관을 수놓은. 그 광경은 신비롭고 즐거운 느낌을 자아냈고, 겨울의 눈과 금박지로 싼 초콜릿 산타클로스와 여름의 성 스테판의 날 불꽃놀이까지, 사계절의 쾌감을 한데 모은 듯했다. 벽에 있는 지도에는 장차 부활할 커다란 헝가리 지도에, 1차대전 이후에 그어진 지금의 국경선을 가는 검정 선으로 표시해 놓았다.

방독면을 쓰고 하는 방공 훈련은 흥미진진했다. 아빠는 말도 안 되는 선전이라고 했다. 거짓말이야. 전쟁은 추악한 거야. 아빠는 전쟁통에 살아남았고, 왕당파 편에 서서 싸웠다. 혁명과 반혁명을 다 목격했다. 죽으나 사나 스탈린뿐이라니, 다 개소리야.

모두들 독가스 전쟁이 있을 거라고 확신했다. 어느 나라가 공격을 준비 중인지는 확실하지 않았다. 이웃 나라 중 하나일까? 아니면 바로 헝가리가 독가스를? 하굣길엔 "루마니아 놈이면 태워 죽여라, 체코슬로바키아 놈이면 목을 달아라, 유고슬라비아 놈이면 물에 던져 죽이고, 오스트리아 놈이면 사타구니를 차 주자"[1차대전 후 옛 헝가리 땅이 분할돼 이 네 나라에 편입되었다]라는 노래를 불렀다. 사타구니를 차는 대목을 특히 신나서 부르면서, 진창길에서 서로 사타구니를 걷어차는 장난을 했다. 루마니아 사람들은 어떤 사람들일까? 베르사유 조약의 허구. 유고슬라비아, 체코슬로바키아—이것들은 진짜 나라가 아니었다. 이 땅에는 헝가리 사람들이 천 년 넘게 살아왔다는 것을 모든 헝가리 학생들이 알았다.

유대인들한텐 안됐어—할머니 댁에 모인 사람들이 말하는 걸 들었다. 헝가리애국당들이 유대인을 죽일 거야. 그럼 나는 나라를 위해서 싸울래요. 소피의 말에 모두들 웃었다. "넌 안 돼. 유대인이잖아." 매일 아침 소피는 헝가리의 부활을 기도했다.

헝가리는 내가 태어나고 진정으로 속한 곳이었다. 헝가리가 내 집이다. 작고 빨간 집 말고, 부다의 언덕 너머로 이어지는 하늘 아래 광활한 대지가. 커다란 산과 호수와 숲과 강, 그것이 헝가리였다. 슈바르츠발트(흑림)에서 흑해까지 도나우강은 흐르고, 헝가리 저지대에선 양치기들이 개를 데리고 양떼를 몰았다. 끝단에 레이스를 단 치마를 입고 치마를 입고 부츠를 신은 농촌 소녀와 소년들—이런 것들이야말로 부다페스트보다 더 진정으로 헝가리였다. 이 모든 것들을 소피는 사진으로 보았고, 정성스럽게 사랑을 담아 공책에 그렸다. 특히 늦에

한 다리로 서 있는 황새. 굴뚝에 걸린 황새 집. 새끼들을 먹이는 황새. 하늘을 나는 황새가 가장 그리기 힘들었다.

3월 15일 성 스테판의 날의 불꽃놀이 때는 모두가 국기 색 주름이 달린 핀을 꽂았다. 멋 부리는 사람들은 한가운데 왕관이나 시인 페토피의 사진을 넣었다—이 모든 것이 담벼락마다 붙은 "결사반대NO. NO. NEVER" 스티커와 함께 헝가리의 현재를 말해 주었다. 트리아농[헝가리 영토 분할을 결정한 1921년의 조약이 이루어진 장소]은 어떤 장소나 조약이 아니라 학살 행위였다는 것을 포스터들은 적나라하게 외치고 있었다. 털복숭이 주먹이 칼을 쥐고 있는 그림이 들어간 포스터에서 '트리아농'은 바로 그 범죄의 이름이었다. 그리고 트리아농에 대한 답이 "결사반대"였다. 헝가리는 사계절이 있지만 계절 하면 단연코 황새가 아프리카에서 돌아와 둥지를 트는 봄, 풀빛이 신록으로 시린 봄이었다. 3월 15일에 다는 빨강, 하양, 초록의 핀은 첫눈과도 같은 청량감과 기대감을 안겨 주었다. 헝가리 같은 진짜 봄을 볼 수 있는 곳이 세상 어디 있을까 소피는 상상할 수 없었다—파란 하늘에 빨강과 하양과 초록으로 펄럭이는 국기에 그 모든 것이 들어 있으니까. 빨강은 나라를 위해 목숨을 바친 군인들의 피, 하양은 눈과 구름, 초록은 풀.

아빠는 하느님을 믿지도 않는데 왜 나는 히브리어 수업에 가야 돼? 어느 날 소피는 아빠에게 이젠 그만 다니겠다고 했다.

"인류가 아직 준비가 안 됐어." 나는 준비 됐는데? "쉬이," 아빠가 목소리를 낮췄다. "대기실에 환자가 있어." 소피는 책가방에서 히브리어 구약성서를 꺼내 바닥에 내동댕이쳤다. 책이 펼쳐지며 떨어져 사무실 문턱에 서 있던 아빠의 발아래서 낱장들로 흩어졌다. 아빠는 말없이 주웠다. 소피는 책가방을 갖고 자기 방으로 들어갔다.

❀ ❀ ❀

유월절엔 강 건너 페스트의 아파트 2층에 있는 할머니 댁에 갔다. 란츠만 일가 모두 할머니 댁에 모여 유월절을 쇠었다. 먼 곳에 사는 랍비에게 시집간 고모들만 빼곤 집안에 종교를 믿는 사람은 없었다. 결혼 전이라 할머니랑 살면서 병원에 나가는 베니 삼촌조차. 삼촌은 종교 갖고 농담을 했고, 집 밖에 나가면 예배에 참석하지도 않았다.

종교란 뭔가 오래되고 낡은 것, 집에 두기는커녕 뒷방에 처박아 두기도 창피한 먼지 앉은 못생긴 가구 같았지만, 그렇다고 내다 버릴 순 없는 어떤 것이었다. 할머니를 내다 버릴 순 없으니까.

하지만 다른 면도 있었다. 종교는 거북해 하면서도 유대인인 건 자랑스러들 했다. 왜 그랬을까? 모두들 유대인이 우월하다는 자긍심이 넘쳤다. 그러면서도 소피가 왜 그런지 물어보면 식구들은 할 말이 궁해 언짢아했다. 유대인은 다른 족속들하곤 달라, 모르겠어? 지능이 뛰어나고, 그래서 종교가 없는 거야. 아빠는 당신이 과학적이고 무신론자인 것도 유대인인 덕분이라고 했다. 그러면서 마지못해, 유대인이 아닌 사람도 진짜 위대한 사상가가 될 수 있다고 한 발 물러섰다. 전문가, 기술자, 예술가… 하지만 진실을 말하자면, 니체만 예외야. 그러면서 니체를 인용해 말했다. "나는 천재가 아니다. 다이너마이트다."

그것은 매우 혼란스러웠다. 아침에 일어나거나 길을 가다 물웅덩이를 폴짝 넘을 때 나는 유대인이 아니었다. 하지만 할머니 댁에 가면 갑자기 유대인이 된다. 종교적인 유대인들이 하는 것과 똑같은 것을 한다. 란츠만 집안이라는 것은 유대인이라는 것과 마찬가지다─바로 그게 혼란스러웠다. 다들 말도 그런 식으로 했다. 심지어 다른 가족 모두에게 못마땅해 있는 할머니조차 가족들이 좀 다르길 바랐다. 자식들이나 손자들 중 하나가 잘난 일을 하면 목소리를 높여 "아무렴, 란츠만인데"라거나 "유대인이 원래 똑똑해"라고 말씀하셨다. 란츠만 집 아이. 유대인 아이. 둘은 같은 말이었다. 할머니만 예외였다. 할머니는 유대인도 아니고 란츠만도 아니고, 당신 자신이 특출났다. 할머니만 빼고 가족 중 누군가 똑똑한 짓을 하면 그건 란츠만이고 유대인이기 때문이었다. 할머니는 가장 풍성한 유월절 밥상을 차렸다. 할머니니까.

　　할머니는 화가 많고, 피해 의식이 있고, 의심 많은 노인이었다. 누가 집 안에 들어오기라도 하면 그 순간부터 코를 킁킁거리고, 코트를 손으로 문지르며 원단이 어떻다느니 하며 얼마 줬어? 하기 일쑤였다. 푸줏간에서 거위를 사듯 사람을 내려보며 뺨과 팔과 허리와 엉덩이를 훑는다. "이게 뭐야?" 사촌 가보르의 빼빼 마른 팔을 흔들며 투덜댄다. "너무 많이 뛰어 놀게 했구나!" 할머니가 허리를 숙여 가까이 굽어보며 팔을 잡고 뭐 했니, 뭐 먹었니 하고 묻는 건 자상한 게 아니라, 모든 걸 알아야겠고 반대해야겠고, 미움과 동시에 희망을 나타내고, 조금은 속아 주고, 유머와 상식이 있는 체하는 것이다. 할머니 댁에 모인 가족들은 적어도 잘 먹고 잘사는 티가 나야 했다. 그리고 오늘 밤은 할머니가 만든 수프와 동그란 맛짜^{Matzah}[유대인 유월절에 먹는 발효되지 않은 딱딱한

빵]와 양과 오리구이를 먹어야 한다. 그게 신나는 유월절 의식이었다.

할머니는 후손들이 교인이 아니라는 걸 알기에 여러 말로 타이르고 일장연설을 하다가, 경멸을 담아 "으흠!" 하고 그치곤 했다. 식구들이 할머니에게 거짓말을 하진 않았다. 할머니도 그걸 알았고, 당신이 아는 것들을 한 명 한 명에게, 심지어 같이 사는 아들한테까지 이야기했다. 그러다 화가 머리끝까지 나면 히브리어로 짧은 말을 또박또박 내뱉곤 했는데 아마 욕이었을 것이다. 할머니의 폭발, 혐오하는 듯도 알겠다는 듯도 한 표정, 히브리어로 퍼붓는 욕까지, 이 모두가 유월절의 일부였다. 그러면 모두들 방바닥을 내려다보며 할머니가 그만할 때까지 기다렸다. 그러다 여자 식구들이 하소연하듯 종알대면 드디어 아빠가 목청을 돋우며 "맞아요, 어머니. 저희는 다 위선자들이에요" 하고 말했다. 그러고는 할머니가 얼마나 훌륭한 여자인지, 모든 면에서 현모양처의 귀감이라는 둥 추켜올린다. 독실한 신앙과 헌신, 공공 봉사 자선활동에 나선 일 따위를 들먹인다. 강한 어조로, 때로는 간곡하게, 결론은 할머니는 이런 분이라는 걸 다들 알라는 것이었다. 얼마나 좋은 어머니였는지 말하다간 스스로 울컥하기도 했다. 그럴 땐 삼촌이 끼어들어 큰소리로 "저희는 못된 자식들이에요"라고 말하고는, 미덕을 칭송하는 긴 찬송가를 부르기 시작한다. 중간중간에 아빠가 낮은 목소리로 "진실로 그러하도다"라며 후렴을 넣었다. 삼촌의 찬송가를 그쳐야겠다 싶으면 더 크게 "진실로 그러하도다"라고 외치면서 방에 있는 모두를 그윽한 눈길로 둘러보고는 확 달라진 분위기로 "우린 다 위선자들이야. 어머니 자식이 될 자격이 없어"라고 말했다. 가장 나이 많은 남자 가족이자 명절의 주재자의 특권이 고스란히 실린 목소리로 아빠가 "어서 시작하지" 하면 막이 오르기 직전의 무대 뒤편 같은 소란이 한바탕 일어난다—할머니는 황급히 부엌으로 가고, 고모와 삼촌들은 방 안을 돌아다니며 모든 것이 제대로 돼 있는지 확인한다. 식탁은 제대로 차려졌는지, 의자는 충분한지, 이걸 가져와라 저걸 치워라 시키며 모두들 부산했다. 아이들에게는 저마다 앉을 자리를 정해 주었다. 모두 하가다ᴴᵃᵍᵍᵃᵈᵃʰ[유월절에 대한 모든 이야기를 담고 있는 율법서]는 챙겼니? 가보르는? 리지는? 미치는? 소피는? 티보르는? 너무 큰 목소리와 불필요한 행동들에 할머니는 짜증이 나고, 침울해 보인다. 아빠가 할머니의 손을 잡고 이시(이시도르) 큰아빠에게 "앉아요"라고 말하면 큰아빠는 기분이 상한 얼굴이다. 아빠가 회색 페도라를 고쳐 쓴다. 남자들이 눈빛을 주고받고는 기도를 시작한다. 베니 삼촌의 손이 탁자 위에 올라와 소피의 하가다에서 페이지를 찾아 펴 준다. 레아 고모가 사촌 미치에게 "쟤 보여 줘라"라고 말한다. 소피가 번역문을 눈으로 찾기도 전에 미치가 미소를 지으며 부드러운 목소리로 소피의 귓가에 속삭일 땐 금발과도 같은 목소리가 뺨을 간질였다. 감정을 한껏 실어 짧은 숨을 쉬며 말하는 미치의 목소리는 늘 그랬듯 저는 모든 사람을 기쁘게 하는 소녀예요, 라고 말하는 듯했다.

유월절 의식과 관련된 것은 하나같이 다 이상했다. 그것은 저마다 접시 옆에 놓인 하가다라는 책이 증명한다. 유월절 식탁 차리는 법을 보여 주는 그림이 있고, 기도 한 번 할 때마다 채소를 축이고, 술잔을 들고, 맛차를 깨 먹고, 일어나고 앉고, 손 씻는 방법을 설명하는 글이 나온다. 뭘 하는지, 왜 하는지, 무슨 의미인지. 가장 어린 아이가 해야 하는 대사도 나온다. 왜 오늘 밤은 다른 날이랑 달라요? 물음도 답도 하가다에서 읽는다. 페도라를 쓰고 식탁에 둘러앉은 남자들은 마치 진짜로는 방에 없는 것처럼 보인다. 보통은 방금 들어왔거나 막 나갈 참이 아니면 집 안에서는 모자를 안 쓰니까. 식탁 저쪽에서 큰소리로 읊고 고개를 끄덕이는 남자들 중 한 명, 아빠가 이쪽으로 고개를 돌린다. 마치 집에 둘만 있는 것처럼 함박웃음을 짓고 윙크를 날리는 모습이 다른 사람 같다. 엄마가 준 수놓은 스컬 캡 대신 회녹색 페도라를 쓴 아빠가 그저 아빠일 때나 다른 사람을 흉내 내며 웃길 때와는 다른 표정으로, 몸을 앞뒤로 흔들며 찬송가를 부른다. 느릿느릿 큰소리로 부르고 읊고 야릇하게 확 움직이고 하다가 모자를 뒷머리에 눌러 쓸 때 표정은 지루하고 거만해 보인다. 정말로 기도하는 유대인이 됐다가, 다시 보면 기도하는 유대인을 놀리는 것도 같다. 사실은 잘 모르겠다. 큰 차이가 있는 것도 아니니까. 어쩌면 유대인은 으레 그렇게 기도해야 하는 건지도.

하가다에는 유월절 식탁에 둘러앉은 가족 사진도 하나 있다. 사진 속 아이는 하가다를 보고 있는 아이를 찍은 하가다 속 사진을 보고 있다. 지금 우리랑 별반 다르지 않다. 가족들 모두 식탁에 둘러앉았고, 남자들은 스컬 캡을 쓰고 하가다를 읽고, 맞짝는 동그란 것도 있고 네모난 것도 있다. 유월절 식탁에 둘러앉은 가족, 그것이 유월절이다. 하느님이 이집트에서 유대인을 인도해 냈다는 것은 이야기일 뿐이고, 지금도 논쟁거리인 율법과 뒤섞여 있다. 또 다른 그림엔 유월절 식탁에 앉은 네 명의 아들이 나온다. 똑똑한 아들, 못된 아들, 멍청한 아들, 질문을 하기엔 너무 어린 아들이다. 샅바만 감은 차림으로 돌을 지고 다니는 남자들 그림, 열 가지 역병 그림도 있다.

어린아이란 쉬이 주의가 산만해지는 법….

지루했다. 하가다를 펼치면서 맨 앞 페이지 그림을 들여다보는데, 사실은 그게 마지막 페이지다. 죽음의 천사 그림이다.

숫소를 도살한 푸주한을 베고,
불을 끈 물을 마시고,
개를 때린 막대기를 불사르고,
아버지께서 동전 두 닢으로 사신
새끼 염소, 한 마리 새끼 염소
그 염소를 잡아먹은 살쾡이를 치시리라.

황소의 목에서 솟구치는 피를, 불 끄는 물처럼 그려 놓았다. 푸주한의
칼이 죽음의 천사의 검보다 크다. 살쾡이와 개와 막대기와 사람들이
있는 한가운데 불과 물을 억지로 끼워넣은 모양새다. 죽음의 천사를
공격하는 거룩한 자와 축복받은 자—어떻게 믿을 수 있으며, 또 무슨
의미일까? 손 하나가 식탁으로 넘어와 손가락이 책장을 제자리로 넘
긴다. 아빠, 아니면 삼촌이 눈치를 주는 거다. "라사 마 후 오메르(못
된 아들이 하는 말은)." 사라예보에서 온 고모부는 멋진 사각 수염을 가
진 랍비다. 못된 아들이란 말을 웃긴 헝가리어로 번역한다. "이 예배
가 너에게 무슨 소용이냐?" '그'가 아니라 '너'에게 묻는다. 공동체에
서 자신을 제외시킴으로써 그는 전지전능한 하느님을 부인하는 것이
다. "그러니 그의 이빨을 다물게 하라. 그에게 말하라. '이것이 내가 애
굽을 떠날 때 하느님이 나를 위해 행하신 일이라.' 그를 위해서가 아니
라 '나'를 위해서. 그가 그곳에 있었더라도 그는 구원받지 못했으리라."
　어린이란 하가다의 구절에서 감명을 받게 마련이다. 어느 식탁에서
건 영악한 사람들은 딴짓을 할 것을 하가다는 처음부터 내다보고 있
다. 이 또한 유월절 의식의 일부다. 속담처럼 못된 유대인이라서, 이 점
을 이해하지 못하는 유대인 아이라 해서 덜 유대인인 건 아니다. 유대

인이라는 건 무슨 뜻일까, 어린이는 궁금해 하기 마련이다. 소피도 특히 자기가 부다페스트의 행복한 환경에서 사는 건 모세를 따라 이집트를 탈출한 조상들로부터 나온 경건한 유대인의 후손이라서인지 궁금하다. 하가다의 그림들만 갖고 본다면 소피는 파라오의 딸이 되기보다 소피 자신이 되는 편이 나아 보이기 때문이다. 못된 아들 대목을 보며 곰곰이 생각한다. 그 아들이 이집트에 있었더라도 하느님이 데려가지 않았을 것이라고? 가정에 근거한 추론은 산산이 흩어지고, 상상은 온갖 방향으로 뻗어 나간다. 내가 만약 거기 있었다면… 만약… 내가 거기 있을 수 있었을까? 파라오 시대에 나는 어디 있었을까?

남자아이가 킥킥대는 소리가 들렸다. 소피는 시선은 책에 고정시킨 채 식탁 건너편에서 오는 시선들을 느낀다. 나를 보는 걸까? 하지만 이 모든 건 아마 남자아이들에게만 해당하는 건지도 몰랐다. 딸들은 달랐다. 선택의 여지가 없었다. 어떡해서든 착한 유대인 딸들이어야 했다. 트란실바니아의 덩치 큰 랍비를 아버지로 둔 두 명의 사촌처럼 유대인 딸들은 어둡고 의젓하고 독실했다. 아니면 안식일에 남자친구와 시골에 드라이브를 가거나 영화를 보러 가는 길에 할머니 댁에 들러 안아 주고 가는 사촌 미치 같은 명랑한 금발의 예쁜 거짓말쟁이였다. 할머니가 성경을 인용해 경고하는 여자들 같은 사악한 창녀가 아닌 이상, 유대인 여자에게 선택의 여지는 없었다. 할머니는 소피의 엄마가 딱 그런 여자라고 했다. 부다페스트에서 제일 잘사는 유대인 사업가와 결혼한 반 친구 엄마도 있었는데, 그녀에 대해서는 더 충격적인 이야기를 들었다. 하지만 사악한 여자, 창녀에게는 반감과 경멸과 혐오뿐, 못된 아들처럼 완전히 내쳐지는 것은 아니었다.

"왜 오늘 밤은 다른 날이랑 달라요?" 정해진 질문이 시작된다. 다른 사람들이 다른 날이랑 유월절의 식탁이 어떻게 다른지 설명해 준다. 첫 번째 질문이 그렇게 지나가고, "왜요?"가 이어진다.

옛날얘기가 시작되고 여담, 인용 속 인용, 설명에 대한 설명, 보충 설명이 이어진다. 히브리어를 번역한 걸까? 이것은 불손한 설명일까? 강제수용소에 갇혀 예배드리는 두 명의 유대인에 관한 농담 같은 걸까? 마치 사악한 두 명의 아들 같은? 정신을 모으다가 팔다 하다 보면 히브리어 구절이 냉소적인 독백처럼 느껴진다.

남자들은 손을 씻기 위해 식탁을 떴다. 여자들은 할머니를 따라 부엌으로 간다. 아이들은 수프를 내올 때까지 자리를 뜨는 걸 허락받고는 모두들 일어나서 왔다갔다 한다. 에르지 고모는 남편과 두 딸이랑 트란실바니아에서 기차를 타고 왔다. 커다란 회색 수염의 남자는 무려 다른 나라에 있는 사라예보라는 데서 왔는데, 이번에 돌아가면 다음 부활절이 돼서나 한 식탁에 앉거나 예루살렘에서 보게 될 것이다. 아니면 모두 미국으로 가거나, 아니면 적어도 소피와 아빠와 이시도르 큰아버지네 가족만이라도. 올가 큰엄마 말이, 히틀러가 유대인을 모두 죽일 것이고 벌써 많이 죽였다니까. 할머니는 가지 않을 것이다. 레아 고모도 고모부가 괜찮은 철물점을 운영하기 때문에 그걸 두고 떠나지 않는다고 했다. 그만들 쉬었으면 계속하지, 할머니가 모두들 조용히 하라고 한다. 이대로라면 고기가 나오기 전에 아이들은 잠이 들어 버릴 것이다.

느린 찬송가를 부른다. 오랜 여정처럼 사랑스러운 노래였는데, 다시금 목소리가 끼어든다—요나스 고모부가 자기가 겪은 일을 얘기한다. 아이들은 짜증을 내고, 심지어 할머니까지 웃고 있다. 남자들이 다시 일어나 손을 씻는다. 방을 가득 채운 사람들은 금송아지를 둘러

싸고 춤추며 자기들을 풍요의 땅 이집트에서 데리고 나온 모세를 원망하는 불손하고 비웃고 제멋대로인 이스라엘 사람들로 바뀌었다. 장난들 그만 치고! 아빠가 말한다. 열 시 뉴스를 듣고 싶은 것이다. 열 시 전에 끝내려고 기도가 빨라진다. 베니 삼촌의 라디오는 전 세계 모든 도시 소식을 알려 준다. 히틀러와 무솔리니, 런던과 도쿄까지. 아이들은 다들 신이 났고, 이집트의 열 가지 재앙 대목에선 소리를 질러 댄다.

1938년 봄에 할머니 댁에서 보낸 유월절은 대량 학살을 위한 모임과도 같았다. 어쩌면 유대인이라는 건 원래 이런 것인지도 모른다. 이집트 노예 생활로 시작해, 하느님이 그들을 택해 인도했고, 그 뒤로 언제나 이방인으로 떠돌아다니며 이방인의 땅에서 하느님이 그들을 해방시킨 일을 기억하고, 예언자 엘리야를 위해 열어 둔 문으로 그가 들어와 술잔을 들이켜고 그 즉시(아니면 1년을 더 기다려야 할지도) 그들을 예루살렘으로 데려가길 기다린다. 예루살렘도 확실한 장소는 아니었다—하느님이 왕으로 다스리는 천국에 있을 수도 있고, 저 먼 나라, 영국이나 미국 반대편에 있는, 누구도 정말로 가고 싶어 하지 않는 팔레스타인이라는, 농담에나 나오는 나라에 있을 수도 있었다. 언제 들어도 이상한 이야기였다. 예언자를 기다린다니, 사실은 뭔가 끔찍한 일, 커다란 벌을 기다리는 건 아닐까? 시끄럽고 어지럽고 농담이 오가는 식탁에서 앉아 있자니 어른들이나 아이들이나 다 무슨 그로테스크한 코믹 오페라를 보면서 이집트의 피의 강과 개구리와 어둠의 재앙 대목에서 꽥꽥 소리를 지르는 것 같은 느낌이 들었다.

✿✿✿

外가인 리퍼 집안은 뿔뿔이 흩어져 사는데, 재미있는 집안이었다. 우선 형제들이 다 배다른 형제들이다. 리퍼 외할아버지는 결혼을 두 번 했고, 온 가족이 모인 적이 없어 외가가 전부 몇 명인지 소피는 확실히 모른다. 세르비아, 보스니아, 이스탄불에 이모들이 있다는 이야기를 들었고 어릴 때 한두 명 정도 본 기억이 어렴풋이 남아 있지만, 그분들이 어머니의 배다른 자매들인지, 그러니까 첫째 외할머니 소생인지 둘째 외할머니 소생인지 확실치 않았다. 부에나 아줌마 얘기를 가장 많이 들었는데, 아마 소피의 이모는 아니고 엄마의 아줌마뻘인 것 같다.

부에나 아줌마 이야기는 이랬다. 어느 날 아줌마가 가족을 내버려 두고 아무에게도 말하지 않은 채 어떤 남자와 강가에 페리 보트를 타러 나갔다는 것이다. 그 길로 키이우까지 멋진 여행을 했다는 편지가 몇 년 뒤 아스트라칸에서 날아올 때까지 누구도 아줌마에게 무슨 일이 일어났는지 알지 못했다. 지금은 또 다른 부자와 멋진 집에서 매우 행복하게 살고 있었다. 그게 아줌마의 인생이었다. 그런 아줌마가 아기를 보여 주려고 한번 가족을 찾아온 적이 있었는데, 그땐 더 이상 부자와 살고 있지 않았고 또 다른 사람과 결혼해 매우 행복하게 살고 있었다. 아줌마의 남편을 본 사람은 없었다. 누구도 아줌마의 인생에 대해 알지 못했고, 어쩌면 오랜 시간 아줌마의 소식을 듣지 못한 사람들이 사실인지 거짓인지 모를 이야기를 꾸며 냈을지도 모르겠다. 어쨌든 아줌마가 이따금씩 찾아왔는데, 조금 웃긴 오리엔트 풍이긴 해도 언제나 멋지고 비싼 옷을 입었고, 아이들은 건강하고 예뻤고, 언제나 행복해 했다. 아빠도 부에나 아줌마의 경우를 설명하지 못했다. 당연히 미쳤지, 리퍼 집안은 로사만 빼곤 다 살짝씩 미쳐 있어, 아빠는 말했다. 리퍼 외할아버지는 어떻게 정신이 나갔는지, 그래서 어떻게 외할머니를 미치게 만들었는지, 조현병을 앓는 프리츠 외삼촌과 소피 어머니에 대해 이야기를 해 주고 부에나 아줌마 이야기도 들려주었다. 부에나 아줌마는 뭐가 문젠데? 소피가 묻자 아빠는 어깨를 으쓱하며 역마살이 있어, 라고 말해 주었는데, 소피가 듣기엔 그건 병 같지 않았다.

리퍼 외할아버지는 심술궂은 남자였다. 엄청 사랑하던 첫째 외할머니가 돌아가시자 상심이 컸고, 남은 집과 서너 명의 아이를 돌봐줄 사람이 필요해 재혼했다. 둘째 외할머니는 별로 사랑하지 않았고 거의 가정부처럼 두다시피 했고 하인보다도 못하게 대했다. 둘째 외할머니는 남편 때문에 무척 속이 상했지만 워낙 광기가 있는 여자였고, 남편이 아무리 못살게 굴어도 철저하게 순종했고, 외할아버지가 시키는 것보다 더 열심히 일했다. 아이들에겐 흠잡을 데 없는 흰 옷만 입힌다고 밤낮 옷을 빨고 다리고 꿰매면서도, 딸들이 손으로 무슨 일을 하거나 방바닥을 쓸거나 심지어 부엌에 들어가는 것조차 허락하지 않았다. 외할아버지는 전쟁 후에 재산을 다 날리고 미쳐 버렸다. 돈을 달러에 투자했더라면 지금쯤 얼마나 부자가 돼 있었을지 복잡한 계산을 하느라 모든 시간을 다 썼다.

엄마의 언니인 로사 이모는 엄청난 미녀라고 알려져 있다. 원래는 이 이모가 아빠가 결혼하기로 한 사람이었다. 부다페스트에서 공산주의자를 싸그리 총살시킬 때 로사 이모는 잠옷 바람으로 달리는 기차를 잡아타고 부다페스트를 탈출했다고 한다. 그러고는 여러 나라를 전전하며 살면서 여러 번 결혼했다. 지금은 런던에서 살고 있고 아기가 있지만 남편은 없고, 아빠랑 같은 정신과 의사였다.

어느 해 여름 로사 이모가 금발의 곱슬머리에 동그란 파란 눈을 가진 통통한 천사 같은 아들과 외할머니와 함께 소피네 집을 방문했을 때, 소피는 믿을 수가 없었다. 엄마보다 약간 나이가 들고 키가 작으며 어두운 머리색에 정장을 한 이모가 웃고 있었는데, 잠옷에 맨발로 달리는 열차에 올라타는 젊은 여자의 모습을 상상하기가 힘들 정도로 완전히 다른 사람이 돼 있었고, 그것을 불행하게 생각하지 않았다. 이모와 엄마는 부둥켜안고 입을 맞추었고, 엄마가 언니를 만난다는 게 무슨 의미인지, 얼마나 그리웠는지, 언니가 엄마 같은 사랑을 얼마나 쏟아 주었는지 이야기하며 흐느끼는 모습을 보자니 화가 났다. 소피는 자매란 어떤 것인지 이해하지 못했다. 리퍼 외할머니, 낯선 꼬부랑 노파를 받아들일 준비도 돼 있지 않았다. 외할머니는 그저 외할아버지가 돌아가신 페스트의 허름하고 누르스름한 아파트에서 사는 사람쯤이려니만 생각했다.

엄마네는 이상한 가족이었다. 이야기 속에 나오는 사람들, 주로 이야기를 통해 알게 된 사람들이었다. 외할아버지와 첫째 외할머니처럼 돌아가셨거나, 둘째 외할머니와 로사 이모처럼 부다페스트에 살지 않아 한 번밖에 보지 못한 사람들, 또는 아예 헝가리에 살지 않는 유명한 부에나 아줌마(어머니의 죽은 이복자매인지 외국에 사는 이모인지도 모를). 부다로 이사 가기 전의 일들을 기억하듯 희미하게, 보석을 주렁주

렁 달고 뚱뚱한 팔에 화려하고 요란한 색깔의 옷을 입고 웃는, 먼 데에서 온 여자가 희미하게 기억난다.

부다페스트에서 살던 시절 엄마의 이복형제들인 두 외삼촌에 대해 가장 많이 들은 이야기는 그들이 키가 작고 성공하지 못했고 운이 나쁜 사람들이라는 것이다.

소피는 일 년에 한두 번 외삼촌들을 만났다. 엄마의 친척들 집을 가는 일엔 뭔가 특별한 게 있었다—마치 가정부나 남자친구와 하루를 보내는 것 같은, 또 다른 삶에 속했다. 전차를 타고 갔는데, 엄마는 평소보다 간소한 차림이었다. 야니 외삼촌이랑 에밀 외삼촌 보러 가는 거야, 외삼촌들이 좋아할거야, 라고 미리 소피에게 일러 주었다. 외삼촌들이 소피의 소식을 물으며 보고 싶어 한다는 것이었다. 어른들을 만나러 가는 것이 아이에게 그다지 흥미롭지 않다는 걸 알고 있었기에 이런저런 변명을 하며 차일피일했지만, 언제까지나 미룰 수도 없는 노릇이었다. 이번에 같이 가 주면 엄마한테 크게 선심 쓰는 거야, 엄마는 상냥하게 설명해 주었다. 그래야 외삼촌들이 엄마한테 화내지 않을 거야. 그러니까 외삼촌들이랑 엄마한테 좋은 일 하는 거지.

엄마랑 있으면서 그렇게 기분이 좋았던 경우는 드물었다. 교과서에 나오는, 전차를 함께 탄 어머니와 딸의 그림처럼, 이게 정상이고 그래서 기분이 좋았는데, 이런 느낌이 드는 일이 원체 드물었다. 엄마가 자리를 잡고 차삯을 지불하는 걸 지켜봤는데 조그만 몸짓들이 다 새로웠고 집에서 보던 모습과 딴판이었다. 둘 사이에 모든 것이 언제나 좋았던 것처럼 말도 상냥하게 했다. 그래서 소피는 죄책감이 들었다. 엄마는 이토록 착한 사람인데 소피를 비롯해 모든 사람들이 엄마한테 야박하게 굴면서 엄마를 있는 그대로 보지 않은 건 아닐까 해서였다.

외삼촌들은 친척처럼 굴지 않았다—마치 엄마는 그들에게 속해있고, 서로들 끔찍이 중요하게 여기는 듯했다. 좋아할 수도 있고 싫어할 수도 있고, 앞에 서면 저절로 예의를 차리게 되는 여느 사람들과 다를 바 없었다.

야니 외삼촌은 키가 작고, 부스스한 회색 머리에 옛날식 수염을 했다. 어깨와 이마부터 온통 걱정으로 찌들어 있었다. 외숙모는 덩치가 크고 친절하며 무기력해 보이는 여자였는데, 그토록 뚱뚱한 여자가 아이를 가질 수 없다는 것이 소피에게는 비정상적이고 무서워 보였다. 외삼촌네는 찢어지게 가난해서 손바닥만 한 단칸방에 살았는데 식탁, 소파, 장의자, 차림상에 의자 몇 개가 전부였고 그나마도 삐걱거리지 않는 게 없었다. 화장실을 가려면 마당을 지나야 했고, 부엌은 있는지 없는지도 몰랐다. 외숙모는 눈짓으로, 식탁에 올려놓은 차림상 유리 뒤에 있는 과일 그릇을 권하듯 가리켰다. 아마 그 집 먹을 것의 전부인데 손님을 위해 남겨 둔 듯했다. 소피는 먹고 싶지 않았다. 마르타 외숙모가 사과를 가져와 소매로 훔치고 소피에게 건넸다—좋아하는 게 집에 없어서 어떡하나. 소피는 재빨리 사과를 받았다. 외숙모가 빤히 보고 있었기에, 사과를 맛있게 먹는 척하려고 온 신경을 집중시켰다. 엄마는 야니 외삼촌과 돈 얘기를 하고 있었다. 아빠가 외삼촌을 재정적으로 돕고 있다는 것은 당혹스러운 일이고 소피가 알아서는 안 되는 문제였기에, 이야기를 못 듣는 척해야 했다. 단둘인 것처럼 외숙모와 앉아 있자니 소피를 보는 외숙모의 눈길엔 야릇한 걱정이 일었고, 슬픈 듯 갈망하듯 보였다. 외숙모는 아이를 가질 수 없어 불행하다고 모두들 말했는데, 외숙모의 아이는 아니지만 아무튼 소피는 아이였고, 그런 외숙모 앞에서 사과를 먹고 있자니 몸 둘 바를 몰랐다.

좋은 사람들인데 저렇게 가난해서… 상냥한 사람들인데 불행해. 길가로 나서면 엄마는 늘 그런 얘기를 했다. 소피야, 의젓하게 있어 줘서 고마워. 그리고 전차를 타고 다뉴브강가 커피하우스로 가서 페이스트리와 핫초콜릿을 먹었다.

에밀 외삼촌은 독신이었다. 우울하고 소심한 야니 외삼촌과 딴판이었다―빠릿빠릿했고, 금니가 많이 보였고, 엄마랑 돈 얘기나 소문 얘기하길 좋아했다. 에밀 외삼촌이랑은 커피하우스에서 만났다. 외삼촌은 언제나 편안한 분위기를 풍겼고, 뒤로 기대 앉아 손을 까딱해 웨이터를 부르거나 망한 거래 얘기를 하면서 웃을 땐 세상에서 가장 팔자 좋은 사람같이 보였다. 사업이 잘 안 돼도 내색하는 법이 없었고 (행복한 척하거나 뭔가에 특별히 꽂히는 사람이 아니었다) 여전히 세상 팔자 좋은 사람 같았다. 연한 회색 눈을 살짝 굴릴 때는 날카롭고 재빨라 보이는 것이 란츠만 사람들의 안절부절못하는 눈길과 달랐다. 야니와 에밀 외삼촌은 친가 삼촌들과 달리 삼촌이라는 존재를 대단하게 내세우지 않았고, 그저 일 년에 한두 번 소피 소식이 궁금할 따름이었다. 너무나 보통 사람 같아서 유대인이라고 믿기 힘들었다.

엄마와 동복형제인 프리츠 외삼촌은 소피 소식을 궁금해 하지도 않고 소피네 가족에 아무런 관심도 없었기 때문에 찾아가지 않아도 됐다. 하지만 프리츠 외삼촌이 반바지에 모자를 쓰고 우아한 수입 트위드 슈트를 입고, 마치 영국 공작인 듯 외국 억양으로 말하고, 털이 빳빳한 폭스테리어에 빨간 목줄을 매고 길거리를 다니는 모습을 아빠가 걸핏하면 얘기해 주어서, 외가 식구들 중에선 프리츠 외삼촌을 제일 잘 알았다. 프리츠 외삼촌의 생김새를 딱 아빠가 묘사해 준 모습 그대로 상상해 봤지만, 털이 빳빳한 폭스테리어를 데리고 나온 건 보지 못했다. 외삼촌은 딱 아빠가 말하는 웃기는 사람이었다. 아빠는 외삼촌 흉내를 내지도 못했다. 털이 빳빳한 폭스테리어가 있었으면— 프리츠 외삼촌 닮아서 그래. 커서 유고슬라비아의 페테르 왕자랑 결혼할래, 영국 해군에 들어갈래— 프리츠 외삼촌 닮아서 그래. 저속하거나 칙칙하거나 지루하거나 못생기거나 무의미한 것들을 불평해도 그건 다 프리츠 외삼촌을 닮아서 그런 것이었다. 그러면서 아빠는 외삼촌 사진을 꺼냈다. 사실인즉 언제나 결론은 프리츠 외삼촌이 안됐다는 것이었다. 할머니가 외삼촌이 열두 살 될 때까지 곱슬머리를 허리까지 기르게 하고 여자 옷을 입혔어—그래서 미쳤어. 외삼촌은 피부과 의사였다. 한번은 엄마가 소피를 외삼촌 병원에 데려간 적이 있었다. 팔꿈치 살갗에 비늘 같은 게 앉았는데 어떡해야 할지 물어보러 간 거였다. 다른 손님들과 함께 비좁은 대기실에 앉아 있으며, 귀족이라는 망상을 갖고 있는 남자가 다른 사람의 여드름과 발진을 봐 줘야 하다니, 소피는 슬프다는 생각이 들었다. 마침내 기다란 하얀 가운을 입은 외삼촌이 나왔는데, 10초마다 다르게 보였다. 세모진 얼굴에 두꺼운 안경을 쓴 미친 남자. 입술이 두툼한 젊은 남자. 살집 있는 눈과 입술을 가진 마른 남자. 살짝 비웃는 듯할 때 보이는 치열은 찰리 채플린을 연상시켰다. 소피를 보고 있지 않은 파란 눈의 남자. 재빠르고 자신 있는 손놀림. 외삼촌은 대기실에 앉은 소피의 팔꿈치를 살폈다. 간단하네, 지금 해요— 시선은 딴 데 둔 채 아주 빠르게 말했다. 집에서 의논 좀 해 보고— 엄마가 말했다. 째거나 태우지 않고 병원에서 걸어 나와 다행이었다. 외삼촌은 아무것도 아니라는 듯 살짝 비웃는 듯한 얼굴만 했다.

✵ ✵ ✵

엄마는 사실상 부다의 집에 산 적이 없었다. 창밖으로 마당이 보이는 가장 아름다운 방이 있었지만 엄마의 진짜 집은 아니었다. 호두를 처음 따던 날 엄마는 없었다. 손님처럼 왔다가 떠나곤 했다. 엄마가 집에 있으면 모두들 마음이 안 좋았다. 소피는 엄마가 나가서 어디 사는지 알지 못했지만, 집 밖 엄마의 진짜 세계를 언뜻 본 적이 있긴 했다. 당일치기일망정 남자친구와 온천, 스키장, 시골로 드라이브 가는 걸 언뜻 본 정도였다. 소피에게 속한 세계가 아니었고, 그 안에 소피의 자리는 없었고, 소피가 있다 한들 사실은 얼룩이나 될 세계, 그런 세계를 지나가다 언뜻 본 정도였다. 엄마가 아무리 잘 대해 줘도 소피는 엄마의 세계는 멋있고 자기는 얼룩 같은 존재라는 걸 절감했다.

자연스러운 질투와 외로움과 실망이라는 프리즘을 통해 언뜻 본 세계, 그 2인극의 세계에 소피의 배역은 없었다—소피 자신 그 연극을 용납할 수도 없었고. 그래도 엄마의 아름다운 로맨스를 간접 체험하는 것이긴 했다. 엄마한테 들이대는 남자들이 멋지고 사려 깊고 점잖고 섬세하고 상황에 예민할수록 소피는 더욱 절망적으로 그들을 좋아했고 더 열심히 아이처럼 굴어야 했다.

시내나 시골로 드라이브를 나가면 소피는 지나치는 경치를 구경하느라 정신이 없었다. 온천이나 스키장에서, 엄마처럼 우아하게 다이빙을 하거나 오스트레일리아식 자유형을 하거나 멋진 스키 턴 같은 것을 소피는 할 줄 몰랐다. 이런 것들은 엄마의 전유물이어서 소피가 경쟁할 것이 애당초 아니었다. 긍정적으로 말하자면 소피가 더 잘, 더 오래, 더 빨리 할 수 있는 게 더 많기는 했다. 높은 바위에서 뛰어내리거나, 예술 스키 선수들도 손을 내저을 얼음투성이에 군데군데 흠이 있는 슬로프를 타는 것 같은. 엄마와 남자친구가 간식을 먹거나 쉬는 동안은 소피가 물속이나 눈밭에서 계속 노는 게 모두를 위해 좋았다. 이렇게 사는 엄마를 보는 건 즐거웠다. 단 하나, 너무 느긋한 것만 빼고—차나 와인을 마시며 쉬거나 어슬렁거리는 시간이 너무 길면. 그러면 지루했다. 하지만 그럴 때도 소피는 엄마와 달랐다. 오히려 소피를 정말로 기분 나쁘게 하는 건, 엄마가 자기에게 들이대는 남자들을 놀리고 거들먹거리고 모질게 대하거나 내숭을 떠는 걸 보는 것이었다. 친절하고 잘생긴 남자들인데, 그렇게 싫으면 왜 애당초 그들과 어울리고 꼬리를 치는 걸까? 할머니가 이야기하는 나쁜 여자란 이런 걸까? 소피는 절대 그렇게 되고 싶지 않았다.

엄마가 어쩌다 마음에 드는 사람을 만나기라도 하면 온 세상이 부드럽고 조용하고 온화하게 180도 바뀌었다. 그렇다고 소피에게 더 상냥하거나 정다워지는 건 아니었다. 그저 소피를 조금 더 의식하는 듯했고, 때로는 소피가 있다는 걸 잊은 듯했고, 소피가 있다는 걸 깨닫고는 당황해서 거짓말처럼 목소리가 달라지기도 했다. 하지만 엄마의 남자친구들은 대체로 소피를 신경 쓰지 않았고, 특히 엄마가 그랬다. 엄마가 소피를 통째로 잊어버리고 이래라 저래라 하거나 야단치지도 않는다는 건 이상하고 야릇했고, 놀라운 동시에 불안감을 주었다. 평소 같지 않은 조화로운 느낌이랄까. 엄마가 얘기하는 중에 얼굴을 쓰다듬거나 무릎으로 끌어당겨 주면 소피는 자연스럽게 응했다. 집에선 엄마가 이런 걸 문제 삼던 것과 달랐다. 그래서 소피는 좋았다.

　어머니가 더 부드러워지고 더 멀어지고 정말로 아름답게 바뀌는 모습을 목격하는 건 소피에게 힘든 일이었다. 못된 딸이랑 한 집에 살고 남편한텐 농담이나 임상 사례 취급이나 받는 엄마랑 다른 엄마였기 때문이다. 다른 공간에서는 다른 얼굴, 다른 목소리, 다른 미소가 있었다. 집에서 엄마가 목욕하는 걸 본 일이 있다. 실크 팬티를 입고, 싱크대 위로 숙여 팔과 얼굴과 가슴에 물을 끼얹었었다. 엄마를 보는 게 즐겁다고 아빠가 말한 기억이 난다. 실제로 엄마는 몸매가 좋았고, 가슴은 완벽하게 공 반쪽이었다. 그때 진료 사이 남은 시간에 아빠가 들어왔다. 아빠는 귀에 거슬리는 쉰 목소리로 소피를 놀라게 했다. 강아지에게 하는 것처럼, 농부의 말투를 살짝 흉내 내는 익살스럽고 놀리는 듯 다정한 말투였다. 아빠는 강아지한테도 의미 없는 우스갯소리를 하곤 했다. "굴라슈를 먹으면 어디가 살찌지?" 그런 식으로 갖가지 음식을 들먹이고는, 결론은 언제나 똑같았다. "주인님의 사랑을 살찌우지요." 강아지는 이 장난을 좋아해서, 아빠가 하얀 배를 쓰다듬어 주면 발을 허공에 허우적거리며 침을 흘리곤 했다. 소피에게도 해 주었지만 소피는 전혀 좋아하지 않았다. 아빠는 이번에는 마치 강아지 배를 두드리듯 엄마 엉덩이를 두드린다. 엄마도 맞장구 치면서, 실없는 사람이라며 웃었다. 엄마가 애인인 졸탄 비테지랑 다니는 스키 별장에는 뭔가 아주 색다른 것이 있었다. 소피의 것이 아니기에 뭐라고 잘라말할 수 없었지만, 아무튼 도둑질당한 것 같은 느낌이 들었다. 스키 별장이 없었기에 아빠도 그게 뭔지 알지 못했다. 하지만 별장과 애인이 있는 엄마는 아빠가 세상에서 가장 상냥하고 달달한 사람이라고 입버릇처럼 말했다. 엄마가 이 세상에서 가장 사랑하는 사람은 아빠란다, 너의 사랑이 어떤 것이든 그 사랑은 엄마가 아니라 아빠에게 쏟아야 한단다—엄마가 눈에 애정을 담뿍 실어 눈물을 머금고 말하는 바람에 소피는 그 말을 믿을 수밖에 없었다. 엄마는 아빠한테 히죽히죽 웃으며 애교를 듬뿍 담아 아기 같은 목소리로 말하곤 했는데 아빠는 그걸 몸서리치게 싫어했다. 아빠는 엄마를 탐탁찮아 했고, 소피는 태생적으로 아빠의 편이었다. 엄마를 쫓아다니는 남자들이 많고 특히 졸탄같이 좋은 친구가 있어 다행이라고 소피는 생각했다. 엄마가 뭐라고 말하든, 사람들이 아무리 손가락질해도—나쁜 마누라, 나쁜 엄마라고—소피는 엄마가 빗나갔고 아이를 빼앗긴 여자라는 느낌이 들었다. 그래서 엄마에게 애인이 있다는 데 안도했다. 엄마가 집에서 쫓겨나 외롭게 혼자 있는 모습은 참을 수 없었으니까.

졸탄 비테지는 엄마와 결혼하고 싶어 했다. 그는 엄마의 여느 남자 친구들과 달리 두드러지게 다부지고 잘생겼고 언제나 햇빛에 그을려 있었다. 키가 크고 번듯하고 친절했지만, 기대한 만큼 늠름하거나 예절 바르진 않았다. 그의 미소는 언제나 놀라웠다. 어쩌면 그렇게 잘생긴 건 아닐지도 모른다. 소피가 가장 충격을 받은 것은 그의 덩치였다. 사람들은 아빠가 덩치가 크다고들 하곤 했지만, 비테지야말로 웬만한 문을 지날 땐 거북이처럼 목을 접고 지나가야만 했다. 그것 말곤 눈에 띄는 별다른 특징이 없었는데, 한 가지, 대머리였지만 키가 워낙 커서 눈에 띄지 않고 넘어갔다. 그의 등에 업히면 휑한 정수리와 여전히 남아 있는 긴 금발 머리를 같이 볼 수 있었다. 아빠는 친절하면서도 거들먹거리면서 졸탄을 대했지만 놀리지는 않았다. 둘은 오래 이야기를 나누었고 서로 존중하는 듯 보였다.

졸탄은 소피를 다른 사람과 다르게 대했다. 엄마조차 소피의 존재를 잊어버린 것처럼 행동할 때도 졸탄은 이따금 한 가족인 것처럼 행세하길 좋아했다. 그리고 웃기게 행동했는데 그건 소피가 웃기는 계집아이였기 때문일 수도 있고 그가 키가 커서 웃길 수 있는 위치에 있었기 때문일 수도 있었다. 그리고 조용하고 생각 많은 사람이었고, 음울하고 말수가 적었다. 무뚝뚝한 그에게 농담을 던지는 건 엄마였다. 하지만 그는 자기 생각에 잠겨 있다가, 그러다가 엄마와 둘이 자기들 일에 열중하다가도 느닷없이 셋이 함께이길 원했는데 그것도 소피를 번쩍 들고 춤을 추는 식으로 요란하게 했다—허공에 둥둥 뜨도록 허리춤에 끼고 왈츠를 추거나, 그럴 나이가 지났는데도 등에 업고 다니기도 했다. 다 엄마 보라는 연기였다. 아니면 엄마랑 쌍으로 소피 앞에서 쇼를 하거나. 소피와 엄마가 졸탄을 위해 그런 연기를 할 필요는 없었고, 그럴 수도 없었다. 보통 같으면 졸탄과 엄마가 쇼를 하면 황당했겠지만, 워낙 힘 세고 갑작스럽기도 해서 소피는 깊은 인상을 받았다. 졸탄이 엄마를 깃털처럼 가볍게 들어 올리며 "창밖으로 던질까?" 하고 물으면 엄마조차 놀라고 당황해서, 병적으로 깔깔대며 안 된다고 했다.

엄마의 애인을 너무 좋아해서는 안 된다는 걸 알았지만, 이유는 정확히 몰랐다. 제2의 아빠 같은 졸탄하고는 농담이나 하고 노는 관계인 게 더 안전해서일 것이다. 이혼하기 오래전 엄마는 소피에게, 졸탄이 아빠가 되면 어떨까 물었다. 아빠한테 의리를 지키기 위해 즉각 반대하며 싫다고 거절했다. 아빠한테 상처를 줄 순 없었다. 다른 남자를 아빠보다 더 좋아하는 게 바로 상처였다. 아빠가 좋으냐 졸탄 비테지가 좋으냐고 아무도 묻지 않았지만, 설사 물어본다 해도 그건 준비 안 된 일에 대한 느낌을 묻는 것이었다. 그건 생전 굴을 먹어 본 적 없고 그럴 생각도 없는 사람한테 굴 줄까 물어보는 것이나 마찬가지였다.

모든 것이 바뀐 그날은 마치 다른 사람, 다른 아이, 모르는 낯선 사람에게 일어나듯 다가왔다. 소피는 속임수, 영원한 상실을 간파하려고 발버둥쳤다. 어떤 사람과 그 사람에 속한 세계를 상실한다는 것. 풀밭도 나무들도 하늘도, 유일한 세계가 완전히 낯설어지고, 그 딴판인 세계에 익숙해져야 한다는 것. 더 이상 유대인의 것이 아닌 세계가 하루아침에 현실이 되었다. 세계는 이제 다른 민족들—헝가리, 독일, 프랑스, 러시아 사람들—의 것이 되었고, 유대인들은 한동안은 집이나 가게를 갖는 것이 허용되지만 머지않아 떠나기를 그들은 바랐다. 유대인을 원치 않는 것이었다. 그리고 그래야만 했다. 어디도 유대인들의 집은 아니었으니까. 들판과 과수원, 말과 소떼, 강과 하늘은 유대인들을 위한 것도, 유대인들이 원하는 것도, 원해야 하는 것도 아니었다. 유대인은 하느님이 선택했으니까. 남다른 운명을 갖도록 선택했으니까.

세일러 블라우스 교복에 갈색 레이스가 발목까지 올라온 신발을 신은 이름 없는 소녀는 이제 세계도, 그 세계에 속한 자신도 잃어버리는 이중 상실을 겪는다. 전차 정기권에 찍힌 이름 소피 란츠만, 그녀는 누구란 말인가?

체육관에서, 검은 반바지 차림으로 벽을 등지고 한 줄로 선 아이들의 다리를 한 아이의 시선이 훑는다. 생김새, 비례, 갖가지 살색—창백한지 혈색이 있는지, 털이 있는지 미끈한지. 그러다 한 쌍의 다리가 우리 학급, 부다페스트의 이 건물, 지구상 어디에도 속하지 않음을 발견하고는 그 차이가 무엇인지 묻는다.

1938년 가을부터 1939년 봄까지 루돌프 란츠만과 딸이 정말로 미국으로 가리라곤 아무도 몰랐다. 소피의 일상 대부분은 학교가 차지해서, 페스트부터 부다에 있는 학교까지 오래 걸려 전차를 타고 오고 갔다. 모든 것이 종이 쪼가리 하나에 달려 있었다.

1938년 봄 어느 일요일 아침, 엄마가 소피를 침대로 불렀다.

"엄마가 집 나가서 졸탄 아저씨랑 결혼하면 많이 슬프겠니?" 부모님은 이혼 얘기를 하고 있었고, 엄마는 아빠랑 이혼하는 게 최선의 선택이라고 결론 내렸지만 소피가 반대하면 아무것도 하지 않겠다고 했다. 아빠는 둘이 별거하면 소피가 불행해질 것이 걱정이었다. "하지만 네가 행복하지 않을 건 알아." 엄마가 미소를 지으며 열심히 말했다. "우리는 언제나 좋은 친구였으니." 앞으로 더 좋은 친구가 되길 바라지만, 너는 엄마를 그리워하지 않을 게 거의 틀림없어. 너는 당연히 아빠랑 살고 싶겠지. 언제나 아빠를 더 좋아했으니까. 엄마는 소피가 어떤 느낌일지 이해했다. 모녀의 대화는 형식적이었다. 그저 아버지의 다짐을 받기 위한. 소피의 동의를 구하는 모양새였지만, 실상은 이혼이 소피한테도 득이 된다는 얘기였다.

"언제나 아빠를 독차지하고 싶었잖니." 엄마가 명랑하게 말했다. "이제 아빠가 두 명이 되는 거야."

이혼으로 바뀌는 건 아무것도 없어, 엄마는 말을 계속했다. 아빠는 언제나 너랑 가장 친한 친구로 남아 있을 테고, 엄마가 필요하거나 보고 싶으면….

소피는 엄마의 반지만 뚫어지게 보고 있었다. 반지는 언제나 소피의 마음을 사로잡았다. 정원사가 창 아래서 자갈을 긁어내는 소리가 들렸다. 눈을 들어 보니 엄마의 아침 식사 쟁반이 의자 위에 있고, 까먹은 달걀 껍데기가 있다. 식사는 마쳤고 얼굴 화장도 끝내고 베갯잇 같은 복숭아색의 새틴 잠옷 차림이었다. 눈은 매우 밝았고 입은 떨리고 있었다.

"엄마가 떠난다는데 하나도 안 슬퍼?" 엄마가 물었다.

후에 아빠는 그날 엄마가 소피에게 어디까지 얘기해 주었는지 물으며 말했다.

"그러게, 원래 그래. 이혼이란 게 좋은 건 아니잖니… 하지만 상황이…." 마치 다른 사람 문제 얘기하듯, 불편한 주제 말할 때의 말투였다. "네 엄마랑은 더 못 살겠다. 우린 너무 달라. 아빠도 평화가 필요해."

소피는 아빠의 새로운 지위를 불편하지만 감지했다. 이제 아빠는 엄마와 일가 식구들이 강요하는 다정하고 착한 남자가 아니었다. 엄마가 걸리적거려서 떨쳐내려 하는데 다행히도 마침 엄마랑 결혼하고 싶어 하는 사람이 있었다. 하지만 아빠는 모든 게 마음에 들지 않았다. 아빠가 '이혼'이라는 말을 입 밖으로 꺼낸 뒤로 소피는 그 말이 뭔가 추하고 슬프고 끔찍한 것이라고 막연히 느꼈지만, 한 번도 진정한 가족이었던 적이 없는 아빠와 엄마와 소피에게 그 말을 어떻게 적용해야 할지 몰랐다.

엄마가 졸탄과 결혼한다는 생각은 슬프면서도 흥분되었다. 엄마의 새 집을 빨리 보고 싶었고, 두 집을 왔다갔다 하며 사는 것을 기대했다. 엄마가 나가면 엄마 방을 내가 쓸지 아빠가 그 방에서 주무실지도 궁금했다. 하지만 엄마는 곧바로 떠나지 않았다. 새로 결혼한 뒤에도 엄마의 물건과 가구는 모두 방에 남아 있었다. 엄마와 졸탄의 집도 가 보지 못했다—아직 장만하지 못했거나, 아직 여행 중이어서였거나. 아빠는 미국으로 떠나야 할지 모른다고 말했다. 이시도르 큰아버지네가 부다페스트를 떠나기로 확정됐다는 것이었다. 아빠는 아직 결정하지 않았는데, 어쩌면 1년 뒤 미국에서 큰아버지네랑 합류할지도 모르며, 이 모든 게 가을까진 결정난다고 했다.

소피는 두브로브니크에서 아빠와 고모랑 여름을 보냈다. 집이 팔린다는 소식은 부다페스트로 돌아와서 들었다. 집에 머문 시간은 짧았다. 싸야 할 짐이 많았다. 소피는 할머니네로 옮기고, 아빠가 보러 왔다. 집이 팔린 뒤 아빠는 호텔에서 지내서, 아빠를 보는 건 아빠가 할머니 댁에 올 때뿐이었다. 이시도르 큰아버지, 올가 큰엄마, 잘 모르는 그 집 아들 두 명이 한꺼번에 왔다. 그들은 히틀러와 돈 문제, 그리고 소피 아빠한테 비자가 나올 것인지 이야기했다. 가끔 이시도르 큰아버지는 부자연스러울 정도로 큰 목소리로 소피를 불러 엉뚱한 소리를 하곤 했다. 군용 마스크를 하고 얼어붙은 둥글고 아이 같은 얼굴로 "너는 커다란 배를 타고 미국으로 갈 거야. 믿을 수 있겠니?"라고 굵직하게 말했다. "너, 란츠만 소피는 미국으로 갈 거야. 미국에서 널 뭐라고 부를지 알아? '키드'! '키드'라고 불러!" 한심하게 소리치곤 웃음을 터뜨렸다. 키드는 아기 염소예요, 소피는 부인하곤 했다. 큰아버지랑 아빠가 전형적인 미국인 흉내를 냈다. 모자를 뒤로 제껴 쓰고, 구부정하게 앉아 엄지손가락을 멜빵 안에 넣고 껌을 좍좍 씹고 이빨을 쑤시면, 사촌오빠 가보르도 곧 따라 했다. 남자들은 이 놀이를 즐겼다. 하지만 올가 큰엄마는 가보르가 식탁에 발을 올리면 역정을 냈다. 미국 남자들이 어떻게 앉는지 흉내낸 것뿐인데도 큰엄마는 정말로 기분이 상해 말했다. "집에선 식탁에 발 올리지 마!"

떠난다. 거의 확실해졌다. 3월, 어쩌면 더 일찍 2월에. 배를 타고 간다고 했다. 두나 호텔만 한 커다란 배이고, 가게와 영화관과 수영장까지 있다고 한다. 아빠가 대서양 횡단 기선 사진을 갖고 와 보여 주었다. 미국에 가는 이야기를 하면서도 소피는 부다페스트를 떠나는 일이나 미국에서 어떻게 살지는 생각하지 않고, 배에서 살면서 정말로 대서양을 건넌다는 생각만 했다. 떠나는 날은 3월 중순으로 잡혔고, 4월 15일에 르아브르를 출항하는 아퀴타니아호의 티켓과, 부다페스트에서 파리를 거쳐 가는 열차 티켓을 예약했다.

  이 기간 동안 소피는 엄마와 드문드문 불규칙하게만 만났다. 아빠와 소피 없이 새 삶을 꾸리면서 엄마에겐 새로운 매력이 더해졌고, 둘 사이엔 전에 없던 친밀감까지 감돌았다. 여러 날 오후 시간을 함께 보내면서 보니 엄마 옷은 더 간소해졌고, 아빠 집보다 더 검소한 환경에서 살아가고 있었다. 전에 없이 감정도 풍부해지고, 동시에 상냥하고 부드러워졌다. 이제는 친절한 모르는 사람 같아져서 소피도 엄마한테 친절할 수 있을 것 같았고, 처음으로 친밀감을 느꼈다. 지금 느끼는 이런 존중감은 아빠나 친가 식구들하고 사이에선 느끼지 못한 거라서, 엄마랑 그간 나누지 못했던 이야기도 많이 나누었다. 어쩌면 소피가 미국으로 떠난다니까 새삼 친밀감이 도타워졌을지도 모른다. 하지만 엄마가 갑자기 "넌 미국에 가면 엄말 떠나는 거야!"라고 소리치면 무슨 말을 해야 할지 몰랐다. 이별 앞에서 운명에게인지 엄마 자신에게 인지 알 수 없는 원망을 쏟아내며, 눈물이 진작 마른 딸 앞에서 엄마 는 눈물을 흘리고, 소피는 그냥 잠자코 있었다. 내가 미국으로 떠난다 는 게 엄마한테 그렇게 슬픈 일인지, 엄마의 진심을 전적으로 믿을 수 없어서였다. 아빠랑 미국으로 떠나는 건 소피가 선택한 게 아니었는데 도 엄마는 딸의 역할을 지어 내고 그걸 요구했다. 엄마는 훌륭하고 인 품 있고 잘생긴 루디가 복 많은 딸아이를 데리고 미국으로 떠나 버린 다는 식으로 이야기를 지었다. 엄마 자신은 아빠를 신처럼 여기고 믿 지 않을망정 딸만큼은 그렇게 믿기를 바랐다. 하지만 엄마는 울어 봤 자 소피의 마음만 굳혀 줄 뿐이란 걸 이해하고는, 갑자기 소피 편으로 돌아서서 소피를 놀라게 했다. 엄마의 눈물 앞에서 꿈쩍도 안 하는 아 이, 자신의 의지와 운명이 있고, 아빠든 엄마든 그 누구든 앞길을 막 아서는 걸 놔두지 않을, 그래서 엄마 자신도 대견해 한 소피를 엄마는 끝내 사랑하고 존중했다. 참을 수 없이 기쁠 때도 소피의 마음은 둘 로 갈라지곤 했다. 한편으론 엄마를 빼닮아 심지 굳고 야망 있는 딸이 되고자 하는 유혹이 있었다. 그런 딸은 가족 따위는 신경 쓰지 않아도 되는 정도가 아니라 그러기를 권장받을 터였다. 다른 한편, 딸의 어떤 야망이든 이루어지도록 정말로 이해하고 돕고자 하는 엄마 앞에 무너 져 버리고 싶은 유혹도 있었다. 하지만 한편으로 엄마와 같이 있는 게 더 행복할 거라는 생각을 은밀히 하면서도, 현실에선 그럴 가능성이 없다는 걸 소피는 알고 있었다. 이따금 엄마는 소피랑 같이 사는 꿈을 얘기했지만, 그건 어디까지나 아빠의 비자가 나오지 않을 경우였다. 엄 마의 아쉬움 담긴 상상이 이뤄지기엔 조건이 너무 많았고 그나마도 다 이게 어긋나면, 저게 틀어지면 하는 식이라는 걸 소피는 알았다. 그런 엄마의 딸은 흔들리지 않았고, 엄마에게 길들여지거나 휘둘리지 않을 아이였다. 온갖가지 감언이설에 감동하고 흔들리는 가운데서도 소피는 한 가지는 분명하게 알았다. 엄마는 진심이 아니다. 집에 오라고 불러 놓고도 매번 당일에 약속을 깨는 것만 봐도 그건 분명했다—소피는 이 일은 입 밖에 꺼내지 않았다. 엄마의 말을 듣고 있자면 혹하다가도 화가 나기 일쑤였다. 그러면서 엄마가 진짜 제안을 하지 못하는 이유를 엄마 말의 행간에서 곱씹어 보곤 했다. 엄마는 거짓말을 하고 있거나, 어찌할 바를 모르거나, 아니면 둘 다였다. 엄마 스스로 자기 마음을 들여다봐도 진실이란 눈꼽만큼도 없고 그저 당혹하고 체념하는 마음이 다였을 것이다. 모든 것은 이미 이상해진 뒤였다. 졸탄 아저씨와 엄마가 결혼한 그때부터 소피는 졸탄을 보지 못했다. 졸탄은 그야말로 집처럼 사라졌다. 엄마가 눈물을 터뜨릴 때마다 소피는 화난 채 잠자코 있으며 생각했다. 미국에 가면 엄마 우는 꼴 안 보겠네. 엄마는 하나도 안 그리울 거야. 절대로 슬퍼하지 않을 거야. 이제 미국으로 간다! 모든 게 하얗고 현대적인 나라. 이제 헝가리어는 잊어버리고 영어로 말하고 글 쓰고 생각해야지.

하지만 엄마를 만나고 돌아오며 소피가 우는 일도 있었다. 초저녁 정거장에서 전차를 기다리다 갑자기 집들의 문, 나무, 쇼윈도, 행인들 하나하나가 다 말할 수 없이 아름답고 행복해 보이는 순간이었다. 내가 유대인이라는 이유만으로 이 모든 것이 의미 없어지다니! 시내 산책, 매일 두 번 전차 타고 가고 오던 일, 세체니 다리, 학교 가는 날, 숙제를 내고 자신에 찼던 일—이 모든 것이, 떠나기로 확정되니 의미 없어졌다.

기차를 타는 날까지 하루씩을 지우며 기다렸다. 그러면서도 학교 숙제는 그때까지와 똑같이 열심히 했다. 의미가 없으므로—정확히 그 이유로. 할머니 댁에서는 열세 살이 된 고종사촌 오빠 티보르와 끝도 없이 모노폴리 게임을 하며 시간을 보냈다. 조금 있다가 고모네 아파트로 가서 티보르의 방으로 갔다. 게임을 멈추지 않으니 고모가 방으로 식사를 가져왔다. 고모부는 소피가 와서 집안이 엉망이라고 화를 냈지만, 미국으로 떠날 날도 얼마 안 남았다며 고모도 고모부도 더 이상 뭐라 하지 않았다.

떠나는 날 아침엔 아무 느낌도 들지 않는 법이다. 원래 그렇고, 그래야 한다. 준비할 게 너무 많은 아침은 원래 이상하게도 무덤덤한 것이다. 핫초코를 마시면서도 이제 이별할 삼촌과 고모들과 사촌들의 얼굴과 목소리들이 건성으로만 보이고 들린다. 이런 날 아침이라고 손에 쥔 숟가락의 느낌이 달라야 하나? 모든 게 부자연스럽다. 역까지 따라오는 친척들은 흥분했지만 소피는 되레 무덤덤했다. 오늘은 그 사람들의 날인 것이다. 그러라지, 나는 떠나니까. 물어보는 듯한 그들의 눈길에 반응조차 하지 않는다. 사촌들은 수다를 떨고 고모들은 감정에 북받쳐 오늘이구나, 떠나는구나, 하고 되뇌고 소리 지르고, 파리에 먼저 가 있는 아빠한테 전할 말, 기억해야 할 것 등등 이미 귀에 못이 박이도록 들은 말들을 내내 또다시 들으면서도 짜증도 나지 않았다. 수술받으러 들어갈 때의 무덤덤한 즐거움, 딱 그것이었다. 나는 곧 사라진다. 깨어나 보면 편도선이 없어졌겠지.

플랫폼이다. 막 열차에 오를 참이다. 무감각하던 상태에서 갑자기 깨어난다. 쉭쉭거리는 김 소리, 갑작스러운 흥분, 마지막으로 진짜 손들을 잡고, 껴안고 다독거리고, 열차칸에 들어서서야 다시금 평온을 찾는다. 창 앞에 동상처럼 얼어붙어 서 있는 친척들, 손수건을 흔들며 뭐라 뭐라 말하는 게 얼굴과 입모양으로만 보이는 순간들을 참아 내야 했다. 문득, 이 시간이 영원히 계속되고 기차가 떠나지 않으면 어쩌지 하는 생각이 든다. 영원히 친척들은 손수건을 흔들고, 나는 동상처럼 차창 앞에 표정 없이 서 있고, 영원히. 열차가 서서히 움직이기 시작했다. 몇 차례 덜컹 소리가 나고 차가 흔들리고, 소피는 한참 동안 흔들림 없이 서 있고, 열차가 속력을 높이고, 바퀴는 노래하고 집들이 휙휙 지나가고—그렇게 소피의 여정은 시작되었다.

부다페스트에서 어린 시절을 보냈다는 것, 그것을 글로 쓴다는 것은 소피 블라인드에게는 이상한 모험이었다. 그런 걸 글로 쓸 만한 사람은 없었고, 적어도 지금의 그녀도 아니다. 뉴욕 아파트에서 소피는 영어로 글을 썼다. 다른 나라에서 온 아이, 다른 언어로 말하는 아이. 지금 글을 쓰는 그녀는 전에 거기에 없었고, 거기 있을 수 없었다. 하지만 돌아갈 수는 있었다. 이제는 뉴욕에 있는 소피 블라인드는 돌아갈 수 있다. 아이는 떠나지 못한다. 떠난 적이 없으므로. 남아 있는 것, 계속되는 것, 얼어붙은 순간들이 있는가 하면, 빠져나가 버리는 것도 있다. 다가오는 순간으로 누군가가 어찌어찌 끼어든다. 핸드백과 차표를 움켜쥐고 트렁크를 끌고 서둘러 플랫폼으로 들어서는 희미한 형체. 여행용 망토를 걸친 여자인지 아니면 그녀에게 매달린 아이일지가 바퀴에서 뿜어 나오는 증기 속에 흐릿해지며 플랫폼을 따라 자기네가 탈 차칸을 서둘러 찾아가고, 군중 가운데 누군지 모르는 사람이 한 명이 지나가는 게 언뜻 눈에 들어오고, 일등석 창가에 앉은 신사 하나는 책을 읽다 잠시 눈을 들더니 다시 읽던 페이지로 시선을 돌린다.

넷

넷

거실은 밝고 소란스럽다. —엄마, 봐요! 선물이에요! 아이들이 더 기다리지 못하고 트렁크를 내팽개치고 포장부터 뜯는다. 키가 훌쩍 커진 토비는 웃으며 머리카락을 흩날리면서 털실로 짠 매트를 내 얼굴 앞에 흔들고, 그림 속 얼굴이 발그레한 곱슬머리 천사 같은 조너선의 것은 그릇이다.

—내가 만들었어요, 맘에 들어요, 엄마?

—멋지네… 멋지고 단단한 다리가 너무 놀랍다. 토비, 네가 짰어?

—그럼요, 집에 기계 있잖아요.

—엄마, 이거 봐요!

조슈아가 거실 바닥에 화려한 프린트 무더기를 펼친다. 목신의 얼굴을 한 아름다운 댄서다. 조슈아의 눈이 갑자기 반짝반짝하면서 마치 에즈라의 오랜 마법 같은 대담한 빈정대는 표정이 된다.

—조슈아, 네가 했니?

—술 취한 농부 연극 하고 있어요. 연출도 내가 도왔어요. 세워서 매달아도 돼요?

—엄마, 내 그릇은 어디 놓을 거예요?

—엄마, 털실 좀 사 주세요….

—애들아, 코트부터 벗고. 이제 막 집에 왔는데….

—내 방 보러 갈래요.

—나도.

—그래, 그러고 나서 얘기해 보자….

—체리한테 수망아지가 있는데 우리가 '익스페셜리 미'라고 이름 지어 준 거 알아요? … 편지에다 곰 얘기도 썼던가? 아싸! 정말로 울타리가 바로 앞이네.

—어때, 아파트 정말 멋지지!

—이제 얘기해요, 엄마. 시내에 괜찮은 영화관도 있어요?

귀가 웅웅거린다. 대략적으로 말하면 방에서 조너선에게 애들 아빠의 엽서를 읽어 주지도 못하고 있다.

아이들이 어린 시절을 보내고 있는 어디론댁스에서 막 데려온 길이다. 아이들은 TV와 싸구려 장식물들을 찾아내고, 냉장고에서 맛있는 음식을 발견하고, 내 책상을 뒤진다. '집'이라는 말은 아직도 이상하게 들린다. 아이들은 세면도구를 풀고, 나는 각자 타월 한 장씩을 준다….

소파 아래 흘린 콘플레이크, 벽에 난 발자국, 잼이 묻어 끈적해진 문손잡이들… 조너선 신발은 왜 내 책상 위에 있는 거야? 토비는 복도 끝까지 뛰어가 전신거울을 보고, 내 모피 모자와 골진 타이츠를 입고 일어나며 소리 지른다. —징그러! 아 징그러!

—네가 쓰니까 멋지구나. 이제 벗어 주겠니….

—네, 알았어요.

노래를 하며 달아난다.

—내가 한 거 아니야.

—조녀선, 그만해….

—애는 못 해.

조슈아는 침낭에 조녀선을 묶고 다시 어린애가 되어 즐거워한다.

—조슈아, 짐승! 조슈아, 이리 와!

안 들린다. 자기 방 바보상자에 딱 붙어 블라인드를 내리고 최면에 걸린 듯 정리 안 된 침대 아래로 기어간다. 만화책, 사탕 껍데기, 먹다 만 컵케이크, 빈 콜라병에 묻혀 멍하니 올려다본다.

—다음 계획은 뭐예요? 팰리세이즈 파크에 가도 돼요?

—애들아 좀!

—하지만 엄마, 우린 지금 방학이잖아요!

커피를 마시는 동안 다른 세계에서 온 꼬마 사절단은 내 침대에 앉는다. 내가 핀 담배꽁초의 개수를 세고, 머리카락이 너무 빨갛다느니, 은행에 돈은 얼마나 남았는지, 왜 재혼하지 않는지 참견한다.

—빌 아저씨 잘생겼잖아요. 우리가 없으면 아저씨 만나요?

아저씨는 퀴어랑 사귄다고는 차마 말 못 해 주겠다.

—엄마 좋아하는 사람 있어요?

—혼자 살면 외롭지 않아요? 조녀선이 묻는다. 토비가 끼어든다.

—난 결혼하면 시골에 동물이 있는 커다란 집에서 살면서 아이들을 많이 낳아서 기숙학교는 안 보낼 거야.

—여름엔 뭐 해요? … 엄마, 우리는 엄마 따라서 유럽에 안 가요? … 왜요?

—이번 여름은 아빠가 너희를 볼 차례잖아….

—우리 뉴욕 있으면서 한 달 동안 뭐 해요? 계획 있어요? 토비가 묻는다.

—엄마, 나도 엄마 따라서 유럽에 갔으면. 조슈아가 한숨을 쉰다. —
지난번에 재밌었는데…. 그리스 생각나요? 두브로브니크랑 베니스까
지 배 타고 간 건요? … 배 처음 탔을 때 엄마가 나한테 강아지 목줄
채워서 기둥에 묶어 놨잖아요. 맞아, 생생하게 기억나! 두 살 때였나?
유고슬라비아 멋지지 않았어요? 버스 오래오래 타고 터키도 갔는데…
맞아, 모스타르. 어떤 사람이 자기 할머니 팬티 보여 줬어. 코끼리 들
어갈 만큼 커다란 거. 옛날 여자들이 어떻게 생겼는지 보여 준다면서,
기억나요? 너무 징그러웠는데, 그리고 장미 향수 값 냈잖아요…. 동네
애들이 돈 벌려고 다리에서 다이빙하는데 엄마가 못 하게 했어요….
이비자에서 부탄 가스 통 터진 날 농장 집도 생각나요. 토비랑 조너선
은 위층에서 자고 있었고. 내가 너무 놀라서 소리 질렀어. 엄마가 그거
폭발할지 모르니까 집 밖으로 가져가야겠다면서 우리는 나가서 기다
리라고 했는데 엄마가 불 붙은 거 껴안고 나왔어. 폭발할까 봐 너무너
무 무서웠는데 엄마가 그거 절벽 밑으로 던졌어. 나중에 안 무서웠냐
고 물어보니까 엄마가 "폭발 안 했는데 왜 그래? 이제 가서 자." … 맞
아, 딱 그렇게 말했어, 세상에! … 그리고 바르셀로나에서 홍수 난 거,
절대 못 잊을 거예요. 물이 넘쳐서 막 닥쳐 오는데 엄마가 어둠 속에
서 나를 끌어당겼어. 영화 보고 있을 때야. 물이 허리까지 올라와서….
　—허풍 치지 마.
　—아니에요, 일곱 살 때예요. 물이 허리까지 올라왔는데 어떤 구멍
에 발이 빠져서 턱까지 물이 올라왔어. "이거 봐, 엄마, 이거!" 그러니
까 엄마가 별거 아니라는 듯이 침착하게 나 보면서 "조슈아, 소리 그
만 질러. 이거 홍수야" 그랬어. 맙소사! 믿을 수가 없었어, 친엄마 맞
아? 만만한 엄마가 아닌 건 엄마도 알죠? 나는 그냥 어린이고 엄마는

화난 눈에 마녀 같은 머리칼에 검은 옷 입고 다니는 키 크고 조용한 여자였어. 엄마 정말 무서웠어요!

─그래 조슈아, 아무튼, 넌 항상 훌륭한 여행자였어. 브린디시에서 로마로 가는 길에 갈아탈 기차 놓친 거 기억나?

─그럼요, 체스 게임 끝내줬잖아! 어딘지도 모르는 데서 밤 열두 시쯤 내려서 새벽 세 시까지 체스 했는데 내가 이겼잖아요!

─이거 누구야? 이거 엄마야? 거실에서 목소리가 들려온다. 상자에 담아 둔 오래된 사진들이 바닥에 쏟아져 있다.

─엄마 엄마, 이리 와서 말해 봐요. 이 사람들 누군지 모르겠어. 오마마랑 모세 할아버지 얘기 해 줘요….

─엄마 조상님들이야. 알았어.

조슈아는 니트라의 렙 스무엘 사진에 폭 빠졌다. ─레닌 닮았네.

─얼굴 말곤 닮은 게 없어, 아쉽지만.

─아주 훌륭한 랍비셨지요?

얼마나 약삭빠른 사람이었는데, 시골의 조그만 반동분자….

─이것 봐요 엄마, 할아버지 살던 시대를 그때 기준으로 생각해야지 우리 기준으로 평가하면 안 되죠… 앙시앵 레짐 시대잖아요….

참으로 관대한 미국 아이들이로구나.

─역사를 공부하면 알게 된다고… 스탈린 봐….

─어서요 엄마, 사진 다 보여 줘요. 자식이 열 명인데 어떻게 됐어요? 아빠들은 무슨 죄를 지었고 아들들은 뭘 잘못했어요? 할아버지만 잘못한 거 같은데….

─요스케 삼촌은 망한 게 아냐. 봐, 자기 일을 했잖아. 프로 축구 선수가 날라리는 아니잖아? 지금은 여든 살이 넘었는데 아직도 호화로

운 호텔 도어맨으로 일하고 있잖아. 할아버지처럼 외롭지 않으니까 할아버지보다 더 행복할 거야….

　—수용소가 뭐예요? 엄마 사촌들이에요? 정말 사람들한테 그랬어요? 근데 왜요? 왜 그런 걸 하려고…. 조너선의 얼굴에 내 아버지처럼 이해할 수 없다는 공포의 모습이 서린다.

　—딸 세 명은요? 증조할아버지가 딸들 인생도 망쳤어요? … 원하는 사람하고 결혼 못 했잖아요…. 으으! 그런 시대에 안 살아서 다행이야. … 여깄다! 엄마랑 아빠가 정답게 서로 쳐다보고 있어.

　—응, 결혼하고 금방이야.

　—이게 유행이었어요?

　—엄마랑 아빠랑 휴가 같이 간 적도 있어요?

　메인주에서 보낸 여름 이야기를 해 준다. 에즈라와 함께한 유일한 휴가. 오로지 프랑스인 헤겔주의자 한 명이 있어서였다. 파리에서 온 그놈의 술고래와 매일같이 즉자, 대자 이야기나 하고 있을 때가 아니면 길에서 아무 차나 잡아타고 동료한테서 온 편지가 없나 하고 매일 두 번씩 우체국을 다녔지…. 하루는 커다란 선심이라도 쓰는 것마냥 나랑 바닷가를 같이 걸었다. 보름달이 떴고, 내가 사정하다시피 질질 끌고 갔다. 에즈라는 위험선 바깥에 신발도 벗지 않고 서서 잠깐 깊은 명상에 잠기고는 자연은 고요하군, 그리고 돌아섰지….

　—싸우지도 않고요? 토비가 묻는다. 대체 어떻게요?

　—아빠 잘 알잖니. 아빠는 도시에 있는 걸 좋아하잖아. 도서관이랑 서점이랑 커피숍이 있어서 앉아서 아무하고나 이야기할 수 있는.

　—세상에! 조슈아가 소리 친다. 그럴 거면 왜 아빠랑 결혼했어요? 서로 그렇게 다른데? 공통점이 하나도 없는 사람하고! … 공통점이

있긴 있어요? 뭔데요?

그때는 이상한 시대였단다, 얘들아. 아빠는 변증신학을 했고, 우리는 그런 시절을 살았지. ─언젠가 말해 줄게….

─부모님들은 그런 식으로 말해서 싫어…. 그럼 아빠랑 같이 다닌 그 미스터리한 여행들은 뭐예요? 조슈아가 발을 구른다. 그러니까, 내가 태어나기 전에…. 얘가 왜 이러지? 나를 시험하나? 미스터리는 아냐, 아들. 아빠는 여러 대학에서 가르쳤고…. 얘기를 듣는 조슈아의 눈이 가늘어진다.

─왜 그렇게 여행 다니는 걸 좋아했어요, 엄마는? 예루살렘에 가니까 진짜 좋았어요? 이름이 징그러워. 배우가 되려고 한창 노력해야 될 때 어떻게 예루살렘 같은 데를 갈 수 있어요?

─제발, 조슈아… 엄마가 얼마나 멍청했는지 말해 줘도 이해 못 할 거야…. 하지만 엄마가 어릴 땐 모든 게 지금이랑 달랐단다. 구식이란 게 아니고, 전쟁통이었으니까. 우린 다들 정신이 나가 있었어. 여러 가지 일들이 일어났고, 그 일들이 벌어지고 나서는 모든 게 전처럼 돌아갔고… 개인의 미래 따위는 아무래도 상관없어져 버린 거야. 어떻게 설명해야 될지 모르겠구나.

─난 달라요. 난 세상에서 일어나는 어떤 일보다 개인적 야망이 더 중요해요…. 물론 인류가 멸망한다면 그야…. 마지못해 한 발 뺀다. 하지만 결혼하고 아기를 낳고 싶기는 했어요? 그냥 궁금해서요. 나도 빨리 그 나이가 됐으면…. 열일곱 살 되면 딸 낳으면 안 돼요? 열여섯 살에는요? 여자애랑 벌써 뽀뽀도 해 봤다고 말했던가? 있어 봐요, 엄마. 엄마는 만날 토비랑 조너선이랑만 얘기하느라고 나하곤 얘기할 기회도 없었잖아요. 빨랑, 결혼하기 전에 아빠랑 데이트할 때… 춤추고 영

화도 보러 갔어요? … 설마! … 만나면 무슨 얘기 해요? … 빨랑, 무슨 얘기요? 말해 줄 수밖에. 허무주의, 삶의 성화, 신은 죽었다, 이런 얘기 했지 뭐.

—엄마는 아빠 식으로 말하는 거 좋아했잖아요. 마치 저도 안다는 듯 말한다. 그래, 아빠는 그런 사람이지, 지적이고. 철학 갖고 아빠랑 겨룰 사람은 없지.

조녀선의 꼭두각시들이 신이 나서 식탁 차리는 걸 돕는다. 토비는 예쁘게 냅킨을 접는다. —케첩 안 까먹고 가져와 줘서 고마워요, 엄마. 우리가 좋아하는 주스도요. 조슈아가 곡예를 하듯 케첩과 주스를 가져온다. 착한 아이들. 다들 같이 앉았는데 왜 이런 두려운 생각이 드는 걸까, 이 모든 게? 하필 이런 생각이. 우리뿐인데, 꼭 밥 먹을 때만. 에즈랑 살 때도 그랬다. 다만, 그때는 두려움의 짐을 나 혼자 지지는 않았다.

—고기 어때?

—아주 맛있어요.

—엄마, 다른 이야기해요. 대화 좀 해요.

—무슨?

—생각 좀 해 보고.

아빠가 엄마 방 마련했다고 편지 썼어요, 조녀선이 말한다. 엄마도 와서 같이 살면 안 돼요?

—엄마는 그러기 싫잖아. 애들은 자기 일이나 신경 써! 조슈아가 나무라듯 끼어든다. 분위기를 살리려고 대화하는 말투로 다시, 근데 엄마, 베트남 전쟁은 어떻게 생각해요? 전쟁 커지는 데 찬성해요, 아니면…?

―전쟁 같은 짜증 나는 얘기 하지 말자, 토비가 항의한다.

　―왜? 국가 중대 사안인데.

　―전쟁 얘기 하다가 결국 다툴 거고, 아무튼 나는 원자폭탄 맞고 죽긴 싫어. 이해하지 못할 말들이라 머리만 아파.

　―참아라, 애야. 딴 얘기 하자….

　―맞아, 토비 웃기자! 모두 토비를 재미있게 해 주자.

　―좀 냅둬, 토비가 소리친다.

　―관두랬잖니, 조슈아! 이그, 너무 늦었다. 케첩 날아다니는 거 봐라.

　―괜찮아요, 엄마. 토비쯤이야.

　―조슈아, 짐승 같으니!

　―그래, 짐승이다. 토비는 온 사방에 케첩을 흘리고, 조슈아는 의젓하게 대꾸하며 바닥을 닦는다. 토비가 내 얼굴 할퀴었어! 그래 나 짐승이다, 봐 봐!

　―속이 다 시원하다, 피 나고. 토비가 고함 친다.

　―토비, 나가 있어.

　―왜 쟤는….

　―조너선은 착하니까. 착한 아이. 조슈아는 딴청을 부리며 조너선의 머리를 눕히고 사악하게 쓰다듬는다.

　―저 입 좀 닥치라고 해요! 토비가 울부짖는다.

　―닥치지 뭘! 왜 못 하겠어? 조슈아가 조롱한다. 어서요, 엄마, 마지막 결전이요. 신이 나서 식탁으로 뛰어올라 가라데 손자세를 한다. 권위 실종! 쟤 봐요, 엄마. 꿈쩍도 안 하네. 알 수가 없어.

　―내려와, 그리고 조너선 너, 조슈아가 저러는데 옆에서 까딱까딱

이나….

—광대처럼! 봐요, 나도 할 수 있어…. 아예 일어나서 채플린 흉내를 낸다.

—이제들 그만! 내년엔 여름 극단에나 가자. 됐다. 그만!

—소리들 지르지 마, 머리가 다 아프네. 토비가 불평한다. 아스피린 어딨어? 조너선은 그릇에 얼굴을 파묻고 아직도 배꼽을 잡고 웃고 있다. 이제 애가 미칠 차례다.

—엘리자베스를 꼭 만나 봐요. 그릇을 말리면서 토비가 수다를 계속한다. 엄마 마음에 쏙 들 거예요.

—엘리자베스?

—엘리자베스요, 아빠 새 부인. 진짜로 부인인지는 모르겠지만 아무튼 아빠랑 살고, 꼭 결혼한 사이 같아요. 아무튼 엄마도 좋아할 거예요, 센스가 있어서. 선생님이고 포르쉐를 몰고 다니는데—그걸 봐야 되는데. 진짜 멋있어요, 흰색 차에 빨간 가죽 시트. 테니스도 치고요, 우리랑 말도 타고, 아빠한테 이래라 저래라 알려 줘요. 아빠 행동을 진짜 잘 다루는 것 같아요. 우리가 뭐 하려고 할 때 아빠가 서둘러서 망치기 일쑤였는데, 엘리자베스가 집게손가락을 이렇게 들고 "잠깐!" 하면 아빠가 딱 그쳐요… 말 그대로 딱이요. 아빠는 아줌마가 있으면 큰소리도 안 치고 욕도 안 해요. 아줌마가 없을 때만 계속 그러죠, 우리를 못된 별명으로 부르고….

—아냐 토비, 엄마랑 처음 결혼했을 때는 안 그랬어….

—사람이 그렇게 변할 수 있다고요? 엄마, 다른 사람과 결혼하면서 그 사람이 나중에 어떻게 변할지 알 수는 없나요? 왜냐면, 결혼할 때 확실히 알고 싶으니까요. 아빠랑 결혼하면서, 이혼할 수도 있다는 생

각 했어요? … 그게… 토비가 곰곰 생각한다. 생각하면서도 결론은 확고하다. 하지만 엄마도 변했잖아요! … 하긴, 아빠랑 결혼 안 했으면 난 태어나지 않았을 테고 지금의 나는 없었을 테니까, 아빠랑 결혼해서 다행이에요….

조너선은 욕조에 들어가 있다. —학교에서 애들이 놀려서 싫어…. 뭐라고 하냐면… 너무 더러워서 귓속말로 말해 줄게요….

—너도 아는 줄 알았어, 조너선. 뭐가 더러워? 우리 몸은 그거 하라고 만들어졌는데.

—그럼 정말이네! 엄마도 아빠랑 했어요?

—그럼, 네가 어떻게 태어났는데.

—토 나온다. 난 절대로 안 할 거야. (수건을 칭칭 감은 꼴이 영락없는 사막의 성자다.) 지금도 남자들하고 해요?

—그럼.

—얼마나 많이요?

—네가 상관할 거 아닌데?

—또 있어. 애들이 그러는데, 퍼킹보다 더 나쁜 게 있대요. 그런데 말할 수 없어. 뭔지 알아요?

—몰라? 퍼킹보다 나쁜 거라… 어디, 귓속말로.

—남자끼리요. 정말이에요? … 더러워. 난 커서도 결혼 안 할 거야. 신부 될 거야….

—하지만 엄마, 우리만 남겨 놓고 가는 거 아니죠!

—친구랑 저녁 먹고 온댔잖니.

—우리도 가면 안 돼요?

—왜 누군지 말을 안 해요? 무슨 대단한 비밀이에요?

　—엄마 데이트 가잖아. 니네가 상관할 바 아니야, 조슈아가 나무란다. 든든한 내편. —그 꼴로 나가요? 왜 안 차려입어요?

　—정말! 최악의 부모 같네…. 그냥 오래된 친구랑 델리에서 만난다고 해요…. 아이들은 이제 정말로 화가 났다.

　—됐네! 우리만 내버려 두고 가든지… 무슨 대단한 큰일이라고! …다음엔 엄마 모피 코트를 입고 사람들한테….

　—빨랑 가요, 엄마, 나한테 맡기고. 조슈아가 악마같이 눈빛을 번득이며 말한다.

　—엄마, 안 돼! 오빠가 우리 괴롭힐 거야! 토비가 울지만, 눈빛은 이미 기대에 차서 조슈아를 곁눈질로 보면서 펄쩍 뛰고 신나서 고함을 지른다.

　—왜 안 가요, 엄마! 아이들이 킥킥대며 문밖으로 밀쳐 낸다.

　적어도 다양성은 있겠지, 하고 사람들은 흔히 생각한다—적어도 결혼하는 여자는 그렇게 기대한다. 마치 붙박이로 사는 사람이, 여행 다니는 사람은 적어도 다양성은 있겠지 생각하듯이—하지만 슬프게도 현실은 다람쥐 쳇바퀴 도는 듯한 느낌이다. 심지어 아주 즐거울 때조차 결국은 쳇바퀴구나 하는 오랜 느낌이 엄습한다. 몇 년 동안은 그러려니 했다. 또다시구나, 하고 느끼는 게 그냥 나 자신인 줄 알았다. 늘 하는 식으로 누워서 팔다리를 휘감고 손가락이 귀와 어깨와 엉덩이를 더듬고, 아래에서 뭐가 치미는 듯하고. 그렇게 맞춰 가면서도 정신은 멀쩡한 게 꼭 아찔한 놀이기구를 구경하는 기분이었다. 이브 이후 모든 여자들이 하듯 누워서, 어제도 오늘도, 그렇게 느끼며 결혼이란 으레 그런 거라 생각했다. 제대로 되지 않은 날도 상관없었다. 그냥 재확인하고 되풀이되는 오래된 체위. 그리고 지금 또 그 모양이다. 다만, 어제도 오늘도 똑같다는 느낌이 잠들 때까지나 이튿날까지 이어지진 않는다. 두 사람이 기이하게 공존하면서, 일상 잡사와 챙길 일, 갖가지 업무들조차 발칙하게도 가치 있게 여겨지는 것이다. 결혼이나 사랑으로 이 방에 매인 것이 아니니 아무 때라도 훌훌 떠날 수 있다는 것이 기이하기만 하다. 택시를 타고 브로드웨이를 달리는 자유로운 여자. 이 순간이 에즈라와 함께였을 때보다 덜 외롭다면 그것도 과거의 고통을 여전히 무겁게 지고 다닌다는 뜻일까? X와 함께일 때 같은 일종의 완벽함이 있을 때조차 그것은 그의 나라에서 얘기고, 소피는 머나먼 항해를 떠나 왔고, 그의 행성에 성공적으로 뿌리내리고 변신했다. 소외된 자아의 유령이 며칠 동안은 일거수일투족에 여전히 감돌겠지만… 무슨 상관이람.

—조슈아, 왜 아직 안 자니? 새벽 세 신데.

—엄마, 나 너무 슬퍼요. 조금만 같이 있어 주세요. 엄마는 인생에 의미가 있다고 생각해요?

—하루 종일 광대처럼 굴다가 오전 세 시에 인생에 의미가 있냐고 묻는구나.

—어떡하라고? 열네 살인데. 짐승 같은 시대야 $^{C'est\ l'âge\ bête}$. 내가 끔찍하고 엄마를 힘들게 하는 건 알겠는데, 왜 그런지 나도 모르겠어요.

—노력이라도 하지그래.

—안다니까. 모르는 줄 알아요? 발전하려는 시도조차 안 하는 건 맞아요. 아, 토 나온다. 금방 죽어 버릴 것만 같은 느낌이에요. 언젠

가 내가 없어지는 날이 오겠죠. 아무도 날 기억하지 않고. 어차피 죽을 인생인데.

—그래, 우리 다 죽어, 잔인할 정도로 쾌활하게 말해 준다. 연민에 빠진 꼴이 꼭 제 아비구나, 역겨워라.

—세상에! 엄마는 사람 마음을 어루만질 줄을 아네?

—딱 일 분만 진지하게 죽음을 생각해 보면 말이다….

—나도 진지하다니까! 왜 못 믿어요. 얄팍하다고 생각해요? 신경이 나 쓰긴 해요? 아무튼 난 죽기 싫어. 만약에 꼭 죽어야만 한다면—산다는 게 다 바보 같은 거지 뭐.

—그래서?

—그래서라니?

조슈아의 엄마, 나는 무릎에 두 손을 깍지 끼고 인생의 어리석음의 화신이 되어 바닥에 앉아 폐쇄적인 자세를 취한다. 침묵이 현기증처럼 내려앉고, 성이 나 당황하는 조슈아의 표정을 내 몸의 표면이 마치 검은색 천처럼 빨아들인다. 나는 심연이다. 그래, 산다는 게 바보 같지, 하고 말해 줄 순 없다. 15년 전 런던 셋집에서 에즈라와 지지고 볶고 할 땐 내가 이 세상을 벗어나고 싶었는데. 그래, 이번엔 당신이 인생에 정착할 수 있게 아이를 만들어 주지, 라고 그가 말할 때도 그게 가능하리라고 믿지 않았다. 이런 어둠속에서 인생을 시작해선 안 되니까. 그래, 그가 말했다, 바로 그 어둠속에서. 모든 희망도 사랑도 이해도 소진된 속에서 조슈아의 아비는 변증신학을 가지고 설명했다. 그리고 지금 여기, 그자의 아들.

—정말 신경 안 써요? 풀이 죽어 묻는다.

—당연히 신경 쓰고 너를 사랑하고, 네가 정말 괜찮은 아이라고 생

각한다는 걸 몰라? 가끔 짜증 내는 것 같아도 제때 대답해 주지 않아도, 언제나 명심해라.

—알았어요, 엄마. 그냥, 이야기를 하고 싶어서.

—조슈아, 애야, 너무 늦었네.

—미안, 엄마.

—핫초코나 한잔 하고 잘까.

—내가 만들게요, 조슈아가 말한다. 엄마는 죽는 게 안 무서워요?

—당연히 무섭지, 길 건너면서도. 하지만 언젠가는 죽을 거라는 생각은 아무렇지도 않아. 그게 올바르고 공정한 거 아니야? 가끔은 여자들이 남자들보다 죽음이란 문제를 덜 심각하게 생각하는 것 같기도 해. 진짜 문제는 죽음이 아냐—

—당연하지, 또 끼어든다. 여자가 남자보다 인생에서 건지는 게 적으니까.

—굳이 말하자면….

—여자의 인생은 결국… 사실은 세상은 남자들 거니까. 의젓하게, 눈을 동그랗게 뜨고, 그 명백하고도 고통스러운 진실을 상기시킨다. 그러니까, 남자는 성취할 수 있는 걸….

—하지만 조슈아, 죽지 않고 영원히 산다는 건 상상해 봤니? 정말 그럴 수 있겠니? … 멋지지 않아?

—얘들아, 통화중일 땐 좀 조용히! 케이트 아줌마야.

—아줌마네 가자!

—우리한테 최면 걸어 준다고 했어!

—엄마 제발!

—일요일에 간댔잖니. 그 얘기를 하는 중이야.

"다시 생각해 봐. 쉰두 살치곤 쌩쌩해." 케이트가 말한다.

"아니야 케이트, 정신과 의사나 융에 빠진 사람들은 사양이야—부탁이야."

"알았어 알았어, 정신과 의사는 뺄게. 힌두교 구루도 아웃, 유대인 먹물이나 언론인도 노쌩큐, 서른다섯 넘고 능력 있고… 됐네 됐어, 한심하긴." 케이트가 한숨을 쉰다. "너 진짜로 남자 좋아하지. 하지만 창의적인 자아 성취 방법이 깔렸는데, 남자 없는 세상도 남자 있는세상도 부지기순데—꼭 둘이라야 한다는 게 그렇게 중요해?"

"있다는 게 중요해."

"일본에서 하나 구할 수 있는데."

"무슨 소리야?"

"진짜 살아 있는 거랑 똑같은 걸 일본에서 만든다는 거 몰랐어? 체온 삼십육 도에다가 똥까지 싸고 다 해—몸무게, 피부, 머릿결까지—아름답게 조용하게 있으면서, 말은 안 해."

"가끔은 말도 하면 좋겠는데."

"십 분마다 한마디씩 하게 프로그래밍하는 것도 간단해."

"말도 안 돼. 그런 걸 정말로 갖고 있는 사람 알아?"

"그럼, 할리우드 부자들. 천 달러부터 있어. 마릴린 먼로 인형 값은 아마…"

"오싹하다 애…"

"그런데, 진짜로 된대. 남자들 말로는 똑같대. 여자가 갖고 있단 소리는 아직 못 들어 봤지만, 이십오 년 뒤면 완벽하게 전산화된 인형이 나올 거야—어쩌면 십 년.

"이런, 나는 지금 당장 휴가용 대여 짝이 필요한데…."

"농담 아니라니까. 진짜로 만들고 있다고. 당연히 여러 언어를 구사하고, 차를 몰고 데리러 와서 보트도 타고 테니스도…."

"나는 아직 뭔가 미스터리가 있는 상대를 원하나 봐…."

"어, 상대방의 미스터리도 프로그래밍하겠지… 그리고 당연히 일종의 자살 방지 장치까지 넣어야겠지. 이런 상황에서 사람이 어떻게 자살하게 되는지 알잖아… 우울하지 않니?"

"히로시마 이후로 가장 우울한 소식이구나."

"하지만 막을 순 없어. 끔찍하지 않니! 로맨틱한 사랑은 창조적 진화의 위대한 막장이라. 신의 거대한 실수. 알았다 알았어, 가서 애들봐라. 일요일 저녁에 봐."

―아이들 할아버지 전화다―

"이번 여름엔 다시 유럽에 가지 마라!" 뉴욕 가필드에서 거는 전화속 목소리가 지직거린다.

"하지만 아빠, 제정신을 유지하려면 적어도 이 년에 한 번은 미국에서 벗어나야 돼요." 몇 번이나 되풀이해 온 말인지….

"난 안 그래." 반대편의 어두침침한 거실 분위기가 소리에 묻어난다…. "하지만 넌 언제나 이런 집착이 있었지. 전쟁이라도 나면 어쩔래? 어디에 있든지 제일 가까운 미국 대사관에 즉시 신고하러 가는거 명심해라. 안 그랬다간―그 결과는 혼자서 다 감당해야 돼, 너는 혼자잖니. 올가을이면 애비도 팔십이다. 얼마 전에 종합검진을 받았는데, 몸에 난 구멍이란 구멍은 다 쑤셔 보고 백오십 달러짜리 엑스레이도 찍었는데, 뭐가 나왔는지 아니? 귀지… 그래, 아무튼 넌 바람 따라 산지사방 쏘다닐 거고…. 네가 원한 것이니, 행운을 비마."

※ ※ ※

감각 차단실. 보이는 건 지옥이다. 평화는 고요 속에. 칠흑같이 어두울 줄 알았는데 실제론 희뿌옇다. 칠흑같이 어둡다는 건 코앞에 있는 손도 보이지 않는 상태다. 손을 들어서 본다. 맞네. 보이지는 않지만 유령의 손이 즉각 나타난다—하나, 둘… 총 여섯 개의 해골 손이 발광한다. 할로윈 게임이라. 허공을 뚫어져라 본다. 희뿌옇고 망이 쳐져 있다. 습지다. 물웅덩이에 비가 떨어진다. 진흙. 지푸라기. 안에 마구간 같은 것이 있다. 얼굴 바로 위에 길다란 어두운 틈이 있고, 틈이 넓어지면서 새끼를 낳는 암퇘지가 보인다. 눈을 떠도 감아도 똑같은 이미지가 보일 때같이 무섭다. 조그만 눈과 수염, 건초 더미에 닭털 몇 개, 쥐… 진흙 벽과 바닥에 빗물이 떨어진다. 틈이 거대하게 벌어지고 부풀면서 뭔가 비집고 나오려고 한다. 머리 위에서 앞쪽으로 이미지가 기울어지고, 진통이 계속된다….

다시 거실이다. 아이들이 앉아서 눈을 감고 허공에다가 글씨를 쓰는 걸 본다. 조슈아는 트랜스 상태. 토비도 트랜스다. 조너선도 트랜스다. —내려간다 —내려간다 —내려간다. 웅얼거리는 케이트의 목소리가 들리고. —강물에 떠내려간다. 팔이 너무 가벼워서 아무 힘 들이지 않고 올라간다. —올라간다 —올라간다 —올라간다…. 아이들은 잠든 얼굴을 하고 앉아 있고 팔 하나를 높이 쳐들고 있다.

… 올라간다, 올라간다, 땅 위로 높이 솟아올라 간다, 더 높이—위로 —위로… 올라간다, 올라간다… 구름 위다. 발밑에 펼쳐진 세상이 한눈에 보인다…. 자, 아래를 보고, 뭐가 보이는지 보자, 조너선?

—내 그림자요.

… 육중한 오크 대문 앞에 섰다. 대문 뒤에 너만의 천국이 있다. 놋쇠 손잡이를 가만히 누른다… 문이 열린다… 문지방을 밟고 선다…. 조슈아, 문지방에 올라섰니? 고개를 끄덕인다. 뭐가 보이니?

—미로요.

—미로! 너만의 천국을 상상해 보라고 했더니 미로가 보이는구나….

—네, 미로요. 진지하게 속삭인다. 미로는 계속 나오고, 항상 볼 게 나와요… 다른 시댄가 봐요, 스타일이 달라요….

—죽이네! 케이트가 말한다. 훌륭한 아이들이로구나, 엄마한테 말씀드리렴, 토비….

—엄마, 감각 차단실은 어땠어요?

—재밌어.

—소피, 다시 태어나는 경험을 했어? 케이트가 묻는다.

—그렇다고 할 수 있겠지? 파일로 써서 줄게, 컴퓨터가 뭐라고 판정하나 볼까.

—엄마, 케이트 아줌마한테 최면 걸어 달라고 해요….

—신박한 시간이었네. 케이트, 정말 아이를 낳고 싶지 않아?

—내가 아이를! 아니, 됐네. 나 같은 사람은 하나로 족해…. 얘들아, 내일 아빠한테 가지? 넌 어떡할래, 소피, 올여름에 어디 갈진 정했어?

유럽의 작은 기차역. 사람들이 바삐 지나친다.

어느 이국적인 마을, 무채색에 을씨년스럽고 인간미 없는 플랫폼 밖에서 기다린다. 역 건물, 나무 몇 그루, 하늘. 아무 소리 없이 얼어붙은 모습이 충격이다. 기차역에서 기다리지 않는 사람들의 세계는 고요하고 널찍하다. 역무원이 눈앞에 서 있는 걸 보고 깜짝 놀란다. 어딜 가시냐고 묻는데—갑자기 기억이 나지 않는다. 역무원의 가방에 삐져나온 온갖가지 색깔의 티켓 뭉치만 뚫어지게 본다. "어디 가십니까?" 역무원이 조바심을 내며 묻는다. 다들 바쁜데 난 아무 기억도 나지 않는다—장소—장소의 이름—아무것도. 난 이미 사라져 있으니까.

플랫폼이 가라앉고, 내 방에서 눈을 뜬다—벽의 걸개는 얼마 전에 치웠다. 눈에 띌 것도 없다—건물도 나무들도 하늘도…. 오늘 아침 뉴욕을 뜬다. 파리행 팬암 오픈 티켓이 테이블 위에 있다. 일어나서 칫솔과 빗과 약을 챙기고, 여권을 확인하고, 전화로 버스 시간을 알아 놓는다. 꿈에서나 생시에서나 어쩌면 그리 똑같이도 다급한지. 꿈도 생시도 편안하지 않다. 꿈꾸는 사람이 내가 아닌 것처럼, 깨어난 나도 내가 아니다.

아직 덜 깨서 그러나…. 사실은 아주 깬 게 아닌가 보지. 당연하지, 택시를 잡으러 길가로 나가면서 생각한다. 이번 생에서 완벽하게 깨어 있기를 기대하려면 어떤 전제가 필요할까? 택시 안에서 역무원 가방에 꽂혀 있던 감질나는 색색의 티켓 뭉치를 생각하며 조금은 아쉬워진다. 깨 버린 꿈속의 장소들이 괴롭게 어른거린다. 의지와 상관없이 장면은 신비롭게 사라진다…. 현실이랑은 아무 상관 없는 것.

안전벨트를 맨다. 꽁무니가 멋지게 올라간 제트기가 느리게, 우아하게 미끄러진다. 음료 서빙 시간을 알리는 음악이 흐른다. ✐

해제

데이비드 리프 ●

컬트 책이 있듯이 컬트인(人)이 있다. 그 어떤 미스테리한 연금술이 살아있는 동안 대개 무시받던 사람들, 적어도 당대에는 정당한 평가를 받지 못했던 사람들을 후대의 상상 속에서 이 고귀한 성좌로 끌어올리는지는 온전히 설명할 수도 없으며, 또한 이것은 관습적인 의미의 명성과 혼동되어서도 안 된다. 냉정하게 살펴보면 컬트인의 업적은 미미했다. 하지만 그 역시 그들의 매력과 그들을 둘러싼 아우라에 보탬이 되고, 그들의 삶은 마치 "적을수록 더 풍요롭다^{Less is more}"라는 미스 반 데어 로에의 경구가 지닌 통찰력을 증명하기 위해 존재했던 것만 같다. 이들은 카리스마(언제나)와 신체적 아름다움(자주), 그리고 무정하게 들릴지 모르지만 비교적 이른 죽음이라는 요소를 가끔 조합하여 후세의 흥미를 유도하는 남녀들이다. 컬트인을 추종하는 사람들은 그런 사람들 중 한 명을 회상하며 이렇게 말하곤 한다. "그(녀)가 살아있다면 어땠을지 생각해 봐."

....

● 작가, 문학비평가. 『망명(The Exile: Cuba in the Heart of Miami)』, 『도살장(Slaughter-house: Bosnia and the Failure of the West)』, 『밤을 위한 침대(Bed for the Night: Humanitarianism in Crisis)』, 수잔 손택의 아들로서 쓴 『어머니의 죽음(Swimming in a Sea of Death: A Son's Memoir)』, 그리고 최근작으로 『망각 예찬(In Praise of Forgetting: Historical Memory and Its Ironies)』 등 10권의 책이 있다.

『Divorcing(원제)』은 1969년 출간 후 빠르게 잊혀졌고, 컬트 책으로서 모든 특징을 갖췄음에도 컬트 책으로 분류되지 않았다. 나는 평소 수잔 타우브스를 똑똑하고 멋지고 불운한 사람이라 묘사해 왔다. 그녀의 카리스마, 그레타 가르보를 연상케 하는 아름다움, 무엇보다 그녀와 가까운 사람들이 말하는 그 느낌, 가령 존재는 참담하도록 부담스럽고 세계와 자신의 관계는 언제나 근본적으로 우발적이라는 그녀의 생각조차 당황스러울 정도로 컬트인이라는 타이틀에 잘 어울린다. 넘겨짚는 것이 아니다. 솔직해질 필요가 있다. 1950년대 초, 매사추세츠주 케임브리지에서 수잔과 당시 남편, 랍비이자 철학사상가인 제이콥 타우브스는 나의 부모님인 수잔 손택과 필립 리프의 가장 친한 친구로 지냈다. 두 사람의 자녀 이든과 타냐 역시 나의 친구이자 또래들이다. 타우브스 부부도 나의 부모님도 이혼한 후 수잔 타우브스와 나의 어머니는 뉴욕으로 이사하며 우정이 돈독해졌으나, 『Divorcing』이 출간되고 일주일가량 지난 1969년 11월 타우브스의 자살로 우정은 끝이 났다. 그녀의 시신을 확인하는 일은 어머니의 몫이었다. 시간이 흘러 어머니는 말했다. "그 친구를 절대 용서 못 해… 그 친구가 한 짓을 절대 잊지 못할 거야."

루마니아의 아포리즘 작가 에밀 초란은 "책이란 자살을 끊임없이 연기하는 것"이라고 쓴 적이 있다. 하지만 『Divorcing』은 그러지 못했나 보다. 타우브스는 자살하기 몇 주 전 일기에 이렇게 썼다. "방에 앉아 있다. 밖으로 나간다. 돌아와서 시간이 가기를 기다린다. 2주쯤 뒤면 물에 빠져 죽을 거야." 하지만 나의 어머니는 타우브스가 자살한 가장 직접적인 원인을 소설에 대한 나쁜 평가라고 생각했다. 특히 〈뉴욕 타임스〉의 비평가 휴 케너의 야만적이고, 오늘날 관점에서 볼 때 놀라울 정도로 여성 혐오적인 서평때문이라고 생각했다. 이제는 아득한 옛날처럼 느껴지지만, 〈뉴욕 타임스〉의 '좋아요'와 '별로'가 책의 생사여탈권을 쥐던 시절이었다—지금은 별로 그런 것 같지 않아 얼마나 다행인지! 문자 그대로 이 말이 사실이든 아니든, 타우브스의 모든 작품과 그녀 인생의 대부분은, 다시 말하거니와 나의 견해가 아니라 어머니가 한 말을 그대로 전하자면, 죽음을 위한 리허설이었다. 그 중에서도 『Divorcing』이 가장 두드러진다. 소설 제목도 타우브스가 선택한 것이 아니라 당시 가제 『관 속에 누워 미국 다녀오기To America and Back in a Coffin』(편집자주: 한국판은 이 제목을 따랐다.)를 출판사가 퇴짜 놓는 바람에 『Divorcing』이란 제목에 합의할 수밖에 없었다.

뒤늦은 깨달음은 예리한 것이 아니라 대개 심기를 건드리는 것이다. 이번에는 그렇지 않다 하더라도 나는 타우브스를 그녀를 찬탄하는 사람들로부터 해방시키고자 한다. 그녀는 불운한 예술가, 어떤 면에서 레나타 애들러[1938~ , 미국의 작가, 언론인, 영화 비평가]를 예고하는 (어떤 의미에서는 판박이) 작가였다. 타우브스의 모든 작품 또는 대부분의 작품을 산문으로 쓴 죽음의 리허설 시리즈의 에피소들들로 읽지 않을 수는 없다. 단, 1963~65년에 쓴 『아프리카 신화와 민담』과 아메리카 선주민 신화집 『이야기하는 돌』만은 예외다. 타우브스는 '무덤 저편의 회상'(사실은 샤토브리앙의 이 장르 명작 제목)에 언제나 매력을 느꼈다. 시몬 베유에 관한 학위논문, 미출간 중편 『줄리아를 위한 애가』, 그리고 몇 개의 단편은 죽음을 원동력으로 한다. 무덤이라는 라이트 모티프는 그녀가 쓴 비평글들에서조차 두드러져, 장 주네 작 〈흑인들〉의 평문 제목을 「자신의 장례식에 참석하기」라고 붙일 정도였다. 연극은 백인 인종주의를 주제로 하여 살해와 재판을 구체적으로 다루면서 죽음을 이야기하지만, 장례 자체는 이야기하지 않고 끝난다. 후에 고쳐 쓴 평문은 〈툴레인 연극 비평〉에 "흰 가면이 벗겨질 때"라는 더 적절한 제목으로 실리게 된다. 이 경우는 편집진의 선택이 확실히 옳았다. 그러나 명백히 상업적인 측면에서도 『Divorcing』이라는 타이틀은 그다지 솔깃하지 못하다. 생전의 타우브스에게 편집진이 호소했듯 원제 『관 속에 누워 미국 다녀오기』는 확실히 좋아하기 힘든 제목이긴 하지만, 반드시 편집진이 기대한 내용은 아니었다 하더라도 원래 소설에는 더 어울린다.

이 소설을 읽을 때는 주의해야 할 것이 있다. 『Divorcing』은 전적으로 죽음 이야기만 있는 것이 아니라 결혼 생활의 종말과 정신적, 성적 속박을 비롯한 남편의 감옥에서 벗어나고자 애쓰는 아내, 그리고 결혼 생활을 한사코 유지하려는 남편에 관한 이야기이기도 하다. 한 권의 소설이라는 지붕 아래 때로는 능수능란하게, 때로는 불안정하게 여러 이야기를 응집시킨다. 소피 블라인드(타우브스는 소설 주인공들에게 교술적인 이름을 붙이길 좋아하는 약점이 있다)라는 화자가 결혼 생활에서 스스로 벗어나려는 의도로 들려주는 비교적 솔직한 회상이 마치 현재진행형의 마술처럼 다가왔다가 흐릿해지면서 무엇이 꿈이고 무엇이 현실인지를 의도적으로 불분명하게 만든다. 소설은 소피가 자신은 죽었으며 그 덕분에 진실을 말할 수 있다고 소개하며 시작한다. 살아 있을 때 자신은 그저 행복을 원했을 뿐이며, 여자는 다 그렇다고 덧붙인다(화자가 매우 독창적이고 도덕 칠폐론자라는 점에서 소설은 당대와 불화한다). 하지만 죽어 버린 이제는 오직 권력과 진실에만 관심이 있다. 이런 프롤로그로 소설이 본격적으로 시작된다.

소피는 물론 죽지 않았다. 적어도 이후 줄거리에선 그렇다. 제1부는 소피와 에즈라의 결혼 생활의 전말을 가볍게 다룬다. 제이콥 타우브스를 기억하거나 그에 관한 수많은 후일담을 읽은 사람들은 에즈라에 대한 묘사가 제이콥의 명민함, 잔인함, 지속발기증 등 모든 매력을 정확하게 묘사한다는 것을 안다. 후에 친구에게 "난 구제 불능이야"라고 자랑하듯이 편지를 쓴 이 남자는 정말 구제 불능이었고 여자들에겐 더 심했다. 소설 속 에즈라는 소피를 질책하고, 질책의 원인인 소피의 자질들을 사랑한다고 말하고선 다시 그녀를 질책한다. 한편 소피는 자신의 죽음을 상상하는 내내 결혼의 유산을 재다가, 그녀가 죽어서 시신을 확인하러 온 에즈라와 소피의 연인 니콜라스가 유대교와 하이델베르크 대학교와 샤르트르 대성당의 그림에 대해 박학다식한 의견을 나누는 모습을 상상한다. 이러한 교류가 소설 곳곳에 나타난다. 소피가 애인인 니콜라스 앞에서 아들 조슈아의 엉덩이를 때리자 니콜라스는 그녀의 행동을 보고 느낀 고통을 프란츠 카프카를 들어 설명할 정도로, 이 책은 많은 면에서 박식한 사람들을 위해 쓰인, 박식한 사람들에 관한 소설이다.

심지어 의식이 깨어 있지 않은 학계의 지성인들 사이에서도 이러한 유형의 박식과 전거들은 모든 억압적 구조를 감추고 최신 용어와 마찬가지로 추궁해야 할 필요가 절실하다는 의견이 팽배할 정도라, 2020년대 독자에게 이 소설은 지나친 감이 있다. 당대의 마녀사냥에 무관심하거나 반감을 가진 독자에게조차 그럴 수 있고, 장담컨대 지금 이 순간 이념의 장벽 너머를 기꺼이 고개를 들고 바라보려는 사람들에게조차 지적이고 철학적인 전거들의 범위와 수준은 가히 압도적일 것이다. 그러나 이것을 허세와 혼동해선 안 된다. 『Divorcing』은 신비한 내용이 넘치는 소설이지만, 정신적 고통에 대한 묘사는 몹시

혹독하고 보편적으로 인정되는 것들이다. 따라서 그에 굴복하지 않으려는 소피의 노력은 매우 설득력 있을뿐더러, 문화적 전거들은 장애물이라기보다는 배경 음악, 날짜가 고정되지 않은 축제일이기도 한 장례식의 배경 음악에 가깝다. 저승에서 전 남편과 전 애인뿐만 아니라 자기의 온 가족을 바라보는 소피는 냉소적이다. 그리고 그녀는 "나는 죽었다"고 말한다. "이제 저들도 긴장 풀고 축하해 주면 좋겠다"면서.

소피의 부부 생활의 초자연적인 야만성에 가족의 기형적 유산이 더해진다. 이는 책 초반부에서 이미 바탕에 스며 있다. 소피의 장례식 장면에서 무덤 옆에 서 있는 에즈라가 소피의 아버지에게 "적어도 장례식장에선 품위를 지키는군요"라고 말하는데도 장인이 발끈하지 않는 대목 같은 것들이다. 하지만 소설을 3분의 1 정도 읽고 나면 소피는 결혼 생활의 해체를 설명하는 신뢰할 수 없는 화자에서 전적으로 신뢰할 만한 화자로 변신하여, 2차대전 전 시기와 후에 빈에서 유대인 상류층 란츠만가의 확대가족(이야기를 들려주는 또 다른 가문)의 일원으로 보낸 유년 시절을 들려준다. 강압적인 정신분석학자 아버지(에즈라가 제이콥 타우브스를 모델로 한 것과 마찬가지로, 동시대 유럽과 후에 미국에서 성공한 정신과 의사인 작가의 아버지를 모델로 한 인물)와 그를 두고 당당하게 바람을 피우다가 결국 이혼하고 훨씬 어린 연하남과 결혼하는 어머니에 대한 묘사는 교묘하게 야만적이다. 이 모든 일은 1938년 나치 독일의 오스트리아 합병 직전에 일어나고, 소피가 아버지와 미국으로 이민 간 이후의 이야기도 앞서와 못지않게 직설적으로 전개되다가, 이후엔 현실의 서술이 다시 환상적인 서술로 넘어간다.

『Divorcing』의 초반부처럼, 소피는 죽었다. 적어도 죽은 것으로 짐작하도록 의도했지만 분명히 밝히진 않는다. 에즈라와 소피의 부모가 헝가리의 랍비 재판소 앞에서 이야기를 나누는데 관 속의 소피가 합류한다. 소피의 아동기부터 비참한 결혼 생활까지 전 생애를 점점 히스테릭하게 이야기한다. 결국 법원은 소피에게 이혼을 허락하고, 이후 내러티브는 연대순보다 사실적 구조와 분위기로 바뀐다. 소피는 결혼 생활 동안 에즈라와 함께했고, 아버지와 이민 온 몇 년은 미국에 살았으며, 부다페스트로 돌아갔다가 다시 미국에 와 있다. 이 대목 후반부에서 소피는 어떠한 화해와 이해도 없이 어머니를 가차없이 혹평한다. 이후 소피와 아이들, 뉴욕에서 소설을 쓰는 소피, 유럽으로 다시 향하는 소피를 이야기하는 부분은 의심의 여지 없이 『Divorcing』에서 가장 취약한 부분이다. 나는 타우브스가 이 모든 내면과 외부 사건을 어찌 한데 모아야 할지 몰라서, 소설 내내 대등한 힘과 창의력을 쏟아 배치한 것으로 읽었다. 아니면 적어도 구원의 가능성을 열어 놓는 결말을 위해 편집상 필요한 것을 수용한 결과일지도 모른다. 두 설명 모두 순전히 나의 추측이다. 『Divorcing』은 완전히 사실적인 소설도 아니고 그렇다고 완전히 실험적인 소설도 아니기 때문에 어떤 결말도 완전히 만족스럽지 못한 것인지 모른다. 그 대신 독자에게는 소설의 끝에서 두 번째 문단에서 타우브스가 "깨 버린 꿈속의 장소들의 괴로움"이라고 부른 것이 남는다.

타우브스가 살아 있었더라면 당연히 더 나은 책을 계속 썼을 것이라고 자위하고 싶은 마음도 있다. 그랬다면, 말하지 않은 것들 중 무엇을 작가는 말할 수 있었을까? 시몬 베유Weil를 주제로 쓴 학위논문에 몇 가지 암시가 있는데, 타우브스가 대부분의 시간을 유럽에서 보내고, 제이콥이 예루살렘에서 유대교 카발라파의 대학자 게르숌 숄렘에게 배운 1951~52년에 그녀가 제이콥에게 보낸 편지들에 드러나는 황홀한 글솜씨를 발휘할 길을 찾아내지 않았을까 하며 위안을 삼고 싶다(편지들은 2014년 독일어로 출판되었다). 이러한 한계들에도 불구하고 타우브스의 소설은 오랜 세월 건재해 왔다. 『Divorcing』을 집필하던 시기는 흥미로운 실험적 소설들이 많이 나오던 시절이었다. 흔히들 요즘은 읽을 만한 책이 없다고들 하지만, 『Divorcing』은 매우 드문 예외에 속한다.

데이비드 흄은 루소를 읽고 "피부까지 홀랑 벗겨진 채 내쫓긴 사람" 같은 기분이 들었다고 말했다. 나도 수잔 타우브스에 대해 똑같이 말하고 싶다. 그녀의 일생에 끔찍한 고통을 야기한 원인이 바로 그것이었으며, 그 고통을 심도있고 가차없이 서술한 '이혼'이 눈길을 끄는 이유이다. 맹렬하고 놀랍다. 이 책은 피를 흘리는 소설이다.

관 속에 누워 미국 가기

발행일 초판 1쇄 발행 2023년 5월 22일

지은이 수잔 타우브스

옮긴이 이화영

책임편집 김세중

일러스트 정호진

북디자인 김정환

펴낸이 안병훈

펴낸곳 도서출판 기파랑

등록 2004년 12월 27일 제300-2004-204호

주소 서울시 종로구 대학로8가길 56(동숭동 1-49) 동숭빌딩 301호

전화 02)763-8996편집부 02)3288-0077영업마케팅부

팩스 02)763-8936

이메일 info@guiparang.com

홈페이지 www.guiparang.com

ISBN 978-89-6523-539-2 03840